# Auf immer gefangen

ERIN SUMMERILL

# Auf immer gefangen

Aus dem Englischen von Nadine Püschel

CARLSEN

Für Mark,
meinen Mann, mein Herz,
meine wahre Hälfte –
du hast mich gelehrt, dass Freundschaft
der schönste Beginn jeder großen Romanze ist.

# Eins

## COHEN

Jede Minute in einer shaerdanischen Taverne ist eine Minute zu viel. Ich bedeute Finn, sich hinter mir zu halten, als die knarzende Tür zuschlägt und wir den lauten, überfüllten, von Laternen erleuchteten Raum betreten. Wir ernten einige Blicke, doch die meisten Gäste wenden sich gleich wieder ihren Krügen zu. Nur ein einäugiger Kater, der auf einem Bierfass hockt, stiert meinen jüngeren Bruder und mich unverwandt an. Mich stören weder die griesgrämigen Gestalten, die in Spelunken wie dieser immer zu finden sind, noch die Dirnen mit ihren hochgerafften Röcken und den bunten Unterkleidern oder der grölende Barde und der Kerl, der ihn an der Gitarre begleitet. Alle sind sturzbetrunken – die Augen glasig, die Münder breit grinsend, die Stimmen angeregt krächzend. Nein, es ist der Geruch, der mir jedes Mal zusetzt. In diesem regenreichen Land riecht alles viel stärker, und darum hängt in den Tavernen stets eine beißende Mischung aus schimmelnden Dielen, Essig und fermentiertem Elend in der Luft.

Ich halte den Atem an und schiebe ein zusammengefaltetes Stück Pergament in meine Gürteltasche. Finn beobachtet mich. In den letzten vier Wochen hat er schon öfter gesehen, wie ich es hervorhole. Ihm wird nicht entgangen sein, dass ich das immer häufiger tue, je weiter wir uns von Malam entfernen.

Er hütet sich wohlweislich, es zu erwähnen.

Finn und ich durchqueren den Schankraum und setzen uns an den Tresen. Nach der langen Nacht und dem halben Tag im Sattel tut die Rast gut. Würde ich meinen Kopf auf die Hände legen, könnte ich auf der Stelle einschlafen. Verlockend, wenn wir dem Ziel unserer Jagd nicht so nah wären. Und wenn wir uns nicht in Shaerdan befänden, wo unsere malamische Herkunft auf keinen Fall auffliegen darf. Die Vision eines goldblonden, sommersprossigen Mädchens mit einem Lächeln, das man sich verdienen muss, bohrt mir einen Pfeil der Sehnsucht ins Herz.

Am Tisch unmittelbar hinter uns ist ein Kartenspiel im Gange. Shaerdanische Silberstücke türmen sich hoch genug, um gierige Zuschauer anzulocken. Ich verdränge die Müdigkeit und straffe die Schultern. Zwinge mich, die Hände zu entspannen. Eine ruht über meiner linken, mit Münzen gefüllten Hosentasche. Die andere liegt locker auf dem Tresen. Ich bemühe mich, glaubwürdig zu wirken. Heute darf ich mir keine Fehler erlauben. Nicht wenn wir so kurz davor sind, Lord Jamis' Mätresse zu finden.

Der Wirt ist ein kräftiger Kerl, nicht größer als ich, aber mit einem Wanst, als hätte er sich ein Fass Bier vor den Bauch gespannt. Er unterhält sich eifrig mit den anderen Gästen und schenkt Finn und mir keine Beachtung. So ist das in den Tavernen. Hier liebt man Klatsch und Tratsch ebenso sehr wie auf den Märkten von Malam.

Ich werfe dem Mann einen finsteren Blick zu und poche mit den Knöcheln auf den klebrigen Tresen.

»Komm ja schon«, grummelt der Wirt. Er schiebt sich zu mir

rüber und stützt die Arme auf die Bar zwischen uns. Seine trüben, schwarzen Augen wandern über mich und meinen kleinen Bruder. »Was solls sein?«

Hier in Rasimere, einem entlegenen Städtchen in Shaerdans Süden, war ich noch nie. Seit Malam und Shaerdan sich beinahe den Krieg erklärt hätten, ist die Anspannung im Land enorm. Was meine Aufgabe noch schwerer macht. Kaum ein Verbindungsmann spricht mit mir, ohne das Schwert zu ziehen. Gestern hat ein Wirt im Norden aber bestätigt, dass Lord Jamis' Mätresse, Phelia, nur einen halben Tag Vorsprung auf uns habe und auf dem Weg hierher sei. Der Oberste Lord hatte nicht lange nach seiner Verhaftung – und nachdem Omar ein bisschen nachgeholfen hatte – gesungen wie ein Vögelchen und uns den Namen der Seelenleserin verraten, die mit ihm verbandelt war.

Es ist nicht ungewöhnlich, dass Edelleute bei Hofe sich eine Mätresse halten. Die Frauen treten kaum in Erscheinung. Daher bezweifle ich, dass irgendjemand Phelia als mögliche Gefahr betrachtet hat. Vor allem nicht, da sie durch ihren hochrangigen Gebieter besonderen Schutz genoss. Aber diesen Fehler werden ich und die wenigen anderen, die das von ihr angerichtete Unheil kennen, nicht noch einmal machen.

Kaum war ihr Name offenbart, beauftragte König Aodren mich, sie zu finden. Seitdem bin ich Phelias Spur quer durch Malam und weiter ins gefährliche Shaerdan gefolgt. Und jetzt haben wir dank Sirons Schnelligkeit genug Boden gutgemacht, um die Verräterin zu stellen.

Seit einem Monat nimmt mich diese verdammte Jagd in Beschlag. Das ist ein Monat länger, als ich von Brentyn und Tessa fort sein wollte. Und verflucht noch eins, wie habe ich mich verloren gefühlt in der ganzen Zeit. Als hätte die Trennung mich von mir selbst entfernt.

Heute geht die Jagd zu Ende.

Die wenigsten Wirte dulden es, wenn man einen ihrer Stühle besetzt, ohne sich einen oder auch gern vier Krüge ausschenken zu lassen. Seis drum, für solches Vorgeplänkel bleibt mir keine Zeit. »Wir suchen unsere Mutter. Sie ist in den Süden gereist, um eine Anstellung zu finden.« In shaerdanischem Akzent spinne ich das Märchen weiter: Wir seien Soldaten, die aus dem Krieg heimkehrten – oder jedenfalls aus dem Heerlager, denn der Krieg hatte ja vor etwas über einem Monat geendet, noch bevor er offiziell beginnen konnte. »Hellbraunes Haar, blaue Augen, etwa so groß. Ihr Name ist Phelia.« Ich halte die Hand in die Höhe, während ich die Beschreibung der Schlossbediensteten wiedergebe. »Ist dir so jemand untergekommen?«

Der Mann schiebt die Zunge erst in die Wange und dann über seine halb verfaulten Zähne. »Tja. Vielleicht.«

»Ich bin ganz Ohr.«

»Ja … Könnte sein, dass ich heut eine gesehen hab, die so aussah.«

»Wann genau?«, mischt sich Finn ein. Ich werfe ihm einen warnenden Blick zu. Sein shaerdanischer Akzent würde nicht mal eine taube Ziege täuschen. Was ich ihm schon im letzten Dorf gesagt habe.

Dem Wirt scheint es nicht aufzufallen. Er knallt zwei Krüge auf den Tresen. »Bevor wir weiterschwatzen, kriegt ihr Burschen erst mal was zum Saufen.«

Es ist ein Kampf, locker weiterzulächeln, obwohl der Kerl etwas über Phelia weiß. Meine Hand wandert an meinen Gürtel, über das im Leder versteckte Pergament. Meistens beruhigt mich diese Bewegung.

»Oder, wenn ihr sofort loswollt …«, der Mann klopft mit einem Glas auf den Tisch, »… könnt ihr auch für zwei Bier zahlen und mit ein paar Auskünften abziehen.«

Aha. Hätte ihm gleich mit Geld kommen sollen. Ich hole einige Münzen hervor und lasse sie klimpernd auf den Tresen fallen. »Reicht das?«

»Cohen.« Finns Zischen schreckt mich auf. Er greift nach den Münzen.

Der Wirt schlägt mit der Faust nach Finns Hand und drückt sie auf den Tisch.

Mein Bruder wimmert auf.

Bestürzt stoße ich meinen Stuhl zurück und beuge mich über den Tresen. »Nimm sofort deine Finger weg.«

Die Musik bricht ab. Alle Köpfe in der Taverne fahren zu uns herum. Ein paar Männer stehen langsam auf.

»Kein Shaerdaner würde mit malamischem Geld zahlen«, sagt der Wirt.

Mein Kiefer zuckt und mein Magen zieht sich zusammen, als hätte Siron mich in den Bauch getreten.

*Senf und Pfeffer.*

»Ihr glaubt, ich wäre einer von diesen jämmerlichen Wichten?«, spucke ich aus, in einem schweren Akzent, der laut und auffällig durch die totenstille Taverne hallt.

Finns Blick springt durch den Raum und zurück zu seiner gefangenen Hand. Der Kleine versteckt seine Panik so gut wie ein Katzenjunges im Wolfsbau.

»Dein Bruder guckt, als würd er gleich seine Henkersmahlzeit ausspucken. Wie 'n Soldat sieht der mir nich aus.« Er packt Finns Hand und biegt Finger um Finger hoch, um die verräterischen Münzen einzusammeln.

Drei Kreuze, dass Finn den Mund hält.

»Hab ganz vergessen, dass ich die noch in der Tasche hatte.« Ich lehne mich zurück und zucke mit den Schultern. »An der Grenze hab ich ein paar malamische Silberstücke gebraucht. Kein Grund, deswegen Schaum zu schlagen.«

Stiefel schaben über den Dielenboden. Männer rücken näher.

Der Wirt legt den Kopf schräg. »Vor zwei Wochen sind zwei Mädchen von hier verschwunden. Das hat die Leute ganz schön mitgenommen. Und letzte Woche ist auch im Nachbardorf eins entführt worden. Ihr Vater hat die Männer noch gesehen. Wollte sie aufhalten und hats mit dem Leben bezahlt. Seine arme Frau konnte nur tatenlos zusehen, wie die Kerle ihre Tochter in eine Kutsche gezerrt haben. Hat sie reden hören. Die hätten malamisch geklungen, meinte sie. Sag, wozu sollten diese verdammten Säcke aus Malam uns die Mädchen stehlen wollen? Vielleicht sind sie ganz wild drauf, den Krieg doch noch loszutreten? Was weißt du darüber, Reisender?«

»Nicht mehr als das, was in den Tavernen gemunkelt wird.« Unterwegs habe ich einige ganz ähnliche Geschichten aufgeschnappt. Töchter, die des Nachts entführt werden. Manche auch am helllichten Tag. Keine Frauen, nur Mädchen. Durchaus ein Anlass zur Sorge, aber darum kümmere ich mich erst, wenn ich Phelia Handschellen angelegt habe. »Wie ich sehe, bist du nicht auf den Kopf gefallen«, sage ich zu dem Wirt. »Du glaubst doch nicht ernsthaft, dass mein Bruder und ich etwas damit zu tun haben. Münzen haben nichts zu bedeuten. Sammlerstücke.«

»Dein Bruder ist aber auffällig still.«

»Er ist schüchtern. Du machst ihm eine Heidenangst.«

Hinter meiner linken Schulter nehme ich einen Schatten wahr. Ein Hüne glotzt auf uns herunter. »Ja, sag gefälligst was, Junge.«

»Lasst ihn aus dem Spiel.« Die Warnung schwingt deutlich mit.

Ein weiterer Mann schiebt sich hinter Finn, um uns den Weg zur Tür zu verstellen. »Vielleicht haben wir hier ja zwei ihrer Spitzel am Wickel. Vielleicht können wir aus ihnen rausquetschen, wo sie unsere Mädchen verstecken.« Sein struppiger Bart bewegt sich kaum, wenn er spricht, sodass die Worte aus seinem Mundschlitz hervorgekrochen kommen wie Schlangen unter einem Dornenstrauch. Sicher glaubt er nicht wirklich, dass wir die Entführer sind, sonst hätte er uns längst niedergestreckt. Trotzdem beobachte ich seine Hand, die sich zu dem Dolch in seinem Gürtel schiebt. »Wir hören, Kleiner.«

In den vierzehn Jahren seines jungen Lebens hatte ich genug Gelegenheit, Finns sämtliche Gesichtsausdrücke kennenzulernen. Wie er über beide Ohren strahlt, wenn er eine Bachforelle fängt. Wie er die Brauen zusammenzieht, wenn er frustriert oder wütend ist. Wie sich seine Augen verdüstern, wenn ich für mehrere Monate Abschied von ihm nehme. Doch die Miene, die er jetzt macht, ist mir neu. Panik, Angst und noch mehr. Etwas wie Enttäuschung.

Ich lege Finn eine Hand auf die Schulter und drücke sie aufmunternd. »Er ist ein Junge. Einer, der zurück aufs Feld gehört, zur Erntearbeit. Tavernen sind kein Ort für ihn. Zeit zu gehen, Finn.«

»Nicht so schnell, Freundchen«, sagt der Riese hinter mir.

»Er sagt die Wahrheit.« Finns Aussprache liegt meilenweit daneben.

»Er ist aus Malam!«, brüllt der Wirt.

*Bei allen Senfkörnern!*

Jemand greift nach Finn, doch mein Bruder rutscht vom Hocker. Ich ramme dem Mann hinter mir einen Ellbogen in die Brust, bevor er sich Finn schnappen kann. »Raus hier!«, keuche ich.

Mein Bruder bahnt sich einen Weg zur Tür, während zwei weitere Männer auf mich zustürmen. Vier zu eins. Machbar. Und der Tresen hält mir den Wirt vom Leib.

Der bärtige Mann geht zum Angriff über. Ich springe zurück, packe meinen Hocker und stoße ihn dem Kerl in den Bauch. Um mich Richtung Tür zu bugsieren, ramme ich einen zweiten Mann mit der Schulter. Wehre einen Fausthieb ab. Stecke einen Kinnhaken ein. *Mistkerl.*

Ich blocke einen Schlag, ducke mich unter einem Angriff von der Seite weg und weiche knapp einem Hocker aus, der als Geschoss dient. Der Kampf wird mit begeistertem Grölen quittiert. Hie und da ruft jemand, man solle Schluss machen. Mit dem Kampf. Oder mit mir. In der Taverne bricht die Hölle los.

Ich schaffe es, einen der Männer auf den Spieltisch zu schubsen. Karten fliegen durch die Luft. Geld rasselt zu Boden. Durch die Ablenkung bleibt nur noch ein Hindernis zwischen mir und dem Ausgang übrig, ein wahrer Schrank von einem Mann. Er ist mindestens einen halben Kopf größer und einen halben Leibesumfang kräftiger als ich. Als er klirrend sein Schwert zieht, fluche ich laut.

Der Mann holt aus. Ich greife mir einen Hocker und schwinge ihn vor mich, um seine Klinge abzuwehren, bevor sie mir den Arm abschlägt. Die Wucht des Schwerthiebs fährt mir in jeden Knochen. Mit aller Kraft wirble ich den Hocker herum und stoße zu, was den Mann aus dem Gleichgewicht bringt und mir für einen winzigen Moment den Weg zur Tür frei gibt.

Finn ist auf der anderen Straßenseite. Er rennt auf eine kleine Gasse zu. Keuchend hetze ich ihm nach. Die Schläger aus der Taverne jagen uns quer durch die Stadt, doch sie sind besoffen und wir nüchtern. Wir schlängeln uns durch kleine Läden und verstecken uns in dunklen Ecken, bis wir alle Verfolger abgeschüttelt haben.

Am Nordrand von Rasimere steht eine alte, verlassene Scheune. Wir drücken uns an die Wand, die zum Wald zeigt, und schnappen nach Luft.

Finn rinnt der Schweiß über die Schläfen. »Ich fass es nicht.«

»Ich hätte dich fast ans Messer geliefert.« Ich stoße die Worte einzeln hervor, so wütend bin ich. Ich habe unserer Mutter und mir selbst geschworen, dass ich gut auf ihn aufpasse. Das ist mir bestens gelungen …

»Ach was. Ich fass es nicht, dass du mich wegschickst, bevor der Spaß überhaupt erst anfängt.«

Ich reibe mit dem Daumen über die Narbe, die unter meinem Wangenknochen beginnt und von meinem kurzen Bart verdeckt wird. »Der Spaß?«

»Ich hab nicht richtig austeilen können, aber trotzdem …«

»So weit hätte es überhaupt nicht kommen dürfen.«

»Meine erste Wirtshausprügelei«, sagt er stolz.

»Sei kein Dummkopf.«

Er strahlt mit der Sonne um die Wette.

Hinter der Ecke tappen Schritte über den Boden. Gerade als ich meinen Dolch zücke, taucht ein Mädchen mit gezogenem Schwert vor uns auf. Ihr rabenschwarzes Haar und das braun gebrannte Gesicht kommen mir vage bekannt vor. Verärgert, weil sie sich so unbemerkt anschleichen konnte, richte ich die Spitze meines Dolchs auf sie. »Halt. Was willst du?«

Um ihre Mundwinkel zuckt es. »Ich freue mich auch, dich zu sehen, Cohen.«

Ich lege die Stirn in Falten und zermartere mir das Hirn. Wer ist dieses Mädchen?

Sie stößt ein kurzes, krächzendes Lachen aus, das klingt, als würde es durch einen Dudelsack gepresst. »Du erkennst mich wohl nicht, was? Wir sind uns einmal begegnet …« Sie wartet ab, als hoffte sie, meiner Erinnerung auf die Sprünge geholfen zu haben. »In Celize.«

»Da bin ich vielen begegnet.«

Ihr Lächeln erstirbt. »Unter Enats Dach.«

Vor meinem geistigen Auge erscheint ein einsames Haus im Wald vor Celize. Mein Missmut weicht Erstaunen. »Die Tochter des Erzverräters. Lirra, nicht wahr?«

Ihr Vater ist dafür berüchtigt, sich öffentlich gegen das Säuberungsedikt gestellt zu haben – einen Erlass, der die meisten Animistinnen aus Malam vertrieben hat. Nachdem seine Frau und sein kleines Kind zur Strafe für seinen Treuebruch ermordet worden waren, floh er nach Shaerdan.

Lirra reckt sich wie ein Pfeil in die Höhe. »Nenn ihn nicht den Erzverräter. Hierzulande heißt er einfach Millner Barrett.«

»Nichts für ungut.«

Sie beäugt meinen Dolch. »Steck die Waffe weg, Jäger. Ich weiß, wo du die Frau findest, die du jagst.«

# Zwei

## TESSA

»Tessaaaa!« Gillian fährt hektisch von ihrem Platz am Fenster hoch. Ihre nachtschwarzen Brauen verschwinden fast unter dem perfekt gescheitelten Haar, so weit reißt sie die Augen auf. Mit ihren kleinen Händen umfasst sie meinen Arm, ohne den Dolch zu beachten, den ich gerade schleife, und zerrt mich ans Fenster. »Schau doch, eine Gruppe von Reitern. Sie tragen die königliche Fahne.«

Ich löse ihre Finger von meinem Arm und unterdrücke die Unruhe, die ihre Bemerkung in mir hervorruft. Seit einem Monat wohnt Gillian nun schon auf König Aodrens Wunsch bei mir, um mich gesund zu pflegen, doch dass ich ihre Aufregung über Besuche vom Königshof nicht teile, hat sie bisher noch nicht begriffen. »Gib acht. Ich hätte dich aufschlitzen können.«

Sie lacht verärgert auf. »Wohl kaum. Oder sollte ich lieber sagen: Wenn, dann würde es nicht versehentlich passieren.«

Ich pruste los. Für eine königliche Kammerzofe, die zu gutem Benehmen und tadelloser Ausdrucksweise erzogen worden ist, hat Gillian eine ganz schön spitze Zunge.

»Dein Dolch ist scharf genug. Leg ihn weg und geh dich ein bisschen hübsch machen. Was, wenn der König persönlich kommt?« Sie rümpft die Nase über meine alte Hose – Papas alte Hose –, die unter einer verblichenen Tunika an meinen Hüften hängt.

Meine Klinge singt wieder auf dem Schleifstein, und ich werfe Gillian einen Was-kümmert-mich-das-Blick zu. Dabei lässt es mich ganz und gar nicht kalt. Ich wünschte, der König würde endlich aufhören, derart Aufmerksamkeit auf mich zu ziehen. Nach jedem Besuch von ihm wird in der Stadt über mich geredet. Da kann es schnell passieren, dass mich jemand als Animistin bezeichnet. Und was dann?

»Du bist … grmpf … so widerspenstig.« Sie wirft die Hände in die Luft. Doch gleich darauf beruhigt sie sich, tastet mit den Fingern über ihr Haar und glättet eine unsichtbare Strähne, obwohl ihre Frisur makellos ist. Sie beherrscht den rabenschwarzen Helm perfekt. Gillian ist nur ein paar Jahre älter als Cohen, aber manchmal führt sie sich auf wie ein pedantisches altes Weib.

Ich lasse mich in den Holzsessel fallen und heuchle Gleichgültigkeit. »Wenn jemand unbefugt mein Land betritt, muss er mich eben so nehmen, wie ich bin.« Nur mühsam überspiele ich damit die Anziehung, die der sich nähernde Besucher auf mich ausübt – diesen körperlichen Sog, durch den ich mich fühle wie ein zu früh aus dem Winterschlaf erwachter Bär, den es knurrend zum Höhlenausgang treibt. Ich kralle die Finger in das Holz.

Senf und Pfeffer, warum lässt er mich nicht in Ruhe?

»Bei allen Göttern, Tessa. Mir ist wirklich unbegreiflich, warum irgendjemand dir einen Besuch abstatten wollte. Bitte, kannst du nicht wenigstens dieses eine Mal ein bisschen Anstand wahren?« Ihr besorgter Blick wandert von mir zum Fenster, wo die Nachmittagssonne schon tief am Himmel steht.

In den vergangenen vier Wochen haben Gillian und ich nahezu jeden wachen Moment miteinander verbracht, und so kennen wir uns nun sehr gut. Allein bin ich nur, wenn ich auf die Jagd gehe, da Gillian sich weigert mitzukommen. *Damen jagen nicht*, sagte sie letzte Woche. Ich versicherte ihr, dass Damen sehr wohl jagen gingen, wie das von mir geschossene Geflügel hinlänglich beweise. Gillian verdrehte die Augen. Sie habe die Edelfräulein des Königshofes gemeint. Herausgeputzte Hofdamen erlegten ihr Essen natürlich nicht selbst.

Mein Vater war in den Adelsstand erhoben worden, doch ich bin zur Hälfte Shaerdanerin – so gut wie Abschaum in Malam. Da ich also ebenso wenig Anspruch auf edles Geblüt erheben kann wie Gillians fetter Maulesel, der meinen Stall in Beschlag genommen hat, ist es für mich bedeutungslos, was »Damen« tun und was nicht. Ihre Antwort auf diese Feststellung war ein tiefer Stoßseufzer.

Unter meinen Stiefeln beginnt der Boden leicht zu vibrieren, während das Klapperdiklapp der Pferde immer lauter wird.

Gillian erbleicht; fast nimmt ihre bräunliche Haut den blassen Ton meines Teints an. Ihre geweiteten ebenholzschwarzen Augen zucken von der Tür zum Fenster und weiter zu mir. »Und wenn es tatsächlich der König ist? Willst du ihm so gegenübertreten?«

Ich bekomme Schuldgefühle, denn ich *weiß* ja, dass es der König ist. Vielleicht sollte ich ihren Rat also befolgen. Doch stattdessen kämpfe ich dagegen an, aus meinem Sessel aufzuspringen, packe den Dolch noch fester und verfluche Aodren lautlos. Ich wünschte, ich hätte dieses Wissen nicht. Ich wünschte, er würde endlich erkennen, dass er mich mit jedem Besuch in Gefahr bringt. Vor allem wünschte ich, ich hielte unsere innere Verbindung nicht vor allen geheim.

Besonders nicht vor Cohen.

In den letzten vier Wochen kam König Aodren mich dreimal besuchen. Jede Zusammenkunft hat mich in der Vermutung bestärkt, dass dieses merkwürdige Band, das uns aneinanderkettet – das mich zu ihm hinzieht, wenn er in der Nähe ist –, geschmiedet wurde, als ich ihm das Leben rettete. Damit löste sich auch die Verbindung, die ich zuvor zu Cohen hatte und die ganz anders war: Sie beruhte nicht auf Gegenseitigkeit. Weil sie so subtil war, bin ich sicher, dass Cohen sie nicht wahrnahm. Wir sprachen auch nie darüber, denn ich begriff gar nicht, was ich da fühlte. Doch die Verbindung zum König kann ich nicht ignorieren. Sie ist so viel stärker.

Deshalb bereiten mir seine hartnäckigen Besuche auch solches Kopfzerbrechen. Ich fürchte jedes Mal, dass jemand unser magisches Band bemerkt und mich als Animistin enttarnt. Aodren mag der König sein, doch ich bezweifle, dass er mich schützen könnte, wenn sich eine ganze Meute von Animistenhassern vor meinem Haus zusammenrottet.

Die Tür bebt, als dreimal energisch geklopft wird.

»Sitz gerade. Na los.« Gillians Flehen ist ein gehetztes Flüstern. Sie eilt zur Tür.

Ihre Hände zittern, als könnte der König höchstselbst an der Schwelle stehen. Lächerlich. Der Mann trägt so viele schwere Ringe an den Fingern, dass seine Diener für ihn klopfen müssen.

Die verrosteten Scharniere quietschen, als die Tür aufgeht und kühle Spätherbstluft hereinweht. Der königliche Haushofmeister tritt vor. »Eine Lieferung für Miss Flannery.«

Gillian lugt an dem Mann vorbei. Ihr Blick sinkt zu Boden, gefolgt vom Rest ihres Körpers. Ihre Röcke breiten sich in einem tiefen Knicks auf den Dielen aus. »Eure M-Majestät.«

Der Haushofmeister macht einem schlanken Diener in der königlichen Livree Platz, der ein Paket an mir vorbei ins Schlafzimmer trägt. Draußen wird etwas gemurmelt, und Gillian erhebt sich und folgt dem Diener.

Ich überlege, ob ich sitzen bleiben soll, doch es zieht mich derart unwiderstehlich hinaus zum König, dass ich mich krampfhaft an die Lehnen klammern muss. So quälend stark war die Verbindung zu Cohen nie.

Grummelnd gehe ich zur Tür.

Der Haushofmeister steht bei einem grauen Pferd, an dessen Sattel die königliche Flagge in einem ledernen Schaft steckt. Daneben sitzt der König auf einem weizenfarbenen Ross.

Anders als bei seinen vorherigen Besuchen, wo er von einem halben Dutzend Wachen flankiert wurde, hat er heute nur zwei Männer bei sich. Nun, da er nicht länger der hagere, kränkliche Mann ist, den ich vor einem Monat gerettet habe, ist die zusätzliche Leibgarde wohl überflüssig. Seine Schultern wirken breiter, die Beine stämmiger, kräftiger. Seine helle Haut hat einen goldenen Schimmer, der ahnen lässt, dass er viel draußen ist. Die silbrige Narbe an seinem Hals, ein Andenken an meinen Dolch, sticht dadurch nur noch mehr hervor.

Da taucht Gillian neben mir an der Schwelle auf. Ihre Nägel bohren sich in meinen Arm. Sie geht wieder in einen Knicks und zieht mich dabei mit hinunter. »Euer Erscheinen ist uns eine große Ehre, Eure Majestät. Tessa ist beglückt, dass Ihr ihr bescheidenes Heim mit Eurem Besuch beehrt.« Sie hält den Kopf so tief, dass sie in die Pflastersteine vor der Haustür hineinspricht. Ihre Worte strömen kalt durch meine Adern: Ich lese die Lüge in ihrer Seele. Die Wahrheit – wenn ich also tatsächlich über den Besuch dieses Mistkerls beglückt wäre – hätte sich warm angefühlt.

»Ihr dürft Euch erheben.« Unter der gewählten höfischen Art schwingt etwas Raues, Kantiges in der Stimme des Königs mit. »Ich bin gekommen, um unter vier Augen mit Tessa zu sprechen.«

Ich richte mich auf. Mir gefällt ganz und gar nicht, wie vertraulich er meinen Namen in den Mund nimmt. Wann lässt er mich endlich in Ruhe?

Sein goldenes Haar, das trotz der sechs Meilen, die er vom Schloss zu meinem Häuschen zurückgelegt hat, säuberlich gekämmt ist, kann Gillians Helmfrisur locker das Wasser reichen. Kein Staubkorn befleckt seine sandfarbenen Stiefel. Als ich ihn in seinem Schlafgemach vorfand, wo er bewusstlos und mit schwachem Puls unter der Kontrolle einer Seelenleserin dahindämmerte, wirkte er menschlicher, zugänglicher als jetzt. Eigentlich hätte ich lieber den Aodren von damals vor mir. Ich balle die Fäuste, als er absitzt und seine Männer warten heißt, so sehr treibt mich seine bis in die letzte Naht vollendete Erscheinung zur Weißglut. Und noch mehr ärgert mich der Drang, die Hand auszustrecken und sein Haar zu berühren. Nur um zu prüfen, ob es wirklich so glatt ist, wie es aussieht.

Der König marschiert an mir vorbei ins Haus. Gillian wirft mir einen flehenden Blick zu, bevor sie zu den beiden Dienern hinausgeht. Ich drehe mich mit einem missbilligenden Knurren um. Die gebieterische Art, mit der er mein Heim vereinnahmt, steigert meine Gereiztheit nur noch.

»Willkommen«, brumme ich und knalle die Tür hinter mir zu.

Wortlos mustert Aodren die Stube meines Häuschens. Einfache Holzstühle, verschlissene Vorhänge, aus Binsen geflochtene Matten vor der Feuerstelle und dem Esstisch – viel zu sehen gibt es da nicht. Sein Blick wandert über den Schleifstein und die Messer auf dem Tisch und verharrt dann bei der Tür zum Schlafzimmer, die offen steht. Auf Papas altem, löchrigem Quilt sind Kleider ausgebreitet. *Kleider?*

Fünf edle Seidenroben.

Ungeeignet für die Jagd, das Fährtenlesen oder das alltägliche Leben.

Ich ziehe die Stirn in Falten. Beim letzten Mal hat er einen eleganten Umhang und eine goldene Halskette mitgebracht. Hat er noch alle Senfkörner beisammen? Was für eine Verwendung sollte ich dafür haben?

»Ein Geschenk«, sagt er, als hätte er meine Gedanken gelesen. »Für den Hofball zur Winterweihe.«

Auf Papas Wunsch war ich mit fünfzehn, sechzehn und siebzehn bei den Feierlichkeiten zur Winterweihe mit dabei gewesen. Er meinte, wir seien verpflichtet, uns dort zu zeigen, da ich nun als junge Frau galt und nicht mehr als Kind. Also führte er mich durch die von Laternen erhellten Straßen von Brentyn, auf denen Tische voller Holunder- und Salbeizweige standen und Schweine an Spießen brutzelten. Die Stadtbewohner schwatzten in kleinen Gruppen miteinander oder tanzten auf dem Marktplatz. Glücklicherweise schenkten die meisten mir keine Beachtung. Die wenigen, die es doch taten, verdarben die fröhliche Stimmung mit ihren Beleidigungen, die mir plötzlich wieder in den Ohren klingen.

Keine zehn Pferde bringen mich mehr auf dieses Fest, geschweige denn auf den pompösen Ball im Schloss, mit dem die Edelleute die Winterweihe begehen.

König Aodrens jadegrüne Augen heften sich auf meine, und ich merke, dass ich meinen Protest laut ausgesprochen habe.

»Ich … ähm … bitte um Verzeihung.« Ich reibe meine feuchten Handflächen an meiner Hose trocken. Dieser Mann könnte mich hinrichten lassen, wenn er wollte – unwahrscheinlich, aber trotzdem. »Fünf Kleider sind, ähem, übertrieben.«

»Ihr sollt wählen können.«

Ich mache ein verwundertes Gesicht.

»Für den Winterball. Wo ich Euch vor versammeltem Hofe in den Adelsstand erheben werde.«

Wärme strömt von meinem Bauch bis in die Zehen – das bestätigt mir, dass er die Wahrheit sagt. Mir wird ganz flau im Magen. Adelsstand? Er hat eindeutig den Verstand verloren.

Ist ihm überhaupt klar, wie das aussehen würde?

Seit dem Tod meines Vaters wünsche ich mir nichts weiter, als in Papas Hütte und an Cohens Seite unbehelligt mein einfaches Leben zu leben.

Doch Cohen ist fort. Und er hat vor seinem Aufbruch nicht um meine Hand angehalten. Einen schmerzlich kurzen Kuss und ein *Ich werde sie schnappen*, mehr habe ich nicht bekommen. Jetzt sitze ich hier fest, mit einem König, der mich nicht in Ruhe lassen will, und mit meiner Seelenlesergabe, die wie ein Feuer in meinen Adern brennt und mich mit dem unbändigen Drang quält, sie zu benutzen.

Ich hasse es, dem König nahe zu sein und von unsichtbaren Klauen zu ihm hingezogen zu werden. Erstens, weil ich nicht weiß, wie ich das Band lösen kann. Und zweitens, weil Cohen nichts von meiner Verbundenheit mit dem König ahnt. Aber Cohen entgeht kaum etwas; irgendwann werde ich unser sonderbares Verhältnis erklären müssen, und das jagt mir schon jetzt Angst ein.

Ich durchquere das Zimmer und stelle mich an den Tisch, in Reichweite meines Dolchs. Die Sicherheit, die er mir bietet, habe ich gerade bitter nötig. »Eure Geste ist …« – ich suche nach den richtigen Worten – »… unnötig. Ich bin nicht adelig, und ich verfolge keine hehren Ziele. Auf dem Winterball habe ich nichts verloren.«

»Euer Vater gehörte dem Adel an. Ihr habt sein Land geerbt. Ihr verdient die Vorrechte, die damit einhergehen.«

Ich lache trocken auf. »Wenn Ihr mit ›Vorrecht‹ die Aufnahme in den Adel meint, nein danke.«

»Mir wurde gesagt, dass die Brentyner Euch abweisend begegnen.« Er klingt unsicher. »Und ich … nun ja, ich habe so manches beobachtet. Nach der Verkündigung würdet Ihr anders behandelt werden.«

»Nein.« Ich versteife mich. Schwer zu sagen, was mich mehr ärgert: dass er die Grausamkeit anderer mir gegenüber bemerkt hat oder seine absurde Idee, die nur noch mehr Zorn auf mich ziehen würde. Noch mehr Aufmerksamkeit, die mir den Tod bringen könnte.

Sein Gesicht erschlafft einen Augenblick lang, bevor es sich verhärtet. Er ist es nicht gewohnt, dass man ihm mit Nein antwortet. Ich weiß nicht, wie ich ihm begreiflich machen soll, dass ich kein Interesse daran habe, mich unter die gestriegelte, klunkerbehängte malamische Oberschicht zu mischen. Also sage ich lieber gar nichts.

»Ihr habt mein Leben gerettet. Und im Gegenzug …«, seine Stimme ist gedämpft, sein Tonfall gemessen, »… bestehe ich darauf, das Eure zu verbessern. Im Übrigen sind die Roben ein Geschenk, mit dem ich mich nicht nur erkenntlich zeigen, sondern auch Euren Geburtstag ehren möchte.«

Woher weiß er das? Ich schnappe mir meinen Dolch, öffne und schließe die Finger um den Griff.

»Ich weiß, ich komme einen Tag zu spät, doch ich habe meinen

Besuch bewusst aufgeschoben, damit Ihr ungestört mit Miss Tierney feiern könnt.«

Ich werde Gillian erdrosseln. Wir haben kleine Kuchen gebacken und sind in den Wald geritten, um meinen achtzehnten Geburtstag einzuläuten. Während ich noch etwas länger draußen umherstreifte, muss sie eine Nachricht zum Hof geschickt haben. Ich wünschte, ich könnte die Roben und den König zur Tür hinauswerfen. Ich will nur, dass Cohen zurückkommt, mehr nicht. Das wäre ein viel besseres Geburtstagsgeschenk.

König Aodren wendet sich ab, betritt mein Schlafgemach und berührt ein grünes Kleid. Es hat beinahe genau die Farbe der Kiefern, die sich im See spiegeln.

»Welches auch immer Euren Gefallen findet, tragt es zum Ball in zwei Wochen.« Ein Befehl, keine Frage.

Ich bringe nur ein gequältes Gesicht zuwege. »Ich verstehe mich nicht auf höfische Dinge.«

Sieht er denn nicht, dass ich mich am liebsten mit einem Dolch schmücke? Eher laufe ich nackt durch einen Wald voller Bären und Pumas, als mich für einen königlichen Ball herauszuputzen.

»Ihr könnt doch gewiss einen Abend erübrigen.« Seine Lippen verziehen sich zu einem feinen, beinahe flehenden Lächeln. Als ließe er mir eine Wahl.

In meinem Magen bildet sich etwas Hartes, Schweres.

»Falls Ihr Euch wegen Eurer Tanzkünste sorgt, bringe ich Euch gern die Schritte bei.«

»Ich sorge mich um mein Leben.« Ich funkele ihn an.

»Ich würde niemals zulassen, dass Euch etwas geschieht.«

Aha. Ich werfe meinen Dolch klirrend auf den Tisch, marschiere zur Tür und reiße sie auf.

»Ihr kommt doch?« Es klingt wie eine Frage, ist aber keine. Nicht wenn er ist, wer er ist, und ich bin, wer ich bin. Ich spähe zurück zu meinem Dolch und überlege, ob ich ihn auf die Kleider schleudern soll, um ihnen das Herz zu durchbohren. Vielleicht versteht er diese Sprache ja besser.

»Gut«, stoße ich zwischen zusammengebissenen Zähnen hervor. Das Wort hinterlässt einen galligen Geschmack auf meiner Zunge und einen dumpfen Schmerz hinter meinen Augen.

Er nickt knapp und geht hinaus.

Ich bohre die Fingernägel in die Handflächen, während der König und seine Männer in den Endlosen Wald davonreiten.

Gillian kommt freudestrahlend hereingeschwebt. Am liebsten würde ich sie schütteln und dieses Lächeln auslöschen. Ich knalle die Tür zu.

»Du siehst aus, als würdest du jemanden umbringen wollen.« Gillian wirbelt so schwungvoll zu mir herum, dass ihre Röcke über den Boden fegen.

»So fühle ich mich auch.«

Ein Blinzeln. »Gefallen dir die Kleider nicht?«

»Fragst du das im Ernst? Du lebst seit einem Monat mit mir unter einem Dach.«

»Nun ja. Es ist nicht deine gewöhnliche Garderobe, aber doch immerhin eine Abwechslung zu den ewigen braunen Hosen.«

»Sie sind für den Hofball zur Winterweihe. Er will mich dort mit seinem königlichen Glanz bestäuben und in den Adelsstand erheben.«

Gillian presst die Hände an die Wangen und tut, als fiele sie in Ohnmacht.

»Lass das«, blaffe ich.

Sie stolziert ins Schlafgemach und nimmt ein rosenfarbenes Kleid in die Hand. Dieses Grinsen. *Senf und Pfeffer.* Sie ist genauso verrückt wie der König.

Das Band zum König, das in meiner Brust immer noch straff gespannt ist, lenkt mich von ihrem aufgeregten Geplapper ab. Ich drücke eine Hand aufs Herz. Ich würde alles geben, um von Aodren frei zu sein. Um in Frieden auf Papas Land leben zu können. Doch ich weiß nicht, wie ich die Verbindung kappen soll.

*Wäre Enat noch am Leben* – der Gedanke ist niederschmetternd –, *wüsste sie, was zu tun ist.* Sie würde mir sagen, wie ich mich vom König lösen könnte. Seit fünf Minuten ist er schon fort, und ich kann immer noch genau bestimmen, wo im Endlosen Wald er sich gerade aufhält.

Ich schlage mit der Faust gegen die Tür. Ich muss einen Weg finden, das Band zu lösen. *Ich muss.*

Gillian fährt erschrocken hoch. »Davon geht doch die Welt nicht unter.«

Gerade als ich antworten will, spüre ich etwas Sonderbares, ein Zittern, das mir durch die Haut bis ins Mark fährt. Ich taumele, halte meine plötzlich feuchte Hand und mustere mit wachsender Beklemmung erst Gillian, dann die Tür. Ein Unbehagen erfasst mich vom Kopf bis in die Zehenspitzen, wie ein Tropfen Gift, der Schlieren durch ein Glas mit klarem Bier zieht.

Dieses Gefühl hatte ich schon einmal.

»Was ist los?« Gillians Fäuste knittern die rosenfarbene Seide.

Keuchend reiße ich die Tür auf und starre in den Endlosen Wald hinaus. Die eisigen Finger des Windes streichen mir übers Gesicht. Es ist nichts zu sehen, doch etwas ist hier faul.

»Der König.«

# Drei

## COHEN

»Na los, sags uns schon«, platzt Finn heraus.

Ich werfe ihm einen ärgerlichen Blick zu. Er schürzt die Lippen und lehnt sich gegen die Scheune.

Ich kratze an meiner Narbe und mustere das Mädchen von oben bis unten. Sie ist etwa in Tessas Alter. Obwohl sie ein Stück kleiner ist, strafft sie die Schultern in der gleichen selbstbewussten, kampferprobten Art. Ihre lockere und doch sichere Schwerthaltung verrät, dass sie eine geübte Kämpferin ist. Bei ihrem Anblick wächst die Sehnsucht nach meinem Mädchen ins Unermessliche.

Finn wiederholt mit einem ehrfürchtigen Flüstern, dass die Tochter des Erzverräters vor uns steht. Ich ignoriere ihn und wende mich direkt an Lirra. »Wie können wir dir vertrauen?«

Ihr Grinsen wird breiter. »Habt ihr denn eine andere Wahl?« Sie spricht in dem typischen shaerdanischen Singsang-Tonfall.

»Wir könnten fortreiten.«

»Und wohin? Bestimmt weiß man schon bis an die Küste, dass ihr zwei hier seid. Jeder Shaerdaner, der eure Herkunft erkennt, wird euch niederknüppeln, bevor er auch nur ein Wort mit euch spricht.«

»Ich habe Freunde.«

»Nicht hier.« Sie schiebt ihr Schwert in die Scheide.

Ich greife den Dolch fester. Das ist wahr.

»Was schlägst du vor? Du gibst mir Auskunft. Und dann?«

Ehe sie antworten kann, stellt sich Finn neben mich. »Ich bin Cohens Bruder.« Er streckt die Hand aus.

»Finn«, warne ich.

Nach ihrem Handschlag lächelt er mich verlegen an. Er hätte eine Standpauke dafür verdient, dass er sich so leicht aus der Reserve locken lässt. Vorerst verbeiße ich es mir. Dazu ist Zeit genug, wenn wir das Mädel losgeworden sind.

»Wir sind uns in Celize begegnet. Was verschlägt dich so weit in den Süden?«, frage ich.

Sie senkt kurz den Blick. »Ich habe dich gesucht.«

Auch ohne Tessas Seelenlesergabe weiß ich, dass sie etwas verheimlicht. »Ach ja?«

Sie hebt die Schultern.

Für so was habe ich verflucht noch mal keine Zeit. Ich habe die Schnauze voll von solchen Spielchen. Und wenn ich stattdessen an jede Tür in Rasimere klopfen und jeden Einheimischen bekämpfen müsste, der mich für einen Spitzel oder Entführer hält. »Grüß deinen Vater von mir. Wir gehen, Finn.« Ich stecke den Dolch weg, mache ein paar Schritte im Schatten der Scheunenwand und halte in dem Waldstück vor uns Ausschau nach Siron.

»Wo willst du hin?«, ruft mir die Tochter des Erzverräters nach.

Finn schließt hastig zu mir auf und wirft mit verwirrt gerunzelter Stirn einen Blick über die Schulter. »Cohen, was ist, wenn sie wirklich helfen kann?«

»Dann würde sie helfen, statt uns auf die Nerven zu fallen.«

Lirra hechtet um uns herum und versperrt mir den Weg, indem sie einen Arm zur Scheunenwand ausstreckt.

»Ich suche ebenfalls nach jemandem. Vor zwei Wochen ist meine Freundin Orli entführt worden. Ich versuche herauszufinden, wohin sie gebracht wurde.«

»Von wem?«

»Na, wenn ich das wüsste, würde ich jetzt nicht mit euch reden.« Sie winkt spöttisch ab.

Das Mädel ist stachlig wie ein Kaktus.

»Vielleicht ist sie abgehauen. Wollte mal woandershin.«

»Mädchen verschwinden nicht einfach so.«

»In letzter Zeit anscheinend schon.«

Sie rümpft die Nase. »Stellst du dich immer so quer? Ich weiß, dass du die Gerüchte gehört hast.« Als meine Brauen in die Höhe wandern, schmunzelt sie. »Von mir könntest du noch einiges über geräuschloses Anschleichen lernen.«

Finn lacht, und ich funkele erst ihn und dann Lirra böse an.

»Allein hier in der Gegend werden drei Mädchen vermisst. Es heißt, ein malamischer Lord stecke dahinter. Selbst wenn das Gerücht manipuliert ist, wird jeder in Shaerdan, der Augen im Kopf hat, nach Malamern Ausschau halten.«

Wo sie recht hat, hat sie recht.

Lirra verschränkt die Arme und lehnt sich mit der Schulter an die Wand. Von dem verwitterten Holz blättert etwas grüne Farbe ab und bleibt an ihrem orangefarbenen Kleid hängen. »Also: Ich will meine Freundin finden, und wenn euer König klug ist, wird er wissen wollen, was an den Gerüchten dran ist. Noch ist die Kriegsgefahr nicht gebannt. Ein Funke würde reichen, um die Fehde zwischen Shaerdan und Malam wieder aufflammen zu lassen.«

»Der König gibt nicht viel auf Gerüchte«, erwidere ich. Wenn ich ehrlich bin, will ich nicht noch mehr Zeit weitab von Brentyn verbringen. Aber ich darf nicht vergessen, dass ich im Dienst der Krone stehe. Ich habe einen Eid abgelegt, den Befehlen des Königs Folge zu leisten und für das Wohl Malams einzutreten.

Doch ein Gerücht ist kein ausreichender Grund, eine weitere Verfolgungsjagd zu beginnen. Gerüchte führen einen so sicher in die Irre wie ein Geflecht aus Dornenranken.

»Hast du irgendetwas Konkretes?«, frage ich.

Lirra streicht sich die Farbspäne von der Schulter. »Orli ist von der Stallarbeit nicht zurückgekehrt. Am Abend begann ihre Familie sich Sorgen zu machen. Sie war wie vom Erdboden verschluckt.«

»Gesetzt den Fall, jemand hat sie tatsächlich entführt.« Ich verschränke die Arme.

»Deine Skepsis ist eine Zumutung.« Sie sieht starr an die Scheunenwand, bevor sie sich wieder mir zuwendet.

»Ist dein Vater auch hier?«

Ihre Mundwinkel kräuseln sich kurz, dann zuckt sie gleichgültig die Achseln. »Papa hat es nicht so mit Reisen.«

Die ausweichende Antwort steigert meine Gereiztheit noch einmal deutlich.

»Unsere Ma auch nicht«, fügt Finn hinzu. Das stimmt, tut jetzt aber wirklich nichts zur Sache.

»Du hast also den ganzen Weg von Celize hierher allein geschafft.« Ich schlage Finns Hand weg, als er an der abblätternden Farbe zu kratzen beginnt. Er wirft mir einen beleidigten Blick zu. »Warum brauchst du jetzt meine Hilfe?«

»Ich vermute, dass Orli nach Malam gebracht worden ist. Das Gesetz verbietet mir, die Grenze zu überqueren. Wenn ich es trotzdem an den Grenzwächtern vorbei schaffe, müsste ich mich ständig vorsehen, dass niemand mich als Shaerdanerin erkennt. Denn das käme einem Todesurteil gleich. Also schlage ich einen Handel vor.« Sie tritt zurück und schnippt einen Käfer aus einer ihrer Rockfalten. »Ich sage dir, wo Phelia ist, und du beschützt mich in Malam, bis wir Orli gefunden haben.«

»Ach, das ist alles?« Für den Preis einer Ortsauskunft will sie einen Leibwächter und einen Fährtenleser? Bockmist.

Sie nickt.

Ich lache, und ihre Augen werden schmal.

»Sobald ich Phelia gefangen habe, bringe ich sie nach Malam. Da hab ich leider keine Zeit, auf eine kleine Shaerdanerin aufzupassen.«

»Wenn du Phelia nicht bald findest, wird sie weiterziehen. Dann geht auch eure Jagd weiter. Ihr seid in den letzten Wochen durch genügend Ortschaften gekommen, um bemerkt zu werden. Bald werdet ihr in eine Falle laufen. Vielleicht schon sehr bald.«

Ihr Ton spricht Bände. Sie weiß von einer realen Gefahr. Ich merke, dass ich die Hand um meinen Gürtel verkrampft habe. Stattdessen schließe ich sie nun um meinen Dolchgriff. »Und wie könnte diese Falle aussehen?«

Sie stemmt die Hände in die Hüften. »In der nächsten Stadt erwartet euch eine Gruppe der dortigen Sippschaft. Phelia führt euch schon seit Tagen gezielt dorthin.«

»Woher weißt du das? Von deinem Vater?«

Ein Nicken.

Ich glaube ihr. Der malamische Erzverräter hat ein mächtiges Netz an Informanten.

Durch die Ebene östlich von Rasimere windet sich ein breiter Fluss. Seufzend lasse ich den Blick über den Strom bis zum Horizont schweifen und wünsche mir das Malamische Gebirge herbei, das zu Tessas Heimat führt.

»Cohen, hör zu. Ich brauche deine Hilfe.« Lirra rückt näher. »Im Fährtenlesen bin ich besser als mein Vater. Ich kann einem Menschen in die Seele blicken und seine halbe Lebensgeschichte lesen. Aber ich war noch nie in Malam. Ich kenne mich dort nicht aus und würde bestimmt ziemlich schnell geschnappt werden.«

Ich beobachte, wie sie mit der Stiefelspitze in der Erde wühlt: Sie ist verunsichert. »Was sagt dein Vater dazu, dass du auf Orlis Spuren nach Malam reitest?«

Ihr Mund wird schmal. »Er weiß es nicht. Orli ist in Gefahr. Da kann ich doch nicht rumsitzen und Däumchen drehen. Eine gute Spürnase habe ich. Jetzt brauche ich nur noch etwas Muskelkraft an meiner Seite.«

Finn räuspert sich und drückt die Brust raus.

Ich remple ihn von der Seite an, und Lirra grinst.

Wenn ich die Tochter des Erzverräters nach Malam schmuggle, könnte mir das später Ärger machen. Die Vorstellung gefällt mir nicht, aber ich bewundere ihre Courage und Entschlossenheit. Ich atme durch. »Glaubst du wirklich, dass sie in Malam ist?«

Sie nickt, den Blick in die Ferne gewandt.

Finn schnaubt. »Kein Malamer würde shaerdanische Mädchen entführen und sie nach Malam bringen. Es ist zu riskant, sie über die Grenze zu schaffen. Außerdem haben wir genug eigene hübsche Mädchen.«

»Die Malamer holen sie doch nicht, um sie zu heiraten.« Lirra verdreht die Augen.

»Warum dann?«

Ich verbiete Finn nicht den Mund, weil ich mich dasselbe frage.

»Jedes der entführten Mädchen hat eine animistische Gabe. Die Malamer stehlen sie, um ihre Magie zu nutzen.«

Ich brauche einen Moment, bis ich das verdaut habe. »Animistische Magie ist in Malam verboten.« Frauen, die als Animistinnen angeklagt werden, landen am Pranger oder im Kerker und werden auf dem Scheiterhaufen verbrannt. Der Gedanke trifft mich wie ein Schlag in die Magengrube.

»Warum sonst sollten sie es auf die jungen Animistinnen abgesehen haben?«

»Du denkst, der oder die Entführer stellen eine Art magischer Armee auf? Gegen wen sollte die kämpfen?« Ich versuche, sie nicht anzusehen, als hätte sie den Verstand verloren. Es gelingt mir nicht.

»Das will ich ja gerade in Erfahrung bringen. Wenn wir die Antwort auf diese Frage kennen, werden wir Orli finden.«

Finn ist das Kinn so weit runtergeklappt, dass es aussieht, als wollte er Insekten fangen. Ich stupse ihn an und wende mich wieder Lirra zu. »Bist du allein auf diese Theorie gekommen?«

Sie schüttelt den Kopf. »Das war mein Papa.«

»Weil es entsprechende Hinweise gibt?«

»Weil er früher Ähnliches im Sinn hatte. Nachdem er vor den Gardewachen des Königs nach Shaerdan geflohen war, erwog er, mit einem Heer aus Animistinnen zum Gegenschlag auszuholen. Malam hat mehr Waffen, mehr Soldaten und Festungen, die schwer einzunehmen sind. Aber einem magischen Angriff hat es nichts entgegenzusetzen.«

Ich kann mir lebhaft vorstellen, von welcher Rachlust Millner nach der Ermordung seiner Frau und seines Kindes angetrieben wurde. Keine Ahnung, was ich täte, wenn ich Tessa verlieren würde.

Wenn die Mädchen in Zusammenhang mit einer größeren Bedrohung stehen, ist es meine Pflicht der Krone gegenüber, dem nachzugehen.

Trotzdem, irgendetwas stimmt da nicht. »Warum sollten sie die jungen Frauen erst nach Malam bringen?«, frage ich. »Sie könnten das Heer doch hier an einem geheimen Ort zusammenziehen.«

Lirra schüttelt den Kopf. »Das müssen wir ja herausfinden. Du hast recht, es ergibt keinen Sinn. Aber wie dem auch sei, wenn in Shaerdan weiter Mädchen entführt werden, könnte das für Richter Auberdeen Anlass genug sein, unsere beiden Königreiche in den Krieg zu schicken.«

Ihre Worte treffen einen wunden Punkt. Es läuft mir eiskalt über den Rücken.

»Abgemacht.« Ich strecke meine Hand aus. »Du hilfst mir. Ich finde deine Freundin und die anderen Mädchen. Und ich forsche nach, was genau Malam da bedroht.«

# Vier

## TESSA

Mit dem Bogen in der Hand sprinte ich in den Stall und sattle Schneefeuer. Meine Stute ist schon uralt, aber ein anderes Reittier habe ich nicht. Hätte König Aodren mir statt Kleider ein Pferd gebracht, hätte ich ihn nicht so schnell hinausgeworfen.

Zum ersten Mal ist mir unsere Verbindung nicht zuwider.

Mit fliegenden Hufen galoppiert Schneefeuer über den gefrorenen Boden und durch das spröde Unterholz in die Richtung, in die es mich zieht. Je tiefer wir in den Endlosen Wald eindringen, desto mehr treibe ich sie an. Wir folgen dem gewundenen Pfad am Fuß des Avemoir, eines der höchsten Gipfel in der kiefernbestandenen Gebirgskette. Als wir den Anstieg beginnen, spüre ich Schneefeuers Anstrengung und Erschöpfung, und das macht mir Sorgen.

Nein, es macht mich wütend.

Ich will mein einziges Pferd nicht verlieren, nur weil Seine Königliche Hochnäsigkeit so töricht war, sich in Gefahr zu begeben. Ich verdränge den Gedanken und setze der unsichtbaren Spur nach, bis sich wenige Meilen später das magische Band zwischen uns plötzlich deutlich strafft. Hier stehen die stolzen Kiefern stramm wie

Soldaten, die sich zur Schlacht aufreihen. Die Strahlen der Spätnachmittagssonne fallen schräg durch die Bäume und funkeln auf reifbedeckten Zweigen. Schneefeuer fällt in einen Schritt. Ich kneife die Augen zusammen und suche die Umgebung nach Hinweisen ab.

Ein umgestürzter Baumstamm, das mit Raureif überzogene Laub auf dem Waldboden, die schmale Lichtung zwischen den Bäumen – ich kann keine Anzeichen menschlicher Anwesenheit erkennen.

Frust wallt in mir auf, weil ich ihn nicht sehe, obwohl ich spüre, dass er ganz in der Nähe ist.

»König Aodren?«

Die Frage hallt laut aus dem schweigenden Wald wider. Die Härchen auf meinen Armen sträuben sich, und ich beiße mir auf die Lippen. Genauso gut könnte ich mir eine Zielscheibe auf die Brust malen und mich in die Mitte der nächstbesten Lichtung stellen.

Geräuschlos gleite ich aus dem Sattel. *Fokus ist ebenso eine Waffe wie dein Bogen.* Papas Worte dröhnen mir in den Ohren. Ich bewege mich mit äußerster Vorsicht.

Pfeil im Anschlag.

Schritt für Schritt.

Vor mir rührt sich etwas in dem dichten Unterholz – der Wind bläst ein schwarzes Stück Stoff vor und zurück, vor und zurück. Der starke Sog in Richtung des Fetzens lässt mich meine Deckung aufgeben.

Ich stürze nach vorn und sehe sogleich den arroganten Mann, der noch vor einer halben Stunde unter meinem Dach stand. Aodren liegt bewusstlos auf der Seite, doch das straffe Band zwischen uns bestätigt mir, dass er lebt. Fast könnte man meinen, er halte nur ein Nickerchen, wenn die bittere Kälte nicht wäre. Oder seine Diener nicht ein paar Schritte weiter zusammengesackt am Boden lägen.

Ich pirsche mich argwöhnisch und mit zitternden Händen an die anderen Männer heran. Der gefrorene Boden zwischen den Bäumen knackt unter jedem Schritt.

Der erste Mann hat beide Hände um den Hals geschlossen, als hätte er keine Luft mehr bekommen. Seine braunen Augen sind glasig und starren ins Leere. Gerade eben noch war er in meinem Haus und hat die Kleider für den königlichen Ball über das Bett drapiert. Galle steigt mir die Kehle hoch, als ich keuchend einen Satz zurück mache. Mein Herz klopft zum Zerspringen. *Oh Götter, helft.* Was ist hier geschehen?

Ich überwinde mich dazu, neben dem zweiten Mann in die Hocke zu gehen. Obwohl seine Augen geschlossen sind, weiß ich – noch ehe ich ihn überhaupt berührt habe –, dass er nicht mehr unter den Lebenden weilt.

Als Tochter eines Jägers war der Tod mein ständiger Begleiter.

Der Tod dieses Mannes fühlt sich an wie ein Flecken eiskalten Wassers in einem sommerwarmen See. Mit der einen Hand umklammere ich meinen Bogen, die andere presse ich auf den Mund, während ich beide Männer rasch auf sichtbare Ursachen für ihren Tod untersuche. Aber ich kann keine Wunden entdecken. Keine Anzeichen für einen Kampf, nur die um den Hals gekrampften Hände des einen, unter denen ich jedoch keine Würgemale sehe.

Es ist, als hätten sie sich einfach hingelegt, um zu sterben.

Der Überlebensinstinkt lässt mich jede Schicklichkeit über Bord werfen. Ich hechte zum König und befühle seine Schultern, den Hals, die Brust, die Oberschenkel nach Wunden. Unter meinen Händen summt seine Lebensenergie, deren Fluss ich bis in mein Innerstes spüre. Auf einmal bin ich dankbar für unsere unverbrüchliche Verbindung, die mir die Gewissheit gibt, dass er am Leben ist. Dennoch lege ich den Bogen zur Seite und halte zwei Finger unter seine Nase, bis ein warmer Atemzug darüberstreift. Sicher ist sicher.

Er hat ein Schwert und einen Säbel umgegürtet. Offenbar war keine Zeit, eine Waffe zu ziehen. Abgesehen von dem zerrissenen Umhang sind seine Gewänder unversehrt und sauber. Seine Lederhandschuhe weisen keine Kampfspuren auf. Kein Blut befleckt seine Hose. Wie hat Aodren nur überlebt? Warum wurde er am Leben gelassen?

All diese Rätsel läuten in mir wie Wetterglocken vor einem aufziehenden Sturm. *Flieh*, schreien sie. *Lauf weg. Gefahr.*

»König Aodren, wacht auf.« Ich rüttle ihn unsanft an der Schulter.

Er reagiert nicht.

Mein Puls dröhnt, die Ungewissheit steigert sich zu nackter Panik. *Was soll ich tun?*

Ich stehe auf und lege einen Pfeil ein.

Enat hat mir beigebracht, auf den Puls des Lebens im Wald ringsum zu lauschen. Wenn ich eine menschliche Energie erspüre, könnte ich bestimmen, wie unmittelbar die Gefahr ist.

Ich beginne damit, meine Gedanken leiser werden zu lassen. Ich versuche, mich für das beständige, schwache Sirren des Lebens zu öffnen. Langsam weite ich meine Wahrnehmung der Umgebung aus. Ich höre meinen Atem, das schnelle *Ba-bamm, Ba-bamm* in meiner Brust, das *Wusch-wusch-wusch* der Lebenskraft, die durch die Bäume und Sträucher fließt. Wäre ich nicht so verängstigt, würde mich meine Seelenlesergabe ehrfürchtig stimmen.

Meine Sicht wird trübe. Nadelstiche prickeln in meinen Armen, und meine Muskeln werden schwer, als hätte ich stundenlang Wasserkrüge geschleppt. Mein Atem hallt mir betäubend laut in den

Ohren. Die Warnzeichen der Erschöpfung stellen sich ein, und ich weiß, dass ich aufhören muss. Enat hat mich davor gewarnt, zu viel Energie aufzuwenden. Es könnte mein Tod sein.

Im selben Augenblick bemerke ich etwas Lebhafteres als das Summen des Waldes, wie Gambentöne über einer Cister. Mehrere Energien, die dort ineinanderfließen: Das verweist auf eine Gruppe von Menschen. Dass ich sie so klar ausmachen kann, kann nur bedeuten, dass sie nicht weit entfernt sind.

*Nichts wie weg.*

Ich klicke zweimal mit der Zunge, und Schneefeuer trabt an meine Seite. König Aodren ist anderthalb Köpfe größer und bestimmt dreißig Kilo schwerer als ich; es wird nicht leicht, ihn hochzuheben. Ich lege meinen Bogen auf die Erde, um die Hände frei zu haben. Hastig sehe ich mich auf der Lichtung um und finde einen dicken, entwurzelten Baumstumpf, den ich zu Schneefeuer herüberziehe. Dann benutze ich den Strick aus meiner Satteltasche, um den König wie ein Stück Großwild zu fesseln. Den Rest des Seils führe ich über den dicken Ast eines nahen Baums, befestige es am Holzstumpf und rolle diesen mit aller Kraft zur Seite, um das Seil zu spannen. So kann ich den König schließlich vom Boden und auf Schneefeuers Rücken wuchten. Mit zitternden Muskeln und schnappenden Atemzügen ziehe und schiebe ich so lange, bis er quer über dem Sattel liegt.

Eine schöne Angelegenheit ist das nicht. Wenn der Mann bislang keine blauen Flecken hatte, gibt es jetzt mit Sicherheit welche. Das tut mir zwar leid, aber wenn es darum geht, ein Leben zu retten, darf man nicht zimperlich sein.

Mit dem Bogen in der Hand schwinge ich mich hinter dem König in den Sattel und greife nach den Zügeln.

Schneefeuer stellt die Ohren auf.

Mein Blick folgt der Richtung und heftet sich auf die Bergflanke, wo fünfzig Schritte hangaufwärts eine Frau in Sicht kommt. Ihr schwarzer Umhang bläht sich in einem plötzlichen Windstoß. Auf einer Seite flattert ein zerrissener Zipfel. Geräuschlos schreitet sie auf uns zu. Sie erinnert mich an einen Winterwolf: eisgraublaue Augen unter messerdünnen, silbrigen Brauen, elfenbeinfarbene Haut und hellbraunes Haar mit mondlichtweißen Strähnen.

Und obwohl jede Farbe und jedes Leben in ihr verblasst zu sein scheinen, verströmt sie eine gefräßige Dunkelheit.

Ich befehle meinen Fingern, still zu halten, hebe den Bogen und ziele auf das Herz der Frau. »B-bleibt stehen.«

Sie senkt fast unmerklich das Kinn, und zu meiner Verwunderung gehorcht sie.

»Wer seid Ihr?« Meine Stimme wankt. Ich verziehe das Gesicht.

König Aodren gibt ein leises Stöhnen von sich. Ich richte mich im Sattel auf. Mein Beschützerinstinkt wird übermächtig. »Habt Ihr diese Männer getötet?«

Ihre langen Finger, die mit schwarzen, wie aufgemalt wirkenden Schnörkeln überzogen sind, legen sich um die Ränder ihres Umhangs. »Hallo, Tessa.«

Ihr vertraulicher Ton lässt mir die Haare zu Berge stehen.

In der Residenzstadt Brentyn kennen mich viele. Schließlich war mein Vater der Kopfgeldjäger des Königs und meine Mutter eine geächtete Shaerdanerin. Für gewöhnlich folgt auf meinen Namen eine Verwünschung, keine Neugier. Diese Frau spricht, als kenne sie mich, betrachtet mich aber, als sei ich ihr unbekannt.

Ein kalter Luftzug pfeift durch die Bäume und weht der Frau den Umhang von einer Schulter.

Beim Anblick ihres Halses japse ich laut auf. Die elfenbeinfarbene Haut ist von denselben Linien überzogen wie ihre Hände, pechschwarze Adern, die sich schlängeln und kräuseln. Die Mitglieder der Königsgarde tragen das königliche Wappen, einen Hirschkopf, in die Haut geritzt wie ein Brandzeichen. Doch ihre verschnörkelten Male sind anders. Sie haben kein erkennbares Muster.

»Ich wollte dich schon seit langer Zeit treffen.« Ihre Stimme, eine Mischung aus Kratzern und Soprantönen, reißt mich aus meinen Betrachtungen.

»Mich?«, platzt es aus mir heraus. Es dauert einen Augenblick, bis mir auffällt, dass ihre Worte nichts in mir ausgelöst haben – keine Wärme im Bauch, die mir bestätigt, dass sie die Wahrheit sagt, und keine Kälte, die eine Lüge anzeigt. Dieses Nichts verstört mich wie ein schriller Misston. Mir wird ganz schwindelig davon, und ich erinnere mich, dass es mir schon einmal so ergangen ist.

Schneefeuer scharrt mit den Hufen in der Erde und tänzelt unruhig auf der Stelle.

Ich … ich weiß, wer diese Frau ist.

Von Enat habe ich gelernt, dass ich zwar bei anderen wahr und falsch unterscheiden kann, meine Gabe jedoch nicht bei meinesgleichen wirkt. Nur wenn eine Seelenleserin mich aus freien Stücken in ihr Inneres blicken lässt, kann ich die Wahrheit oder die Lüge in ihren Worten spüren.

»Ihr … Ihr seid *sie.*« Ich strecke den Bogenarm und drehe den Ellbogen nach außen. Die Frau rührt sich nicht.

Sie strafft die Schultern. Ich öffne und schließe die Finger an der Sehne, weil mir plötzlich ein Junge einfällt, der mich in meiner Kindheit immer schikaniert hat. Wie die anderen Kinder ärgerte er mich bei jeder Gelegenheit. Aber nachdem die Beleidigungen ausgesprochen waren, ging er nicht fort. Er lungerte weiter in meiner Nähe herum und beobachtete mich, als wäre ich eine Grille, die er in einem Glas gefangen hatte.

Genau so mustert sie mich jetzt, mit stechendem, herausforderndem Blick.

Mein Pfeil könnte sie auf der Stelle töten. Sie hat sich mit Lord Jamis verschworen, um Aodren vom Thron zu stoßen. Sie machte sich den König mit animistischer Magie untertan und spielte mit ihm wie mit einer Marionette.

Sie ist der Grund dafür, dass ich vor nicht allzu langer Zeit auf einer ähnlichen Lichtung wie dieser kauerte und meine Großmutter in den Armen hielt, während ihre letzten Atemzüge durch ihren Leib rasselten.

Kummer schwärzt mein Herz und mein Denken, erfüllt mich mit Hass und Anklage.

Der Tod dieser Frau wäre gerechtfertigt.

Doch trotz dieses düsteren Gedankens, trotz der Dunkelheit, die von mir Besitz ergriffen hat, weiß ich, dass diese Strafe nicht von meiner Hand kommen darf. Nachdem ich Tomas umgebracht habe, den Gardewächter, der Enat auf dem Gewissen hatte, habe ich mir geschworen, nie wieder unüberlegt ein menschliches Leben zu nehmen. Und doch fällt es mir in diesem Moment schwer, mich darauf zu besinnen.

Ich senke den Bogenarm ein winziges Stück, um den Pfeil stattdessen auf ihren Oberschenkel zu richten. »Ihr seid Phelia«, sage ich. Sie soll erfahren, dass ich genau weiß, wer sie ist.

»So ist es.« Ihre unheimliche, raue Stimme wird lauter. »Nur hast du mir damit die Überraschung gestohlen. Ich wollte mich zuerst als deine Mutter vorstellen.«

*Was?*

Ich starre sie entsetzt an. Sie kann nicht meine Mutter sein. Nicht sie. Unzählige Male habe ich mir die Frau erträumt, die mich geboren hat. Ich habe sie mir immer als offenen, warmherzigen, liebevollen Menschen vorgestellt. Nicht so. Niemals. Sie lügt. Sie will mir etwas vorgaukeln.

Schneefeuer weicht schnaubend zurück. Ich habe ihr die Knie in die Seiten gebohrt. Ich schaffe es nicht, sie zu beruhigen. Es hat mir die Sprache verschlagen.

*Die Gabe wird über die mütterliche Linie weitervererbt.* Enats Worte branden in mir auf.

Ich will schon den Kopf schütteln und drohen zu schießen, halte aber inne, als die Frau die Hände hebt und durch die Luft rührt, als bewege sie sie durch Wasser.

Eine unsichtbare Kraft erhebt sich, umbraust mich, erfasst mich. Mir stehen sämtliche Haare zu Berge. Ich schnappe nach Luft und kann das Zittern in meinen Armen und Beinen nicht unterdrücken, das die Woge der Energie – ihrer Energie – in mir auslöst. Anders als Enats starkes, gleichmäßiges Flirren ist die Lebenskraft dieser Frau beängstigend mächtig. Flammend und frei.

Schneefeuer wiehert. Ich packe König Aodren, damit er nicht herunterfällt, falls mein Pferd steigt.

»Mein Name ist Rozen. Und du, Tessa, bist meine Tochter.« Ihre Stimme hat die versteinernde Macht eines knurrenden Pumas. Diesmal lässt sie es zu, dass ich die Hitze ihrer Worte wie siedendes Öl durch meinen Bauch brennen und unter der Haut brodeln spüre. Die Wahrheit versengt mich.

Die schreckliche, schreckliche Wahrheit.

# Fünf

## COHEN

Lirra blinzelt zweimal, als hätte sie mein Sinneswandel verblüfft. Sie nimmt meine Hand. »Phelia ist in der Ölhandlung ihrer Eltern in der Stadt.«

Ich krame zwei neue Tuniken aus meinem Bündel und werfe Finn eine zu, bevor wir den Stadtkern erreichen. Wir ziehen uns um, damit wir anders aussehen als bei unserem spektakulären Abgang aus der Taverne. Eine dürftige Verkleidung, aber ich habe es so eilig, Phelia zu stellen, dass mehr nicht möglich ist.

In einer Gasse in der Nähe der Hauptstraße tasten wir uns von Schatten zu Schatten, schlüpfen durch schmale Passagen und enge Höfe, schieben uns unbemerkt an der Kirche im Herzen der Stadt vorbei. Von den Ecken des Kirchendachs sehen die Statuetten vier verschiedener Götter auf uns herunter. Am Ende der Straße liegen die Taverne und die Ölhandlung.

Ich schätze die Entfernung ab und zähle die Passanten. Ganz in unserer Nähe flattern Vögel in die Sparren des Kirchendachs und lassen sich gurrend nieder.

Tauben.

*Mit fünfzehn hatte Tessa lange, schmale Finger. Als sie meine Hand nahm, konnte ich den Blick nicht abwenden. Konnte die Erinnerung an den Puma nicht abschütteln. Oder daran, wie vergeistigt sie in den Fängen des Todes gewirkt hatte. Als sie sagte: ›Du bist mir so wichtig‹, brannte ich vor Scham.*

*Ich war gekommen, um Lebwohl zu sagen, um ihr zu erzählen, dass ich als Kopfgeldjäger nach Shaerdan ginge …*

*»Ich empfinde mehr für dich. Ich will mit dir zusammen sein.«*

*»Goldstern.« Ich zog sie an mich, mein Herz ein tosender Wintersturm. Ich war ihrer nicht würdig. Verdiente das Leben nicht, das sie beinahe geopfert hätte, um meins zu retten. Aber Götter, wie weich sie war. Ihr Haar, ihre Haut, ihre Lippen. Seit jeher brachte sie mich damit um jeden klaren Gedanken. Die Worte, die ich hätte sagen sollen, waren wie weggeblasen. Stattdessen flüsterte ich: »Warte morgen auf mich. Ich komme zurück.«*

*Als ich davonritt, kam mir Sauls Warnung wieder in den Sinn.*

*Wenn Tessas animistische Fähigkeiten ans Licht kämen, würde man sie umbringen. Die Heilerin hatte zu viele Fragen gestellt. Je länger ich in Brentyn blieb, in desto größere Gefahr brachte ich sie. Ich würde nie zulassen, dass ihr etwas zustieß.*

*Ich hasste mich dafür, dass ich fortging. Ich ritt die ganze Nacht durch. Doch so schnell Siron auch galoppierte, meinen Gewissensbissen entkam ich nicht. Ich hätte ihr nicht versprechen dürfen, wiederzukommen. Sie verdiente ein ehrliches Lebwohl, aber ich war zu schwach dafür. Sie würde mich hassen. Zur Hölle, ich hasste mich selbst.*

*Das Morgengrauen wurde von glucksenden, gurrenden Lauten erfüllt. Als ich unter den Ästen hindurchritt, die über den Pfad reichten, stoben Vögel davon. Nur einer nicht, ein kleiner weißlicher Federbausch. Er flog ein Stück voraus und suchte sich einen anderen Ast, von dem er mich beobachten konnte. Seine Anwesenheit reizte mich, wie eine Marktplatztaube, die um Krumen bettelt.*

*»Mach, dass du wegkommst.« Ich zügelte Siron.*

*Der Vogel zeigte sich unbeeindruckt.*

*»Sssch! Weg!«*

*Er gurrte. Verfluchtes Vieh.*

*»Hau ab!«*

*Keine Ahnung, was mich so zur Weißglut brachte, aber ich riss den Dolch aus meinem Gürtel und schleuderte ihn auf den Vogel. Ein Wutschrei entrang sich meiner Kehle. Ein Schrei, den ich zurückgehalten hatte, seit ich von Tessa fortgegangen war. Der Dolch traf sein Ziel. Ein erschrockenes Tschilpen hallte durch den stillen Wald, und das gefiederte Knäuel plumpste auf die Erde.*

*Mit zittrigen Händen saß ich ab. Der Vogel war zu klein, um ihn zu rupfen und aufzuessen. Was für eine Verschwendung. Was für eine Dummheit.*

*Blut besudelte die goldblonden Federn um meinen Dolch. Ich kauerte nieder, zog meine Klinge aus dem Tier und betrachtete das Elend. Der Dolch, lachhaft groß gegen den winzigen Körper der Taube, hatte sie glatt aufgespießt. Ganz und gar verkehrt.*

*Es war keine gewöhnliche Taube, wie sie auf den Marktplätzen herumschwirren. Dieser Vogel war kleiner. Seltener.*

*Reue machte sich in mir breit wie Ratten, und die Galle kam mir hoch. Ich hob eine blutbefleckte Feder auf. Mein Hals wurde eng.*

*Ich hatte eine weiße Taube getötet.*

Ich lege die Hand an den Gürtel, über die Tasche mit dem zusammengefalteten Pergament, in dem ich seit bald zwei Jahren eine weiße, goldblond schimmernde Feder verwahre.

Das Klirren von Eisen auf Stein lenkt meine Aufmerksamkeit auf eine Gruppe von Trunkenbolden, die über die Straße torkeln. Zwei davon erkenne ich aus der Taverne wieder. Ich fluche in mich hinein.

Ich bedeute Finn und Lirra, schneller zu gehen. Doch als wir aus einer Nische hervorkommen, kreuze ich den Blick des bärtigen Mannes von der Schlägerei vorhin. Verdammt. Er ist ein ganzes Stück von mir entfernt, scheint mein Gesicht aber sofort zuordnen zu können. »He, da sind diese Hunde aus Malam!«

Ich packe Finn am Arm und zerre ihn durch das Kirchenportal. Lirra folgt uns hastig. Unsere Schritte hallen über die steinernen Fliesen. Die Bänke stehen wie eine Riege Soldaten aufgereiht. Das weite, hohe Kirchenschiff schwingt sich zu einem blattförmigen Deckengewölbe empor, unter dem ich mir wie ein Zwerg vorkomme. Ich drehe mich zu Lirra und Finn um und lege einen Finger an die Lippen. Auf Zehenspitzen tappen wir durch die Schatten auf eine flackernde Laterne zu, die auf dem Steinaltar am anderen Ende des Raums steht.

Sowohl in Malam als auch in Shaerdan lassen die Geistlichen immer ein Licht brennen.

Wir gehen durch eine Pforte links vom Altar. Sie führt in die leere Kammer des Geistlichen, in der mehrere brokatene Talare in einem Schrank hängen.

Ich nehme mir einen und werfe Finn ebenfalls eine Robe zu. Er zieht die Schultern bis zu den Ohren hoch und macht ein verängstigtes Gesicht. Wahrscheinlich gehen ihm die Ermahnungen unserer Mutter durch den Kopf, aber wir haben keine Zeit, uns um Ehrerbietung und Respekt zu scheren. Wer tot ist, kann niemandem mehr Respekt erweisen.

Aus dem Kirchenschiff dringen Türenschlagen und Gebrüll zu uns. Schritte donnern über die Steinfliesen.

»Nicht nachdenken, anziehen!« Ich lasse den Talar über meine Tunika und das Schwert wallen.

Finn schüttelt den Kopf.

Das Rufen und Trappeln wird lauter.

»Hör auf deinen Bruder. Anders kommen wir hier nicht raus.« Lirra zückt ihr Schwert und richtet es auf die Tür.

Finn klappt stumm den Mund auf und zu und krallt die Finger in den Brokat. Dann zieht er sich den Talar über den Kopf. Der schwere Stoff verschluckt seine schmale Figur und bauscht sich um seine Füße.

Diese Verkleidung wird niemanden täuschen.

Leise fluchend schlage ich mir die Kapuze über den Kopf und bedeute Finn und Lirra mit einer Geste, mucksmäuschenstill zu bleiben. Dann trete ich aus der Kammer.

Die Pforte fällt hinter mir ins Schloss, und alles verstummt. Die Blicke der vier Männer zwischen den Kirchenbänken heften sich auf mich. Ihre Finger schließen sich um ihre Schwertknäufe.

»Meine Freunde, seid ihr gekommen, um Buße zu tun?« Ich senke die Stimme, doch mein Bariton hallt vernehmlich von den Wänden wider.

Einer der Männer fragt: »Wo ist Bruder Nevin?«

»Ins Gebet vertieft.«

»Für gewöhnlich ist er allein.«

Ich halte das Kinn gesenkt und schaue unter dem Rand meiner Kapuze hervor. Die Entschlossenheit in seinen glasigen Augen gerät ins Wanken. Wären diese Männer nicht so betrunken, würde der Plan nicht aufgehen.

»Ich bin aus Celize hergekommen, um ihn zu besuchen«, sage ich.

»Mir war so, als wären zwei Männer hier reingegangen. Habt Ihr wen gesehen?« Der Mann trommelt auf sein Schwert.

»Nein. Nur ihr habt die Ruhe gestört.«

Ich warte, während er krampfhaft überlegt, was er als Nächstes sagen soll. Zu meiner Erleichterung winkt er die anderen hinaus und wendet sich zum Gehen. Die vier sind schon beinahe aus der Tür, da dreht sich der Mann noch einmal um.

»Ihr kommt aus Celize, sagt Ihr?«

»Ja.«

»Da wohnt meine Schwester. Muss zu Eurer Gemeinde gehören.«

Ich zögere. »Vielleicht. Wir können uns glücklich schätzen, dass die Götter uns die Schönheit des Meeres geschenkt haben. Das Rauschen der Wellen an den Klippen unter unserer Kirche ist wahrlich göttliche Musik.« Ich halte den Atem an, während ich auf seine Reaktion warte. Bei dem Gedanken an das letzte Mal, als ich dort war, mit Tessa an meiner Seite, muss ich mir ein Lächeln verbeißen.

Das Gesicht des Mannes entspannt sich. »Ja, das sagt meine Schwester auch. Gehabt Euch wohl, Ehrwürden.«

Sie verschwinden. Ich rühre mich nicht von der Stelle, bis ihre Schritte verklungen sind. Man könnte eine Stecknadel fallen hören, so still ist es. Ich weiß nicht, wann der echte Geistliche zurückkommen wird. Aber ich weiß, dass eine Dreiergruppe mehr Aufmerksamkeit erregt als ein Einzelner.

Also werfe ich einen entschuldigenden Blick in Richtung der geschlossenen Pforte und mache mich allein auf den Weg.

Mit tief in die Stirn gezogener Kapuze überquere ich die Straße. Abgesehen von einer Gruppe Männer, die vor der Kirche herumlungern, sind nicht viele Leute unterwegs. Ich winke ihnen vage zu. Offenbar gehören sie nicht zur Kirchengemeinde, denn sie schlurfen ungerührt weiter. Ich warte, bis sie außer Sichtweite sind, und eile zum Laden des Ölhändlers.

An der Tür schlägt mir eine Wolke feuchter, aromatischer Luft entgegen. Große Behälter fangen auf, was von den Kräutern, die mit einer Art Schmalz beschmiert und zwischen Glasplatten gepresst sind, herabtropft. Eine so große Ölhandlung habe ich selten gesehen.

Nachdem ich den Talar abgestreift und in einen Korb gestopft habe, zwänge ich mich durch das Labyrinth aus Destilliertischen, Fässern und Regalen voller Phiolen mit gelben, grünen, braunen und goldenen Ölen zu einem Schreibtisch durch, an dem ein Mann und eine Frau Seite an Seite arbeiten.

Auf den ersten Blick erinnert mich der dunkelhaarige Mann an Saul – wohl wegen der geduldigen Miene, mit der er der viel jüngeren Frau zusieht. Sie ist ihm wie aus dem Gesicht geschnitten, muss also seine Tochter sein.

Als sie mich bemerkt, versteift die Frau die Schultern und packt die Tasche, die unter dem Tisch steht.

»Rori?« Der Mann wirkt verwundert.

»Nichts, Vater, nur Nachschub für die Ölpresse.« Ihr panischer Blick wandert zu mir, und sie setzt eine Maske der Gleichgültigkeit auf. »Wünscht Ihr etwas?«

»Ich suche jemanden. Eine Frau namens Phelia.« Ich fahre mit dem Finger durch den Staub auf einem Ölkrug und beobachte die Frau aus dem Augenwinkel. Sie ist angespannter als ein Schmuggler an der Grenze.

»Ich weiß von niemandem hier, der so heißt.« Der Stuhl des Mannes knarzt, als er sich zurücklehnt.

»Seid Ihr sicher?« Ich wische mir die Hände an der Hose ab. »Man hat mir gesagt, dass sie hier hereingegangen sei.«

Der Mann schüttelt den Kopf. »Ich bedaure, aber nur meine Tochter –«

»Vater.« Sie erhebt sich und verstellt ihm die Sicht auf mich. »Ihr seid falsch informiert. Wenn Ihr kein Öl braucht, geht jetzt bitte.«

»Rori, so redet man nicht mit Kundschaft.« Der Mann steht auf und tritt neben seine Tochter vor den Tisch.

Sie entspricht nicht der Beschreibung, die ich von Phelia habe, doch das schmutzige, rissige Leder ihrer Stiefel verrät mir genug. Sie hat eine Reise zurückgelegt. Daraus und aus ihrer Nervosität schließe ich, dass Lirra recht hatte und das hier die Frau ist, der ich gefolgt bin oder die mich zu Phelia führen wird.

»Nichts für ungut.« Ich mache einen Schritt zurück und sehe mich im Laden um. »Dann geh ich wieder.«

Rori entspannt sich merklich. Ich wende mich ab und schlängele mich Richtung Ausgang.

Draußen umrunde ich vorsichtig das Haus, bis ich auf der Rückseite einen Stall erkenne. Ich nicke und gehe.

Als ich wieder in die Kirche komme, ist Lirra eine zischende Giftnatter.

»Wenn du noch mal einfach so abhaust, bekommst du mein Schwert zu spüren.« Sie stürmt durch den Kirchengarten und stößt dabei Verwünschungen gegen mich aus.

Finn folgt ihr langsam. »Wo warst du denn?«

Ich vergewissere mich, dass die Luft rein ist, und zeige ans andere Ende der Straße, wo Pferdewagen an der Ölhandlung vorüberrattern. »In der Ölhandlung.«

Lirra wirbelt herum und baut sich vor mir auf. »Was spielst du da, Jäger? Warum hast du uns in der Kirche zurückgelassen? Versuchst du etwa, die Abmachung aufzulösen?«

»Reg dich ab. Niemand löst etwas auf. Ich habe dir bereits versprochen, deine Freundin und die anderen Mädchen zu finden. Mein Wort gilt.«

Sie wirft mir einen vernichtenden Blick zu. »Wehe dir, wenn nicht.«

Wir huschen aus dem Schatten der Kirchenmauer zu einer Lücke zwischen den gegenüberliegenden Häusern. Als wir sicher sein können, dass die Männer aus der Taverne nirgendwo zu sehen sind, begeben wir uns zu dritt zur Ölhandlung. Finn und Lirra betreten den Laden, ich schleiche mich zum Pferdestall. Nach meinem Besuch ist die Tochter des Ölhändlers wahrscheinlich auf das Schlimmste gefasst. Mein Bauchgefühl sagt mir, dass sie sich Hals über Kopf in den Stall begeben wird, wenn Finn und Lirra auftauchen. Und damit läuft sie mir direkt in die Arme.

Nicht lang, und ich höre Stiefel über den strohbedeckten Boden trappeln. Ich warte hinter einem erschöpften Junghengst, dessen Flanken mit getrocknetem, schaumigem Schweiß bedeckt sind. Also muss er wohl der Tochter des Ölhändlers gehören. Er scheint mir das einzige Pferd zu sein, das kürzlich geritten worden ist. Dass sie das Tier nicht besser versorgt, macht mich fuchsteufelswild. Was will das Mädel mit einem Pferd, wenn sie es so vernachlässigt?

Die junge Frau kommt angelaufen und wirft dem Hengst ihre Satteltasche über den Rücken. Fast trifft sie mich damit an der Brust.

»Wo wollen wir denn hin, Phelia?« Ich packe das Bündel und schiebe die Hand hinein, um herauszuangeln, was sie da bei sich trägt.

Sie japst auf und entreißt mir die Tasche. »Das ist nicht mein Name.«

»Möglich, aber halb Shaerdan scheint dich für Phelia zu halten. Und du sagst mir jetzt gefälligst, warum.«

Sie presst die Lippen aufeinander.

Mir platzt der Kragen.

Ich halte ihr ein Kräutersäckchen unter die Nase, und sie blinzelt. »Ach nein? Dann kann mir vielleicht dein Vater verraten, was das ist? Nicht viele tragen einen solchen Beutel bei sich. Ich selbst habe das bisher nur bei einer Frau gesehen. Einer Seelenleserin. Die benutzte die Kräuter für Heiltees und andere Zaubereien.«

Mit gezücktem Dolch trete ich neben die junge Frau. Es war Enat, die stets ein Kräutersäckchen wie dieses um ihre Hüfte geschlungen trug. Mal mischte sie daraus einen Schlaftrunk, mal einen Heilsud, mal wehrte sie damit unerwünschten Besuch auf ihrer Lichtung ab. »So. Raus mit der Sprache.«

Die Tochter des Ölhändlers taumelt zurück. Als ihr dämmert, dass sie in der Falle sitzt, beginnen ihre Hände zu zittern. »Ich … ich kenne sie nicht. Ich bin ihr in der Nähe von Padrin über den Weg gelaufen, und sie merkte wohl irgendwie, dass ich Geld brauchte. Sie verlangte nichts weiter von mir, als auf meiner Heimreise jeden Morgen einen Tee zu trinken. Ansonsten sollte ich nur schnell reiten, dir aus dem Weg gehen und dich nach Sima führen.«

»Was ist das?«

»Die von hier aus nächste Stadt.«

Aha. Die Falle. »Was bewirkt der Tee?«, zische ich. Ihre Erklärung ist so verwirrend wie ein Esel in einem Stutenrennen.

»Es ist ein Zauber. Wenn die Leute mich anschauen, sehen sie sie.«

Ich wusste nicht, dass Zauber auch so funktionieren können, aber die animistische Magie wird für mich wohl immer ein Buch mit sieben Siegeln bleiben. Es sollte mich nicht wundern, dass Phelia, die als Seelenleserin über die mächtigste der fünf animistischen Gaben verfügt, zu so etwas imstande ist. Doch warum ist sie dann nicht einfach untergetaucht? Warum hat sie mich einen Monat lang einem Trugbild nachjagen lassen?

»Wo ist sie hin?« Die Verzweiflung in meiner Stimme klingt wie ein Knurren.

»S-s-sie hat es mir nicht gesagt.« Die junge Frau zieht den Kopf ein und ringt die Hände. »Aber ich … also, ich habe sie wegreiten sehen. Sie hat die Straße nach Norden genommen, die durch die Blutroten Haine nach Malam führt.«

Ihre Worte graben sich wie eine Klinge mit Widerhaken in mein Herz. Ein böser Verdacht keimt in mir auf. Warum sollte Phelia nach Malam zurückkehren? Sie könnte so einiges im Schilde führen – ihrem Liebhaber, Lord Jamis, zur Flucht aus dem Verlies zu verhelfen oder den König wieder unter ihre Kontrolle zu bringen.

Um meinen Frust abzulassen, trete ich gegen einen Strohballen.

Es bringt nichts.

Eins ist klar. Ich muss zurück nach Hause.

# Sechs

## AODREN

*Götter, nicht schon wieder.*

Ich kann weder Arme noch Beine bewegen.

Mein Kopf ist bleischwer. Mein Mund ist staubtrocken. Meine Lider wollen sich nicht heben.

So erschlagen, träge und benebelt habe ich mich zuletzt vor einem Monat gefühlt, als ich peinvoll erfahren musste, was es bedeutet, aus dem Bann schwarzer Magie zu erwachen. Ich war von einer Seelenleserin verhext und von einer anderen erlöst worden, so hatte es mir Hauptmann Omar erklärt. Ohne die Narbe an meinem Hals und das Wort meines einzigen Vertrauten hätte ich das Ausmaß von Lord Jamis' Verrat kaum zu glauben vermocht. Indes: Von dem einstigen Prinzregenten hätte ich eigentlich nichts anderes erwarten dürfen. Schließlich hat er mich nicht zum ersten Mal betrogen.

Wer weiß, welches Unheil er noch anrichten wird.

Ich grabe in meinem Gedächtnis nach dem letzten klaren Bild, bevor die Benommenheit mich überwältigt hat.

Es zeigt sie.

Das gertenschlanke Mädchen mit dem stählernen Rückgrat. Tessa Flannery, Sauls Tochter.

Ich denke an ihren kämpferisch funkelnden Blick und versuche die gleiche zornige Kraft aufzubringen, denn der Drang, mich wieder dem Schlaf anheimzugeben, ist stark. *Wach auf.*

Der Pferdegeruch, die Schmerzen, die sich überall in meinem Körper melden, und ein merkwürdig kratziges Kissen halten mein Bewusstsein lebendig. Durch den Nebel dieser Sinneseindrücke dringt wie von fern eine menschliche Stimme.

»Du, Tessa, bist meine Tochter«, sagt eine Frau. Ihre Stimme ist schroff, voller Pfeilspitzen aus Granit, und so unheimlich vertraut, dass sich mir die Nackenhaare sträuben.

Ich will sprechen, doch es kommt nur ein Stöhnen über meine Lippen.

Wie zur Antwort spüre ich einen warmen Druck am Rücken. Ist das eine Hand? Endlich schaffe ich es, meine verklebten Lider einen Spalt zu öffnen. Es ist mühselig, aber nach langem Blinzeln sehe ich klar genug, um Pferdehufe und mit Reif bedecktes Gebüsch ausmachen zu können.

Hufe? Ich versuche, den Kopf zu drehen, doch er gehorcht mir nicht. Mein Kopf fühlt sich schwerer an als der protzige Thron, den mein Vater zu seinen Lebzeiten in Auftrag gab. Etwas Hartes bohrt sich mir in Bauch und Brust und schnürt mir die Luft ab. Als würden zwei knochige Knie gegen meine Rippen drücken.

Ich balle die Hände zu Fäusten und befehle meinen Armen, sich zu rühren, aber sie liegen fest an meinem Leib an. Fester als unter dem bleiernen Druck eines magischen Banns. Bin ich gefesselt? Ich will wie ein akarischer Krieger aufbrüllen, bringe aber nur ein Ächzen zustande.

»Ich könnte Euch mit diesem Schuss töten.« Die Worte sind klar, und ich erkenne die Stimme sofort. Sie kommt von irgendwo über mir. Tessa Flannery. Sie muss diejenige sein, die mich am Rücken berührt. Ich entspanne mich ein wenig unter ihrer Hand.

»Das könntest du, doch du wirst es nicht tun. Du weißt bereits, dass ich dir nichts zuleide tun werde.« Die grässliche Stimme kommt mir auf sonderbare Weise bekannt vor. »Sonst wärst du schon längst tot.«

»Wie diese Männer?«

Keine Antwort.

»Und was ist mit ihm?«

»Er war mein Lockvögelchen für dich. Du scheinst nicht erfreut darüber. Ich habe ihn einstweilen am Leben gelassen.«

»Ihn werdet Ihr nicht töten.« Der Druck gegen mein Schulterblatt wird stärker.

Das Blut, das mir in den Kopf steigt, lässt mich schwindeln. Ich versuche wieder, das Kinn zu heben und die Beine zu bewegen, um zu begreifen, warum ich mit dem Gesicht nach unten bäuchlings über einem Pferd liege.

»Käme sein Tod dir nicht entgegen?«, fragt die Frau, und ich werde von dem panischen Drang gepackt, mich aus der unerbittlichen Umklammerung zu befreien. »Das Band, das dich an ihn fesselt, war doch sicher gewöhnungsbedürftig. Ein wahrlich hoher Preis für deine so großzügig gespendete Energie. Willst du denn nicht frei von ihm sein?«

»Sprecht nicht so, als kenntet Ihr mich.« Tessas Worte sind schärfer als der Dolch, den sie trägt. Ich stelle mir vor, dass sie die gleiche drohende Miene aufgesetzt hat, mit der sie mir so oft begegnet ist.

»Ich wollte dich kennenlernen. Das Mädchen, das meinen Bann

gebrochen hat. Hat Enat dir erzählt, dass unsere Gabe mit achtzehn Jahren die volle Reife erreicht? Alles Gute zum Geburtstag, mein Kind.«

Ein Japsen, und die warme Hand an meinem Rücken ist weg. Ich recke den Hals, doch außer den zertrampelten Büschen um die Beine des Pferdes kann ich nichts erkennen. Meine Position ist zu ungünstig.

»Halt!« Tessas Befehl lässt mich bei dem Versuch, die Fesseln um meine Gelenke zu lösen, kurz innehalten.

»Bist du denn kein bisschen neugierig? Niemand in Malam kommt dir gleich. Niemand außer mir. Ich habe dich heute hierhergeholt, damit du dich mir anschließt. Das ist mein Geschenk an dich. Komm mit mir, in die Gesellschaft anderer Animistinnen.«

»Und wenn ich nicht will?«

»Du willst nicht auf der Seite der Verlierer stehen, Tessa. Warum solltest du einem Mann die Treue halten, der unsereins jagen lässt? Er ist schwach. Sieh nur, wie leicht seine Männer gefallen sind. Aodren verdient deine Gefolgschaft ebenso wenig, wie er die Macht über dieses Land verdient. Komm mit mir und geh bei mir in die Lehre. Ich werde dich von ihm losbinden. Ich werde dir zeigen, wie stark wir Animistinnen in Wirklichkeit sein können. Willst du denn gar nicht wissen, wozu du imstande bist?«

Schweigen.

Erinnerungsfetzen tauchen auf –

Eine Zofe in meinem Schlafgemach. Sie sei gekommen, den Nachttopf zu leeren, sagt sie und wirkt überrascht, als hätte sie nicht mit mir gerechnet.

Dieselbe Frau, die neben Jamis an meinem Bett steht. Ihre Stimme in meinem Kopf. Ihre Worte aus meinem Mund.

Eine verschleierte Frau heute auf dem Weg durch den Wald, um Hilfe flehend, ihre Kutsche sei gleich dort hinter der Biegung in einen Graben geraten.

Ihr unter dem Stoff hervorscheinendes Gesicht. Der Blitz, der mich trifft, als ich sie erkenne.

Tessa spricht mit der Seelenleserin!

Ich stöhne und winde mich in meinen Fesseln. Sie sagte, sie sei Tessas Mutter. Doch das kann nicht sein. Ich kenne Tessas Vater – und damit auch Tessa –, seit ich denken kann. Ihre Mutter starb bei ihrer Geburt. Das ist entweder eine heimtückische List oder diese Frau ist von den Toten auferstanden. Ich frage mich, ob Tessa erkannt hat, dass die Seelenleserin nicht allein ist. So viel weiß ich nun wieder.

Ich zappele noch entschlossener.

Wer auch immer mir die Hände gebunden hat, war verflucht gründlich.

Phelia wurde von mindestens sechs jungen Frauen flankiert, die allesamt unbewaffnet waren. Daher sah ich keinen Anlass zur Sorge, als meine Männer von ihren Pferden absaßen. Bis Phelia das Mädchen berührte, das ihr am nächsten stand, und ein übernatürlicher Windstoß mich wie ein Fausthieb am Kinn traf und aus dem Sattel warf. Tessa ist stark, aber kann sie es mit einem halben Dutzend Animistinnen aufnehmen?

Mein Beschützerinstinkt verleiht mir die nötige Kraft. »Nein«, bringe ich hervor.

»Sssch.« Wieder spüre ich ihre warme Hand am Rücken.

»Nein«, versuche ich es noch mal. Sie muss wissen, dass wir von hier fortmüssen. »Gmmnpf … Falle. Eine F-Falle.«

Tessa flucht. Ein *Fffffh* ertönt direkt über mir, wie von einem

Pfeil. Ein Keuchen. Dann ein *Umpf.* Hat man auf uns geschossen? Ich wälze mich auf dem verdammten Pferd hin und her und stammele ihren Namen. »T-Tessss.«

Jemand zerrt an meinen Armen. Ein Messer fährt durch das Seil, das meine Gelenke aneinanderfesselt. Dann habe ich die Arme frei, und sie rollt mich herum, bis ich ihre Knie im Rücken spüre. Ich merke, dass das Pferd unter mir sich bewegt. Ich sehe die Baumwipfel, den grauen Himmel und ihr Gesicht. Sie ist ein Gemälde aus wilden Pinselstrichen in Perlweiß und einem Tupfer von Gold, mit rötlichen Sprenkeln. Ich versuche zu verhindern, dass mein Kopf hin und her schlägt.

»Könnt Ihr Euch aufsetzen?«

Ich starre sie an. Bleich verwischte Haut und blaue, blaue Augen.

»Setzt Euch auf.« Ihr Blick könnte selbst einem akarischen Barbaren Angst einjagen. Wer bin ich, dass ich mich diesem Mädchen widersetze?

»Ich – ich versuche es.« Es ist ein peinlicher, wackeliger Kampf, und die Bäume und Sträucher drehen sich vor meinen Augen, aber mit Hilfe von Tessa, die mich am Mantel gepackt hält, komme ich schließlich in eine aufrechte Position. Sie drückt mir die Zügel in die Hand und befiehlt mir zu reiten.

Doch wo sind meine Gardewachen? Sind sie geflohen? »Meine Männer?«

Ein Pfeil ritzt mir das Hemd an der Schulter auf und saust weiter in einen Baum. Meine Schulter brennt. Tessa flucht wie ein Kesselflicker.

»Schneller«, ruft sie, schon im Umdrehen, und bohrt mir ihren Ellbogen in den Rücken, als sie den Bogen hebt und einen Pfeil abschießt.

»Wo sind meine Männer?« Meine ausgedörrte Kehle verwandelt jedes Wort in ein Keuchen, das im Hufgetrappel untergeht.

Ich spüre wieder ihren warmen Atem an meiner Wange. Ihre Stimme ist ganz nah an meinem Ohr. »Es … es tut mir leid. Sie haben nicht überlebt.«

Der Schock fährt mir in alle Glieder. Sie sind tot? Nicolas und Einar sind tot?

*Oh Götter.*

Ich umklammere die ledernen Zügel, so gut ich kann, und lenke das Pferd – mit trommelndem Herzen und Stechen in der Schulter – aus dem Endlosen Wald. Mein Bewusstsein hängt an einem dünnen, zerschlissenen Faden; undeutlich nehme ich die vorbeifliegenden Bäume wahr, die Verfolgungsrufe hinter uns und die Schuldgefühle, die in mir rumoren.

Der Blutzoll, den meine Regentschaft fordert, nimmt kein Ende.

Er nimmt kein Ende.

# Sieben

## TESSA

Phelia – nein, Rozen – ist nicht von meinem Pfeil getötet worden. Er traf genau ins Ziel, zwischen ihren Arm und den Brustkorb, durchschlug ihren Umhang und bohrte sich in einen Baum hinter ihr. Das verschaffte mir die Zeit, das Seil um Aodren zu zerschneiden und ihm hochzuhelfen, auch wenn er nun vor mir im Sattel schaukelt wie ein Kleinkind auf einem Esel.

Sicher steht er unter Schock. Erst schlitzt ein Pfeil ihm die Schulter auf, dann erfährt er, dass seine Männer tot sind. Ihre Gesichter haben sich mir ins Gedächtnis eingebrannt. Ich denke an ihre Familien. Wer wird um sie weinen, wenn sie heute Abend nicht heimkehren? Wer wird in der Trauerzeit ihr Andenken ehren?

Meine Gedanken wandern zu meiner eigenen Familie. Papa, Enat, und nun meine Mutter.

*Meine Mutter ist tot.* Es ist ein Wunsch, der in Schneefeuers donnerndem Galopp einfach nicht verstummen will. Der Hitzestoß der Wahrheit in ihren Worten hat mich für immer gezeichnet. Ein Teil von mir hat sich so hungrig und verzweifelt auf diese Wahrheit gestürzt, wie ein ausgezehrter Bettler nach weggeworfenen Essensresten greifen mag. Was würde ich nicht darum geben, meine Mutter zu kennen.

Aber nicht *sie*. Niemals.

Die Mischung aus Sehnsucht und Abstoßung fühlt sich an, als würden sich meine Eingeweide nach außen stülpen. Götter, schon ihr bloßer Anblick ist zum Fürchten. Woher hat sie diese schwarzen Male? Haben sie damit zu tun, dass sie schwarze Magie ausübt? Ihre Augen waren seelenlos. Wenn sie wirklich meine Mutter ist, wie sehr ähnle ich ihr? Ich kämpfe gegen den Impuls an, meine Ärmel hochzustreifen, um mich zu vergewissern, dass keine pechschwarzen Adern über meine Haut kriechen. Bei der Vorstellung läuft mir ein Schauer über den Rücken … Meine Gedanken rasen … Zu viele Gedanken bestürmen mich, rempeln einander an, lassen die Fäuste fliegen, reißen Mauern nieder.

*Sie ist nicht meine Mutter, sie ist nicht meine Mutter*, sage ich mir gebetsmühlenartig, während ich auf Schneefeuers Rücken auf und ab wippe. Meine Mutter starb, als ich ein Baby war, so haben es mein Vater und später meine Großmutter mir bestätigt. Meine Mutter war gütig und liebevoll. Meine Mutter würde sich niemals mit einer falschen Schlange wie Lord Jamis verbünden. Meine Mutter wäre mir zuliebe zurückgekehrt.

Und doch weiß ich, dass ihre Behauptung stimmt. Verdammt soll sie sein, die Hitze der Wahrheit.

Ich bin zutiefst verwirrt. Worauf ich mich zuerst konzentrieren muss, sind die dunklen Absichten dieser Frau. Warum sollte sie jetzt, nach achtzehn Jahren, zu mir zurückkehren?

»Tessa!«

Aus dem Augenwinkel sehe ich einen Pfeil vorbeizischen. Er trifft einen Baum zu meiner Rechten. Nur kurz erhasche ich einen

Blick auf einen weiteren Reiter, einen Mann. Es reicht nicht, um zu erkennen, mit wem die Seelenleserin im Bunde steht.

*Mistkerl.* Mit den Fersen treibe ich Schneefeuer in einen noch schnelleren Galopp.

Aodren stöhnt – ein gutes Zeichen. Er ist noch bei Sinnen. Ein weiterer Pfeil verfehlt um Haaresbreite mein Ohr, so nah, dass meine Wange zu prickeln beginnt. Ich ducke mich und schubse zugleich den König nach vorn. Er kippt mit einem *Uff* auf Schneefeuers Hals. Die Bäume bieten uns geringfügigen Schutz, während wir davonstieben. Dennoch sind wir wie Mäuse, die auf einer weiten Wiese vor einer Katze fortzulaufen versuchen. Ich treibe Schneefeuer mit Rufen vorwärts und bete, dass ihre Kraft ausreicht.

Mit meiner Schusshand halte ich Aodren an der Hüfte fest, damit er sich nicht zu hoch aufrichtet, dann lege ich einen Pfeil ein, drücke meinen Rücken an Aodrens, um nicht zu wackeln, und spanne meinen Bogen. Der König murmelt etwas Unverständliches, das in der rasenden Hatz untergeht.

Ich entdecke ein paar Reiter im Wald, doch sie sind nicht lang genug zu sehen, um ein sicheres Ziel abzugeben. Schließlich wird das Hufgetrappel schwächer. Ich erspähe niemanden mehr, halte mich aber weiter schussbereit und blicke immer wieder über die Schulter zurück, bis wir die königlichen Jagdgründe erreichen. Offenbar haben wir unsere Verfolger abgeschüttelt, oder sie haben aus unerfindlichen Gründen von uns abgelassen. Trotzdem sind meine Nerven aufs Höchste angespannt.

Der König stöhnt einige Male. Einer seiner Ächzer klingt wie: »Eure Mu…«

Mehr versteht man nicht, aber ich bin sicher, dass er fragen wollte, ob Phelia meine Mutter ist. Ich hatte gehofft, dass er mein Gespräch mit ihr nicht mitbekommen hat. Ich weiß nicht recht, was ich sagen oder wie ich mich rechtfertigen soll. Ich muss selbst erst verarbeiten, was ich gerade erfahren habe.

Statt einer Antwort treibe ich mein Pferd weiter an, als hätte ich nichts gehört.

Je länger wir reiten, desto öfter sinkt ihm der Kopf auf die Brust, bis er schlaff an meinen Oberkörper zurücksinkt und leise schnarcht. Ich befestige meinen Bogen am Sattel, halte Aodren mit einem Arm fest und entspanne mich ein wenig, dankbar, dass ich ihm nicht Rede und Antwort stehen muss. Als wäre Phelias schreckliche Ansage nicht schon beängstigend genug, muss ich auch noch fürchten, was Aodren aus dieser Erkenntnis machen wird. Je näher wir Schloss Neart kommen, desto schwerer fällt es mir, mich auf den lichter werdenden Wald oder die Kiesstraße vor uns zu konzentrieren. Ich reibe mir mit dem Unterarm über die Augen.

Aodrens Kopf baumelt zur Seite, und sein ganzer Körper kippt nach rechts. Beinahe wäre er mir aus dem Arm gerutscht. Damit er sich nicht kurz vor dem Palast noch das Genick bricht, halte ich ihn eng an mich gedrückt, sodass sein Kopf an meiner Schulter ruht.

Um herauszufinden, wie er außer Gefecht gesetzt worden ist, taste ich seinen Schädel nach Beulen ab. Sein seidiges, erstaunlich weiches Haar gleitet mir durch die Finger. Den schlimmen Ereignissen zum Trotz muss ich bei dem Gedanken, wie schnell man sein fein zurechtgemachtes Erscheinungsbild durcheinanderbringen kann, unwillkürlich grinsen. Nach wenigen Augenblicken ist klar, dass er keine Kopfverletzung hat, doch bevor ich meine Hand wegnehme, fahre ich noch einmal durch die goldenen Strähnen. Nur zur Sicherheit.

Eine Stunde später dröhnen Schneefeuers vorsichtige Schritte über die hölzernen Planken der Brücke, welche auf hohen Steinsäulen ruht und die gewaltige Kluft um die Königsburg überspannt. Ein Hauch von Angst bewegt mich dazu, den König leicht in die Seite zu stupsen. Beim letzten Mal, als ich hierherkam, war ich bewusstlos. Das Mal davor trug ich Handschellen. Die Torwächter sollen auf keinen Fall denken, dass ich den Herrscher Malams verwundet und mich seiner Männer entledigt habe.

Ich bin versucht, meinen Bogen aus der Halterung zu nehmen. »He, aufwachen.«

Aodren stöhnt und lallt irgendetwas vor sich hin.

Ich ziehe die losen Seilenden von seinen Beinen weg.

Aodrens jadegrüne Augen wandern schlaftrunken zu mir, und er gähnt wie ein Löwe. »Danke. Die haben … mir die Haut aufgescheuert.«

Im ersten Moment sehe ich ihn verblüfft an. Ich weiß nicht, was ich von Seiner Königlichen Hoheit erwartet habe. »Alles in Ordnung?«, frage ich dann.

Er zieht seine goldenen Augenbrauen zusammen. »Ja … dank … Eurer Hilfe.« Es kommt nur krächzend heraus. Er räuspert sich, und seine Miene wird düster. »Ihr … Ihr sagtet, meine Männer hätten nicht überlebt.«

»Es tut mir leid.«

Vielleicht ist es die Müdigkeit im Zusammenspiel mit seinem verhärmten Gesicht, doch die offenkundige Betroffenheit und Verletzlichkeit, die mir entgegenschlägt, erweicht mein Herz ein wenig. »Ich hätte … ebenfalls sterben sollen«, flüstert er.

»Nein«, sage ich und habe keine Ahnung, wie ich fortfahren soll.

»Wie dem auch sei … Ich stehe wohl … wieder einmal … in Eurer Schuld.«

Nun, da er die Sprache wiedergefunden hat, überrumpelt mich seine Ehrlichkeit. Sie lässt mich den König in neuem Licht sehen. Er ist nicht der gleichgültige Herrscher, als der er mir immer erschienen ist. Insgeheim habe ich wohl erwartet, dass er noch einmal fragt, ob Phelia meine Mutter ist. Ich bin dankbar, dass er es nicht getan hat. Bisher habe ich Aodren für aufgeblasen und selbstherrlich gehalten. Der König, den ich jetzt sehe, ist mir viel sympathischer als der, der mich in meinem Häuschen aufsucht.

Ich neige knapp den Kopf, ratlos, was ich sagen soll. Mir liegt ein »Stets zu Diensten« auf der Zunge, aber ich fürchte, dass es zu sarkastisch klingen könnte, und entscheide mich für ein schlichtes »Gern geschehen«.

Die Männer der Königsgarde neigen dazu, mit Waffen schneller zu sein als mit Worten. Als wir vor dem äußeren Burgtor anhalten, kommen zwei Wachen auf uns zu. Ich frage mich ängstlich, welche Schlüsse sie wohl ziehen werden, sobald sie ihren König ohne seine Eskorte auf meinem Pferd sitzen sehen. Mein Herz schlägt schneller.

»Ich habe König Aodren«, platze ich heraus, als wäre das nicht offensichtlich. In solchen Momenten könnte ich mich schütteln. Was ich am liebsten auch mit dem König tun würde, als der keine Anstalten macht, das Wort zu ergreifen.

*Sagt doch was.* Ich pikse ihn in den Rücken, und er reagiert, den Göttern sei Dank.

»Öffnet … das … Tor.«

Die beiden Wachen machen einen tiefen Bückling, wie zwei unterwürfige Hunde, bevor sie ihren Kameraden im Burghof etwas zurufen. Gleich darauf heben sich quietschend die eisernen Zähne des Gatters am Ende der Brücke.

Wie soll ich erklären, dass König Aodren im Wald von einer Seelenleserin angegriffen wurde, ohne dass ich mich damit verrate? Die Wachen werden nach dem Verbleib der toten Männer fragen. Ich bezweifle, dass abgesehen von Cohen, Hauptmann Omar, Leif, Gillian und mir irgendjemand im Schloss weiß, was sich an jenem Tag vor einem Monat in den königlichen Gemächern ereignet hat. Wenn ich mir die Hoffnung auf ein friedliches Leben in Papas Häuschen bewahren will, muss ich dieses Geheimnis mit ins Grab nehmen.

Einer der Männer hat die Hand am Schwertgriff, doch ansonsten lassen sie mich unbehelligt. Dennoch behalte ich sie im Auge, als sie uns unter den messerscharfen Spitzen des Gattertors hindurch in den äußeren Burgring geleiten.

Auf dem Hof riecht es nach Rauch und Pferdemist. Aus den Ställen treten zwei Männer hervor. Beim Anblick des breitschultrigen, rothaarigen Hünen fällt die Anspannung, die ich seit dem Endlosen Wald verspüre, von mir ab.

»Tessa.« Leif stürzt zu mir. »Du bist ausgeritten?«

*Mit dem König?*, schwingt darin mit. Er weiß, dass ich Schloss Neart nie aus freien Stücken besuchen würde. Ebenso wenig wie Zeit mit Malams Herrscher verbringen.

Ich hebe nur die Schultern. Hier hören zu viele Ohren mit, um eine ehrliche Antwort zu geben.

Ein Knecht legt geflochtene Weidenzweige auf den Boden, damit der König nicht die bloße Erde betreten muss. Ich lasse mich auf der anderen Seite in schmutziges Stroh gleiten.

Leif kommt zu mir, während der Rest um Aodren herumscharwenzelt. Ich frage mich, ob der König immer derart auf Schritt und Tritt bedient wird, und rümpfe die Nase. Offenbar schon.

Leif nimmt meinen Bogen aus der Sattelhalterung und reicht

ihn mir. »Erzähl mir, was passiert ist.« Aus seinem Mund klingt es nicht wie der Befehl einer Gardewache, sondern wie die besorgte Frage eines guten Freundes. Er bringt Schneefeuer und mich in eine Box im hintersten Stall, wo wir unter uns sind.

»Er ist im Endlosen Wald angegriffen worden.« Ich senke die Stimme zu einem Flüstern. »Ich habe ihn bewusstlos vorgefunden.«

»Und seine Männer? Wo waren die?«

»Sind beide tot.«

Leifs rotbackiges Gesicht erbleicht. »Hast du den Gardewachen am Tor schon Bescheid gesagt? Oder sonst irgendjemandem?«

Ich schüttele den Kopf.

»Wir müssen sofort Hauptmann Omar verständigen.« Er wendet sich zum Gehen, doch dann sieht er meine angewiderte Miene. »Ich dachte, du hättest das verwunden.«

Ich presse meinen Bogen an die Brust. »Soll ich dir die Narben auf meinem Rücken zeigen?«

Leif hat den Anstand, bei meinen Worten betroffen zusammenzuzucken. Er pufft mich sanft an die Schulter. »Das Reden übernehme ich, okay?« Er winkt einem Stallknecht, der mit Bürsten und einem Handtuch für mein verschwitztes Pferd herbeikommt.

Ich murmele mein Einverständnis und hefte mich widerwillig an Leifs Fersen, als er den Wachen und Aodren in den Palast folgt.

Leif dreht sich zu mir und flüstert: »Sie werden dich fragen, wie es kommt, dass du mit dem König allein warst. Da ist es besser, wenn du den Hauptmann an deiner Seite hast.«

Ich kaue auf meiner Unterlippe herum. Obwohl Leif mich beinahe täglich besucht, habe ich ihm noch nichts von dem Band erzählt, das zwischen mir und dem König geschmiedet worden ist. Cohen soll der Erste sein, der es erfährt, bevor ich andere einweihe. Und ich muss Leif und Hauptmann Omar noch eröffnen, dass die mit Lord Jamis verbündete Seelenleserin ganz in der Nähe ist. Dass sie Helfer hat. Und dass sie behauptet, meine Mutter zu sein.

Auf dem äußeren Burghof sind heute keine Lords und Ladys zu sehen. Die Wachen, die einen Schutzring um Aodren gebildet haben, kaum dass sie ihm vom Pferd geholfen hatten, sind gewiss erleichtert. So müssen sie ihn nicht vor neugierigen Blicken schützen.

Nachdem wir das Tor zur inneren Burg passiert haben, lässt Leif die anderen Wachen wissen, dass er mich zum Hauptmann bringt. Wir nehmen den Korridor, der von dem Innenhof wegführt, während der König und seine Männer im Bogengang verschwinden.

Je weiter wir uns von Aodren entfernen, desto schwächer wird der Sog, den er auf mich ausübt. Das Gefühl ist immer noch da, doch es rückt in den Hintergrund, als wir am Verlies vorbeigehen und die Treppe in den unteren Hof nehmen. Auf dem wilden Ritt durch den Wald habe ich nicht darüber nachgedacht, aber es ist schön, wieder frei von ihm zu sein.

Sattgrüner Rasen erstreckt sich von der Treppe und den Quartieren der Königsgarde bis zu der niedrigen Felsmauer am Rand der steilen Schlucht um die Burganlage. Auf dieser Seite des Schlosses ist man vor dem eisigen Nordostwind geschützt, der im Winter durch den Endlosen Wald bläst. Fast könnte man meinen, es wäre Frühling, so sehr wärmt die Sonne hier das Gemäuer. Ich bin versucht, den Kopf in den Nacken zu legen und den Sonnenschein in mich aufzusaugen, doch Leif geht geradewegs zum Quartier des Hauptmanns und klopft zweimal an die Tür.

Eine launische Brise mogelt sich um die Burg und streift mir blonde Strähnen in den Mund. Ich lehne den Bogen an mein Bein und flechte mein widerspenstiges Haar zu einem Zopf. Gerade als ich fertig bin, reißt Hauptmann Omar die Tür auf. Ich schnappe mir meinen Bogen und schließe die Finger um das geschwungene Holz.

*Zieh keine Grimasse. Zieh bloß keine Grimasse.*

Seine grimmige Miene und der gepflegte, grau melierte Bart verleihen dem Hauptmann der Königsgarde das Aussehen eines Falken. Eines hungrigen, skrupellosen Raubtiers. Sein Blick zuckt von mir zu meinem Bogen und wandert dann zu Leif.

»Was gibts?« Er kneift den Mund zusammen.

Leif berichtet von meiner Ankunft und nennt das Wesentliche: König Aodren sei angegriffen worden; ich hätte ihn im Wald gefunden, ihn beschützt und zurück ins Schloss gebracht. An den sich vertiefenden Falten um seine Augen erkenne ich, dass Omar gleich Frage um Frage auf mich abfeuern wird.

»Was genau ist passiert? Wer hat ihn angegriffen? Was ist mit seinen Männern?«

»Eins nach dem anderen.« Ich muss mich schwer zusammenreißen, kein finsteres Gesicht zu machen, obwohl ich einen bitteren Geschmack im Mund habe, sobald ich ihn sehe. Ich wiederhole, was Leif bereits erzählt hat, und ende mit: »Ich weiß nicht, wie er bewusstlos geschlagen wurde oder wie seine Männer zu Tode gekommen sind. Ich habe sie auf Wunden untersucht … Doch die Zeit war knapp. Ich weiß nur, dass Phelia dafür verantwortlich ist.«

Hauptmann Omar umklammert das Schwert, das er umgegürtet hat. »Phelia ist in Shaerdan.«

Als könnte er meine Worte damit abschmettern. *Offenbar nicht*, würde ich am liebsten sagen. »Sie hat mir bestätigt, dass sie es ist.«

»Himmel und Sterne, Tessa.« Leif tritt neben mich. »Warum hast du das nicht gleich gesagt?«

»Hab ich doch eben.«

»Na, du hättest so anfangen können: ›Die Seelenleserin hat die Eskorte des Königs getötet und König Aodren bewusstlos geschlagen.‹«

»Steht er wieder unter ihrer Kontrolle?«, fragt Omar.

Viel hat der König auf dem Weg hierher nicht gesagt, aber wenn die Seelenleserin ihn wieder mit einem Bann belegt hätte, würde ich das spüren. Bislang ist unsere Verbindung intakt. Zu meinem Leidwesen. »Nein.«

»Leif, du lässt Cohen eine Nachricht zukommen. Ich werde den Familien der Männer die Kunde überbringen und einen Trupp in den Wald schicken, um ihre Leichen zu bergen.« Kurz bevor er den Blick senkt, sehe ich etwas darin aufblitzen. Kummer, vielleicht auch Bedauern. Hauptmann Omar läuft vor seiner Tür auf und ab und dreht sich dann wieder zu mir um. »Sonst noch was?«

Ich weiß, dass er für die Fragen gewappnet sein will, die man ihm stellen wird. Um einigermaßen steuern zu können, was die Leute über Aodren munkeln, da ich die Letzte bin, die irgendjemand in Malam auf einem Pferd mit dem König erwarten würde. Und obwohl mir Hauptmann Omar herzlich gleichgültig ist, bin ich in diesem Moment froh, dass er da ist. Vor einem Monat hat er dafür gesorgt, dass von den Geschehnissen im Schlafgemach des Königs nur das ans Licht der Öffentlichkeit gelangt ist, was er preisgeben wollte. Das, was dem Ansehen des Königs nicht schadet.

Und was für den König gut ist, das ist in diesem Fall auch gut für mich. Niemand hat mich bezichtigt, eine Animistin zu sein. Niemand kennt den wahren Grund für Jamis' Verhaftung oder die Aberkennung seines Adelstitels. Niemand weiß, dass der König im Bann einer Seelenleserin stand. Hauptmann Omar mag so einige Charakterfehler haben, aber er ist loyal. Er würde nie etwas durchsickern lassen, was auf eine Schwäche des Königs hindeutet. Ich sollte ihm beichten, was Phelia – oder Rozen, wenn sie wirklich meine Mutter ist – zu mir gesagt hat, doch weil ich es nicht wahrhaben will, behalte ich es für mich.

Nachdem Hauptmann Omar uns entlassen hat, führt mich Leif die steinerne Treppe hinauf und durch ein Labyrinth aus Korridoren zum Tor im inneren Burgring.

Da tritt uns eine Gardewache in den Weg. »Miss Flannery, man hat Eure Anwesenheit erbeten.«

Ich reiße den Bogen hoch. Leif streckt die Hand aus, als wollte er ein scheuendes Pferd besänftigen. Trotzdem: Das plötzliche Auftauchen des Mannes hat mich erschreckt. Ich muss daran denken, welch leichtes Spiel Phelia heute mit dem König hatte. Wie leicht sie uns überall auflauern könnte.

Die Wache wiederholt den Satz, fügt aber diesmal hinzu, dass die Bitte von König Aodren kommt.

Ich habe dem Mann das Leben gerettet und ihn wohlbehalten in seinem Schloss abgeliefert. Was will er denn noch?

Wohl oder übel gebe ich meinen Bogen ab – bei Audienzen des Königs sind keine Waffen erlaubt. Leif begleitet mich, als ich der Wache über die Marmorflure zu den königlichen Gemächern folge. Der Sog wird immer stärker, je näher wir kommen. Ich habe mir geschworen, nie wieder einen Fuß in Aodrens Privatgemächer zu setzen. Und doch beschmutzen meine Stiefel nun den kostbaren Teppich in seinem Kabinett direkt neben dem Zimmer, in dem wir beide fast unser Leben gelassen hätten. Weiter gehe ich nicht; das Schlafgemach des Königs muss ich wirklich nicht betreten.

Leif wirft mir einen fragenden Blick zu, als ich mich weigere, auch nur einen weiteren Schritt zu tun. Ich hebe die Schultern und tue ungerührt, als schreie mein Körper nicht mit jeder Faser danach, zu Aodren hineinzugehen.

Die Wache, die uns hergebracht hat, und die beiden Männer, die am Eingang zu den Gemächern des Königs postiert waren, stellen sich an der Tür auf.

»Lasst uns allein.« Aodren erscheint an der Schwelle. Er hat sich umgezogen und trägt nun saubere Gewänder. Ich schiele verstohlen zu der Schulter, an der ihn der Pfeil getroffen hat. Er hält sie recht steif, während er die Stube durchmisst und sich auf einen derart riesigen Stuhl setzt, dass ich unwillkürlich überlege, wie viele Bäume für dieses protzige Möbel gefällt wurden. Drei? Vier?

Seine Hoheit neigt das Haupt zur Seite und mustert Leif, der den anderen Wachen noch nicht gefolgt ist.

»Er kann bleiben«, platze ich heraus, dann beiße ich mir auf die Zunge.

In Aodrens Augen flackert Verwunderung auf und verdunkelt sie zu einem Efeugrün. Sie sind wacher als noch vor einer knappen Stunde, als wir am Schloss ankamen.

»Ich bitte um Verzeihung, Majestät.« Leif legt eine Hand aufs Herz und verbeugt sich. »Ich warte vor der Tür, falls Ihr etwas braucht.«

Ich funkele Leif wütend an, doch der Verräter hat mir schon den Rücken zugekehrt. Ich fluche in mich hinein, und Leifs Nacken läuft rot an, als er den Raum verlässt.

»Er ist Euer Freund.«

Ich wirbele herum. Es klang nicht wie eine Frage, aber ich nicke dennoch.

»Vertraut Ihr ihm?« Das Heisere in seiner Stimme ist verschwunden.

»Ja.«

Zum Zeichen, dass er meine Antwort zur Kenntnis genommen hat, senkt Aodren knapp das Kinn. Als er den Blick niederschlägt, kann ich ihn ausgiebiger betrachten. Goldene Wimpern heben sich gegen die dunklen Ringe unter seinen Augen ab. Vorhin hat er offen Gefühle gezeigt. Etwas, was ich von einem König nie erwartet hätte. Ich frage mich, wer Aodren wirklich ist. Seine Schultern sind nicht so hochmütig gestrafft, wie ich mir das bei einem Herrscher vorstelle. In gewisser Weise erinnert er mich an einen einsamen Wolf, der mit Müh und Not allein überlebt.

Er fährt die Schnitzereien auf den Armlehnen des Stuhls nach. »Wie viele Menschen genießen sonst noch Euer Vertrauen?«

Ich runzele die Stirn. Der Verlauf dieser Unterhaltung irritiert mich. »Ich … ich weiß nicht.«

»Wirklich? Viele können es ja nicht sein.«

»Wollt Ihr mich beleidigen? Ich habe Euch soeben das Leben gerettet.« Ich verlagere mein Gewicht auf das rechte Bein, um den Druck des Dolchs in meinem Stiefelschaft zu spüren.

»Aber nein, ich …« Sein Gesicht wird puterrot. »So war das nicht gemeint.« Er presst die Lippen zusammen. »Verzeiht mir. Ich bin Euch zutiefst dankbar, was Ihr heute für mich getan habt. Ich weiß, dass für meine Männer jede Hilfe zu spät kam. Aber ohne Euch wäre ich jetzt wohl tot.«

Seine Sprechweise ist abgehackt, als wäre er es nicht gewohnt, Entschuldigungen zu äußern. Was vermutlich auch stimmt, schließlich ist er der König. Umso mehr weiß ich die Wärme der unumwundenen Aufrichtigkeit in seinen Worten zu schätzen.

»Drei«, gebe ich zu. »Nur drei Menschen genießen mein Vertrauen.«

»Und die wären?«

Ich schüttele den Kopf.

Er stutzt; meine Weigerung überrascht ihn offenbar. Selbst seine Hand auf der Armlehne hält mitten in der Bewegung inne. »Verstehe. Das haben wir gemeinsam.«

Ich sehe ihn fragend an.

»Wir vertrauen nicht vielen.« Er legt jedes Wort auf die Goldwaage. »Ich wollte Euch wissen lassen, dass Ihr einer der wenigen Menschen seid, denen *ich* Vertrauen schenke.«

Ich blinzele. Von meinem Bauch strömt mir Wärme in alle Glieder. Ich bin nicht sicher, ob ich mich geschmeichelt fühlen oder ihn einen Narren nennen soll.

»Ihr habt mich schon zum zweiten Mal gerettet. Mein Leben liegt in Euren Händen. Doch nicht nur das – ich möchte auch, dass Ihr mir vertraut, Tessa. Ich habe gehört, was die Seelenleserin zu Euch gesagt hat. Ihr seid ihre Tochter.«

Ich habe befürchtet, dass er das zur Sprache bringt. »Ja … so scheint es.«

Er holt tief Luft. »Hat sie auch gesagt, warum sie es auf mich abgesehen hat? Was hat sie vor?«

Ich schüttele den Kopf. »Sie hat nur gesagt, dass Ihr der Lockvogel für mich wart.«

Als er begreift, was ich ihm eröffnet habe, macht er große Augen. Er räuspert sich. »Durch unsere Verbindung?«

Mein Nicken quittiert er mit einem Stirnrunzeln.

»Wie lange wird das so bleiben?« Er erhebt sich von dem pompösen Stuhl und tritt näher.

»Ich wünschte, ich wüsste es.«

Er bleibt stehen. »Sie hat Euch angeboten, von ihr zu lernen.« In seiner Feststellung schwingt der Hauch einer Frage mit. Ob er wohl glaubt, dass ich versucht bin?

»Ich will nichts mit ihr zu schaffen haben. Sie ist eine Mörderin.«

»Es tut mir leid. Die Begegnung muss ein Schock für Euch gewesen sein.«

»Das ist noch untertrieben ausgedrückt.«

Ein Lächeln huscht über seine stoische Miene. »Wir können uns unsere Eltern nicht aussuchen, nicht wahr? Wir haben nur in der Hand, wie wir selbst werden.« Es ist absurd, das aus dem Mund des Herrschers von Malam zu hören, und doch hätte er mir keinen größeren Trost spenden können.

»Ich biete Euch eine Zimmerflucht im Schloss an, in der Ihr zu Eurer Sicherheit wohnen könnt, solange es Euch beliebt. Ich erwarte jedoch nicht, dass Ihr das Angebot annehmt. Ich weiß, dass Euer Herz an Eurem Land hängt. Solltet Ihr es vorziehen, in Euer Häuschen zurückzukehren, möchte ich Euch einige Gardewachen entsenden. Mit Phelia in der Nähe werdet Ihr wachsam bleiben müssen.«

»Rozen«, verbessere ich. Und als er fragend schaut, erkläre ich: »Ihr wahrer Name ist Rozen.«

Vor Überraschung bleibt ihm der Mund offen stehen. »Diese Information werde ich an Omar weitergeben.«

Angst flackert in mir auf. »Ihr sagt ihm aber doch nichts davon, dass sie meine Mutter ist?«

»Ich hatte es vor, doch wenn Ihr das nicht wollt, kann ich es einstweilen für mich behalten. Unter welchem Namen auch immer sie auftritt, sie wird nun wegen Mordes gesucht. Hauptmann Omar wird nicht ruhen, bis er sie dingfest gemacht hat. Irgendwann werden wir ihn allerdings einweihen müssen.«

»Ja, aber nicht jetzt gleich.«

»Nicht gleich, Tessa.«

Die weiche Art, mit der er meinen Namen sagt, lähmt mir die Zunge. Wie immer bin ich ratlos, welche Gepflogenheiten für solche Unterhaltungen gelten. »Ähm, was das Zimmer im Schloss oder die Wachen angeht – nein danke. Ich kann gut auf mich selbst aufpassen. Einen Schutztrupp vor meinem Haus will ich lieber nicht. Wenn das alles wäre, sollte ich jetzt …«

»Ich bestehe auf den Wachen. Zumindest bis wir sicher sein können, dass Euch aus dem Wald keine Gefahr droht.«

»Ihr könnt Eure Männer die Umgebung durchkämmen und mein Land von der Grenze aus überwachen lassen. Das dürfte reichen.«

Mit gerunzelter Stirn macht er einen Schritt zurück und legt eine Hand auf die kunstvoll verzierte Stuhllehne. »Nicht viele würden hier vor mich treten und mit mir verhandeln. Doch Euer Vorschlag ist vernünftig, wenngleich ich eine andere Lösung bevorzugen würde. Ich werde mit meinen Männern sprechen.«

Was soll ich dazu sagen? Um mein Glück nicht überzustrapazieren, halte ich lieber den Mund.

»Wir sehen uns also in zwei Wochen wieder?«

In zwei Wochen?

*Senf und Pfeffer.* Der Hofball zur Winterweihe.

»Ach ja, der Ball.«

Er strahlt und wirkt plötzlich so aufrichtig glücklich, dass ich vor Verwirrung fast gegen den Türpfosten laufe. Ich brumme etwas zum Abschied und gehe mit einem unbeholfenen kleinen Winken hinaus, ehe er noch irgendetwas sagen oder ich mich zum Narren machen kann.

Kaum habe ich den Raum verlassen, schließt Leif zu mir auf.

Wir gehen eine Wendeltreppe hinunter, folgen dem östlichen Korridor am Großen Saal vorbei und nehmen den Bogengang bis zu dem Tor, das auf den äußeren Burghof führt. Dort quellen Dampfwolken aus der Schmiede wie Rauch aus den Nüstern eines Drachen. Wir durchqueren die heiße Wolke, eine Wohltat in der winterlich kühlen Luft.

Leif winkt dem Schmied zu und führt mich zu den Ställen. »Was ist los? Du sagst ja kein Wort.«

»Ich denke nur daran, was heute alles passiert ist.« Und was der König über Vertrauen gesagt hat. Aodrens Offenheit gibt mir das Gefühl, dass ich den Mann vielleicht zu harsch beurteilt habe. Das Band, das mich an ihn kettet, ist ja nicht seine Schuld.

»Ich habe Cohen versprochen, auf dich aufzupassen«, sagt Leif. »Das ist mir nicht gerade gut gelungen.«

»Cohen weiß, dass ich sehr gut allein zurechtkomme. Beschränke du dich darauf, mir ein Freund zu sein, ja?«

Ein schüchternes Lächeln erhellt Leifs sommersprossiges Gesicht, doch dann verdüstert sich seine Miene. »Ich frage mich, wie Cohen reagieren wird, wenn er erfährt, dass sie sich hier herumtreibt, zwei Männer getötet hat und offenbar hinter dir her ist.«

Er wird rasen wie ein angeschossener Elchbulle. Doch trotz allem, was im Wald passiert ist, freue ich mich insgeheim: Cohen wird nach Malam zurückkehren.

Leif pfeift einen Stallburschen herbei und weist ihn an, Schneefeuer und ein weiteres Pferd zu satteln. Ich hole meinen Bogen aus der Waffenkammer, in der die Gardewache ihn verwahrt hat. Nachdem ich ihn an Schneefeuers Sattel befestigt habe, drehe ich mich zu Leif um. »Ich finde allein nach Hause. Du brauchst nicht mitzukommen.«

»Deine Sicherheit geht vor.« Er beugt sich an mein Ohr. »Phelia ist irgendwo da draußen im Wald. Solange wir nicht wissen, worauf sie es abgesehen hat, bist du nicht sicher.«

*Sie hat es auf mich abgesehen.* Ich denke an ihr Angebot. Mich ihr anzuschließen, bei ihr in die Lehre zu gehen.

Würde ich in Leifs Achtung sinken, wenn er wüsste, dass Phelia meine Mutter ist? Oder in Cohens? Aodrens Reaktion war nicht die, die ich erwartet habe. Ich will mit Phelia nichts zu tun haben, und das weiß sie auch.

Der Tag unseres Wiedersehens wird der Tag sein, an dem ich sie gefangen nehme.

# Acht

## COHEN

Finn, Lirra und ich reiten eine Woche auf versteckten Pfaden durch das bewaldete, spärlich besiedelte Hinterland im Süden Shaerdans, um möglichen Häschern zu entgehen. Mit Lirra unterwegs zu sein ist ganz anders, als mit Tessa im Endlosen Wald zu jagen. Lirra ist weder leichtfüßig noch achtsam. Schon zweimal hat sie ihren Wallach heute durch trockenes Gestrüpp getrieben, das derart laut geknackt hat, dass die Vögel aus den Bäumen aufgeflattert sind.

Als wir den Waldsaum am Rand eines umgepflügten Ackers erreichen, entdeckt Lirras Pferd einen Bach im hohen Gras. Offenbar hat Lirra nicht damit gerechnet, dass das Tier plötzlich ins Wasser steigt, denn sie quietscht laut auf.

Ich bringe sie mit einem strafenden Blick zum Schweigen. Sie schnaubt und lässt sich, meinem Beispiel folgend, zu Boden gleiten.

»Ich dachte, ich könnte von dir noch einiges über geräuschloses Anschleichen lernen«, flüstere ich. »Willst du alle Welt auf uns aufmerksam machen? Oder uns umbringen?«

Sie fährt sich mit den Fingern durchs Haar, glättet ihren Rock und kratzt etwas getrockneten Schlamm von ihren Beinen. »Der

Wald ist dein Revier. In der Stadt kann mir beim Spionieren niemand das Wasser reichen. Und wenn du fragst, ob ich dich binnen drei Sekunden umbringen kann, führe ich dir meine Waffenkünste gern vor.«

Diese Frau verbirgt mehr Ecken und Kanten unter ihrem hübschen Aussehen als jede andere, die ich kenne. Abgesehen von Tessa vielleicht. Prompt sehne ich mich nach der scharfen Zunge meines Mädchens.

»Jaja, heb dir das für später auf.« Ich gehe hinter einem Baum in Deckung und mustere den Weiler, der vor uns liegt. Er ist kleiner als die anderen Orte, die wir passiert haben. Mit »klein« meine ich: so winzig, dass man glatt daran vorbeireiten könnte, ohne es zu merken.

»Da sind mindestens zehn Leute unterwegs«, meldet sich Lirra zu Wort. Sie zeigt auf einige Häuser in der Ortsmitte.

Ich überhöre ihre Bemerkung und drehe mich zu Finn um. »Du bleibst bei den Pferden. Wir sind gleich wieder da.«

Sein verkniffenes Gesicht verrät, dass er darüber nicht erfreut ist. Was solls. Hauptsache, ihm stößt nichts zu.

Für gewöhnlich hat jedes shaerdanische Städtchen ein Gasthaus, das Kost und Logis bietet und sein eigenes Bier braut. Zu Fuß schlendern wir an den Wohnhäusern vorbei auf ein zweistöckiges Gebäude zu, an dem ein verwittertes Holzschild hängt:

WIRTSHAUS ZUM BORSTIGEN KEILER.

Lirra nickt in Richtung des Wirtshauses. »Dort?« Ihr misstrauisch verzogener Mund passt zu dem Gebäude, dessen Mauern unter dem strohgedeckten Dach ganz krumm und schief wirken.

»Da sind wir wohl sicher«, schnaube ich. »Ich bezweifle, dass man dort mit den Türen knallen kann, ohne das ganze Gemäuer zum Einsturz zu bringen. Wenn unser Rückzug so wild ausfällt wie in der Taverne in Rasimere, bleibt hier kein Stein auf dem anderen.«

Wir betreten das Gasthaus und gehen durch die Stube zu einem hölzernen Tresen, der sich über die gesamte Länge des Raums erstreckt und einige Esstische mit vereinzelten Stühlen von der Brauerei im hinteren Bereich trennt.

Eine verschwitzte Frau mit hochrotem Gesicht zapft Bier aus einem großen Fass, bevor sie sich zu uns umdreht. »Euch zwei kenn ich ja gar nicht.« Ihre Augen werden schmal, als sie von mir zu Lirra blickt. »Wo kommt ihr'n her?«

Hier im Süden hätte ich nicht mit einem so kalten Empfang gerechnet. Wir müssen auf der Hut sein.

Lirra schmiegt sich an mich und seufzt theatralisch auf, als wäre sie soeben zur Winterkönigin gekürt worden. Ich starre sie an.

»Seid gegrüßt. Wir sind aus Celize. Haben gerade unsere Hochzeit gefeiert.« Sie lehnt ihren Kopf an meinen Arm.

Das Gesicht der Frau hellt sich so schlagartig auf, dass ich schon glaube, es sei animistische Magie im Spiel.

»Ach ja? Brautleute! Wie schön. Kommt doch herein. Sucht ihr ein Zimmer?«

Ich erwache aus meiner Verwirrung. »Nein, wir brauchen keins.«

Lirra wirft mir einen scharfen Blick zu und rubbelt mir über den Arm, als wäre ich ein verdammtes Schoßhündchen. »Beachtet ihn einfach nicht. Er ist immer so barsch. Das liebe ich an ihm. Wir dachten, wir nehmen hier eine kleine Erfrischung zu uns, bevor wir nach Osten weiterreiten.«

»Oh, so weit führt euch eure Hochzeitsreise?«

»Wir wollen meine Tante besuchen. Sie lebt nahe der Grenze.«

Die Frau stellt zwei trübe Gläser auf den Tisch und füllt sie mit bräunlichem Wasser. »Na, dann hütet euch schön vor Strolchen. Aber wem sage ich das.« Sie zwinkert mir zu. »Du scheinst mir ein starker Bursche zu sein. Du weißt dich sicher zu wehren.«

»Und ob.« Ich knuffe Lirra in die Seite. »Muss doch auf mein Mädel aufpassen. Sonst kommt sie mir noch abhanden.«

Lirra verschluckt sich und kaschiert ihr Husten mit einem besorgten »Oh nein! Drohen uns Richtung Grenze etwa Gefahren? Habt Ihr etwas Schlimmes gehört?«. Ein aalglattes Manöver. So unschuldig, wie sie die Augen aufreißt, könnte ich sie fast für harmlos halten, wenn ich es nicht besser wüsste. Lirra ist vielleicht keine so geschickte Jägerin und Fährtenleserin wie Tessa, aber ihre Fähigkeiten sind ebenso tödlich. Hinter diesen großen blauen Augen verbirgt sich eine Giftnatter.

»Die Gilde der Animistinnen hat eine Versammlung einberufen«, beginnt die Frau, doch als mit einem Quietschen die Tür aufgestoßen wird, presst sie die Lippen aufeinander. »Fertig mit Holzhacken?«, fragt sie den bärtigen Mann an der Schwelle. Über einer Schulter trägt er eine gewaltige Axt; die Schneide ist so groß wie ein Menschenkopf. Holzspäne hängen an seinem Hemd, das sich über einen dicken Wanst spannt.

»Wer sind'n die?« Der Mann packt seine Axt noch fester.

»Brautleute, Amil. Kein Grund zur Aufregung.« Ihr Lächeln verkrampft sich, und ihre Hand, die flach auf den Tresen gedrückt ist, wird fast weiß.

Ich richte mich auf und ziehe Lirra instinktiv zu mir heran.

»Ich rege mich auf, wann ich will. Die sind doch nicht von hier. Wir bedienen keine Fremden. Nicht in diesen Zeiten.«

»Sie sind harm…«

»Halt 's Maul. Fall mir nicht ins Wort.« Plötzlich ist die Atmosphäre im Raum eisig.

»Ich … Das wollte ich nicht. Entschuldige, Amil.« Sie wirft uns ein nervöses Lächeln zu, aber ihre zitternde Hand verrät, dass er sie nicht zum ersten Mal so grob behandelt und sie Angst davor hat, wozu er noch imstande ist.

Unwillkürlich balle ich die Fäuste. Ich sollte ihm eine Abreibung verpassen, dass er so mit seiner Frau umspringt. Als mein Vater noch lebte, hat er meiner Ma nichts als Verehrung und Respekt entgegengebracht. Die Vorstellung, dass ein Mann die Hand gegen seine eigene Frau erhebt, macht mich rasend.

Lirra hat wohl gespürt, wie ich mich verkrampfe, denn sie umschließt meine Faust mit der Hand, schiebt ihre Finger zwischen meine und drückt unsere Handflächen aneinander. Ihre Hand fühlt sich ganz verkehrt an, breiter als Tessas, klammer. Aber es genügt, um mich davon abzuhalten, einen größeren Aufruhr auszulösen.

»Wir wollen keinen Ärger.« Lirras Stimme ist sanft und einlullend. »Wir sind nur schon eine Weile unterwegs und immer schnell geritten, damit ich meiner Tante endlich meinen Mann vorstellen kann. Und da war ich müde.« Sie stößt einen tiefen Seufzer aus und sinkt an meine Brust. »Mein Göttergatte scheint keinen Schlaf zu brauchen.«

Der Holzfäller lacht spöttisch, und wieder würde ich ihn am liebsten meine Fäuste spüren lassen. War ja klar, dass er gleich eine Anspielung auf das Ehebett wittert.

»Aber wir machen uns gern wieder auf den Weg, wenn Ihr zu tun habt …« Lirra lässt es wie eine Frage klingen.

Der Mann glotzt uns an. Ich bin drauf und dran, ihm eine ordentliche Lektion zu erteilen, doch ich bleibe an Lirras Seite.

»Na dann, meinen Glückwunsch«, sagt er mit immer noch skeptischer Miene.

»Oh ja!« Die Wirtin jauchzt laut auf, hebt den Krug, den sie vorhin gefüllt hat, und klopft damit dreimal auf den Tresen.

Lirra zupft mich am Arm. Als ich die leichte Panik in ihrem Blick sehe, fällt es mir wie Schuppen von den Augen. Die drei Klopfer mit einem Trinkgefäß sind Teil der Hochzeitsfeierlichkeiten. Jedes Mal, wenn ein Gast mit seinem Becher dreimal auf den Tisch pocht, küsst sich das Brautpaar.

Lirras blaue Augen flehen mich stumm an.

Ich senke den Kopf. Ehe ich weiß, wie mir geschieht, pressen sich Lirras Lippen auf meine. Sie sind warm. Voll. Und als sie sich öffnen und den Kuss vertiefen, spiele ich das Spiel mit und koste süße Schuld.

Wir müssen ein überzeugendes Bild abgegeben haben, denn die Frau applaudiert und der Mann grunzt beifällig.

Wir lösen uns voneinander, und obwohl ich ihrem Blick am liebsten ausweichen würde, sehe ich sie mit starrem Lächeln weiter an.

Dann reiße ich meine Augen los und drehe mich zu dem Holzfäller um. »Wir müssen tatsächlich gleich aufbrechen. Eure Frau war allerdings so freundlich, uns vor Gefahren zu warnen. Habt Ihr etwas gesehen oder gehört?«

»Ja, schon. Bin nämlich grade hergekommen, weil ich nördlich von hier Rauch über den Bäumen entdeckt hab. In der Richtung gibts so viele Schluchten, da würd nur ein Dummkopf durchreiten wollen. Wer sich da durch den Wald schlägt, der hat was zu verbergen.«

Ein Mucks von Lirra hält mich von einer Bemerkung ab. »Wir haben unterwegs gehört, dass ein paar Mädchen entführt worden sind, aber nichts Genaues. Bestimmt wisst Ihr mehr als wir.«

Der Mann stellt seine Axt an der Tür ab und kommt zu uns. Von Lirra, der unschuldigen, arglosen jungen Braut, lässt er sich gern zum Reden bringen.

Er wiederholt die Gerüchte, die wir schon kennen, fügt aber noch etwas hinzu, das uns neu ist. »Richter Auberdeen hat dem, der die Entführer schnappt, fünfzehnhundert Silberstücke versprochen. Ha, ich bin ein gemachter Mann.«

Ich sehe zu, wie er einen Krug Bier runterkippt, einen zweiten versehentlich umstößt und seine Frau anblafft, ihm gefälligst zu essen zu bringen. Der Kerl ist ein Widerling. Und er irrt sich schwer. Wenn jemand die Männer im Wald nördlich von hier schnappt, dann ich.

Lirra schmiegt sich wieder an mich. »Komm, Liebster, wir sollten los, bevor es dunkel wird.«

Ich straffe die Schultern, kämpfe gegen den Impuls an, von ihr abzurücken, und nicke. Mit einem Dank an die Wirtin und ihren erbärmlichen Wicht von Ehemann verlassen wir das Gasthaus und kehren in den Wald zurück.

Finn hat in der Zwischenzeit die Pferde getränkt. Ich will erzählen, was wir im Gasthaus erlebt haben, doch Lirra fällt mir ins Wort. »Später. Dafür haben wir keine Zeit.«

Sie zeigt in Richtung Gasthaus. Der Holzfäller, mit dem wir eben gesprochen haben, hat sein Pferd gesattelt und galoppiert ans Ostende der Stadt. Wahrscheinlich trommelt er seine Leute zusammen. Ein Suchtrupp ist nie und nimmer leise genug, um sich im Wald an jemanden anzupirschen. Wenn der Rauch, den er gesehen hat, vom Lager der Entführer kommt, bleibt uns nur wenig Zeit. Finn, Lirra und ich müssen das Lager finden, bevor der Holzfäller es tut.

# Neun

## TESSA

»Tessaaa!« Gillians Geträller ist laut genug, um noch auf Schloss Neart gehört zu werden.

Ich schnaube verächtlich und bürste Schneefeuer ab. »Weißt du, was, die meisten sagen einfach: ›Tessa.‹ Ganz ohne Trara. Ist ziemlich angenehm.«

Sie kommt aus dem Haus gestürzt und fuchtelt mit den Händen durch die Luft, als wolle sie einen Quälgeist verscheuchen. »Warum hast du mir nicht gesagt, dass du zurück bist?«

»Ich bin doch gerade erst vom Pferd gestiegen.«

Sie wischt sich eine imaginäre Träne weg. »Ein Hallo wäre nett gewesen.«

Stöhnend lege ich die Stirn an Schneefeuers Flanke. Wenn ich könnte, würde ich sofort ins Bett fallen. Es dauert zwar noch gut eine Stunde bis Sonnenuntergang, aber ich würde mich am liebsten in meinem Zimmer verkriechen und erst morgen wieder daraus auftauchen. Was für ein grauenhafter Tag. Nach dem Besuch des Königs, der Begegnung mit Phelia und dem Ritt zum Schloss ist mein Nervenkostüm so dünn wie meine alte Jagdhose.

Gillian ignoriert meine Gereiztheit mit einem Lachen. »Du bist so dramatisch. Hauptmann Omar war so gütig, eine Nachricht zu schicken, die ich natürlich geöffnet habe.« Gillian flitzt um mein Pferd herum.

Ich will gerade Widerspruch einlegen, was Omars Charakter angeht, als mir klar wird, was sie mir da gestanden hat.

»Gillian, war der Brief für mich? Oder für dich?«

»Sei nicht albern. Alle Briefe für mich gehen doch ans Schloss. Bevor du mich eingeladen hast, bei dir zu wohnen, habe ich in den Quartieren der Hofbediensteten gelebt. Natürlich war das Schreiben nicht für mich.«

»Bevor der König dir befohlen hat, bei mir zu wohnen, meinst du wohl.«

»Wortklauberei.« Sie winkt mit einem Lachen ab und holt ein zusammengefaltetes Pergament aus ihrer Tasche. »Hauptmann Omar hat zwei Wachen für Kontrollgänge rund um dein Grundstück abgestellt und zwei weitere, die den Wald durchkämmen sollen. Er ersucht dich höflichst, ihm Bericht zu erstatten, falls noch einmal Unregelmäßigkeiten auftreten. Und er spricht dir seine Dankbarkeit dafür aus, dass du den König sicher nach Hause geleitet hast.« Sie drückt die Hand aufs Herz. »Du bist mit dem König zum Schloss geritten? Was war da los? Warum hast du mir nichts erzählt?«

Ich entreiße ihr den Brief. »Und *ich* soll albern sein? Ich bin gerade erst nach Hause gekommen.«

Da tritt Leif aus dem Haus und winkt mir zu. Ich starre ihn entgeistert an. Wir haben uns doch vorhin im Schloss verabschiedet?

»Ich habe den kürzeren Weg durch die Stadt genommen. Hauptmann Omar bat mich, dir seine Botschaft zukommen zu lassen, doch du warst schon weg.«

»Das ist der einzige Grund?«

Leif wird rot. »Der König hat mich gebeten, mich zu vergewissern, dass du heil nach Hause zurückgekehrt bist. Und ich habe die Order, dafür zu sorgen, dass niemand unbefugt dein Grundstück betritt.«

Natürlich. Kaum zu glauben, dass ich meine Notdurft verrichten darf, ohne dass jemand mir dabei die Hand hält, mit Aufpassern wie Cohen, Aodren und Omar. Obwohl ich mich tatsächlich weniger unwohl fühle beim Anblick der hohen Bäume um mein Land, seit ich Leif und die anderen Wachen in der Nähe weiß.

Ich wende mich ab, um mein Reitzeug im Stall zu verstauen. Die gefrorene Erde knackt unter meinen Schritten, als ich zum Haus gehe. Ich fröstele im kalten Wind und wünschte, ich hätte einen dickeren Mantel.

Gillian eilt an meine Seite und stemmt die Hände in die Hüften. »Ich habe gehört, du hast den König gefesselt und auf dein Pferd gepackt wie ein Stück Wild, das du im Wald erlegt hast.«

Ich verdrehe die Augen und stampfe zur Tür. Sie folgt mir mit Leif in die behagliche Wärme meines Häuschens.

Ein Seufzer entfährt mir, als ich mich in Papas alten Sessel fallen lasse und um mich herum die vertraute Form des Holzes spüre, das im Laufe der Jahre ganz glatt geworden ist. Wenn ich die Augen schließe, kann ich mir fast einbilden, Papa bei mir zu haben – mit einem Buch am Kamin oder mit seinen Dolchen über den Schleifstein gebeugt. Von Papa habe ich Bogenschießen und Reiten und ein sicheres Gespür für Gefahren gelernt. Wie den Sessel, so hat er auch mich geformt: Seine Lektionen haben mich zu dem Menschen gemacht, der ich bin.

An diesen Gedanken klammere ich mich wie an einen Rettungsring. Papa hat mich zu der gemacht, die ich bin. Ich bin seine Tochter. Nicht Phelias.

Ich sehe ihr Gesicht wieder vor mir. Die schwarzen Adern, die sich über ihre Haut winden. *Ich wollte mich zuerst als deine Mutter vorstellen.*

Wusste Papa, dass sie noch am Leben ist? Allein der Gedanke ist schrecklich, doch angesichts der vielen Geheimnisse, die Papa vor mir hatte, wäre es töricht von mir, diese Annahme auszuschließen. Wo war Phelia all die Jahre? Wie kann sie noch leben, wo sie doch jeder für tot gehalten hat? Und warum kehrt sie ausgerechnet jetzt zurück?

Ich habe einen Großteil meines Lebens gelebt, ohne zu ahnen, wer ich wirklich bin. Mit Ungewissheiten werde ich mich nun nicht mehr zufriedengeben.

Am anderen Ende des Zimmers lässt sich Gillian in einer Manier, die dem Wort »geziert« eine ganz neue Bedeutung verleiht, auf einem Stuhl nieder und nimmt ihre Stickerei zur Hand. Ich lächle meiner aufgeputzten Freundin zu und erinnere mich an ihre Bemerkung zu dem aufs Pferd gebundenen König. »Übrigens würde ich Schneefeuer kein erlegtes Tier auf den Rücken packen. Ich würde es schon im Wald aufbrechen und zerteilen. Eingeweide machen zu viele Flecken.«

Sie deutet ein spitzes Würgen an. »Eine Hofdame spricht nicht über Eingeweide.«

Hof. Die Winterweihe. Die Stimme des Königs: *Für den Winterball. Wo ich Euch vor versammeltem Hofe in den Adelsstand erheben werde.* Ich balle die Hände zu Fäusten und vergesse alle anderen Sorgen.

»Das wirst du noch lernen müssen, wenn du erst einmal bei Hofe eingeführt worden bist …« Sie redet immer noch. Niemand redet so viel wie Gillian. »Adelige haben eine feinere Art, das …«

»Nein.« Es ist mehr ein Stöhnen. Müssen wir heute Abend darüber sprechen?

Leif, der an der Tür stehen geblieben ist, hebt die breiten Schultern und tritt verlegen von einem Fuß auf den anderen. »Ich sollte mal los, mich mit den anderen Wachen wegen der Kontrollgänge abstimmen.«

Ich sehe durchs Fenster in den Wald hinaus. Phelia, ihre Worte und ihre sonderbaren schwarzen Male lasten mir schwer auf der Seele.

»Wir werden sie finden«, sagt Leif, obwohl das nicht meine eigentliche Sorge ist.

»Ich vertraue dir.« Ich drehe mich zu ihm um.

Er erwidert mein düsteres Lächeln, bevor er Gillian zum Abschied zunickt. »Auf Wiedersehen, Miss Tierney.«

Gillians Wangen beginnen rot zu glühen.

Sie klappt den Mund auf und zu. In Gegenwart der Kammerzofe bringt Leif normalerweise nicht mehr als drei Wörter über die Lippen. Bislang ist mir nicht aufgefallen, dass Gillian meinem Freund zugetan ist. Die Erkenntnis ist beinahe ein Schock – ich hätte gedacht, Gillian mit ihren hochtrabenden Vorstellungen würde sich eher für einen steifen Lord oder einen eingebildeten Gardehauptmann interessieren, nicht für einen so sanftmütigen Bären wie Leif.

Könnte ich Leif doch nur herbeizaubern, wenn ich es bräuchte. Ein Fingerschnipsen, und meine Zofe würde verstummen. Dieser Gebrauch von Magie wäre das Risiko, erwischt zu werden, eindeutig wert. Der Gedanke bringt mich zum Kichern, und Gillian bohrt ihren Blick in meinen, bis ich mein Grinsen hinter einer Faust verberge.

»Bitte nennt mich doch Gillian.« Sie macht einen Knicks vor Leif.

Er wiederholt murmelnd ihren Namen. Sobald er aus der Tür ist, funkelt sie mich drohend an und zischt: »Ich will kein Wort hören.«

Es dauert eine ganze Weile, bis ich aufhören kann zu lachen.

*Man braucht nicht viele Freunde, nur einen guten,* hat Papa einmal gesagt, als ich unter meiner Einsamkeit litt. Ich dachte, er meinte Cohen. Doch seit Enat getötet wurde und Cohen durch Shaerdan reist, ist Gillian mein Fels in der Brandung. Ein ziemlich geschminkter Fels, aber Halt bietet sie mir trotzdem.

Ich hätte sie mir nie selbst zur Freundin ausgesucht. Aber in den letzten Wochen haben wir mehr miteinander gelacht als ich in meinem ganzen bisherigen Leben.

Als sie aus dem Zimmer geht, erstirbt meine Heiterkeit. Was wird sie von mir denken, wenn sie erfährt, dass Phelia meine Mutter ist?

Gillian. Leif. Cohen. Ich erinnere mich an die Zeit, bevor sie da waren, als ich nach Papas Tod fast verhungert wäre. Jetzt habe ich drei Menschen, auf die ich zählen kann.

Werde ich wieder allein sein, wenn sie die Wahrheit kennen?

# Zehn

## COHEN

Der Holzfäller reitet nach Osten, vermutlich, um weitere Männer um sich zu scharen. Wir hingegen brechen in nordöstlicher Richtung auf, um ihm hoffentlich zuvorzukommen.

Wie der Mann gesagt hat, ist das Land von Schluchten durchzogen; tiefe Gräben zerschneiden die grünen Hügel und vereinzelten Haine. Durch das ständige Auf und Ab kommen wir nur langsam voran, aber wir halten uns an die alten, löchrigen Straßen, die breit genug für eine Kutsche sind.

Je weiter nördlich wir gelangen, desto öfter frage ich mich, ob der Holzfäller einfach nur zu viel Bier getrunken hat. Obwohl ich unaufhörlich nach anderen Reisenden Ausschau halte, bin ich noch auf keine einzige Spur eines Fuhrwerks oder Reiters gestoßen. Wenn hier tatsächlich eine andere Gruppe unterwegs ist, dann vielleicht weiter westlich. In diesem Fall verpassen wir sie womöglich um Längen.

Als wir uns dichterem Wald nähern, wird die schmale Landstraße unwegsamer. Während in Malam der Winter bereits vor der Tür steht, sind die Bäume hier noch belaubt genug, um die Nachmittagssonne auszusperren, sodass die Schotterstraße fast ganz im Schatten liegt. In Shaerdan ist es zwar wärmer als in Malam, aber kühl ist es ohne Sonne dennoch.

Lirra holt einen Mantel aus den Satteltaschen ihres Pferdes und legt ihn sich um die Schultern. Ich habe unseren Kuss nicht angesprochen. Weiß ja auch nicht, was es da zu sagen gibt. Er war notwendig, um unsere List aufrechtzuerhalten. Trotzdem bekomme ich ein schlechtes Gewissen, wenn ich nur daran denke. Ich habe mich Tessa ganz und gar versprochen, und es zerreißt mir das Herz, dass ich diesen einen Kuss vergeben habe.

Wir erklimmen einen weiteren Hügel. Die Pferde verlangsamen auf der mit Steinen und hervorstehenden Wurzeln übersäten Straße ihr Tempo. Als wir den Anstieg bewältigt haben, wird der Wald lichter und der Weg gen Osten wieder gangbarer.

Eine Meile später zügele ich Siron vor einer frischen Fahrspur in der vom Regen aufgeweichten Erde. Hier ist vor nicht allzu langer Zeit eine Kutsche durchgekommen.

Ich mache Finn darauf aufmerksam, und er zieht die Brauen zusammen. Mit einem ausgestreckten Finger zeigt er an, dass die Spuren einen Tag alt sind. Ich nicke ihm anerkennend zu.

»Warum sagt ihr denn nichts?« Lirras Stimme ist ein Schock in der Stille.

Ich wirbele herum und sehe sie stirnrunzelnd an.

»Man darf nicht sprechen, wenn man sich in der Nähe seiner Beute befindet«, wiederholt Finn eine Lektion, die er schon vor Jahren von mir gelernt hat.

Lirra nickt, als hätte sie begriffen, redet aber trotzdem weiter. »Wie nah sind sie denn?«

»Nah genug, um vorsichtshalber den Mund zu halten«, sage ich.

Sie schnaubt auf. »Woher willst du wissen, dass sie es sind?«

»Ich weiß es nicht«, zische ich. »Aber das finden wir bald heraus.«

Sie strafft die Schultern, und ihr Gesicht verhärtet sich, als wappne sie sich für einen Kampf. Ich hoffe, dass es dazu nicht kommt. Möglich ist es aber.

Lirra und Finn folgen mir weiter schweigend, bis ich nach einer knappen Meile wieder die Hand zum Halt hebe. Hier sind die Spuren noch frischer, und einem dampfenden Haufen Pferdeäpfel nach zu urteilen sind die Gesuchten ganz nah. Am besten, wir gehen zu Fuß weiter, damit der Hufschlag unserer Tiere sie nicht auf uns aufmerksam macht.

Finn ist im Nu aufbruchsbereit. Er hängt sich einen Köcher um und nimmt seinen Bogen in die Hand. Dann klopft er prüfend auf den Dolch an seiner Hüfte und den zweiten, den er sich um den Knöchel geschnallt hat. Der Anblick tut mir in der Seele weh; ich wünschte, ich hätte Nein gesagt, als er mich bat, ihm die Waffentechniken eines Kopfgeldjägers beizubringen. Es ist zu gefährlich für meinen kleinen Bruder. Wenn ich ihn so anschaue, sehe ich nicht den Mann vor mir, zu dem er heranwächst, sondern den kleinen Jungen, den ich mal vor unseren Hühnern gerettet habe. Den schlaksigen kleinen Kerl, der an meiner Schulter weinte, als unser Vater starb.

»Folgt mir«, sage ich tonlos und zeige auf den Wald am Straßenrand. »Aber haltet Abstand.«

Finn und Lirra sind dicht hinter mir, als ich parallel zur Straße durch die Bäume haste. Nach etwa einer Meile höre ich das *Iiiiek-iiiiek* der Kutschenräder und das *Klapperdiklapp* ihrer Pferde. Ich schlage mich ein Stück nach Osten und sprinte weiter, bis ich neben der Kutsche herlaufe, gerade weit genug entfernt, um hinter den Baumstämmen, Farnen und Büschen vor möglichen Blicken verborgen zu sein.

Zwei Reiter flankieren das Gefährt, auf dem kein Wappen prangt. Auch sonst gibt es keinerlei Hinweise, wem es gehören könnte. Ein dritter Mann sitzt auf dem Kutschbock. Ich kann zwar nicht erkennen, wie viele Menschen sich im Innern befinden, aber Waffen haben die drei Männer mehr als genug. Pfeil und Bogen, Dolche und Langschwerter – diese Männer sind für einen Kampf gerüstet.

Die Sonne sinkt tiefer und taucht den Wald in ein schummeriges Halbdunkel. Die Kutsche fährt langsamer und hält schließlich an.

Sofort treiben die beiden Reiter ihre Pferde zur Wagentür und sitzen ab. Ihre Bewegungen wirken geübt, wie tausendmal durchgespielt. Die Tür geht auf und ein vierter Mann kommt zum Vorschein.

Überrascht merke ich auf. Diesen Mann kenne ich.

Ich kneife die Augen zusammen, um sicherzugehen, dass mich mein Eindruck in der Dämmerung nicht getrogen hat. Nein, es besteht kein Zweifel. Er trägt zwar nicht die Gewänder eines Adeligen, aber es ist eindeutig Lord Conklin, Herr über das malamische Lehnsgebiet rund um die Grenzstadt Fennit.

Könnte es sich wieder um eine durch Magie erzeugte optische Täuschung handeln? So wie Rori jedem in Shaerdan äußerlich als Phelia erschienen war?

»Was machen wir?« Finn schiebt sich neben mich, seine Stimme der Hauch eines Flüsterns.

Ich schüttele verblüfft den Kopf. Ich muss mehr herausfinden. »Der ältere Mann dort«, sage ich mit einer entsprechenden Handbewegung zu Finn und Lirra. »Er muss um jeden Preis am Leben bleiben.«

Lirra hebt die Augenbrauen.

»Das ist ein Lord aus Malam.«

»Echt?«, platzt Finn heraus und schlägt sofort eine Hand auf den Mund, als er merkt, dass er laut gesprochen hat.

Die Männer sind zu beschäftigt, auf die Farnwedel rund um die mächtigen Baumstämme zu pissen, um uns zu hören.

»Sollten wir nicht ein bisschen näher ran, damit wir sehen, ob Mädchen dabei sind?«, fragt Finn.

Noch ehe ich antworten kann, ruft eine Frauenstimme aus dem Wageninnern: »Bitte lasst uns gehen!«

Lirra und ich wechseln einen Blick. Sie hat eine Hand an ihr Schwert gelegt. Pfeil und Bogen wie Tessa trägt sie nicht. Wenn die Spuren so leicht zu finden waren, werden dieser verfluchte Holzfäller und die anderen Dörfler, die er zusammengetrommelt hat, bald hier auftauchen.

Einer der Wächter reißt die Tür auf, greift hinein und holt ein junges, schwarzhaariges Mädchen heraus. Mein Beschützerinstinkt treibt meinen Pulsschlag in die Höhe. Sie kann nicht älter als dreizehn sein. Wie meine Schwester.

Ich sehe zu, wie er sie wie eine Lumpenpuppe schüttelt. Bei allen Senfkörnern, ich würde ihn am liebsten auf der Stelle umbringen. Ein Schuss von mir, und er fiele tot um. Als er sie ohrfeigt und die schmutzigen, verweinten, bleichen Gesichter zweier weiterer junger Mädchen aus der Tür schauen, halte ich es nicht länger aus.

Ich hebe meinen Bogen und schieße einen Pfeil ab. Er trifft ihn zwischen die Rippen. Der Mann kippt vornüber, und das Mädchen stürzt seitlich und landet auf den Knien im Schlamm.

Jetzt habe ich natürlich die anderen Männer am Hals. Ein widerlicher Fettwanst hievt das Mädchen hoch und benutzt sie als

Schutzschild. Lord Conklin zieht sein Schwert und geht hinter den Pferden in Deckung. Der dritte Mann hat seinen Bogen hochgerissen und zielt auf Finn. In dem Moment, in dem ich hinsehe, lässt er die Sehne los und der Pfeil saust auf meinen Bruder zu.

Nackte Angst schießt in mir hoch. Ich rufe Finns Namen. *Weg da, Finn.*

Er springt zur Seite, den Göttern sei Dank. Ich hechte zu ihm und ziehe ihn hinter einen Baum. Er stöhnt auf. Ein roter Fleck erscheint auf seinem Hemd, eine Blüte aus Blut, die mit jedem seiner Herzschläge größer wird.

»Finn«, belle ich. »Alles in Ordnung?« Meine Stimme ist zu barsch. Ich dachte, der Pfeil hätte ihn verfehlt, doch Finn blutet. Götter, warum blutet er?

»Hat mich wohl knapp erwischt.«

Finn hebt sein Hemd, damit ich seinen Brustkorb auf Kratzer untersuchen kann. Wäre er nicht zur Seite gesprungen, hätte ihn der Pfeil ins Herz getroffen, statt ihm seitlich ein Stück Haut aufzuschlitzen. Aus der Wunde tropft Blut. Sie muss gereinigt und genäht werden.

Ich kralle meine Finger in sein Hemd und lasse es dann fallen. Er hätte gerade sterben können. Mein kleiner Bruder.

»Bleib hier«, befehle ich ihm.

»Was? Nein, ich komme mit.«

Ich sehe zu Lirra hinüber, die ebenfalls hinter einem Baum wartet, und gebe ihr ein Zeichen, bevor ich mich wieder Finn zuwende. »Drück die Wunde gut ab. Und bleib in Deckung. Du hältst dich gefälligst aus allem raus, verstanden?«

Er schüttelt den Kopf, aber wir haben keine Zeit, das auszudiskutieren. Bestimmt ist er enttäuscht, aber das hier ist keine Lehrstunde. Sein Leben steht auf dem Spiel. Ich darf ihn nicht noch mehr gefährden.

Ich lege einen Pfeil ein, winke Lirra vorwärts und hechte zu dem nächsten Baum, der breit genug ist für eine sichere Schussposition und mich nah genug an Lord Conklin und seine Verräterbande heranbringt.

Zwei Pfeile surren knapp an meinem Kopf vorbei. Der Kerl ist ein schneller Schütze, aber ich schlage zu viele Haken, um ein gutes Ziel abzugeben.

Ich schieße zurück. Mein Pfeil geht fehl, lenkt ihn aber von Lirra ab, die sich dadurch näher an sie heranpirschen kann. Sie steht jetzt auf halber Höhe zwischen mir und der Kutsche. Noch ein Dutzend Schritte, und sie ist da.

Um die Männer abermals abzulenken, schieße ich zwei Pfeile in die Seitenwand der Kutsche, weil ich sicher sein kann, dass sie das dicke Holz nicht durchbohren. Die Mädchen im Innern beginnen zu kreischen. Der Mann, der das schwarzhaarige Mädchen als Schild benutzt, schiebt sich rückwärts zur Kutsche hin, während Lord Conklin hinter den Pferden in Deckung bleibt. Mein dritter Pfeil gilt dem Bogenschützen, doch der Mann hat mich fest im Blick und weicht aus.

So merkt er nicht, dass Lirra sich von hinten anschleicht, bis sie ihm jäh ihren Dolch zwischen die Rippen stößt. Sie zieht die Klinge heraus, wischt sie an der Tunika des Toten ab und dreht sich zu den verbliebenen zwei Männern um. Ich bin schockiert, wie unbekümmert sie gemordet hat. Kämpfen und Überleben ist Teil meines Berufs. Tessa wurde zwar mit mir ausgebildet, doch die Konfrontation mit dem Tod fiel ihr schwer. Selbst auf der Jagd richtete sie immer ein Dankgebet an das Tier, das sie erlegte, aus Achtsamkeit und Wertschätzung dem Leben gegenüber. Lirra hingegen sieht man an, dass sie nicht zum ersten Mal einen Menschen tötet. Ihre geschmeidigen Bewegungen verraten es. Vielleicht bringt ein Leben als Tochter des Erzverräters das mit sich.

Da die beiden anderen Männer keinen Bogen haben, trete ich hinter dem Baum hervor. Lirra hat ihren Dolch gegen das Langschwert getauscht und richtet es auf den Mann, der sich hinter dem jungen Mädchen verschanzt. »Lass die Mädchen gehen, dann verschone ich dein Leben.«

Der Mann spuckt auf die Erde.

Da donnern die Hufe von mindestens sechs Pferden durch den Wald. Als der Mann das hört, schubst er das Mädchen von sich weg und hetzt hinter die Kutsche. Das Mädchen stolpert über ihre Füße und fällt gegen Lirra, sodass beide rücklings zu Boden stürzen.

Der Mann springt auf den Kutschbock und fährt los. Lord Conklin muss auf der anderen Seite in den Wagen gestiegen sein, denn er ist nirgendwo in Sicht. Ich sehe sie schlammspritzend davonrasen, zu schnell für uns ohne unsere Pferde. Ich fluche vor mich hin. Wohin sind sie unterwegs? Was hat Lord Conklin mit den Mädchen vor?

*Pfeffer noch mal.*

Lirra, das schwarzhaarige Mädchen und ich bleiben zurück, während das Hufetrappeln näher kommt.

»Wir müssen weg von hier«, rufe ich und stürze zu Finn zurück. Da er verletzt ist, will ich keinen Kampf mit einem halben Dutzend Shaerdanern riskieren – selbst wenn es ein bunt zusammengewürfelter Haufen Einheimischer ist. Und sie würden Finns unbeholfenen Akzent schon beim ersten Wort erkennen. Wenn wir hier bleiben, ist es aus mit uns.

»Was ist mit ihr?« Lirra hat dem Mädchen einen Arm um die Schultern gelegt.

Ich spähe zu den Bäumen hinter uns, aus denen Vögel aufflattern. »Nimm sie mit. Schnell.«

Lirra treibt das Mädchen vorwärts, und zu viert rennen wir in nördlicher Richtung davon. Ich pfeife die Pferde herbei und bete zu allen Göttern, dass die Shaerdaner unsere Fährte nicht verfolgen werden, sondern sich an die Reifenspuren der Kutsche halten, die nach Osten führen. Wir sind zwei malamische Männer mit zwei shaerdanischen Mädchen. Ganz gleich, was die Mädchen zu unserer Verteidigung sagen, kein in Wallung geratener Landsmann würde ihrer Geschichte Glauben schenken.

Finn wimmert bei jeder Bewegung seines Pferds und das junge Mädchen weint stumm vor sich hin, während wir stramm nach Osten galoppieren und nur inständig hoffen können, dass wir in die Freiheit reiten.

# Elf

## AODREN

Ich beende die Beileidsschreiben für die Angehörigen von Einar und Nicolas. Eine Handvoll Worte vermögen ihren Verlust gewiss nicht zu lindern, aber ein wenig Frieden will ich ihren Herzen geben, indem ich ihnen sage, wie sehr ich ihre Männer schätzte. Ich drücke meinen Siegelring in das heiße Wachs, stecke die Umschläge in die Tasche meines Mantels und lehne mich im Stuhl meines Vaters zurück, um mich etwas auszuruhen. Mit den Möbeln aus dunklem Mahagoni, den Teppichen aus Bären- und Wolfsfell und den schweren, dunklen Vorhängen an den Fenstern ist der Raum so behaglich und warm wie eine Höhle. Alles hier drin ist hart, kalt oder tot.

Die Stelle an meiner Schulter, an der mich der Pfeil getroffen hat, juckt entsetzlich. Ich fasse nicht hin, um den frischen Schorf nicht abzukratzen. Der Juckreiz macht mich schier wahnsinnig. Erbärmlich. Zwei Männer, zwei tapfere Männer, haben heute ihr Leben verloren. Was ist dagegen schon ein Kratzer?

Ich schiebe den Stuhl zurück und erhebe mich.

Unsere sonderbare Verbindung lässt mich Tessa immer noch spüren, ein fernes Echo ihrer Gegenwart. Als Tessa mich heilte, wurde ein Band zwischen uns geschmiedet, das mich zunächst in tiefe Verwirrung stürzte. War sie zugegen, benahm ich mich kopflos, war sie fort, lähmte mich Einsamkeit. Inzwischen kann ich besser damit umgehen. Nur eins hat sich nicht verändert: Die Anziehung wird mit jedem Tag stärker.

Ich verlasse meine Gemächer, was ich bei Tageslicht sonst nur selten tue. Seit Jamis' Verrat misstraue ich anderen und würde am liebsten allen aus dem Weg gehen. An Beratungen nehme ich nur teil, wenn es sich nicht vermeiden lässt. Ich folge dem Sog, den Tessa ausübt. Wie ein Hund an der Leine laufe ich die Treppe hinunter, durch die Flure und eine weitere Treppe hinab. Irgendwo in den Tiefen von Schloss Neart ist die Verbindung auf einmal weg.

Was tue ich da nur?

Tessa hat das Schloss verlassen. Die Gardewache, Leif, müsste bereits zu ihrem Häuschen unterwegs sein. Und ich habe zwei Briefe an trauernde Familien auszusenden.

Dennoch überlege ich, ob ich mir ein Pferd satteln lassen soll, um mich persönlich davon zu überzeugen, dass sie wohlbehalten zurückgekehrt ist. Nur die Gerüchte, die über meinen zeitweiligen Wahnsinn in Umlauf sind, bewegen mich dazu, stattdessen zu Hauptmann Omar zu gehen. Man wird sich ohnehin das Maul zerreißen, wenn ich Tessa beim Winterball in den Adelsstand erhebe. Es wäre nicht klug, Anlass zu noch mehr Klatsch und Tratsch zu geben.

Wie immer sind die Wachen, die mir auf Schritt und Tritt folgen, ein Schatten hinter mir. Ich durchquere den Bogengang um den Innenhof und denke an Tessas Vorbehalte gegenüber dem Ball. Bei der Erinnerung an ihre finstere Miene muss ich lächeln. Auch wenn es ihr missfällt, adelig zu sein – sie hat es mehr als verdient. Sie hat mir das Leben gerettet. Nun schon zweimal.

Sie vor meinem geistigen Auge erscheinen zu lassen, in einem zu ihren strahlend blauen Augen passenden Seidenkleid, ist eine willkommene Ablenkung. Tessas blondes Haar von ihrem schlanken Hals zurückgestrichen, die Sommersprossen ungehindert leuchtend. Bei diesem Bild durchfährt mich etwas wie Sehnsucht.

Offenbar ist Tessa Flannery stärker und zerstörerischer als Brentyn-Bier. Nach jedem Treffen, so spitz ihre Worte oder so bohrend ihre Blicke auch gewesen sein mögen, lechze ich nach mehr, mehr von ihr.

Schon seit ich denken kann, hat die Tochter des Kopfgeldjägers ein vages Interesse in mir geweckt. Nun, da wir aneinandergekettet sind, ist meine Neugier unersättlich.

Die Wachen eskortieren mich die Treppe hinunter. Der Weg aus Steinen führt zu dem offenen Übungsgelände, wo rund ein Dutzend Männer unter einem wolkenlosen Himmel die Klingen kreuzen. Die Klauen des Winters lauern schon in der Luft, machen sich in den Atemwolken vor den Gesichtern bemerkbar, als die Kämpfer Ausfallschritte, Ausweichmanöver und Angriffe trainieren.

Omars grimmiges Gebrüll hallt über den Platz, ein Kommandoruf folgt dem anderen.

Während ich am Rand der Rasenfläche warte, lasse ich den Nacken und die Schultern kreisen, um sie zu lockern. Der Schmerz mag daher rühren, dass ich gefesselt auf Tessas Pferd lag; vielleicht kommt er aber auch von dem nächtlichen Duelltraining mit Omar. In den letzten Wochen habe ich Abend für Abend daran gearbeitet, die verlorene Körperkraft zurückzugewinnen, Muskeln aufzubauen und meine Wendigkeit zu verbessern.

Was mir heute allerdings nicht sonderlich geholfen hat.

Omar bemerkt mich. Er löst sich von der Gruppe und kommt

mit langen Schritten auf mich zu. Der Mann würde nie auch nur einen Fingerbreit vom Protokoll abweichen. Er presst die Faust an die Brust und beugt ein Knie vor mir, bis ich ihn bitte, sich zu erheben. Dabei habe ich ihm wiederholt gesagt, dies sei unnötig. Ich betrachte Omar als eine Art brummigen Onkel. Andererseits war Jamis einst auch wie ein Vater für mich.

Menschenkenntnis gehört vielleicht nicht zu meinen Stärken, doch Omar vertraue ich uneingeschränkt. Er hat seine Treue viele Male unter Beweis gestellt. Und für Tessa gilt dasselbe.

Ich werfe den Männern an meiner Seite einen raschen Blick zu. Die beiden Wachen treten zurück, damit wir unter vier Augen sprechen können. »Wie sieht dein Plan aus?«

»Meine Männer durchkämmen den Wald rund um Miss Flannerys Land und bereiten dort Fallen vor. Wir werden Phelia finden. Ich habe dem Kopfgeldjäger eine Nachricht geschickt, um ihn zurückzuholen.«

Cohen Mackay. Obwohl ich dem Mann mein Leben anvertraue und er Malam immer vorbildlich gedient hat, ist die Erwähnung seiner Rückkehr ein Stachel in meinen Gedanken.

»Er ist in Shaerdan?«, vergewissere ich mich.

»Als er zuletzt Bericht erstattet hat, war das der Fall, ja.«

Je nachdem, wo in Shaerdan er sich gerade aufhält, könnte er zu Pferd noch eine bis zwei Wochen nach Brentyn brauchen. Wie ich Mackay kenne, würde es mich nicht wundern, wenn er sechs Tage nach Erhalt von Omars Nachricht hier eintrifft.

»Wir haben auch zwei Wachen in unmittelbarer Nähe des Hauses postiert.« Omar verzieht unwirsch das Gesicht. »Zusätzlich zu den Männern, die im Wald nach Phelia und ihren Komplizen suchen«, sagt er, als wüsste ich das nicht längst.

Omar fragt sich vermutlich, warum Tessa derart viel Schutz braucht. Angesichts der Treffsicherheit, mit der sie im rasenden Galopp und nach hinten umgewandt Pfeil um Pfeil abgeschossen hat, hege ich nicht den geringsten Zweifel, dass sie sich bestens verteidigen könnte. Wenn auch nur ein Viertel meiner Soldaten Tessas Mut und Tapferkeit besäßen, wäre Malam unbezwingbar.

»Sie wurde heute angegriffen«, sage ich. »Zwei Männer wurden getötet. Sicher ist sicher.«

»Sehr wohl.«

»Du wirkst nicht erfreut. Was soll diese Miene, Omar?«

»Mir scheint, ich sollte Euch warnen. Tessa Flannery den Hof zu machen, könnte … Folgen haben. Immerhin ist sie so gut wie verlobt.«

»Ach ja?« Ich beiße die Zähne zusammen. »Mir war nicht bewusst, dass Cohen Mackay um ihre Hand angehalten hat.«

Omar verengt die Augen zu Schlitzen. Einen Moment lang frage ich mich, ob er seine Vorbehalte Tessa gegenüber offen zur Sprache bringen wird. Er hat nie einen Hehl aus seiner Abneigung gemacht. »Nicht offiziell. Das heißt nicht, dass er nicht vorhat –«

»Ihre Verlobung oder künftige Verlobung hat mit der Frage ihrer Sicherheit nichts zu tun. Ich will, dass sie geschützt wird. Darum kümmere du dich. Wenn ich Klatsch und Tratsch hören will, gehe ich auf den Brentyner Marktplatz.«

Omars Mund zuckt, doch er sagt nichts weiter.

Das Ärgerliche ist, dass ich seine Bemerkung trotzdem nicht mehr aus dem Kopf bekomme. Die Vorstellung, dass Tessa sich bald verloben wird, schlägt sich wie eine nasse Decke über meine Gedanken. Ich spüre Missmut in mir aufsteigen. Tessa und ich haben eine enge innere Verbindung. Es ist eine Beziehung, wenn auch eine sehr vorsichtige, die ich nicht aufgeben will, ob Cohen Mackay nun zurückkommt oder nicht.

Ehe ich mich zum Gehen wende, hole ich die Schreiben aus der Tasche. »Diese Briefe sind noch heute zu übergeben. Bitte sorge auch dafür, dass die Schulden beider Familien beglichen werden.«

»Einars Witwe wird dankbar sein. Aber Nicolas war unverheiratet und wohnte bei seinen Eltern. Soweit ich weiß, haben sie gewaltige Schulden angehäuft. Es liegt nicht in der Verantwortung des Königreichs, die Schulden seiner Eltern zu bezahlen.« Omars starre Auffassung von Gerechtigkeit ist ein weiterer Grund, warum ich ihn immer nur als Onkel und nicht als Vater betrachtet habe.

Ich sehe ihn streng an. »Diese Männer sind tot. In meinen Augen lässt sich ein Menschenleben nicht mit Geld aufwiegen.«

Ich denke an die Jahre, in denen Lord Jamis als Prinzregent herrschte und den Armen und Bedürftigen keine Beachtung schenkte. Wenn ich ihn anflehte, mehr Geld für Obdachlose und Hungernde aufzuwenden, ließ er mich abblitzen. Ein bitterer Winter folgte auf den anderen und in Brentyn erfroren Menschen, während Lord Jamis im Thronsaal meines Vaters saß und über Stärke und Überlebenswillen schwadronierte. *Die Schwachen sind eine Last auf unseren Schultern. Wenn sie nicht stark genug sind, aus eigener Kraft zu überleben, warum sollte ich mich um sie kümmern?*

Tessa Flannery hat mir eine zweite Chance gegeben. Gerechtigkeit muss sein, doch mir wurde große Gnade erwiesen. Nun will ich an meinem Volk ebenso handeln.

Omars eisiger Missmut könnte den ersten Frost des Winters herbeibringen. »Ich würde Euch raten, nicht alles zu übernehmen. Nicolas' Familie ist wirklich schwer verschuldet.«

»Du hast recht. Ihre Schulden sind hoch.« Ich schaue zur Burg hinüber, der steinernen Festung, die hart und unüberwindlich in die Höhe ragt. Ich denke an die Jahre, in denen ich untätig geblieben bin; das Leid, das das Säuberungsedikt über Malam gebracht hat; den Eigennutz, mit dem Jamis die gemeinen Kaufleute knechtete, um allen Handel mit Shaerdan außer dem seinen zu unterbinden; die Intrigen, mit denen er die Edelleute gegeneinander ausspielte. »Aber meine sind es auch.«

# Zwölf

## COHEN

Wir reiten in den Abend des nächsten Tages hinein, bis am Himmel die Sterne erscheinen, die uns heimwärts führen. In der Dunkelheit des tiefen Waldes hilft uns Sirons Nachtsicht, und auf Lichtungen erhellt uns der Halbmond den Weg nach Nordosten.

Von Verfolgern ist nichts zu sehen oder zu hören, wir sind also vermutlich sicher. Rhea, das Mädchen, das wir gerettet haben, sitzt hinter Lirra auf dem Pferd. An der Art, wie ihr Kopf an Lirras Rücken geschmiegt ist, erkenne ich, dass die Dreizehnjährige eingeschlafen ist. Zum Glück. Das heißt, sie hat endlich aufgehört zu weinen.

Es war bitter, ihr leises Schluchzen mit anhören zu müssen. Mein Nacken ist schon ganz wund, so oft habe ich ihn mir gerieben. Bestimmt ein Dutzend Mal war ich drauf und dran, kehrtzumachen, Lord Conklin einzufangen und den Hurensohn zu vierteilen.

Finn hat sich bislang wacker gehalten. Ich werfe einen Blick über die Schulter und sehe ihn im Sattel dösen. Ein scharfer Pfiff durch die Zähne, und er richtet sich kerzengerade auf. Als er meinem Blick begegnet, ächzt er.

»Wann halten wir an, Co?« Seine Stimme ist rau vor Schlaf.

»Bald.«

»Das hast du schon vor einer halben Stunde gesagt.«

Stimmt. Sollten wir jemandem über den Weg laufen, müssten wir Rheas Anwesenheit erklären. Immer mehr Männer und Frauen greifen zu den Waffen, um auf die Suche nach den vermissten Mädchen zu gehen. Darum ist es besonders riskant, bei Tageslicht mit ihr unterwegs zu sein. Ich muss Rhea auf jeden Fall heute Nacht noch an einen sicheren Ort bringen. Von dort wird meine Bekannte sie hoffentlich nach Hause begleiten können. Die Stadt ist nur noch knappe drei Meilen entfernt.

»Wie lange noch?« Diesmal kommt die Frage von Lirra, die rechts von mir reitet.

»In diesem Tempo eine halbe Stunde.«

Sie stöhnt.

»Das schaffst du. Du bist das zäheste Mädchen hier im Wald.« Finns schläfrige Stimme erinnert mich an die meines Vaters. Seltsam, dass mein vierzehnjähriger Bruder, der immer nur Unsinn im Kopf hatte und nie ernst sein konnte, den Mich-kann-nichts-erschüttern-Ton meines Vaters geerbt hat. Nicht mal in Lirras Gegenwart albert er noch herum. Er hat sich wohl an sie gewöhnt.

Es herrscht schon stockfinstere Nacht, als wir die Außenviertel einer kleinen Stadt erreichen, die in den Wäldern am Rande des trockenen Buschlands liegt. Aus dem Gedächtnis führe ich uns zu einem in einem dichten Hain verborgenen Brunnen. Einige Hundert Schritte entfernt fällt goldener Lampenschein aus einem kleinen Haus.

Tessa und ich lernten Jacinda kennen, als wir vor der Königsgarde flohen und den Mörder von Tessas Vater suchten. Halb verdurstet waren wir auf Jacindas Brunnen gestoßen und hatten später erfahren, dass er dank Jacindas animistischer Gabe gesegnetes Wasser spendet: Beannach-Wasser.

Ich mache zuerst am Brunnen halt, ziehe einen Eimer herauf und sage Finn, dass er absteigen soll.

»Trink das.«

Er kommt zum Brunnen, setzt klaglos den Eimer an die Lippen und trinkt einen langen Schluck. Braver Kerl. Das Blut auf seinem Hemd ist nur mehr ein schwarzer Schatten. Bei dem Anblick dreht es mir fast den Magen um. Das Wasser wird ihm helfen. Ich wünschte, es könnte die Wunde vollständig heilen, aber ich glaube nicht, dass es dieselbe Heilkraft wie Tessas Gabe besitzt.

»Was macht ihr da? Wenn ihr stehlen wollt, solltet ihr erst prüfen, ob die Luft rein ist.« Lirras Flüstern durchschneidet die Dunkelheit. Missbilligung verwandelt ihre Worte in spitze Nadeln.

»Gehört einer Bekannten. Koste mal.« Ich helfe ihr und ihrer benommenen Reitgefährtin vom Pferd.

Rhea setzt sich neben Finn auf den Brunnenrand, während Lirra einen Schluck trinkt.

Ihre blauen Augen heften sich auf mich. »Dieses Wasser ist gesegnet.« Sie dreht sich zum Haus um. »Bist du sicher, dass wir hier sein dürfen?«

»Wie gesagt, hier wohnt eine Bekannte von mir.« Ich stille meinen Durst und stelle den Pferden einen zweiten vollen Eimer hin.

»Gehts dir besser?« Ich lege Finn eine Hand auf den Rücken.

Er nickt und trinkt noch einmal. Dann sagt er zu Lirra, wie süß doch das Wasser schmeckt, und unterstreicht das mit einem Rülpsen. Vierzehnjährige eben. Ich seufze. In seinem Alter war ich gerade nach Brentyn gezogen, um bei Saul in die Lehre zu gehen. Tessa bestand damals aus lauter spitzen Knochen und spitzen Bemerkungen.

Ich bitte Finn und Lirra, am Brunnen auf mich zu warten, und gehe zur Tür des Häuschens.

Jacindas Heim, eine pilzförmige Hütte, ist zwischen den rötlichen Baumstämmen und hohen Büschen gut getarnt. Wer nicht weiß, dass sie hier wohnt, könnte das Haus leicht übersehen. Eine kluge Entscheidung, die ihr Mann da zu seinen Lebzeiten getroffen hat. Nur die Bretter, die über Kreuz vor die Fenster genagelt sind, passen nicht zu der Gesamterscheinung. Der frischen Farbe des Holzes nach zu urteilen sind sie erst kürzlich angebracht worden, auch die Nägel haben noch keinen Rost angesetzt.

Ich klopfe und warte, bis sie von innen ruft: »Wer ist da?«

»Jacinda, ich bins, Cohen.«

Die Tür fliegt auf. Bevor ich zurückweichen kann, schlingt sich ein Arm um mich. Die stämmige Frau mit den kohlrabenschwarzen Haaren zieht mich in eine erstickende Umarmung, obwohl ein zartes Stimmchen aufschreit: »Mama, du drückst mich!«

Als ich mich von Jacinda löse, sehe ich eine Mini-Ausgabe von ihr auf ihrer Hüfte sitzen, das Haar schwarz wie die Nacht.

»Tut mir leid, Lou.« Jacinda gibt ihrer Tochter einen Kuss und stellt sie dann auf den Boden, wo sie sich hinter den feuerroten Röcken ihrer Mutter versteckt. »Meine Jüngste vergisst gern, dass sie kein Baby mehr ist und nicht überallhin getragen werden muss.«

Ich gehe in die Hocke, auf gleiche Höhe mit dem Mädchen. »Hallo, Lou. Ich bin Cohen.«

Sie zeigt mir ein scheues Lächeln, bevor sie das Gesicht in Jacindas Rock presst.

»Wie alt bist du?«, versuche ich es noch mal.

Sie hält eine Hand mit allen fünf Fingern hoch, dazu die andere mit einem ausgestreckten Finger.

»Ich bin auch sechs«, sage ich, und sie runzelt die Stirn. »Na ja, sechs plus vierzehn.«

»Du bist alt.«

Ich muss lachen, aber in Wahrheit fühle ich mich an manchen Tagen tatsächlich alt, alt und müde. Ich denke an die Zeit zurück, als Finn so alt war wie dieses Mädchen, und werde innerlich ganz unruhig bei der Vorstellung, ihn noch mehr Gefahren auszusetzen.

»Hast du sie gefunden?« Jacinda winkt mich herein.

»Noch nicht. Ich habe eine junge Frau aus Rasimere gefunden, die mithilfe animistischer Kräuter ihr Erscheinungsbild verändert hatte.«

Jacinda trägt Lou ins Schlafzimmer und steckt sie zu ihren Schwestern ins Bett, dann geht sie mit mir auf die Lichtung hinaus. Sie ringt die Hände und schiebt sie dann in ihre Rocktaschen. »Das ist uralte Magie. Für solche Zaubermittel müssen mindestens zwei verschiedene Animistinnen ihre Kräfte vereinen. Ich weiß nicht viel darüber, nur dass es riskant ist. Und die meisten dieser Mittel sind von der Gilde schon vor langer Zeit verboten worden. Mindestens fünfzehn Jahre ist das her.«

Ist ja interessant. In dem Elementium in Celize hat Tessa ein Zaubermittel mit auf den Weg bekommen. Wir haben uns damit Zutritt zu Enats Haus verschafft. »Warum sollte man es verbieten? Ich dachte, alle animistische Magie ist in Shaerdan erlaubt. Und was ist das für eine Gilde?«

»Eins nach dem anderen. Vor Jahren haben die Ältesten der animistischen Zirkel die Gilde gegründet. Zu Mitgliedern wurden jene Frauen berufen, die über die mächtigste Gabe auf ihrem magischen

Gebiet verfügen. Weil sie ihre Kunst am besten beherrschen, hat man sie damit beauftragt, einen Lehrplan für jede Sparte animistischer Magie zu erstellen.«

»Also den Unterricht an einem Elementium?«

»Woher weißt du denn davon?«

»Tessa ist in Celize zufällig in eins hineingeraten.«

»Was in einem Elementium gelehrt wird, untersteht der Aufsicht der Gilde.«

Klingt logisch. »Und die Gilde stellt auch Gesetze auf?«

Sie rafft ihren Rock, um über einen abgebrochenen Ast zu steigen. Ich gehe langsamer, als sie den Blick zum Mond hebt und dann wieder auf mich heftet. »Wo nötig, regeln sie die Ausübung unserer Magie durch Gesetze. Sie entscheiden über Präzedenzfälle und haben einen Code festgelegt, an den sich alle Animistinnen halten. Der Hohe Richter ist sehr darauf bedacht, dass alle Magierinnen diese Regeln befolgen – zu unserem eigenen Schutz ebenso wie zum Schutz anderer.«

Obwohl ich viel in Shaerdan herumgekommen bin, habe ich nur selten Frauen getroffen, die sich offen dazu bekennen, Animistinnen zu sein. Es scheint hierzulande nicht üblich zu sein, diese Gabe an die große Glocke zu hängen. Ich frage mich, ob das eine kulturelle Eigenheit ist oder der Verteidigung dient.

Ich schaue zum Brunnen hinüber, wo Lirra, Finn und Rhea sitzen. Hinter ihnen streunen die Pferde über die Lichtung und trinken abwechselnd aus dem Eimer. Siron stellt die Ohren auf und hebt seine Nase, als wir näher kommen, senkt den Kopf aber gleich wieder.

»Es kommt doch sicher vor, dass die Gildegesetze gebrochen werden«, sage ich, um den Gesprächsfaden wieder aufzunehmen.

»Sehr selten. Die erste und wichtigste Regel animistischer Magie lautet, dass sie nur für gute Zwecke eingesetzt werden darf. Wir benutzen unsere Gabe niemals, um anderen zu schaden. Weswegen die meisten Zaubermittel inzwischen verboten sind.« Jacinda setzt hinzu: »Sie fallen in eine Grauzone. Ein Zaubermittel könnte zwar in der Absicht zusammengemischt werden, Gutes zu tun, aber wenn es in falsche Hände gerät, kann es auch schaden. Da es so schwer ist, die Kontrolle darüber zu behalten, hat die Gilde der Animistinnen sie zum Großteil für gesetzwidrig erklärt.«

So, so. Hätte schwören können, dass Enat keine Bedenken hatte, Zaubermittel zu mischen.

»Und was passiert, wenn jemand gegen das Gesetz verstößt?«

»Die Betreffende wird vor den Hohen Richter und seine Ratsversammlung gebracht, wo ihr von einem Gericht aus Animistinnen der Prozess gemacht wird.«

Lirra unterbricht unser Gespräch. »Hallihallo!«

Jacinda sieht zu Lirra, hinter der Finn und Rhea noch am Brunnenrand sitzen. »Wen haben wir denn hier?«

»Entschuldige.« Ich stelle sie nacheinander vor. »Lirra, mein kleiner Bruder Finn, Rhea.«

Jacinda mustert die kleine Schar und dreht sich dann mit hochgezogenen Brauen zu mir um. »Interessante Reisebegleiter, die du da mitten in der Nacht anschleppst. Die schlafen ja schon im Sitzen ein. Kommt rein, ich suche euch ein Plätzchen zum Schlafen.«

Finns Augen springen zu mir, groß und flehend wie die eines Welpen. Die Erschöpfung steht ihm ins Gesicht geschrieben. Seine Schultern hängen, den mageren Rücken kann er kaum noch gerade halten.

»Na geh schon«, sage ich zu ihm.

Rot vor Erleichterung beugt er sich vor und streckt beim Aufstehen Knie und Ellbogen durch wie eine Vogelscheuche im Herbstwind.

»Danke, Jacinda«, sage ich zu ihr.

Sie bringt uns alle vier zu ihrem Häuschen. »Jederzeit gern.«

Im Innern zündet Jacinda eine Kerze an. Die Flamme erwacht flackernd zum Leben und verbreitet ein schwaches goldenes Licht in der kleinen Stube. Von dort führt sie uns über einen engen Flur in einen größeren Raum, wo ein Feuer im Kamin prasselt und ein riesiger schneeweißer Hund sich auf dem Dielenboden zusammengerollt hat.

Jacinda holt Decken aus einer Truhe und breitet sie auf dem Boden aus. Der Hund hebt die Schnauze und beäugt das Geschehen, während Finn und Rhea sich auf die Decken kuscheln.

Wenige Augenblicke später sind die beiden und der Hund eingeschlafen. Kaum schnarcht das Tier auf, fährt Jacinda mit in die Hüften gestemmten Händen zu mir herum. Ihre Finger trommeln auf den feuerroten Rock. »Cohen, bist du lebensmüde? Weißt du, wer das Mädchen ist?«

Erschrocken von ihrer Heftigkeit trete ich einen Schritt zurück. »Nein, wer?«

»Das ist die Tochter von Seeva Soliel. Seeva ist das Oberhaupt der Gilde.«

»Der Gilde der Animistinnen, von der du eben gesprochen hast?«

Sie hebt und senkt das Kinn zu einem barschen Nicken.

*Pfeffer noch mal.* »Das heißt, wenn ich mit ihr erwischt werde, murkst man mich erst ab, bevor man mich verhört?«

Sie wirft mir einen sorgenvollen Blick zu. »Richtig.«

# Dreizehn

## AODREN

Unweit des inneren Eingangstors liegt im zweiten Obergeschoss der Ringmauer eine Kammer von der Größe eines Wandschranks, deren Schießscharten auf den äußeren Burghof hinausgehen. Sie ist nur über die Brustwehr zu erreichen. Ich habe sie entdeckt, als ich sieben Jahre alt war und Jamis mich von der Versammlung der Lords verbannte, indem er mir auftrug, in der Schlossbücherei einen besonders langweiligen Folianten zu lesen. Da ich der Lektüre bald überdrüssig war, ging ich auf Erkundung.

Damit niemand mich sieht, haste ich gebückt über den Wehrgang. Obwohl es schon Jahre her ist, seit ich zum letzten Mal hier war, erinnern sich meine Muskeln an jede Stelle, an der ich über bröckelige Risse im Mauerwerk hinwegbalancieren muss.

An einem der südlichen Wachtürme hängt ein wollenes Banner, hinter dem sich der Eingang zu der Kammer versteckt. Ich schiebe den schweren Stoff beiseite und ducke mich durch die schmale Öffnung.

Einst nutzten Bogenschützen diese Nische zur Verteidigung. In den Jahrhunderten nach ihrer Erbauung wurde die Burg um zusätzliche Wehranlagen erweitert, und so geriet dieser Raum wohl in Vergessenheit. Als Kind beobachtete ich durch die Schießscharten das Treiben auf dem Burghof.

Der erdige Geruch im Raum ruft Erinnerungen wach. Ich lehne den Kopf an den glatten, kühlen Stein.

Von dieser Warte aus erblickte ich Saul Flannery zum ersten Mal. Er eilte über den Hof, um einem Stallknecht mit einem fohlenden Pferd zu helfen. Im Gegensatz zu anderen gebärenden Stuten zuckte und scheute das Tier, es trat aus und verdrehte die Augen ins Weiße. Saul trotzte der Gefahr, packte die Stute und stand ihr bei, bis das Fohlen auf der Welt war. Das Muttertier starb an Komplikationen, und das Fohlen war bei der Geburt so verletzt worden, dass der Stallknecht ihm keine Lebenschancen einräumte. Saul blieb dennoch tagelang bei dem verwundeten Kleinen, und als es zu Kräften gekommen war, nahm er es mit sich nach Hause.

Saul war gütig, fürsorglich und unerschrocken. Mein Vater hingegen war kein guter Mensch. Als König war er ein Tyrann, der seinen abergläubischen Überzeugungen unzählige Unschuldige opferte. Als er starb, sprang sein fanatischer Eifer auf die Edelleute und das ganze Land über. Obwohl es mir Übelkeit bereitet, muss ich mir seit dem gestrigen Tag eingestehen, dass ich die Entscheidungen meines Vaters nun etwas besser verstehe. Ich billige sie zwar nicht, aber ich verstehe seine Angst.

Anders als mein Vater werde ich jedoch nicht zulassen, dass die Angst mich beherrscht. Unter meiner Regentschaft wird das malamische Volk die Widerrufung des Säuberungsedikts erleben. Und wenn es meine letzte Amtshandlung ist: Ich will einen Wandel herbeiführen, der die Nebel des Hasses und der Angst vor den Augen der Bürger meines Landes heben wird.

Die Schießscharten bieten einen Ausblick auf die Straße und den Wald jenseits des äußeren Burgrings. Eine steife Brise fährt durch die Baumwipfel und pfeift durch die Ritzen der Mauer. Einige Fuhrwerke knirschen über den Kies auf die Brücke zu. Während ich sie beobachte, denke ich darüber nach, wann ich Tessa wiedersehen werde.

Vor vier Jahren sah ich Saul Flannerys Tochter zum ersten Mal. Im Schatten des Kopfgeldjägers betrat sie zaudernd den Ballsaal, als das Fest zur Winterweihe schon im Gange war. Ihr verkniffener Mund, die wachsamen blauen Augen und die grimmige Miene, die sie wie ein Kettenhemd trug, schlugen mich in Bann.

Die pompöse Pracht des Schlosses und der opulent geschmückte Ballsaal schienen ihr nicht aufzufallen. Ich wollte mehr über das sonderbare Mädchen erfahren. Das will ich immer noch. Damals musste ich nicht lange herumfragen, wer sie sei. Und trotz des Adelstitels, den ihr Vater innehatte, war rasch klar, dass Tessa als Ausgestoßene galt.

In dieser Hinsicht ähneln wir einander. Ich wuchs als Gespenst in meinem eigenen Schloss auf. Aus Angst, den zukünftigen König und Sohn des Tyrannen zu beleidigen, richtete niemand das Wort an mich. Niemand begegnete meinem Blick. Außer den beiden Männern, die mich großzogen, genoss niemand mein Vertrauen.

Nun, da einer von ihnen mich verraten hat, fühle ich mich wie jemand, der blind durch den dunklen Wald tappt.

Als König muss ich jede Entscheidung daraufhin abwägen, wie sie sich auf das Königreich auswirken wird. Wäre ich doch mehr wie Tessa: klug, selbstsicher und stark …

Meine Herrschaft hat dem malamischen Volk wenig Grund gegeben, mir zu vertrauen. Bevor ich das Zepter von Jamis übernahm, der nach dem Tod meines Vaters als Prinzregent regierte, sah ich untätig mit an, wie er das Säuberungsedikt durchsetzte und sämtliche Animistinnen im Land jagen ließ. Nachdem ich den Thron bestiegen hatte, ließ ich zu, dass mein Oberster Lord mich täuschte und wie eine Marionette lenkte.

Ich reibe mir mit den Handflächen das Gesicht.

»Holt die Heilerin.«

Der Ruf hallt vom Hof empor, gefolgt von einem metallischen Klirren. Ich drücke das Gesicht an die Scharte, um die Ursache des Lärms auszumachen. Tessas Freund in der Garde, Leif O'Floinn, legt einem anderen Mann ein ohnmächtiges Mädchen auf die Arme, bevor er sich vom Pferd schwingt. Dann nimmt er seinem Kameraden das Mädchen wieder ab und sagt etwas, das ich nicht hören kann. Daraufhin führt ein Stallknecht sein Pferd weg, und Leif rennt mit dem leblosen Mädchen auf das Burgtor zu. Sie scheint sehr jung zu sein und hat rötlich braunes Haar.

Ich reiße den Wandbehang zur Seite, laufe die Brustwehr entlang und springe mit großen Sätzen die Treppe zum Erdgeschoss hinunter, wo einige Dienstmägde an mir vorbeihasten. Sie kreischen auf, als sie mich sehen, murmeln mit niedergeschlagenen Augen eine Entschuldigung und eilen davon. Ich folge ihnen zum Raum der Heilerin und fange dabei Fetzen ihres Gesprächs auf.

»Sagte, er hätte sie im Wald gefunden …«

»… Narben am Handgelenk …«

»… atmet noch, aber schlägt die Augen nicht auf.«

Ich überhole sie, womit ich sie wieder erschrecke, und biege in den Gang zum Raum der Heilerin.

»Was ist geschehen?« Ich trete zu Leif und Omar, die an einem Bett stehen.

Omar dreht sich um, und seine düsteren Augenbrauen wandern

überrascht in die Höhe. »Eure Hoheit, die Lage ist noch unklar. Ich werde Euch Bericht erstatten, sobald ich mehr weiß.« Er funkelt Leif an. »Auch, warum Leif es für eine gute Idee gehalten hat, ein fremdes Mädchen ins Schloss zu bringen.«

»Sie liegt im Sterben.« Leifs gerötetes Gesicht ist so angespannt, wie ich es an ihm noch nie erlebt habe. »Wohin soll ich sie denn sonst bringen, hm?«

»Sie könnte eine Falle sein. Oder zumindest eine Bedrohung«, blafft Omar den Jüngeren an.

»Eine Bedrohung? Sie ist noch ein halbes Kind. Sie kann nicht älter als dreizehn sein.«

»Das sehe ich, aber hast du vergessen, was gestern passiert ist?« Omars Kiefermuskeln verkrampfen sich.

Nona, die Heilerin, kommt mit einer Schüssel Wasser und weißen Handtüchern aus dem Nebenraum gestürzt. Ihr folgt ein Mann, ein Heiler aus Brentyn namens Hagan, den ich nicht mehr gesehen habe, seit ich nach der Vertreibung der Seelenleserin eine Woche lang in Nonas Obhut war.

»Omar«, beende ich die hitzige Diskussion. »Lass die Heiler ihre Arbeit tun, bevor wir nachforschen, ob sie eine Bedrohung darstellt.«

An der Art, wie Omar die Lippen verbeißt, erkenne ich seinen Unmut. Einfühlungsvermögen ist nicht seine Stärke. Was ihn vermutlich zu einem ausgezeichneten Gardehauptmann macht. Er befragt Leif zu dem Mädchen und wo es gefunden wurde.

»Ich hatte gerade die beiden Wachen am Fuß des Avemoir abgelöst. Das Mädchen kam durch die Bäume getaumelt. Ich sah sie zusammenbrechen. Bevor sie das Bewusstsein verlor, bat sie um Hilfe.«

»Wobei?«, fragt Omar zur gleichen Zeit, als ich »Wen?« frage.

Leif schüttelt den Kopf. »Keine Ahnung. Sie keuchte nur ein paarmal ›Hilfe‹. Dann fielen ihre Augen zu, und seither ist sie nicht mehr aufgewacht.«

Nona und Hagan beugen sich über das Mädchen, um sie zu untersuchen. Ihre Haut hat einen gelblich braunen Farbton, aber ihr fehlt der warme Glanz. Stattdessen liegt ein Graustich darüber, der sie dem Tod erschreckend nah wirken lässt.

Nona bittet Hagan, einen Sud zu brauen, dann wendet sie sich wieder dem Mädchen zu und hebt die Augenlider an. Zwei silbrig blaue Scheiben starren ins Nichts. Der Atem kommt stockend über die bleichen Lippen.

Nona presst den Mund zusammen. »Komm schon, Kleine. Verlass uns nicht«, flüstert sie.

Hagan kehrt mit einer kleinen Tasse zurück, stellt sie aber neben dem Bett ab, als Nona auf die Handgelenke des Mädchens deutet. Hagan schnappt nach Luft.

»Was ist?« Omar drängt sich zwischen die Heiler.

Nona dreht den Arm des Mädchens herum, sodass zwei eingebrannte Kreise mit vier kleinen Punkten an der Innenseite ihrer Handgelenke zum Vorschein kommen. Die geschwollene, gerötete Haut legt die Vermutung nahe, dass jemand sie mit einem Eisen gebrandmarkt hat.

Ich will gerade Omars Frage wiederholen, als ein Fragment meiner Erinnerung zurückkehrt …

*»Hat es funktioniert?« Jamis geht hinüber zu Phelia und streicht ihr das offene Haar von der Schulter. Er senkt den Kopf und küsst sie knapp über dem Saum ihres Kleides auf den Nacken.*

*Sie holt langsam Luft und lässt ihren berechnenden, harten, eisigen Blick aus dem Fenster meines Schlafgemachs schweifen. »Müssen wir uns immer hier treffen?«*

*»Er ist eine Marionette.« Jamis macht eine abfällige Handbewegung in meine Richtung. Mein Körper ist eine unförmige Masse unter den Decken auf meinem Bett. »Und wenn nicht, könntest du genug Schaden anrichten, um seine Gedanken auszulöschen, nicht wahr?«*

*Phelia hebt eine Schulter.*

*»Nun sag, ist es dir gelungen?«*

*»Nicht ganz. Das Mädchen ist zu schnell gestorben.«*

*»Konntest du irgendetwas davon verwenden?«*

*»Ich habe eine Kerze entzündet.« Phelia verschränkt die Arme.*

*Jamis schließt beide Hände fest um ihre Schultern.*

*Phelia macht einen Schritt von ihm weg.*

*»Was ist passiert?«*

*»Sie ist zu schnell gestorben. Die Zeit reichte nicht.«*

*Jamis verzieht das Gesicht. »Das ist beim letzten Mädchen auch schon passiert. Wie soll ich noch einen Todesfall erklären?«*

*Phelia wirbelt herum, streckt ihm jäh den Arm hin und zieht dabei den weiten Ärmel ihres Kleids hoch. Schwarze Male kriechen über ihre Haut. Halbkreise, Punkte, Schlangenlinien. »Die Rune stimmte nicht. Denk nicht an die Unannehmlichkeiten. Das ist ein Durchbruch. Ich habe fast heraus, wie ich die Mädchen lang genug am Leben halte.«*

*Jamis lächelt. »Das will ich hören. Aber sag, Liebste, wie oft wirst du es noch versuchen? Du hast dich selbst vollkommen entstellt.«*

Ich reibe mir die Schläfen. Dieses Mal am Handgelenk des Mädchens habe ich schon einmal gesehen, in meinem Schlafgemach. Ich hebe den Kopf und fange Hagans wissenden Blick auf.

»Komm schon, Mädchen«, fleht Nona und tupft den Heilsud auf die Lippen ihrer jungen Patientin. Das Mädchen reagiert nicht. Ihr Atem scheint noch ein wenig schwerer zu gehen. Nona flüstert ihr wieder eindringlich zu, während wir anderen die Luft anhalten.

Einmal hebt und senkt sich ihre Brust noch. Und dann nichts mehr.

Sogar ihre Gesichtsmuskeln erschlaffen.

Wir warten. Einige Minuten vergehen, vielleicht auch mehr. Wir stehen alle unter dem Bann des Mädchens, in der Hoffnung auf ein Lebenszeichen, das nicht kommen wird. Schließlich regt sich Nona. Sie legt das Kinn auf die Brust, verdeckt die Augen des Mädchens mit der Hand und murmelt ein Sterbegebet.

Ich weiß nicht, was ich tun oder sagen soll.

Omar geht zum Fußende des Bettes. Sein Bart kann nicht verdecken, wie verkniffen seine Mundwinkel nach unten zeigen. »So eine Schande, verflucht noch mal.« Der Streit mit Leif ist vergessen. »Weiß jemand etwas über dieses Brandmal?«

Nona wechselt einen Blick mit Hagan, bevor dieser antwortet: »Es ist eine Rune. Früher haben die Animistinnen solche Zeichen benutzt, um ihre Macht zu vergrößern.«

»Ist sie daran gestorben?«, mischt sich Leif ein. Die Erschütterung ist ihm deutlich ins Gesicht geschrieben.

Zugegeben, ich bin ebenso betroffen. Vielleicht bin ich nur besser darin, meine Gefühlsregungen zu verbergen.

»Ich weiß es nicht«, sagt Hagan. Aber der Blick, den er mir zuwirft, gibt zu erkennen, dass er Omar und Leif gegenüber nicht ehrlich ist.

Das Gespräch wendet sich der möglichen Identität des Mädchens zu. Keiner von uns hat einen Anhaltspunkt, was ihre Herkunft angeht. Also ordnet Omar an, noch mehr Gardewachen im Wald patrouillieren zu lassen, und trägt Leif auf, sich in Brentyn und Umgebung umzuhören, ob ein Mädchen vermisst wird.

»Kein Wort darüber, zu niemandem«, warnt Omar jeden im Raum.

Ich nicke zustimmend. Es ist ratsam, nichts über den Tod dieses jungen Mädchens nach außen dringen zu lassen, bis wir sicher sind, wer sie ist und woran sie gestorben ist. Einstweilen wird die Heilerin sich eine glaubhafte Geschichte für die geschwätzigen Dienstmägde ausdenken müssen.

Als Omar und Leif den Raum verlassen, gebe ich Hagan ein Zeichen, dass ich unter vier Augen mit ihm sprechen will.

Er geht mit mir in das angrenzende Krankenzimmer, während Nona das Mädchen für die Bestattung zurechtmacht.

»Was wisst Ihr sonst noch?« Ich schließe die Tür, damit uns niemand hört.

Der Mann durchquert den Raum und nimmt ein Eisenwerkzeug zur Hand, wie es wohl bei Operationen verwendet wird. Er rollt es zwischen den Fingern. »Ich möchte keinen Ärger machen oder selbst Ärger bekommen.«

Ich nicke. »Fahrt fort. Was auch immer Ihr zu sagen habt, ich werde es für mich behalten.«

Einen Moment lang starrt er mich abwägend an. »Als ich letzten Monat an Euer Krankenbett gerufen wurde, sah ich gleich, dass Ihr Euch nicht von einem gewöhnlichen Leiden erholtet. Die Narbe an Eurem Hals« – er zeigt mit dem Werkzeug auf mich – »deutet auf eine Heilung durch eine Seelenleserin hin.«

Vielleicht bin ich manchmal gut darin, meine Gefühlsregungen zu verbergen. Diesmal nicht. »Woher wisst Ihr davon?«

»Weil ich mit animistischer Magie vertraut bin. Schon von klein auf. Meine Mutter war eine Animistin.«

»Und Ihr habt Eure Vermutung für Euch behalten?«

»Ja. Euer Geheimnis ist bei mir in guten Händen.«

Ich überlege. Hätte er mich vom Thron stürzen wollen, hätte er schon herumerzählt, dass ich von einer Seelenleserin geheilt worden bin. »Sprecht weiter.«

»Diese Rune auf dem Arm des Mädchens ist alte Magie. Schwarze Magie. Es ist eine Schenkungs-Rune, mittels derer eine Animistin einer anderen ihre Kraft leihen kann.«

Ich denke an den Erinnerungsfetzen. Unbehagen kriecht mir eiskalt durch die Adern.

»Ich muss dazu sagen, dass ich eine solche Übertragung nie erlebt habe. Und die entzündete Haut des Mädchens legt nahe, dass es nicht funktioniert hat. Aber Ihr solltet wissen, dass mir zu Ohren gekommen ist, in Shaerdan würden Mädchen aus den Reihen der Animistinnen vermisst. Wenn dieses Mädchen eine davon ist … tja, dann sieht es nicht gut aus für Malam.«

Wohl wahr.

Ich stelle Hagan noch weitere Fragen, und er berichtet mir von den Gerüchten über Entführungen junger Animistinnen. Ich denke an die Mädchen, die ich gestern im Wald gesehen habe, und das Mädchen mit dem bernsteinfarbenen Haar im Nebenraum.

Nach Lord Jamis' Verhaftung bin ich fest davon ausgegangen, Phelia sei geflohen. Was führt sie nun wieder im Schilde? Könnte sie tatsächlich versuchen, die Animistinnen als Waffe zu benutzen?

Ich werde mein Versprechen Hagan gegenüber halten, doch Omar muss unverzüglich gewarnt werden.

Phelia ist weit gefährlicher, als wir ahnten.

# Vierzehn

## COHEN

»Erklär mir bitte sofort, warum du die Tochter der Gildenanführerin bei dir hast. Vorhin waren Wachen in der Stadt, die nach Rhea gefragt haben.«

Lirra stellt sich mit erwartungsvoller Miene neben mich.

»Darüber reden wir besser draußen«, sage ich mit einer ausholenden Armbewegung. Keine Ahnung, warum ich so barsch reagiere: Vielleicht hat mich die Tatsache, dass unsere junge Begleiterin einem Todesurteil gleichkommt, aus der Fassung gebracht, vielleicht bin ich auch einfach nur müde und schlecht gelaunt. Ich sehe zu, wie Lirra hinter Jacinda zur Tür marschiert, dann folge ich ihnen halbherzig.

»Du kommst mir von irgendwoher bekannt vor«, sagt Jacinda zu Lirra, als wir draußen im Mondlicht stehen, bewacht von den dunklen Silhouetten der Bäume. »Sind wir uns schon begegnet?«

»Möglich.« Lirra zuckt mit den Schultern. »Ich bin viel in Shaerdan rumgekommen.«

»Ihr Vater ist Millner Barrett, der Erzverräter von Malam«, füge ich hinzu.

Lirra wirft mir einen vernichtenden Blick zu. »Ja, das auch.« Sie geht zu ihrem Pferd und beginnt es zu striegeln.

Will sie ihre Herkunft etwa geheim halten?

Natürlich bin ich froh, dass wir Rhea gerettet haben, aber genauso gut hätten wir eine Klapperschlange fangen können. Jetzt droht uns ein verdammt giftiger Biss.

Jacinda lächelt Lirra zu. »Ach ja. Wir sind uns tatsächlich schon begegnet. Dein Vater und mein verstorbener Mann haben ein paarmal zusammengearbeitet.«

Das ist mir neu. »Dein Mann kannte den Erzverräter?«

Lirra macht große Augen. Dann schlägt die Verblüffung in ihrer Miene in Besorgnis um. »Du wirst ihm aber nicht erzählen, dass du mich gesehen hast, oder?«

»Mein Mann hatte den Kontakt zu Millner, nicht ich«, beruhigt Jacinda sie. »Die beiden hatten nicht oft miteinander zu tun, aber wenn eine Anfrage von Millner kam, hat mein Mann ihm Auskünfte geliefert. Er kannte so gut wie jeden hier in der Region.« Ihre Mundwinkel sinken traurig herab. Sie geht zu Finns Pferd und hilft beim Striegeln, ohne dass wir sie darum gebeten haben. »Er fehlt mir jeden Tag.«

»Entschuldige. Ich wollte keine Wunden aufreißen.«

»Das macht nichts.« Jacinda klopft dem Pferd auf den Rücken. Eine Staubwolke wirbelt auf. »Aber jetzt raus mit der Sprache, Cohen. Ein Malamer, der mit zwei jungen Animistinnen unterwegs ist – die eine wird vom halben Land gesucht, die andere hat einen berüchtigten Vater, der lieber nicht wissen soll, dass sie bei dir ist. Ist dir dein Leben nichts mehr wert?«

Lirra kichert, zieht aber den Kopf ein, als ich in ihre Richtung sehe.

»Dass Lirra uns begleitet, ist allein ihre Sache; darauf hat sie selbst bestanden. Bei Rhea ist das was anderes. Ich hatte keine Ahnung, wer sie ist.« Ich fahre mit dem Daumen über meine Narbe und streiche mir dann durchs Haar. Siron kommt zu mir getrottet und stupst mich an. Ich streichle ihm Nase und Ohren und setze zu einer langen Erklärung an, wie Lirra zu uns gestoßen ist und wie wir Rhea befreit haben. Jacinda reißt die Augen auf, als ich ihr von Lord Conklin erzähle.

»Du hast richtig gehandelt.« Jacinda bürstet die Mähne des Pferdes. »Dass du Rhea geholfen hast, darf dir nicht zum Verhängnis werden. Es wäre zu gefährlich, sie in die Stadt zu bringen. Lass sie hier bei mir, dann gebe ich ihrer Familie Bescheid.«

»Du würdest dich um sie kümmern?«

»Du weißt, dass ich in eurer Schuld stehe. Außerdem ist das Mädchen völlig verängstigt und braucht einen warmen, sicheren Ort, an dem sie sich ausruhen kann. Ich werde sie hierbehalten, bis jemand sie holen kommt.« Vielleicht ist es nur der graue Kuss des Mondlichts, aber Jacindas Augen beginnen plötzlich zu schimmern.

»Du hast uns schon so oft geholfen«, sage ich ihr, aber sie schüttelt den Kopf, als wäre nicht sonnenklar, dass sie für Tessa und mich mehr getan hat, als wir ihr je vergelten könnten.

»Hast du einen Verdacht, wer mit Lord Conklin unter einer Decke stecken könnte?« Jacinda legt die Bürste beiseite und entwirrt die struppige schwarze Mähne mit den Fingern. »Ein derart kleiner Trupp kann unmöglich allein so viele Mädchen aus ganz Shaerdan zusammengeraubt haben.« Sie wirft einen Blick auf die zugenagelten Fenster ihres Häuschens. »Vor drei Wochen sind hier in der Stadt zwei Mädchen entführt worden, Zwillinge. Sie sind über Nacht verschwunden.«

»Wie furchtbar.« Lirra steckt die Bürste zurück in die Satteltasche.

»Als die Kelstions morgens aufgewacht sind, stand ein Fenster offen und die Betten der beiden Schwestern waren leer. Einige Männer aus der Stadt konnten den Hufabdrücken in der Erde vom Haus bis zu einem Fluss folgen, aber dort verlor sich die Spur.«

»Als Mädchen scheint man nirgendwo mehr sicher zu sein.« Lirra zittert und schlingt die Arme um ihren Oberkörper.

»Daher also die Bretter vor deinen Fenstern.« Ich trete einen Schritt von Siron zurück und ermuntere ihn mit einem Klaps, noch mehr Brunnenwasser zu trinken.

»Ja. Wie soll man sich schützen, wenn man nicht weiß, mit wem oder was man es zu tun hat? Aber ich gehe jede Nacht mit dem festen Vorsatz zu Bett, bis zum Äußersten für meine Familie zu kämpfen«, sagt Jacinda. Die Traurigkeit in ihrer Stimme wühlt mich unerwartet auf.

Ich muss daran denken, wie ich Tessa halb tot in den Gemächern des Königs gefunden habe. Diese bohrende Angst, diese Hilflosigkeit. Das will ich nie wieder erleben müssen.

Ich verdränge den Gedanken. Erst mal muss ich rausfinden, was mit den Animistinnen passiert. Selbst wenn es meine Pflicht dem König gegenüber nicht gebieten würde, kann ich nicht vergessen, was ich heute gesehen habe. Die vor Angst schlotternden Mädchen. Die Sorge in Jacindas Augen.

Lord Conklin hat Verbündete.

Ich reibe mir den Nacken. Wären meine Schultern nur nicht so steif. Aber entspannen werde ich mich wohl erst, wenn Finn wohlbehalten wieder zu Hause ist und ich zu Tessa zurückkehre.

»Glaubst du, Phelia hat etwas mit den entführten Mädchen zu

tun?« Lirra klopft ihren Rock ab, der ziemlich mitgenommen aussieht. Die letzten Tage haben ihre Spuren hinterlassen, er ist voller Risse und Flecken.

»Ja, das ist denkbar«, sage ich.

Jacinda geht zu einem mächtigen Baumstamm, der umgestürzt auf der Erde liegt wie ein Mann, der bei einem Duell zu Boden gegangen ist. Sie setzt sich auf seine knotige Schulter. »Nicht viele Frauen würden so kaltblütig gegen die Gildengesetze verstoßen. Ein Schuldspruch bedeutet den sicheren Tod.«

Diese heftige Strafe hat sie vorhin gar nicht erwähnt. »Ich dachte, Animistinnen würden in Shaerdan verehrt.«

»Das schon, aber sie müssen sich an die Regeln halten, die sie selbst aufgestellt haben.«

Klingt logisch. »Ich habe schon mal ein Zaubermittel benutzt«, gebe ich zerknirscht zu und erzähle, wie wir mithilfe eines Kräutersäckchens den Zugang zu Enats Haus geöffnet haben.

»Könnte sein, dass sie dafür bei der Gilde eine Genehmigung eingeholt hat. Aber wundert es dich denn, dass Enat alte und vielleicht unerlaubte Magie benutzt hat?«

Nein. So agil und pfiffig, wie sie war, traue ich ihr alles zu. Nur … »Warum hat sie dann Tessa davor gewarnt, ihre Gabe für schwarze Magie zu nutzen, wenn sie selbst zu Zaubermitteln gegriffen hat?«

»Das ist nicht dasselbe«, erklärt Jacinda.

»Der Unterschied ist«, mischt Lirra sich ein, »dass schwarze Magie einem anderen Lebewesen Energie entzieht. Das geschieht immer in der Absicht, jemandem zu schaden. Ein Zaubermittel hingegen könnte durchaus zu einem guten Zweck gedacht gewesen sein, nur kann es eben in falsche Hände geraten und aus reiner Niedertracht missbraucht werden. Siehst du den Unterschied?«

»Aus Niedertracht?« Ich grinse.

Lirra wirft empört einen Stock nach mir, und ich habe auf einmal das Gefühl, meine Schwester Imogen zu necken. »Wer liest, ist schlauer. Könntest du ja mal ausprobieren, du Esel.«

»Ich weiß, was das Wort bedeutet.«

»Toll, du kriegst einen Apfel von mir.«

Jacinda klatscht in die Hände. »Ihr zwei seid schlimmer als meine Kinder. Hört auf zu streiten. Ab ins Bett mit euch!«

An Jacindas warmem Feuer schlafe ich so gut wie seit Tagen nicht. Nach einem langen Tag im Sattel gibt es doch nichts Schöneres als eine Decke und ein weiches Kissen.

Am Morgen weckt Sirons Stampfen mich auf. Er schnaubt und scharrt draußen vor dem Haus herum. Das macht er nur, wenn ihn etwas aufgeschreckt hat.

Ich werfe die Decke weg, schließe instinktiv die Hand um meinen Schwertgriff und hechte zur Tür. Nachdem ich sie einen Spalt aufgeschoben habe, spähe ich auf die Lichtung hinaus.

Ein Dutzend Schritte vor Siron steht ein Mann und hält ein staubiges braunes Pferd am Zügel.

Ich kenne ihn. Duff Baron. Bote. Einer meiner Verbindungsmänner in Shaerdan.

»Du bist verteufelt schwer zu finden.« Er kommt auf mich zu.

»Das will ich auch hoffen.«

»Trotzdem gut, dass ich es geschafft habe. Weißt du, dass shaerdanische Soldaten in der Gegend sind, die dich suchen?«

*Pfeffer noch mal.* Ich schaue zum Haus zurück, wo Finn und Lirra immer noch schlafen. Irrtum: Lirra steht in der Tür und starrt uns mit aufgerissenen Augen an.

»Und um mir das zu sagen, bist du extra hergekommen?« Ich verschränke die Arme.

»Duff, bist du das?«

Natürlich kennt Lirra ihn. Ich muss mich zusammenreißen, nicht die Augen zu verdrehen.

Auf seinem Gesicht breitet sich ein väterliches Lächeln aus. »Lirra Barrett.« Er nickt ihr zu, dann sieht er verwundert zu mir. »Seid ihr zwei zusammen unterwegs?«

»Ein Stückchen«, sagt sie. Weiter nichts.

»Weiß dein Vater davon? Ob das eine gute Idee ist?«

»Wohl eher nicht«, sage ich. »Aber sie lässt sich nicht abschütteln.«

Ihre Nasenflügel beben, aber sie tischt ihm irgendeine Geschichte auf, warum sie einen ortskundigen Begleiter ins Grenzgebiet braucht. Je länger ich Lirra kenne, desto deutlicher tritt zutage, was für eine begnadete Lügnerin sie ist. Das Mädel könnte einem Mann glatt das Pferd unter dem Hintern wegschwatzen.

»Dann sieh dir mal lieber diese Botschaft an den Kopfgeldjäger an und mach, dass du wegkommst.« Duff hält eine Schriftrolle in die Höhe. »Gerade durchkämmen Wachen die Stadt. Ich will lieber nicht miterleben, dass du in die Sache mit reingezogen wirst.«

Lirra tritt vor, um die Schriftrolle an sich zu nehmen, aber ich schnappe sie mir, bevor sie meinen Brief in die Krallen bekommt.

»Danke, Duff. Ich werde wachsam sein. Mach dir um mich keine Sorgen.« Sie klimpert unschuldig mit den Wimpern.

Ich schnaube verächtlich und entrolle das Schreiben.

*Phelia hat den König und T angegriffen. Kehr sofort zurück.*
*Omar*

Ich starre die Nachricht an. Lese sie noch mal.

Angegriffen? Wie? Wann? Wo?

Noch nie war ich so ungehalten über Omars kurz angebundene Art wie jetzt. Dass er mich so vollkommen im Unklaren lässt, steigert meine Angst nur noch. Ich greife nach meinem Gürtel und berühre die Tasche mit der Feder.

Phelia ist in Brentyn. Sie hat Tessa verletzt.

Verflucht.

Ich boxe gegen einen Baum, um meiner Wut Luft zu machen. Außer aufgeschürften Knöcheln bringt es mir nichts. So weit weg von Brentyn bin ich machtlos.

»Hol Finn«, blaffe ich Lirra so barsch an, dass sie zusammenzuckt. »Wir reiten sofort los.«

# Fünfzehn

## TESSA

Zehn Tage nach dem Angriff auf den König überbringt der Haushofmeister ein Schreiben. Ich überlege, ob ich es überhaupt öffnen soll.

Das letzte Gespräch mit Aodren geht mir einfach nicht aus dem Kopf, so gern ich es auch vergessen würde. Ich will sein Vertrauen nicht. Das ist mir zu viel Verantwortung. Ich will die Verbindung nicht noch enger machen. Vielleicht ist das eigennützig, aber ich will nichts weiter als Ruhe und Frieden im Haus meines Vaters, wo ich mein Leben selbst in der Hand habe. Wo ich tun und lassen kann, was ich will. Ist das etwa zu viel verlangt? Seit ich den König vor der Seelenleserin gerettet habe, scheint die Erfüllung dieses Wunsches mit jedem Tag in weitere Ferne zu rücken.

Die Ränder des Briefs sind eingedrückt, als wäre er in ein Röhrchen geschoben und von einer Brieftaube überbracht worden. Er kam also im Schloss an. Sonst hält niemand hier in der Gegend Botenvögel.

»Es ist keine Schlange.« Gillian lugt mir über die Schulter.

Ich drehe mich weg und schirme den Brief von ihrem Blick ab. So muss es sich anfühlen, wenn man mit vielen Geschwistern aufwächst. Immer hat man jemanden im Nacken. Oder an der Seite. Nichts ist privat oder persönlich. Ich schiebe die Finger unter das Siegel und breche das Wachs.

*Goldstern,*
*triff mich zur Mittagsstunde auf der Lichtung.*
*–C*

Mein Herz verwandelt sich in einen schwirrenden Kolibri, der im Käfig meines Brustkorbs gefangen ist.

»Cohen?« Gillians Adleraugen entgeht nichts.

Ich bin so glücklich, ihn in wenigen Stunden zu sehen, dass ich kein Wort herausbringe. Ich gehe zu meinem Bogen und dem Köcher, die an der Wand lehnen. Auf keinen Fall kann ich hier herumsitzen und warten. Im Wald kann ich die Zeit besser nutzen.

Im Handumdrehen habe ich meine Stiefel geschnürt und den Dolch in den Schaft geschoben und marschiere zur Tür.

Gillian stemmt die Fäuste in die Hüften. »Was hat er geschrieben? Wo willst du hin?« Sie folgt mir. »Sag doch was, Tessa.«

»Ich bin eine Weile weg. Ich reite zur Lichtung.«

Sie schürzt grummelnd die Lippen.

»Würde eine Dame solche Grimassen ziehen?« Grinsend hänge ich mir den Köcher um.

»Vor nicht mal zwei Wochen ist der König überfallen worden. Zwei Männer wurden getötet. Im Wald ist es nicht sicher. Musst du wirklich hinaus?«

Das schlechte Gewissen trifft mich wie ein Schlag in die Magengrube. Außer Aodren weiß niemand, dass Phelia meine Mutter ist. Ich wollte das Geheimnis eigentlich mit Gillian teilen, doch meine

Scham und der immer noch tief sitzende Schock haben mich bisher davon abgehalten.

»Mir passiert schon nichts«, beruhige ich sie. Leif und seine Männer haben zehn Tage lang im Endlosen Wald nach Phelia und ihren Komplizen gesucht. Gefunden haben sie nichts. Die im Jagdgrund des Königs gelegene Lichtung ist sicherer als die Stelle, wo der König angegriffen wurde. »Bei der Gelegenheit schieße ich uns eine Gans zum Abendessen.«

»Wir haben genug Fleisch für den Rest der Woche. Und das beantwortet meine Frage nicht.«

»Der Winter steht vor der Tür.« Im Hinausgehen wiederhole ich eine von Papas Lektionen: »Vorbereitung ist die beste Verteidigung.«

Sie krallt die Finger so fest in ihre Röcke, dass die taubenblaue Seide knittert. »Lauf nicht einfach so weg. Ich – ich könnte doch mitkommen. Es wäre sicherer, wenn wir zu zweit sind.« Der letzte Satz klingt mehr wie eine Frage. Ihre gekräuselte Nase und die verkrampften Hände verraten, wie zuwider ihr die Vorstellung ist, mit mir in den Wald zu reiten. Wenn es nach Gillian ginge, müsste die Welt aus Schotterstraßen und Steinhäusern bestehen, ohne auch nur ein Körnchen Erde.

»Ich komme klar. Versprochen.« Ich klopfe mit dem Bogen auf die Erde.

Ihre Erleichterung amüsiert mich, als sie mich fest an sich drückt. Wir sind so verschieden.

Im Endlosen Wald vibriert alles vor Energie. Vor Leben. Enat hat mir beigebracht, diese Energie zu erspüren. Aber seit ich Aodren geheilt habe, ist mein Bewusstsein dafür noch mehr geschärft. Nun nehme ich den Herzschlag des Waldes wie selbstverständlich wahr.

Sein Pochen begleitet mich, während mich Schneefeuer zu der schmalen Felsenklamm trägt, die zu Papas altem Übungsgelände führt.

Niemand begegnet mir, als ich durch die Klamm zu der Lichtung am Rand eines zugefrorenen Sees reite. Um diese Jahreszeit sind die Pappeln nur mehr dürre Skelette, denen die Blätter wie zerfetzte Lumpen von den Ästen hängen.

Während ich warte, streichle ich Schneefeuer den Hals. Dicke graue Wolken schieben sich vor die Sonne. Als das Licht den Zenit durchschritten hat und die Mittagsstunde längst verstrichen ist, ist Cohen immer noch nicht da.

Um mich abzulenken, ziehe ich einen Pfeil aus dem Köcher. Ich spanne den Bogen, ziele auf einen Klumpen welker Blätter an einer Pappel und schieße. Mein Pfeil durchstößt einen Zweig, der nicht breiter ist als eine Rabenkralle. Die Blätter segeln auf den gefrorenen Boden.

Ich spähe in die Schatten zwischen den Kiefern und lausche angestrengt in den grauen Himmel, ob ich mehr höre als das Rauschen des Windes.

Nun, da im Malamischen Gebirge der Winter Einzug hält, entdecke ich nur noch wenige Vögel in den Bäumen, und die großen schwarzen Raubvögel, die noch in den Wipfeln hocken, scheint außer meinem Pfeil nichts aus der Ruhe zu bringen.

Ich bin allein.

*Willst du denn gar nicht wissen, wozu du imstande bist?* Phelias Frage sitzt mir im Nacken. Seit der Begegnung im Wald habe ich Dutzende Male darüber nachgedacht.

Auf dem Weg von Shaerdan nach Malam hat Enat mir die Grundlagen der animistischen Magie beigebracht. Alles, was darüber hinausgeht, ist mir weiterhin ein Rätsel. In Malam kann niemand mir weiterhelfen, weil es hier keine Animistinnen mehr gibt, geschweige denn Seelenleserinnen, die über die seltenste der fünf Gaben verfügen. Selbst wenn jemand etwas darüber wüsste, würde er oder sie es nicht wagen, solche Geheimnisse preiszugeben. Es bleibt nur Phelia.

Ich erschauere. Am liebsten würde ich ihre Worte aus meinem Kopf verbannen.

Niemals würde ich bei Phelia in die Lehre gehen. Nie im Leben.

Ich hebe den abgeschossenen Zweig auf und mache mich auf die Suche nach meinem Pfeil. Die drei Blätter an dem Zweig sehen aus wie eingerollte tote Mäuse. Ich lehne meinen Bogen an einen großen Stein und konzentriere mich auf die grauen Adern, die die bräunlich-samtenen Blätter überziehen. Noch eine Woche, und sie wären so welk, dass sie mir zwischen den Fingern zerbröseln würden. So wie sie jetzt sind, müsste ich ihnen gerade noch Leben einhauchen können. Unter der weißen Rinde des Zweiges vernehme ich ein *Hmm Hmm Hmm.* Fast unmerklich, fast reglos, fast nicht mehr als Leben erkennbar.

Ich stelle mir meine Energie als tanzende, leuchtend blaue Farbe vor, die im Takt meines Herzschlags durch mich pulsiert.

Was ich tue, ist verboten. Wird es in Malam wohl immer sein. Allein deswegen sollte ich hier und jetzt damit aufhören.

Wie Enat es mir beigebracht hat, schiebe ich etwas von dieser saphirblauen Energie von meinem Ellbogen durch meine Hand in den Zweig hinein. Diesmal geht es ganz leicht. Vielleicht bin ich tatsächlich stärker geworden. Phelia hat etwas über den achtzehnten Geburtstag gesagt. Könnte sich mein Gespür für die Energie um mich her dadurch tatsächlich verändert haben?

Ein Kribbeln huscht über meinen Unterarm. Das Blut pocht in meinen Fingerspitzen, als ich weiterschiebe. Noch ein bisschen mehr. Noch ein bisschen mehr.

Das erste Blatt entrollt sich, bis es wieder seine ursprüngliche Form hat.

Das zweite Blatt öffnet sich. Bernsteinfarbene Adern kriechen vom Stängel Richtung Rand.

Das dritte Blatt flammt zu neuem Leben auf wie eine blank gescheuerte Goldmünze.

Ehrfurcht und Erleichterung durchströmen mich, warm wie die Augustsonne zur Mittagszeit. Ich sinke zu Boden, lege den Zweig auf meinen Schoß und öffne und schließe die Hand mehrmals, um Blut hineinzupumpen. Zwischen dem Ellbogen und den Fingerspitzen blüht ein Schmerz auf, ein schläfriges Prickeln unter meiner Haut.

Ein kalter Wind fegt durch den Wald. Die Betäubung, die sich in meinem Körper breitmacht, lässt mich die schneidende Luft kaum spüren. Ich wünschte, ich könnte den Zweig am Leben halten, doch damit die Blätter nicht wieder verwelken, müsste ich ihnen alle paar Tage neues Leben einhauchen.

Aus den umstehenden Bäumen flattern Raben auf.

Bei dem jähen Geräusch schießt Adrenalin durch meine Adern. Ich schüttele meine tauben Glieder und gehe blitzschnell hinter einem Baumstamm in Deckung. Die raue Borke drückt sich in meinen Rücken.

Die Wachen patrouillieren in der Gegend um den Berg Avemoir. Hierher kämen sie bestimmt nicht.

*Es kann nur Cohen sein … Oder auch Phelia … Rozen …*

Um eine bessere Sicht zu haben, schlage ich die Kapuze meines

Mantels zurück. Dann schiebe ich den Zweig in meine Tasche und lege einen Pfeil ein.

Schritte knirschen.

Ich drehe mich vorsichtig nach links um und …

Zwischen den Nadelbäumen am anderen Ende der Lichtung kommt Cohen zum Vorschein. Unter einem braunen Mantel zeichnen sich seine breiten Schultern ab. Die raue Eleganz seiner Bewegungen. Die Präzision. Die raubtierartige Anmut. Für einen Moment vergesse ich mich und starre ihn wie hypnotisiert an. Mein Herz klopft und hüpft wie wild.

*Cohen.* Ich senke den Bogen und stecke den Pfeil zurück in den Köcher.

Er reißt den Kopf hoch; obwohl er mich aus der Entfernung gar nicht gehört haben kann, beginnt sein Gesicht freudig zu leuchten. Für den Bruchteil eines Augenblicks flackert die Hoffnung in mir auf, dass sich zwischen uns nichts verändert hat. Dass ich immer noch einfach so spüren kann, ob er in der Nähe oder sogar in Gefahr ist – selbst, wenn ich ihn nicht sehe.

Aber andersherum ist das gar nicht möglich. Im Gegensatz zu Aodren konnte Cohen meine Gegenwart noch nie spüren; es war eine einseitige Verbindung. Und weil er nichts davon wusste, merkt er auch nicht, dass sie nicht mehr da ist. Ich habe keine Ahnung, warum Aodren es spürt. Ich weiß nur, dass das seltsame unsichtbare Band zwischen Cohen und mir gerissen ist, als ich den König heilte.

Nun kündigt mir mein Gefühl Cohens Ankunft nicht mehr an. Wenn es an meiner Tür klopft, könnte ich nicht sagen, ob Cohen oder Gillian davorsteht.

»Hätte mir denken können, dass du schneller hier bist als ich.«

Schneeflocken hängen an seiner wollenen Mütze. Mit seinem lässigen Grinsen und den haselnussbraunen Augen raubt er mir glatt den Verstand.

»Ich steh mir seit Stunden die Beine in den Bauch. Ich dachte schon, ich muss ein Zelt aufschlagen.« Mit gespielt steifen Gliedern stapfe ich über die Lichtung, bis uns nur noch ein schmaler Wildwechsel zwischen den kahlen Büschen trennt. Die gefrorenen Abdrücke gespaltener Hufe markieren den Pfad, verewigt bis zur Schneeschmelze im Frühling.

Cohen späht zu der bleichen Scheibe hinter der grauen Wolkendecke hinauf. Ein Mundwinkel wandert in die Höhe, und in dem vier Wochen alten Stoppelbart zeigt sich ein Grübchen. Auf der Jagd rasiert er sich nie. »Ein Zeltlager klingt gar nicht so schlecht.«

Ich muss mir ein Lächeln verkneifen. »Du hast geschrieben, ich soll zur Mittagszeit hier sein. Das war vor ein paar Stunden. Ich hätte die Hoffnung schon fast aufgegeben.«

»Ach, das bisschen Verspätung.«

Seine müden Augen verraten, dass er, um rechtzeitig zurück zu sein, wohl wenig geschlafen, unermüdlich gejagt und Siron hart geritten hat. Was er natürlich mit keinem Wort erwähnt. Stattdessen tritt er dicht vor mich. »Du frierst doch bestimmt. Komm, ich wärme dich. Zum Ausgleich für die lange Warterei.«

Ich lache. Diesmal kann ich unmöglich ernst bleiben.

Seine Augen heften sich auf meine Lippen, und ein Schauer schießt mir von den Zehenspitzen in alle Glieder. Ob er mich küssen wird? Aber nein, seine Arme legen sich um mich und vernebeln mir die Sinne, als er mich ohne jede Scheu an sich drückt. »Komm her, Goldstern. Hab dich vermisst.«

Senf und Pfeffer, ist das schön, ihn wiederzuhaben. Sein Bart kitzelt mich am Hals. Cohens Körper gibt mehr Hitze ab als ein Feuer in einem eisernen Ofen.

»Ich dich auch«, entgegne ich, auch wenn er mich nicht hören kann, weil ich in seinen braunen Mantel hineinspreche. Cohen ist zwar der Kopfgeldjäger des Königs, aber nicht verpflichtet, den rotgrauen Mantel der Königsgarde zu tragen. Das ist ein Segen. Vor sechs Wochen ist Enat von der Hand einer Gardewache gefallen.

»Dein Haar sieht anders aus.« Cohens tiefe Stimme vibriert an meiner Wange.

Ich lehne mich zurück, um zu ihm aufzuschauen. »Gillian«, sage ich nur, während er die auf meinem Kopf festgesteckten Zöpfe mustert.

Er kann seine Augen nicht abwenden. Ich stupse ihn warnend an. »Tu nicht so, als hättest du noch nie eine Frau mit Zöpfen gesehen. Gillian war eben langweilig. Sie sitzt den lieben langen Tag in meinem Haus herum.«

Cohen schüttelt entschieden den Kopf. »Schade, dass sie so hübsch sind, Tess.«

»Was?«

»Sie werden nicht lange halten.«

»Aber …«

Ohne seine Handschuhe abzustreifen, legt er eine Hand um meinen Nacken und die andere an meine Hüfte. Mir bleibt die Luft weg, als seine Lippen meine Schläfe, meine Stirn, meine Wange streifen. Bevor sie den Mund erreichen, hält Cohen fragend inne.

Meine Antwort folgt prompt. Cohen und ich gehören zusammen.

Ich stelle mich auf die Zehenspitzen, drücke meinen Mund auf seinen und ziehe ihn noch enger an mich. Er lehnt sich kurz zurück, um sich den Handschuh mit den Zähnen von den Fingern zu ziehen, dann streicht er über meinen Kopf und neigt ihn weiter in den Nacken. Sein Kuss ist langsam und genießerisch, feurig und süß, ein *Hallo* und ein *Was bin ich froh, wieder bei dir zu sein.*

Mein Körper singt in seinen Armen wie die Sehne eines Bogens, der gerade einen Pfeil losgeschickt hat. Sein Kuss verändert sich, wird verlangender. Seine Finger lösen ihr Versprechen ein und zerzausen mein Haar. Ich schmelze dahin, all meine Sorgen lösen sich unter seiner Berührung in Luft auf. Bei ihm fühle ich mich geborgen und geliebt. Ich presse mich noch fester an ihn, obwohl kein Blatt Papier mehr zwischen uns passen würde.

Sein Stöhnen streicht über meine Lippen. Seine Hände wandern an meinen Seiten hinunter, unter den Mantel und an den Rand meiner Tunika, bis sie meine Haut finden und Begehren in mir auflodert. Bei allen Sternen, was könnte schöner sein als seine schwieligen Finger auf meinen Rippen?

In meiner Tasche knackst etwas.

Ich weiche zurück. Meine Atemzüge sind so abgehackt wie meine Gedanken, mein Gesicht kribbelt von seinem kratzigen Bart. Die Winterlandschaft verschwindet hinter unserem Keuchen und unseren trommelnden Herzen.

Ich schiebe die Hand in meine Manteltasche und begreife erst in dem Moment, als ich den kleinen Zweig hervorhole, was da geknackt hat. An dem in zwei Stücke gebrochenen Ästchen hängt eins der Blätter nun traurig und verknittert herunter.

»Was ist das?« Cohens Stimme klingt rau, was gar nicht zu unserem langen, süßen Kuss zu passen scheint.

»Nichts.« Stirnrunzelnd betrachte ich das zusehends verwelkende Blatt. Ich ärgere mich über mich selbst, dass ich meine Experimente verschweige, und bin gleichzeitig gereizt, dass Cohen mir einen Grund gibt, mich zu ärgern. Nein, ich werde mich nicht schämen, dass ich mehr über etwas lernen will, das beinahe mein ganzes Leben lang vor mir geheim gehalten worden ist.

»Wo ist Siron?«, frage ich, um das Thema zu wechseln.

»Ich habe ihn weitergeschickt. Auf dem reifbedeckten Boden sind seine Spuren zu leicht zu erkennen.« Er deutet mit dem Kopf auf Schneefeuer. »Vielleicht hättest du das auch tun sollen.« Dann fährt er mit den Fingern über das Blatt und senkt die Stimme. »Versuchst du abzulenken, Goldstern?«

Ich trete drei Schritte zurück und verschränke die Arme. »Wie soll ich es sonst lernen, wenn ich nicht übe? Es ist niemand mehr da, der es mir beibringen könnte.«

»Das ist zu gefährlich, sogar hier draußen. Ich war im Schloss, bevor ich herkam. Omar hat mir von dem Überfall berichtet. Er sagte, er habe Wachen im Wald postiert.«

Seine Bemerkung ruft Wärme in mir hervor, gefolgt von einem leichten Frösteln. Wahrheit mit einer Prise Unwahrheit. Ich lache bitter auf. »Die drehen ihre Runden woanders. Und außer uns würde niemand den Weg hierher finden. In die Jagdgründe des Königs wagt sich niemand vor.«

»Trotzdem … Ich will – ich will nicht einmal daran denken, was passieren würde, wenn du erwischt wirst.«

Ich verziehe das Gesicht. Der Gedanke ist erschreckend. Aber es ist immer noch meine Entscheidung. »Ich lasse mich nicht ertappen. Du vergisst, dass wir von demselben Mann ausgebildet worden sind. Im Spurenverwischen bin ich ebenso gut wie du.«

Cohen zieht sich die Mütze vom Kopf und fährt mit der Hand durch sein platt gedrücktes, welliges braunes Haar. »Ich sage ja nicht, dass du das nicht könntest, nur, dass es gefährlich ist. Dein Leben steht auf dem Spiel.«

»Man wird mich nicht erwischen.«

»Ich wünschte, du würdest es sein lassen. Vorläufig zumindest.«

*Es sein lassen?* Ich starre ihn an, frustriert über diese Wendung in unserem Wiedersehen. »Würdest du die eine Sache sein lassen, die dich mit deiner Familie verbindet? Papa ist tot. Enat ist tot.« Als ich ihre Namen ausspreche, schlägt mir etwas so schwer und feucht aufs Gemüt wie die Luft im Innersten Verlies von Schloss Neart. »Das ist alles, was mir geblieben ist. Ich bin eine Seelenleserin. Das macht mich aus, auch wenn ich es bis vor zwei Monaten noch nicht wusste.«

Er massiert sich den Nacken. Zögert. »Ich will nicht, dass du das Seelenlesen aufgibst.«

Wieder eine lauwarme Halbwahrheit. Ich schnaube unwirsch.

»Na gut: Ich will, dass du eine Weile darauf verzichtest. Bis keine akute Gefahr mehr besteht. Ich mache mir Sorgen um dich. Die Leute beobachten dich aufmerksam, Tess. Nicht auszudenken, was passieren würde, wenn jemand Anklage erhebt.«

Es ist keine schöne Vorstellung. Trotzdem ärgert mich, dass Cohen einfach nicht begreift, wie viel es mir bedeutet, meine Gabe beherrschen zu lernen.

Er greift nach meinem Handgelenk, umfasst es sanft und führt meine Finger an seine Lippen, um einen weichen Kuss darauf zu hauchen. »Es tut mir leid, Tess. Ich will nicht mit dir streiten.«

Ich verschränke meine Finger in seine und stelle mich neben ihn. Schweigend sehen wir auf den spiegelglatten See hinaus, der zur Hälfte von schimmerndem Eis bedeckt ist. Über den festen Rand watscheln Gänse und schnattern laut miteinander.

»Na komm, wir schießen ein paar Gänse und reiten zurück, bevor es dunkel wird.« Cohen hebt seine Handschuhe vom Boden auf.

Wir gehen an dem zugefrorenen Ufer entlang und nehmen den schmalen Pfad durch die Kiefern. Der Wind frischt auf, lässt den Schnee um unsere Stiefel tanzen und überzuckert den Boden winterweiß. Meine Gedanken wirbeln wie die Flocken. Wenn ich an mein friedliches Häuschen denke, sehe ich Cohen an meiner Seite. Aber ich habe mir nie vorgestellt, dass ich mal ein Leben führe, in dem ich mich verstellen muss. Ich will, dass Cohen mich liebt und akzeptiert, wie ich bin. Trotz der Gefahr. Ich will nicht vergessen, was Enat mich gelehrt hat. Meine animistische Abstammung bedeutet mir ebenso viel wie die Zeit, die ich mit meiner Großmutter verbracht habe.

Als wir uns dem anderen Ende des Sees nähern, zeigt Cohen auf das Röhricht – *leg dich hier auf die Lauer*, soll das heißen.

Ich biege die Halme auseinander und gehe in die Hocke, wie wir es schon Hunderte Male getan haben.

Geräuschlos schleicht er weiter, findet eine geeignete Stelle zwischen den Busch-Eichen und duckt sich. Ich hole drei Pfeile aus meinem Köcher, lege einen ein und halte die anderen beiden mit den freien Fingern meiner rechten Hand bereit. Dann blase ich die Backen auf und puste Luft an meiner zurückgerollten Zunge vorbei, um den leisen Schrei einer Gans zu imitieren. Cohen hört mein Zeichen, mit dem ich ihm signalisiere, dass er die Vögel jetzt rufen kann. Damit wird er die Anführerin der Schar in seine Richtung locken, und die anderen werden ihr hoffentlich folgen.

Cohen dreht sich in Richtung der Gänse, füllt seine Lungen mit Luft und stößt seinen typischen Gänseruf aus. Eine Kombination aus Schreien und Schnattern, über die ich immer kichern muss.

Wenn Cohen nicht so gut darin wäre, hätten wir viel seltener Gans zu essen.

Hier, im Wald, sind wir vollkommen in Einklang.

Hier funktionieren wir perfekt.

Wenn wir getrennt sind – Cohen unterwegs in Malam und Shaerdan und ich möglichst weitab von Brentyn –, wird alles viel zu kompliziert. Ich wünschte, wir könnten es irgendwie einfacher haben, uns mehr aneinander anpassen, so wie wir es hier tun.

Die Anführerin der Schar flattert los, und die anderen reihen sich in die Formation ein. Die Gänse fliegen über mich hinweg. Sobald ich freie Schussbahn habe, ziele ich auf das Genick eines Vogels und lasse los. Mein Pfeil pflückt die Gans vom Himmel. Mein zweiter und dritter Pfeil erwischen Vögel am Ende der Formation, während die übrigen Gänse über die Wipfel davonfliegen, ohne ihre Verluste zu bemerken.

Ich spähe zu Cohen hinüber, der sich an seiner Narbe kratzt. Er zeigt auf das Geäst über seinem Kopf: Sein Pfeil steckt in einem abgestorbenen Zweig. Mit einem Schulterzucken wendet er sich ab, aber ich sehe noch die tiefe Furche zwischen seinen Augenbrauen.

Ich will nicht, dass er sich schlecht fühlt, weil er danebengeschossen hat. Also sage ich nichts, als ich zu meiner ersten erlegten Gans gehe. Ich spreche ein stummes Dank- und Segensgebet, während die Lebenskraft des Vogels verklingt. Kaum sind die Worte gesprochen, scheint er sich in den Tod zu fügen; die rasende Energie verlangsamt sich zu einem ruhigen, schwachen Pochen, bis sein Körper ganz erstarrt.

Meine Pfeile sind weder gebrochen noch verbogen, und so drehe ich sie aus den Kadavern, säubere die Spitzen und verstaue sie wieder in meinem Köcher. Nachdem wir die Gänse zusammengebunden haben, wirft Cohen sie über den Sattel, während ich meinen Bogen in die Halterung stecke.

»Gut gemacht, Tess«, sagt er.

»Du auch.«

Seine wegwerfende Handbewegung verrät mir, dass er mir nicht glaubt. »Es ging nur mit vereinten Kräften«, füge ich hinzu. »Vergiss das nicht.«

Er drückt meine Hand. »Nein.«

Zusammen laufen wir durch den Endlosen Wald. Ich führe Schneefeuer am Zügel.

»Kannst du mir das mit Phelia erzählen?«, fragt Cohen. »Als ich die Nachricht erhalten habe, bin ich so schnell nach Malam zurückgeritten, wie ich konnte.«

Ich berühre seinen Bart. »Siehst du deswegen aus, als hättest du nächtelang nicht geschlafen?«

»Ich wollte nirgendwo anders schlafen als unter deinem Dach.«

Obwohl mich der Gedanke berauscht, ihn nachts in meiner Nähe zu wissen, erinnere ich ihn: »Beim letzten Mal, als du bei mir übernachtet hast, hat Gillian Zustände bekommen.«

»Wir haben in getrennten Räumen geschlafen.« Er zieht mich an sich. »Viel zu weit weg voneinander.«

»Sag das mal Gillian.«

Er duckt sich zu mir und gibt mir einen raschen Kuss auf die Wange.

Ich beginne damit, wie ich den König und seine Männer im Wald gefunden habe. Woher ich wusste, dass der König in Gefahr ist, lasse ich unerwähnt. Es ist nicht so, dass ich lügen will; ich weiß einfach nicht, wie ich es sagen soll. Vor Nervosität bleiben mir die Worte im Hals stecken. Ich erkläre meine Verbindung zu Aodren lieber ein andermal. Stattdessen erzähle ich, wie ich den König auf Schneefeuer gehievt habe und wie auf einmal die Seelenleserin erschienen ist.

»Hab einen ganzen Monat lang umsonst nach ihr gesucht.« Sein Atem wölkt sich in der Winterluft.

»Hast du erst durch Omars Nachricht erfahren, dass sie nicht in Shaerdan war?«

»Ich hatte es kurz zuvor herausgefunden. Bin an eine Frau geraten, die in Phelias Auftrag eine falsche Fährte gelegt hat.« Er berichtet von dem Zaubermittel, das Phelia der Frau gegeben hat. Schockiert höre ich von den Entführungen junger Animistinnen und wie er eine aus den Fängen Lord Conklins befreit hat.

Ich schlucke, aber meine Kehle ist wie ausgedörrt. »Eins noch.« Es kommt mir gefährlich vor, dieses Geständnis abzulegen. Als würde ich an dem Faden reißen, der mich zusammenhält. »Phelias wahrer Name ist Rozen. Sie ist meine Mutter.«

Er bleibt stehen.

Blinzelt.

Blinzelt noch mal. »Was?« Seine Verblüffung wäre fast komisch, wenn sie mir nicht den Magen umdrehen würde.

»Sie hat zugelassen, dass … Ich konnte ihre Energie spüren und fühlen, dass sie die Wahrheit sagt.«

»Du bist ganz sicher?«

Ich nicke.

Cohen reibt sich übers Gesicht und fährt mit den Fingern an seiner Narbe entlang. »Unfassbar. Phelia ist Rozen? Deine Mutter ist Jamis' Mätresse?«

So hatte ich das noch gar nicht betrachtet. Jetzt würgt es mich fast.

»Wen hast du noch eingeweiht?«

»Nur dich und den König, der einen Großteil unseres Gesprächs mitbekommen hat. Hauptmann Omar habe ich alles erzählt, nur nicht, dass Phelia meine Mutter ist.«

»Du solltest es ihm sagen, Tess.«

Als wir den Waldrand erreichen, wo die Ausläufer des Gebirges in schneebedeckte Felder zwischen schmalen Wegen übergehen, sind meine Finger eiskalt und fühlen sich taub an. Unter uns im Tal liegt Brentyn wie eine Spinne, die in ihrem Netz lauert.

Mein Blick wandert nach Osten, wo Schloss Neart sich an einem bewaldeten Berghang erhebt. »Der Hauptmann hat Grund genug, Phelia zu jagen, daran ändert auch die Tatsache nichts, dass sie meine Mutter ist.« Wenn ich es ihm beichte, würde ich höchstens noch tiefer in seinem Ansehen sinken.

»Ja, aber es könnte vielleicht helfen, ihre wahren Absichten zu enthüllen.«

Vielleicht. Aber eine ihrer Absichten kenne ich bereits. »Sie hat mich aufgefordert, mich ihr anzuschließen«, gebe ich zu. »Sie meinte, sie würde mich in animistischer Magie unterweisen.«

Cohen erstarrt.

Ich sehe ihm an, wie er mit sich ringt. Er will mich beschützen, hat aber Angst, sich zu viel herauszunehmen.

»Nicht dass ich auch nur einen Pfifferling darauf gegeben hätte«, sage ich, bevor er antwortet. »Aber ich brauche Zeit. Ich muss das erst sacken lassen. Ich dachte, meine Mutter sei tot.«

»Wenn du mich fragst, ist sie auch tot. Diese Frau mag dich geboren haben, aber eine Mutter ist sie nicht.«

In der kühlen Luft überläuft mich eine Gänsehaut. Irgendwo über uns krächzt eine Krähe.

»Das sehe ich auch so. Ich will nur nicht, dass der Hauptmann es erfährt. Zumindest noch nicht.«

Wir verfallen beide in Schweigen. Der Heimweg führt uns an einigen Häuschen vorüber, die sich wie müde Reisende an die Mauer des Endlosen Waldes kauern.

Ich denke darüber nach, dass Phelia ein Teil von mir ist, dass wir von einem Blute sind und ich womöglich die gleiche Dunkelheit in mir trage. Und ich kann nicht anders, als mich zu fragen, ob Cohen nicht klammheimlich dasselbe denkt.

# Sechzehn

## COHEN

Ich folge Tessa in ihr Häuschen. Warme Luft vom Kamin erfüllt den Raum. Vor dem behaglich knisternden Feuer sitzt Gillian in Sauls Sessel und bearbeitet ein rüschiges Stück Stoff mit einer Nadel, wie ich ein Stück Wild zerlegen würde.

Sie sieht auf und hebt es in die Höhe. »Schaut, was ich da sticke. Deine Wände sind so leer.« Die Zofe blickt sich im Zimmer um, aber anders als bei ihrer Ankunft in Tessas Haus rümpft sie nicht die Nase, sondern lächelt Tessa nur erwartungsvoll an.

»Ähm, danke.« Tessa mustert das Ding verwirrt.

»Hallo, Gillian.« Ich lächle der Pflegerin zu, und sie nickt förmlich.

Mein Magen knurrt. Nach der endlosen Reise will ich nur noch etwas essen, mich kurz waschen und dann tagelang schlafen.

Mein Blick fällt auf Tessas Mantel, den sie gerade neben der Tür aufhängt. Er ist neu. Mit einem Mal erinnere ich mich, dass ihr alter Mantel mit Enats Blut befleckt war. Der Gedanke daran, was Tessa alles durchmachen musste, tut mir in der Seele weh. »Ich bin froh, dass du einen neuen Mantel hast, Goldstern.«

Tessas Gesicht nimmt den rosa Ton an, den ich so liebe. »Oh. Ich … ja.«

»Der König hat ihn ihr geschenkt«, sagt Gillian.

»Der König?« Ich weiß nicht, warum Gillians Bemerkung mich wurmt.

Tessa wirft mir einen Blick zu und stellt klar, dass dem König ihr besudelter Mantel aufgefallen sei und er ihn deswegen ersetzt habe.

»Nett von ihm«, murmele ich.

»Du solltest mal sehen, was er ihr zum Geburtstag geschenkt hat.« Gillian legt ihre Stickerei beiseite und will aufstehen. *Zum Geburtstag?*

»Lass das, Gillian«, blafft Tessa.

Mich trifft der Schlag. Vor etwas über einer Woche ist Tessa achtzehn geworden. Ich war so versessen darauf, nach Hause zurückzukommen, dass ich nicht daran gedacht habe. »Götter, was bin ich für ein Esel. Ich habe es vergessen, Goldstern. Es – es tut mir leid.«

»Du warst auf der Jagd.« Sie zuckt mit den Schultern, als wäre es nicht weiter wichtig.

Ist es aber. »Senf und Pfeffer, Tessa. Wozu bin ich denn gut, wenn ich mir nicht mal deinen Geburtstag merken kann?«

»Du bist kein Esel. Einstweilen zumindest.« Sie stupst mich an die Schulter, um mich zu besänftigen. Was meine Enttäuschung nur schlimmer macht. »Außerdem bist du ganz gut zu gebrauchen, um das Abendessen zu schießen. Ich glaube, ich behalte dich hier.«

»Da du heute früh losgerannt bist, als würde im Wald ein goldener Hirsch auf dich warten, hatte ich Zeit, das weiterzusticken.« Gillian hält ihre Handarbeit noch einmal ins Licht. »Ich bin fast fertig.«

Tessa legt den Kopf in den Nacken und lacht. Ich staune über das Geräusch, bis mich ihr glatter Hals vollkommen in den Bann schlägt. Dorthin möchte ich sie küssen, genau dorthin. »Ein goldener Hirsch würde mehr wiegen als Schneefeuer. Wie sollte ich den nach Hause schaffen?«

Gillian sticht ihre Nadel in den Stoff. »Das ist nur so eine Redensart.«

»Wie sehen die Eingeweide eines goldenen ...«

»Du willst einfach nicht verstehen, was ich meine.«

Der Anblick von Tessas Grinsen verscheucht endgültig meine Betrübnis darüber, dass ich ihren Geburtstag verpasst habe. Es ist schön zu sehen, dass sie sich mit ihrer Pflegerin angefreundet hat. Vor sechs Wochen waren Tessa und Gillian noch wie Feuer und Wasser.

Während sie plaudern, schlüpfe ich nach draußen, um einen Eimer Wasser zu holen. Zurück im Haus gieße ich das Wasser in einen gusseisernen Kessel, stelle ihn in den Kamin, schüre das Feuer und warte darauf, dass das Wasser kocht.

In meiner Eile, Tessa im Wald zu treffen, habe ich nicht mehr daran gedacht, dass Gillian jetzt hier wohnt. Meinen Traum von einem innigen Wiedersehen zu zweit kann ich wohl begraben. Hätten wir uns auf dem Übungsplatz doch nur mehr Zeit füreinander genommen. Seit ich vor knapp anderthalb Jahren zum königlichen Kopfgeldjäger berufen worden bin, waren wir nur auf der Flucht miteinander allein.

Ich liebe Tessa, seit sie vierzehn ist. Ich liebe sie dafür, wie sie mit erhobenem Haupt und gestrafftem Rücken Tag für Tag über die Schmähungen der Brentyner hinwegsieht. Ich kenne keine Frau, die so stark und widerstandsfähig ist wie sie.

Ich hatte genug Zeit, um mir klar zu werden, dass ich sie und keine andere an meiner Seite haben will. Und wenn sie mich nimmt, soll sie die Frau sein, mit der ich mein restliches Leben verbringe. Jetzt, wo wir nicht mehr vor der Königsgarde davonlaufen oder einen Krieg verhindern müssen, können wir an die Zukunft denken.

Auf dem ganzen Rückweg aus Shaerdan habe ich hin und her gewälzt, was ich zu Tessa sagen will und wie ich sie frage. Nur bekomme ich heute, sosehr ich es gehofft habe, keine Gelegenheit dazu. Darüber können wir nicht reden, wenn Gillian dabei ist.

Also schlucke ich meine Enttäuschung hinunter und hebe mir mein Bekenntnis für ein andermal auf.

Sobald das Wasser kocht, werfe ich eine Gans hinein und warte, bis die Haut sich lockert. Als der Gestank nasser Daunen durchs Zimmer zieht, steche ich mein Messer in die Gans und hebe sie mithilfe einer langen Kelle aus dem Kessel. Als der nasse Vogel auf den Tisch klatscht, schauen die Mädchen auf. Aber ich mache unbeirrt weiter, werfe eine weitere Gans in Wasser und kehre an den Tisch zurück, um das erste Geflügel zu rupfen.

Ehe ich michs versehe, steht Gillian mit zwei Schalen Suppe neben mir. »Du willst diese Sauerei doch nicht etwa hier veranstalten?«

Ich werfe eine Feder in den Korb unter dem Tisch. Klar veranstalte ich das hier.

Sie stellt die Schalen auf den Tisch. »Dass Tessa bei solch formvollendetem Benehmen nicht ins Schwärmen gerät, wundert mich sehr.«

»Sie muss sich bestimmt schwer zusammenreißen.« Ich zwinkere ihr zu.

Tessa schiebt sich zwischen uns und legt die Hand auf den Tisch. »Lass dich von ihm nicht ärgern, Gillian.«

Gillian schüttelt lächelnd den Kopf. Ich lege meine Hand auf

Tessas. Ich würde alles tun, um diese Frau glücklich zu machen, selbst wenn ich dafür zum Gänserupfen raus in die Kälte müsste. »Soll ich es draußen machen?«

»Glaubst du, wir haben alle Platz am Tisch?« Tessa sieht ihre Zofe bittend an, während sie mir eine Schale reicht.

Gillian brummelt etwas in sich hinein, das ich nicht verstehe, weil ich zwischen zwei Löffeln Suppe weiterrupfe.

Zuerst denke ich, sie hat wieder einen Scherz gemacht, doch dann sehe ich, dass Tessa die Hände zu Fäusten ballt.

»Was hast du gesagt?«, frage ich.

»Ich meinte nur, die Platzfrage würde sich erübrigen, wenn Tessa das Angebot des Königs angenommen hätte.« Gillian schaut wehmütig. Was auch immer der König angeboten hat, es muss so verlockend gewesen sein wie eine rubinenbesetzte Krone.

»Welches Angebot?« Meine Hand hält auf der Gans inne.

»Ach, nichts«, sagt Tessa im selben Moment, als Gillian ehrfürchtig murmelt: »König Aodren hat sie eingeladen, ins Schloss zu ziehen.«

Mein Gesicht wird ganz lang, so hoch wandern meine Augenbrauen. »Ist das … Willst du das denn?«

»Es hatte keine Bedeutung.« Tessa funkelt Gillian an und setzt sich neben mich. »Er hat es angeboten, nachdem … nach dem, was im Wald passiert ist. Es war als Sicherheitsmaßnahme gedacht.«

Aha. Ich rupfe und rupfe. Federn schweben zu Boden und sammeln sich um meine Füße wie blutiger Schnee.

Als ich aufsehe, verraten mir die Fältchen um Tessas Augen, dass das noch nicht alles ist.

Ich kann nicht verhindern, dass ich die Stirn runzele. »War sonst noch was mit dem König?«

Tessa schiebt ihr Essen beiseite. »Bevor Aodren …«

»Aodren?« Meine Hand schließt sich fest um den Hals der verfluchten Gans.

»Bevor König Aodren im Wald angegriffen wurde, war er hier. Um die Kleider zu bringen. Und er hat mich eingeladen, zu …«

»Kleider«, betont Gillian mit einem Juchzer. Sie geht zur Schlafzimmertür, öffnet sie schwungvoll und zeigt auf einen Berg farbiger Seide über dem Stuhl am Bett. Dann seufzt sie schmachtend.

»Kleider«, brummele ich in mich hinein.

Da war ich sechs Wochen weg, und jetzt nennt Tessa den König beim Vornamen und er bringt ihr persönlich Kleider vorbei. Ich lege die Gans weg. Obwohl ich so hungrig war wie ein Bär nach dem Winterschlaf, verwandeln sich die wenigen Löffel Suppe, die ich gegessen habe, in meinem Bauch in Wackersteine.

Es passt mir ganz und gar nicht, dass der König Tessa Geschenke macht. Trotzdem zwinge ich mich zu einem Lächeln. »Könnte für die Jagd ein bisschen unpraktisch sein, aber hübsch siehst du darin bestimmt aus. Wobei du eigentlich tragen kannst, was du willst, du siehst immer gut aus.«

Sie verdreht die Augen. »Das war eben seine Art, sich zu bedanken. Es hat nichts zu bedeuten.«

Er ist ein Narr. Tessa schert sich nicht um Kleider.

Gillian stolziert zurück zum Tisch. »Sie sind für den königlichen Ball zur Winterweihe, wo sie als Adelige bei Hofe eingeführt wird.« Ihr schwärmerisches Getriller trifft mich wie eine Axt in die Brust. Ich verstehe nicht, was der Mann von Tessa will. Dass er offenbar eigene Zwecke verfolgt, ist mir nicht geheuer.

Tessas vernichtender Blick spricht Bände. »Ich glaube, wir brauchen noch einen Eimer Wasser«, sagt Gillian und eilt hinaus.

Als die Tür zuklappt, ist es erst einmal still.

Ich bin betäubt, als hätte ich gerade einen Schlag auf den Kopf bekommen. Tessa kaut auf ihrer Lippe, die sich tiefrot gegen ihre schneeweiße Haut absetzt. Bei den Sternen, wie wunderschön sie ist. »Aod… König Aodren sagte, Papa habe zum Adel gehört und ich solle denselben Titel verliehen bekommen.«

»Und?«

»Ich … ich habe zugesagt, dass ich hingehe.«

Absurd. Und das von dem Mädchen, das mit niemandem in Malam irgendwas zu schaffen haben wollte, geschweige denn mit Lords und Ladys. Ich rupfe die Gans zu Ende. Federn füllen den Korb. Bedecken den Boden. Ich nehme mir den nächsten Vogel vor, hebe ihn mit der Kelle aus dem Wasserbad und werfe den dritten in den Kessel.

Eigentlich will ich mir weitere Fragen verkneifen, aber ich bin ein eifersüchtiger Gaul, der auf einen Abgrund zustürmt. »Wie viele Geschenke will er dir denn noch machen?«

Sie starrt mich finster an. »Er kann sich Hunderte Mäntel leisten. Tausende Kleider. Solche Dinge sind Lappalien für ihn. Er will sich damit eben bedanken. Wie soll ich da Nein sagen? Er ist der König.«

Ich hole die dritte Gans aus dem Kessel. Bringe sie zum Tisch. Werfe sie mit einem *Plompf* hin, sodass heißes, stinkendes Wasser aufspritzt. Eine Hand hält die Gans fest, die andere zieht und rupft, zieht und rupft.

Der warme Druck von Tessas Fingern auf meinem Arm reißt mich aus meinen Gedanken.

»Der Vogel ist schon tot, Cohen.« Ihre weiche Stimme ist ein scharfer Kontrast zu meiner gereizten Stimmung. Ich nehme den

Raum plötzlich wieder klarer wahr. An meinen Händen kleben Federn und verkrustetes Blut.

Ich hole langsam Luft. Als sie mir in Shaerdan verziehen hat, dass ich so vieles vor ihr geheim hielt, habe ich ihr versprochen, immer ehrlich mit ihr zu sein. Also spreche ich offen aus, was ich denke. »Ich habe den Eindruck, er will was von dir.«

Sie ruckt den Kopf hoch, verzieht den Mund, und ihre Stimme verrät, dass sie meine Worte getroffen haben. »Du glaubst, der König erweist mir nur Freundlichkeit, weil er sich davon etwas verspricht?«

»Das wollte ich nicht …«

Ihre blauen Augen werden schmal. »Klar, ich habe ja sonst nichts zu bieten. Was könnte er von jemandem wie mir auch anderes wollen?« Der verletzte Ton wird hart. »Jemand ohne Familie, ohne Freunde, ohne Geld; untauglich zu allem, abgesehen von der Jagd?«

Ich verdrehe die Augen zur Decke. »Verflucht. Nein, so war das nicht gemeint.«

Sie rührt wütend in ihrer Suppe.

Ich schiebe jäh meinen Stuhl zurück und stapfe zum Waschtisch, um mir die Hände zu reinigen. Als ich das Blut abgeschrubbt habe, gehe ich neben Tessa in die Hocke. »Ach komm, Goldstern. Du bist klug, liebenswert, treu. Schön, eine begnadete Schützin und die stärkste Frau, die mir je begegnet ist. Du hast so viel zu bieten.«

Sie hält den Blick auf ihren Schoß geheftet.

»Ich meine ja nur, der König hat dir doch schon gedankt, indem er Stillschweigen über deine Gabe bewahrt hat. Du hast ihm das Leben gerettet, und er hat deines verschont.«

Ihre Hände schließen sich noch fester um die Suppenschale.

Ich sollte aufhören. Die Vögel fertig rupfen und den Mund halten.

Aber wenn ich daran denke, dass König Aodren mein Mädchen mit Geschenken überschüttet, dreht sich ein Messer in meiner Brust herum. Es ist eine hübsche Falle für ein Mädchen, das unter Entbehrungen aufgewachsen ist. Gillian scheint von der Vorstellung schon sehr angetan zu sein.

Saul hat mir erzählt, dass Animistinnen – und Seelenleserinnen ganz besonders – zwei Arten von Menschen anziehen: solche, die sie verletzen wollen, und solche, die sie benutzen wollen.

Ich taste mit den Fingern über meine Narbe und denke an all das, was sie für mich getan hat. An all das, wozu sie imstande ist. Jeder, der von ihren Fähigkeiten weiß, könnte verlockt sein, sie auszunutzen.

Ich atme tief durch und schaue in ihre winterblauen Augen. »Hast du je überlegt, ob er vielleicht deine Gabe für sich nutzen will?«

Tessa flucht in sich hinein und murmelt etwas davon, dass ich wohl nicht mehr alle Pfefferkörner beisammenhätte. Die Sache ist nur: Seine Geschenke liegen immer noch hier herum. Wenn sie ihr nichts bedeuten würden, hätte sie sie weggegeben.

Tessa glaubt, dass der Mann ihre Freundschaft sucht. Ich glaube eher, dass er mehr als Freundschaft will – oder etwas, das nur eine Seelenleserin zu bieten hat.

Und beide Möglichkeiten machen mich nervös.

# Siebzehn

## TESSA

Die ganze Nacht über schlagen Cohens Worte in mir Wurzeln wie die Prachtwinde, die sich auf den Feldern breitgemacht hat. Nach Papas Tod, als ich vor Hunger zu schwach für die Garten- und Feldarbeit war, wucherten die Ranken ungehindert über die nicht eingebrachte Ernte, wanden sich um einen alten Pflug, schoben sich durch die Scheunenritzen. Noch in den kleinsten Rissen fand die Winde Halt.

Genau wie Cohens Frage.

So raubt mir nicht etwa der Umstand den Schlaf, dass Cohen nebenan vor dem Kamin liegt, während ich mein Bett mit Gillian teile. Stattdessen grübele ich bis in die frühen Morgenstunden darüber nach, was hinter der Liebenswürdigkeit des Königs stecken mag. Was könnte er in einem Land, das animistische Magie verboten hat, von einer Seelenleserin wollen? In mir sträubt sich alles gegen den Verdacht, dass er seine Geschenke in einer bestimmten Absicht macht. Aber es wäre naiv von mir, Cohens Vermutung einfach so abzutun. Wieder einmal scheint mir meine Gabe mehr Fluch als Segen zu sein.

Am nächsten Morgen macht sich Gillian emsig im Haus zu

schaffen, räumt die Töpfe dorthin, wo sie hingehören, und schüttet das schmutzige Küchenwasser draußen im Garten neben dem Abort aus. Cohen ist im Stall und striegelt seinen launischen Tintenfleck von einem Hengst.

»Die springen nicht von allein in den Korb.« Gillian zeigt auf ein kleines Häuflein Federn.

Ich tauche aus meiner Benommenheit auf und bedenke sie mit einem genervten Blick, während ich den Raum ausfege.

»Ist das dein neuer Morgengruß? Ein Augenrollen?« Sie nestelt an ihrer Frisur.

Ihr neckischer Ton holt mich aus meiner schlechten Laune. Ich lache auf und kehre die Federn zusammen.

Als ich fertig bin, nimmt Gillian mir den Korb ab und taucht die Hand in die Federn. »Die Kissen könnten etwas mehr Füllung gebrauchen.«

Das ist noch höflich ausgedrückt. Meine Kissen sind praktisch leere Hafersäcke. Ich habe das Bettzeug seit einer Ewigkeit nicht mehr neu gefüllt. Als Papa noch lebte, haben wir die Federn immer für Pfeile benutzt oder auf den Markt gebracht.

»Vielleicht kannst du dann auch besser schlafen.« Sie lächelt mich mitfühlend an. Wahrscheinlich habe ich sie mit meinem Hin-und-her-Gewälze wach gehalten. Obwohl sie sich im Scherz über alles Mögliche beschwert, hat sie sich nie ernsthaft über unser Zusammenleben in Papas bescheidenem Häuschen beklagt.

Nachdem sie meine wenigen Kissen geholt hat, setzt sie sich auf ihren Lieblingsstuhl – den Armsessel, den Papa aus dem Holz eines alten Walnussbaums gezimmert hat. Man muss Gillian einfach gernhaben. Ich kann mir nicht vorstellen, dass ihr je ein Mensch begegnet ist, mit dem sie nicht Freundschaft geschlossen hat.

»Brauchst du Hilfe?«, frage ich.

»Nein, danke.« Sie beginnt die Nähte an meinem Kissen aufzutrennen. Dann sieht sie mich mit zur Seite geneigtem Kopf an. »Vielleicht braucht Cohen ja Hilfe im Stall.«

In diesem Moment fliegt die Tür auf.

Cohens braunes Wuschelhaar hängt ihm in die Stirn. Er schiebt es mit seinem Unterarm hoch. »Ich habe gerade eine Nachricht aus dem Schloss erhalten. Hauptmann Omar hat ein Treffen angesetzt. Und der Mann wartet nicht gern.«

Eine Untertreibung. Hauptmann Omar hat die Geduld einer Sau in den Geburtswehen.

Nach kurzem Zögern fragt Cohen: »Willst du mitkommen? Du könntest Finn kennenlernen. Und Lirra.«

Gillians Augen verengen sich zu Schlitzen. »Wer ist Lirra?«

»Ein Mädchen, das ich in Shaerdan getroffen habe«, sagt Cohen achselzuckend. »Sie hat mir geholfen, die Frau aufzuspüren, die ich für Phelia gehalten habe.«

Gillian hält an der Schwelle zum Schlafzimmer inne. »Du hast ein Mädchen aus Shaerdan mitgebracht?«

Ich richte mich pfeilgerade auf. Ach, und das von dem Mann, der sich gestern Abend wie ein eifersüchtiger Narr aufgeführt hat? Zorn schießt in mir hoch.

»Du hattest es so eilig, nach Hause zu kommen, aber trotzdem noch Zeit, ein Mädchen aufzulesen?« Mein Missmut ist mir deutlich anzuhören.

»Ja.« Cohen geht vor dem Tisch in die Hocke und sammelt ein paar letzte Federn auf. Er tut, als hätte er das Normalste der Welt gemacht. »Lirra hat mir geholfen, Phelia auf die Schliche zu kommen, und im Gegenzug habe ich ihr versprochen, jemanden zu finden. Sie ist mit einem der shaerdanischen Mädchen befreundet, die vermisst werden.«

Die Erwähnung der Mädchen kühlt mein Gemüt, und ich komme mir töricht vor, so misstrauisch reagiert zu haben. Ein bisschen schäme ich mich auch. Schließlich bin ich diejenige, die ein Geheimnis vor Cohen hat.

Gillians Verwirrung weicht erschrockenem Staunen. »Sind es denn so viele?«

Er nickt düster und legt die Federn in den Korb.

Ich spüre, dass er besorgter ist, als er sich anmerken lassen will. Er reibt sich den Nacken, bis seine Haut rot wird. »Wäre es möglich, dass Lirra eine Weile hier unterkommt?«

Überrascht von seiner Frage trete ich einen Schritt zurück und stoße gegen einen Beistelltisch. »Hier?«, sage ich mit piepsiger Stimme. Nicht, dass ich Cohen nicht gern helfen würde, aber ich habe hart darum gekämpft, einen Ort zu haben, der mir gehört. Zumal hier kaum Platz ist, vor allem, seit Gillian bei mir wohnt. Andererseits mag ich mir jetzt, nach mehreren Wochen in ihrer Gesellschaft, gar nicht mehr vorstellen, wie still und einsam es ohne sie wäre. Was ich ihr natürlich nicht sagen werde, sonst plustert sie sich auf wie ihre Frisur.

»In den Quartieren der Königsgarde kann sie nicht viel länger bleiben. Es wäre ja nur für die Zeit, bis ich ihre Freundin finde und beide sicher über die Grenze zurückgebracht habe.« Cohen senkt die Stimme und wirft einen Blick zum Schlafzimmer, in dem Gillian gerade verschwunden ist. »Lirra ist die Tochter des Erzverräters. Du hast sie bei Enat kennengelernt.«

*Oh.* Die Erinnerung entlockt mir ein Lächeln, bevor die Trauer um Enat wieder hochkommt.

»Ich will nicht, dass Omar herausfindet, wer sie ist«, sagt Cohen gerade. Mit einem Blinzeln kehre ich wieder in die Gegenwart zurück. »Er würde sie ins Verlies werfen lassen, ohne auch nur mit der Wimper zu zucken. Ich würde sie ja auf die Suche mitnehmen, aber wenn sie in Malam erwischt wird, wäre ihr Leben verwirkt.«

Warum hat er sie dann überhaupt hergebracht? Auf die Frage sagt er nur: »Weil sie dickköpfig ist und keine Ruhe geben würde, bis sie ihre Freundin gefunden hat. Das Mädel ist so stur, dass sie mich überredet hat, sie in meinem Quartier im Schloss unterzubringen. Sie hat die Dienstmägde über ein im Wald aufgefundenes Mädchen tratschen hören und will der Sache nachgehen, auch wenn sie dafür vor der Nase von Hauptmann Omar herumschnüffeln muss.«

»Senf und Pfeffer, so landet sie garantiert im Verlies.«

Cohen schnaubt. »Hoffen wir mal, dass das nicht schon passiert ist. Deswegen muss ich sie nach dem Treffen mit Omar unbedingt aus dem Schloss bringen.«

»Wer landet im Verlies?« Gillian taucht wieder auf.

»Können wir nicht einmal unter uns bleiben?« Ich seufze.

»Und wie soll das in einem so kleinen Haus gehen?« Gillian inspiziert ihre Fingernägel und macht dann eine wegwerfende Handbewegung. »Ein Ding der Unmöglichkeit.«

Cohen prustet in sich hinein.

Ich sehe ihn an. »Gut, ich schaffe hier Platz für sie.«

»Danke, Goldstern«, sagt er, weich und zärtlich. Er verschränkt die Finger in meine und zieht mich an seine Brust. »Komm doch mit ins Schloss.«

Mein Entschluss steht. Die sechs Wochen Trennung waren die pure Qual. Und das Wiedersehen gestern hatte zu viele Misstöne, um wirklich befriedigend gewesen zu sein.

Ich laufe ins Schlafzimmer, um meine Hose unter einem langen Rock zu verstecken und meine Tunika unter den Bund zu stopfen. Mit Gillians Kamm zähme ich meine Haare und flechte sie zu einem langen Zopf. Nachdem ich mir Hände und Gesicht gewaschen habe, schiebe ich meinen Dolch in den Stiefel, gürte mir einen von Cohens alten Degen um und winke Gillian zum Abschied zu.

Cohen steht schon neben Siron, die Hand auf dem Widerrist seines Hengstes. »Reiten wir zusammen?«

Ich überlege kurz, schüttele dann aber den Kopf. Der schnellste Weg zur Burg führt mitten durch Brentyn hindurch. Als Kopfgeldjäger des Königs wird Cohen unweigerlich viele bewundernde Blicke ernten. Vor allem von Frauen. Es ist Jahre her, dass wir zuletzt gemeinsam durch Brentyn geritten sind. So ungern ich es mir eingestehe: Es scheint mir immer noch schwer vorstellbar, dass Cohen sich offen mit mir zeigen will.

Ich betrachte die Türme des Schlosses, die wie Schwerter aus dem Nadelwald ragen. Auf jeder grauen Spitze flattert eine rötlich braune Fahne. Die Malamer bezeichnen Schloss Neart als das Herz ihres Reiches, aber heute wirkt es viel düsterer, als wäre jeder Turm eine gewaltige Klinge, die ein großes grünes Ungeheuer aufspießt.

Wir ziehen Dutzende Blicke und das Raunen der halben Stadt auf uns, als wir durch die Residenzstadt reiten.

Anders als die meisten Städter, die sich auf dem Markt herumtreiben, besitze ich mein eigenes Stück Land. Ich habe ebenso sehr wie sie das Recht, hier zu sein. Das bete ich mir unaufhörlich vor, als wir an der Kirche und dem Pranger vorbeikommen, wo wieder einmal eine Frau an ein Joch aus Holz und Schande gekettet ist. Ich widerstehe der Versuchung, mich im Sattel ganz klein zu machen und den Kopf einzuziehen. Erhobenen Hauptes setze ich meinen Weg bis zur Burg fort.

Auf dem äußeren Burghof wimmelt es von Bediensteten. Ein Stallknecht kommt sogleich auf Cohen zugelaufen und nimmt uns die Pferde ab. In ganz Malam gilt Cohen als Held. Kaum war sein Name reingewaschen, lagen die Brentyner ihrem verehrten Kopfgeldjäger wieder zu Füßen.

Als unsere Pferde im Stall untergebracht sind, folge ich Cohen durch den inneren Burghof und das steinerne Treppenhaus hinunter zu den Quartieren der Gardewachen. Als wir das Übungsgelände erreichen, kommt eine Kopie von Cohen, wie er mit vierzehn Jahren aussah, auf uns zugestürmt.

Freudig überrascht über den herzlichen Empfang trete ich einen Schritt zurück. »Na, hallo.«

»Finn«, beginnt Cohen warnend, aber der Rest geht unter, als sich zwei Arme um mich schlingen und mich in eine Art Schwitzkasten-Umarmung nehmen.

»Lass sie los.« Cohen befreit mich.

Ich mustere den Jungen mit den großen rehbraunen Augen und dem lässigen Grinsen.

»Ich bin Finn.« Er wippt auf den Fersen. »Du bist Tessa. Cohens Mädchen.«

Ich ziehe die Augenbrauen in die Höhe und lache auf. Cohen hustet mit Nachdruck. Die Szene macht Hauptmann Omar, der mit einem anderen Mann Zweikampf trainiert, auf uns aufmerksam. Er schiebt sein Schwert in die Scheide und marschiert über den Platz, um Cohen zu begrüßen.

»Du bist dünner, als ich dachte«, sagt Finn, und ich sehe von den zwei Männern wieder zurück zu ihm.

Cohen unterbricht sein Gespräch mit dem Hauptmann, um seinem Bruder eine Kopfnuss zu geben. »So fängt man doch keine Unterhaltung mit einer Dame an.«

Finns Wangen färben sich rot. Er duckt sich von Cohen weg, kommt näher zu mir und flüstert: »Ich sage ja nicht, dass es schlimm ist. Ich dachte eben nur, so wie Cohen immer von dir redet, siehst du bestimmt eher wie die da aus.« Er zeigt mit dem Daumen auf die kämpfenden Wachen, alles stramme, muskelbepackte Kerle. Schweiß tränkt ihre Tuniken. Stahl trifft klirrend auf Stahl. Ihre Gesichter verzerren sich vor Anstrengung, wenn sie ächzend parieren. »Aber du bist eigentlich ganz hübsch.«

Ich lache. Das ehrlich gemeinte Kompliment gefällt mir. »Was sagt er denn genau über mich?«

»Dass du knallhart bist und richtig Mumm hast. So wie Leif, nur im Rock. Na ja, vielleicht nicht im Rock. Aber ein Leif-mäßiges Mädchen, nur leichtfüßiger.«

Aha. Ich grinse. »So weit würde ich nicht gehen.«

»Aber er macht sich auch Sorgen um dich, weil er so verschossen in dich ist.«

Jetzt laufe ich rot an.

Finn schiebt achselzuckend die Hände in die Taschen. »Hätte wohl warten sollen, bis ich dich selber kennenlerne, bevor ich mir ein Urteil bilde.«

Cohen, der mitgehört hat, legt dem Jüngeren einen Arm um die Schulter und zieht ihn zu sich. »Wart ihr auch schön brav, Lirra und du?«

Finn zeigt auf eine Reihe von Türen in der Schlossmauer, wo eine Handvoll Wachen das schwarzhaarige Mädchen umringen, das ich von der Begegnung mit dem Erzverräter kenne.

Hauptmann Omar beachtet mich überhaupt nicht, während er Cohen in eine Diskussion über den Angriff im Wald verwickelt. Ich höre ihn erzählen, dass sie mit der Suche nach Phelia und ihren Verbündeten noch nicht weitergekommen sind. Dann trommelt er mit den Fingern auf seinen Schwertgriff. »Aber es gab noch einen Vorfall.« Sein Blick wandert zu mir und Finn.

»Und zwar?« Cohen verschränkt die Arme.

Omars Mund zuckt, dann sagt er mit gesenkter Stimme: »Im Wald wurde ein junges Mädchen aufgefunden.« Das muss das Gerücht sein, das unter den Dienstmägden im Umlauf ist. Omar berichtet weiter, dass Leif ein Mädchen ins Schloss gebracht hat, das offensichtlich mit dem Tod rang. Die Heiler hätten noch versucht, sie zu retten, doch sie sei gestorben, bevor sie herausfinden konnten, was es mit den Malen an ihren Armen auf sich hatte oder vor wem sie geflohen war.

Cohen wirkt ebenso schockiert, wie ich es bin. Ich hoffe für Lirra, dass es nicht ihre Freundin war.

Cohen fährt sich mit dem Finger über die Narbe. »Sie wurde hier nicht als vermisst gemeldet?«

»Nein. Wir glauben, sie könnte aus Shaerdan sein.«

»Und ihr wisst nicht, woran sie gestorben ist?«

Wieder ein Kopfschütteln.

Cohen flucht leise vor sich hin. »Nachdem ich Lirra getroffen hatte, sind wir in der Nähe der Grenze auf Lord Conklin gestoßen. Er hatte einige Männer bei sich und mehrere Mädchen, die nicht aus freien Stücken dabei waren.«

So entgeistert habe ich Hauptmann Omar bisher nur ein einziges Mal erlebt: als er erkannte, dass Jamis der Mörder meines Vaters war.

Er atmet tief durch. »Was genau hast du gesehen?«

Ich frage mich, warum Cohen ihm gestern noch nichts davon gesagt hat. Dann denke ich an unser Wiedersehen, und mir wird innerlich ganz heiß. Cohen erzählt Omar, wie sie zwei von Conklins Männern getötet und eins der Mädchen befreit haben, bevor der Lord mit den übrigen Gefangenen entkam.

»Weißt du, ob er Verbündete hat?«

»Nein. Aber wer auch immer noch dahintersteckt, das ist eindeutig Kriegstreiberei.«

Omar überlegt kurz. »Ich werde dem König Bericht darüber erstatten. Halte du einstweilen Augen und Ohren offen und melde dich morgen wieder hier. Du kannst noch eine Nacht außerhalb deines Quartiers schlafen.«

Cohen will Widerspruch einlegen, doch der Hauptmann fährt ihm über den Mund. »Auch wenn dir das gleichgültig ist, es geziemt sich nicht, dass du bei Tessa übernachtest. Zum Glück ist mit Miss Tierney wenigstens eine Anstandsdame zugegen.«

Cohen ballt die Hände zu Fäusten. »Das geht dich nichts an.«

Omar streicht seinen Waffenrock glatt. »Nur eine Warnung, Cohen. Wenn Gerüchte erst einmal die Runde machen, sind sie schwer aus der Welt zu schaffen. Bei all dem Aufruhr, der unser Reich bewegt, solltest du keine negative Aufmerksamkeit auf dich ziehen.« Omar bedenkt mich mit einem geringschätzigen Blick. »Oder auf andere.«

»Ich komme heute Abend wieder, wenn ich die Frauen zurückgebracht habe«, sagt Cohen zähneknirschend.

Als Hauptmann Omar sich abwendet, sehe ich an den verkniffenen Fältchen um Cohens Mund, dass er wütend ist. Ich bin traurig, dass er nicht noch einmal bei mir übernachtet. Aber es ist besser für ihn. Ich weiß, wie es ist, unter argwöhnischer Beobachtung zu stehen. Ich will nicht schuld daran sein, dass Cohen wieder in Ungnade fällt.

Lirra verabschiedet sich von den Wachen und überquert mit Leif zusammen den Übungsplatz.

Cohen schüttelt seinen Ärger ab und stellt Lirra und mich einander vor, als wären wir uns noch nie begegnet. Der Kummer, der mich bei ihrem Anblick erfasst, wirft mich zurück in den Moment, in dem wir uns in Enats Baumhaus kennengelernt haben.

»Hast du was in Erfahrung gebracht?«, flüstert Cohen.

»Es war nicht Orli.« Lirra lässt die Schultern hängen.

»Aber das ist doch eine gute Nachricht, oder?«

»Ich habe ihren Leichnam gesehen, und ich glaube, ich weiß, wie sie gestorben ist.« Lirra sieht sich verstohlen um, und wir treten dicht zusammen, damit niemand uns belauschen kann. »Ich befürchte, dass Orli dasselbe Schicksal bevorsteht.«

»Und das wäre?« Cohen nimmt mir die Worte aus dem Mund.

»Jemand hat ihre Kraft gestohlen.«

»Ist das möglich?«, platze ich heraus und merke, dass ich laut gesprochen habe. Ich wiederhole meine Frage im Flüsterton.

Lirra nickt. »Ja. Es ist schwarze Magie, die nur Seelenleserinnen ausüben können, aber es ist möglich. Wenn eine Seelenleserin einer Animistin alle Kraft raubt, kann die Animistin nicht überleben.«

# Achtzehn

## AODREN

Auf meinem Schreibtisch liegt ein Sendschreiben, das aus dem schwelenden Konflikt zwischen Shaerdan und Malam das Feuer des Krieges entzünden könnte. Ich fahre die sorgfältig niedergeschriebenen Worte Richter Auberdeens mit dem Finger nach und zwinge mich mit zusammengebissenen Zähnen, reglos sitzen zu bleiben. Als würde mir körperliche Ruhe geistige Klarheit bringen. Mir die fatale Entscheidung abnehmen.

Da verspüre ich ein Ziehen in der Brust. *Tessa.* Sie ist im Schloss.

Ich schiebe den Brief beiseite und erhebe mich. Als ich aus dem Fenster blicke, sehe ich einen Falken über den Wald segeln und plötzlich abtauchen, um seine Beute zu fangen.

Ich verlasse mein Kabinett und begebe mich auf die Seite des Schlosses, die zum Übungsplatz zeigt.

Dort entdecke ich am Fuß der Treppe Tessas weißblondes Haar, das sich aus ihrem Zopf löst. Sie steht neben Cohen Mackay, Leif O'Floinn und einem schwarzhaarigen Mädchen, das ich nicht erkenne. Ich beobachte sie, bis sie aufbrechen, und gehe dann zu Hauptmann Omar hinunter.

»War das Cohen, der soeben das Schloss verlassen hat?«

»Ja, Majestät.«

»Wann ist er zurückgekommen?«

»Gestern. Er hatte seinen Bruder und eine Bekannte dabei.«

Wie er die »Bekannte« betont, lässt mich aufhorchen. Irgendetwas gefällt ihm nicht daran. »Hast du mit ihm über das Mädchen gesprochen, das im Wald gefunden wurde?«

Ein Nicken. »Und er hatte auch eine wichtige Mitteilung. Dinge, die wir unter uns in Eurem Kabinett besprechen sollten.«

»Gut. Wohin reitet er jetzt?«

»Er wird seine Bekannte in das Haus von Miss Flannery bringen.«

Mein Stirnrunzeln entgeht ihm nicht.

Ich sehe über seinen missbilligend verkniffenen Mund hinweg und mache mir bewusst, dass Mackay offenbar das Privileg genossen hat, den Abend mit Tessa zu verbringen. Der Gedanke ist in etwa so angenehm wie eine Woche knochenhartes Training mit Omar.

Meine Verbindung zu Tessa lässt mich viel öfter an sie denken, als ich sollte. Besser gesagt: lässt mich viel mehr wollen, als angemessen ist. Hauptmann Omars Grimasse ist noch gar nichts gegen die Reaktion, die ich von meinem Beraterstab ernten würde, wenn ich ihnen von meinem Interesse an Tessa Flannery erzählte. Von mir wird erwartet, dass ich die Tochter eines hochrangigen Adeligen heirate. Das Dumme ist nur, ich habe sie alle bereits kennengelernt, und keine von ihnen schlägt mich so in den Bann wie Tessa Flannery.

Natürlich ist Miss Flannerys Interesse an mir, soweit ich sehen kann, nicht viel größer als ihr Interesse an den Geschenken, die ich ihr gemacht habe – also gar nicht vorhanden. Das stachelt mich geradezu an, etwas zu finden, das ihr gefallen wird, und ich komme dabei auf die absonderlichsten Ideen. Ein Heuballen vielleicht, oder ein Kochtopf, oder ein Seil, mit dem sie einen Mann fesseln kann, wenn sie das nächste Mal einen im Wald aufsammelt.

Ich massiere mir die Schläfen. Zum Glück sind die Kopfschmerzen von Phelias Überfall mittlerweile abgeklungen. Dafür setzt mir die Einsamkeit zu, je weiter ich Tessa vom Schloss fortreiten spüre.

Die Wachen sehen nicht zu uns herüber, als Hauptmann Omar mich zurück ins Schloss begleitet. So halten es die meisten Schlossbewohner. Niemand wagt es, meinem Blick zu begegnen. Es ist ein aus Hochachtung geborener Brauch, der mir das Gefühl gibt, in Einzelhaft zu leben.

Tessa Flannery sieht mich. Das will ich nicht verlieren.

In meinem Kabinett nehme ich den Brief vom Schreibtisch und reiche ihn Omar. Als er ihn liest, bilden sich tiefe Falten um seine Augen und Mundwinkel.

»Wir müssen uns von diesem Vorwurf reinwaschen.« Ich stelle mich an das Fenster, das nach Westen reicht, in Richtung Shaerdan. Das Blut fließt mir zäh und kalt durch die Adern, als würde der Winter unter meine Haut kriechen.

In dem Brief stehen die Namen und Heimatorte von dreißig entführten Mädchen, allesamt Animistinnen. Ebenfalls aufgeführt sind Zeugen, die behaupten, am Tag der jeweiligen Entführung Männer in malamischen Gewändern gesehen oder Männer mit malamischem Akzent gehört zu haben. Darunter vier Mädchen, die von shaerdanischen Bürgern befreit wurden, als sie Lord Conklin, einen malamischen Adeligen, auf dem Weg zur Grenze gefangen nahmen.

Omar tritt in mein Blickfeld und hüstelt. »Cohen Mackay hat bestätigt, dass Lord Conklin in die Sache verwickelt ist.«

Omar hat meine ganze Aufmerksamkeit, als er wiedergibt, was

Mackay über seine Begegnung mit dem Lord berichtet hat. Er habe ein Mädchen befreien können, aber der Lord sei mit den übrigen geflohen. »Was hatte Lord Conklin in Shaerdan verloren, abgesehen davon, dass er offenbar Animistinnen entführt hat?«

»Ich weiß es nicht, Eure Hoheit.«

Ich spanne die Kiefermuskeln an. Die Betonung auf meinen Rang erstickt mich. Ich wünschte, Omar würde mich Aodren nennen, wie er es tat, als ich ein Kind war. Nur Tessa wagt es, mich beim Namen zu nennen.

»Was weißt du über Conklin? Hat er Neigungen, von denen ich wissen sollte?« Ich unterdrücke ein Schaudern. Es wäre nicht das erste Mal, dass ein älterer Mann aus abscheulichen Gründen junge Mädchen entführen lässt.

Omar brummt düster in sich hinein. »Er hat ein beträchtlich großes Lehen östlich von Lord Fennitsons Lehnsgebiet, er entrichtet jedes Jahr eine beträchtliche Summe an Steuern und er hat der Krone immer treu gedient. Was seine persönlichen Vorlieben angeht, dazu kann ich nichts sagen.«

»Die Krone wünscht seine Dienste nicht mehr.« Ich mache eine längere Denkpause. »Mit alldem hat Phelia zu tun. Dessen bin ich ganz sicher. Konnte Mackay herausfinden, mit wem Conklin zusammengearbeitet hat?«

Omar verneint. Er zerknüllt das Schreiben in seiner fleischigen Faust. »Leider muss ich gestehen, dass ich aus dem Kreis der Lords nichts dazu gehört habe.«

»Es ist unwahrscheinlich, dass Conklin die Sache allein betrieben hat.«

»Er könnte mit anderen Malamern verbündet sein«, sagt Omar. »Vielleicht wollen sie damit das Säuberungsedikt fortführen, indem sie Shaerdan von Animistinnen befreien, damit keine mehr nach Malam gelangen können.« Wenn meine Richter mutmaßliche Animistinnen verurteilten, wohnte Omar der Verhandlung stets mit ungerührter Miene bei. Diese Gefühlskälte ist zwar nicht ungewöhnlich für den Hauptmann, aber ich frage mich doch, ob er die Animistinnen fürchtet. Oder sympathisiert er insgeheim mit ihnen und versteckt es hinter einer eisernen Maske?

Ich lehne mich an meinen Schreibtisch. Die Erwähnung des Edikts löst Unbehagen in mir aus. Es wird für immer ein Schandfleck in der Geschichte meines Königreichs sein.

»Haben wir nicht genügend unserer eigenen Frauen umgebracht? Müssen wir denn auch noch Shaerdanerinnen töten?« Ich verhehle meine Bitterkeit nicht. Das Edikt konnte nur erlassen werden, weil ich noch ein Kind war, zu jung, um zu herrschen. Und die Männer, denen mein Vater die Geschicke des Landes überlassen hat, waren Narren. Ein so menschenverachtendes, lächerliches Gesetz war Extremismus in seiner ungebildetsten Form. Was sie getan haben, hat eine Spaltung Malams herbeigeführt, die, so fürchte ich, nicht mehr rückgängig zu machen ist.

Als Jamis Prinzregent und mein Berater war, sprach ich oft mit ihm über die Abschaffung des Säuberungsedikts. Damals behauptete er, er stimme mir zu. Aber dann hat er versucht, mir die Krone zu entreißen. Der Mann ist ein elender Lügner.

Ich presse die Hände flach auf den Tisch, während ich nachgrübele. Ich denke daran, was Hagan mir im Krankenzimmer anvertraut hat. Für mich steht außer Frage, dass Phelia dahintersteckt und sich die Mädchen bringen lässt, um sie als Waffen zu benutzen. Aber das verrät mir noch nicht, wo die Mädchen versteckt sind oder was Phelia letztendlich damit bezweckt.

»Ich glaube nicht, dass es etwas mit dem Säuberungsedikt zu tun hat«, sage ich zu Omar. »Phelia ist selbst eine Seelenleserin. Warum sollte sie wollen, dass alle anderen Animistinnen getötet werden?«

Omar starrt auf den zerknüllten Brief. »Selbst wenn sie die Entführungen nicht veranlasst hat, sind die Gerüchte, dass Animistinnen nach Malam gelangt sind, schon in Umlauf. Wir werden es also in jedem Fall mit Säuberungsfanatikern zu tun bekommen.«

Eine erneute Hexenjagd unter Nachbarn und Bekannten würde dem instabilen Reich den Todesstoß versetzen. Ich beginne zu befürchten, dass ich mit dem Versuch, unser von der Herrschaft meines Vaters gezeichnetes Land zu versöhnen, das Gegenteil bewirken und Malam endgültig in den Abgrund stoßen könnte.

Da kommt mir ein anderer Gedanke, und ich spüre, wie das Blut aus meinem Gesicht weicht. »Tessa Flannery ist doch hoffentlich nicht in Gefahr?« Eiferer, die sich zusammenrotten. Eine weitere Säuberungswelle. Frauen, die auf dem Scheiterhaufen verbrannt werden.

Ich sehe ihm ins Gesicht, ohne mich um seine missbilligende Miene zu scheren. Er darf Tessas Geheimnis unter keinen Umständen preisgeben. Ihr Wohlergehen muss an erster Stelle stehen.

Er presst die Lippen zusammen. »Nein, Eure Hoheit.«

Ich fasse mich wieder. »Sieh zu, dass es so bleibt.«

Er nickt und faltet das Schreiben auseinander. »Und Lord Conklin?«

»Der Mann hat erwiesenermaßen fünf Mädchen entführt. Er hat einen Jungen ermordet, der versuchte, seine Schwester zu retten. Richter Auberdeen soll mit ihm tun, was er für richtig hält.«

»Man wird ihn hinrichten.« Omar beobachtet mich so scharf wie damals, als er mir beibrachte, das Bedrohungspotenzial eines

Gegners abzuschätzen. Statur, Gesichtsausdruck, sichtbare Waffen am Körper und Wölbungen unter der Kleidung, die auf versteckte Waffen hindeuten könnten. Er wollte mich auf den Fall vorbereiten, dass ich einmal unbewacht angegriffen würde. »Das wird Eure erste …«

Er braucht seinen Satz nicht zu beenden. Seit ich König statt nur Mündel eines Regenten bin, habe ich noch nie zugunsten einer Hinrichtung entschieden. Aber bis auf die letzten Wochen war ich in dieser Zeit ja auch nichts weiter als eine willfährige Puppe in den Händen der Seelenleserin.

Ich nehme ihm den zerknüllten Brief ab und streiche ihn auf meinem Schreibtisch glatt. »So sei es.«

# Neunzehn

## TESSA

Lirra ist ein wandelndes Buch animistischen Wissens. Seit die Tochter des Erzverräters vor zwei Tagen bei mir untergekommen ist, versuche ich so viel wie möglich über animistische Magie zu erfahren. Sie hat mir erklärt, wie die Gilde der Animistinnen die Regeln für ihre Zunft und die Lehrpläne der Elementien aufstellt, wie die Mädchen in den Elementien und zu Hause mit ihrer Gabe umgehen lernen und dass alle Animistinnen gleichermaßen unter Energieverlust leiden, wenn sie Magie ausgeübt haben.

Gerade sitzen wir oben auf dem Strohdach, das wir für den Winter ausbessern, und ich erzähle ihr, was Enat mich gelehrt hat. Dass ich die Seelen anderer Menschen lesen und ihnen meine Lebensenergie einflößen kann, aber nicht zu viel davon weitergeben darf, weil ich sonst sterben würde.

»Dem gibt es eigentlich nichts hinzuzufügen.« Sie reicht mir ein Bündel Stroh.

»Du lässt es so einfach klingen, aber das ist es nicht.« Ich binde das Stroh eng zusammen und schüttele einige lose Halme ab. Sie werden von einem kalten Windstoß davongetragen.

»Was möchtest du sonst noch wissen?«

»Wie könnte eine Seelenleserin einem Mann das Bewusstsein rauben und zwei Männer töten, ohne dass sie äußerliche Anzeichen von Gewalteinwirkung aufweisen?«

Sie setzt sich quer über den First. Die Brise weht ihr die Haare aus dem Gesicht. »Das ist ja eine ziemlich spezielle Frage. Wie kommts?«

Ich zucke mit den Schultern, schlinge das Strohbündel am unteren Ende zu einem Knoten und schiebe es dann in das Loch am Dach.

Lirra mustert mich eindringlich. »Na gut. Ich sage dir, was ich weiß, aber nur, wenn du mir im Gegenzug danach erklärst, was deine Frage soll. Ja?«

Ich nicke widerstrebend.

Lirra spielt mit einem Strohhalm, dreht und wendet ihn zwischen den Fingern. »Das ist wie ein Rätsel. Eine Seelenleserin raubt einem Mann das Bewusstsein und tötet zwei weitere. Hmm, ich vermute, sie könnte den Männern Energie entzogen haben. Aber hat sie sie denn berührt?«

Ich denke an das, was der König mir von der Begegnung erzählt hat, bevor er bewusstlos wurde, und schüttele den Kopf.

»Tja, das würde nur funktionieren, wenn sie sie berührt.« Lirra reibt sich das Kinn, dann reicht sie mir ein weiteres Strohbündel. »Außerdem ist das die schwärzeste Form von Magie, die die Seelenleserin für immer zeichnet. Das wirst du wohl nicht gemeint haben.«

Ich halte inne, das Stroh in der Hand. »Was meinst du mit ›zeichnet‹?«

»Diese Art von schwarzer Magie färbt auf den Geist der Seelenleserin ab. Wenn eine Seelenleserin einem anderen Menschen Energie entzieht, bis er daran stirbt, geht dessen letzte Absicht mit der Energie auf sie über und setzt sich in ihrem Geist fest.«

Mein Gesicht muss ein einziges Fragezeichen sein.

»Denk es dir so: Wenn eine Seelenleserin die Energie von jemandem raubt, der in seinen letzten Momenten vor dem Tod fest vorhatte, ein Schwein zu vierteilen, dann würde die Seelenleserin unbedingt ein Schwein finden und schlachten wollen.«

Ein Lachen platzt aus mir heraus. »Das ist ja grotesk.«

Lirra zuckt mit den Schultern. Sie nimmt mir das Stroh ab, verknotet es am Ende und stopft es in die Dachdecke. »Stimmt, aber so ist es.«

»Woher weißt du das?«

»Ich habe in einem Elementium gearbeitet. Da konnte ich in uralten Büchern blättern. Und meine Tante ist Mitglied der Gilde.«

Ich blinzele Lirra verblüfft an, obwohl die Wärme der Wahrheit meinen Schock etwas abmildert.

»Das hänge ich nicht so gern an die große Glocke. Aber ich vertraue darauf, dass du es für dich behältst.«

»Du vertraust mir?«, piepse ich.

»Wahrscheinlich so sehr, wie du mir vertraust. Außerdem hütest du ja schon so einige gewaltige Geheimnisse. Ich hab dich also in der Hand, falls du doch mal auf die Idee verfällst, über mich zu schwatzen.«

Lirra ist so ausgebufft und clever, dass ich aus dem Staunen nicht mehr herauskomme. Ihr Selbstbewusstsein und ihre unbekümmerte Art gefallen mir. Aber ihre Worte sind zweischneidig. »Du bist nicht sehr vertrauensselig.«

Sie lacht. »Du auch nicht.« Sie schüttelt ein Bündel Stroh aus, sodass die Halme zwischen uns wirbeln. »Mit Vertrauen ist es so eine Sache. Du vertraust den Menschen nicht, weil sie dich nie akzeptiert und dir nie Freundlichkeit erwiesen haben. Stimmts?«

Ihre Direktheit ärgert mich etwas, auch wenn sie recht hat.

Sie fährt fort: »Ich kenne zu viele der Geheimnisse, die mein Vater aufgedeckt hat. Ich vertraue niemandem, weil ich weiß, dass alle lügen.«

Darüber muss ich jetzt doch lachen. »Na, alle nun auch wieder nicht.«

»Wirklich? Du mit deiner Gabe, die Wahrheit zu spüren, behauptest allen Ernstes, dass nicht jeder mal lügt?« Sie hüstelt. »Ich muss keine Seelenleserin sein, um zu wissen, dass selbst du eine Menge Geheimnisse hast. Und Geheimnisse bringen zwangsläufig Lügen mit sich.«

Wie wahr. Cohen kommt mir in den Sinn. Obwohl er seit ein paar Tagen zurück ist, überlege ich immer noch, wie ich ihm von meiner Verbindung zum König erzählen soll. Wenn ich einen Weg finden könnte, das Band stillschweigend zu kappen, könnte ich mein Leben weiterleben, ohne dass Cohen davon erfährt. Und doch erfüllt mich allein der Gedanke mit Schuldgefühlen. Wäre es andersherum, würde ich die Wahrheit wissen wollen.

Ich seufze und schiebe eine weitere Garbe in das Dach. »Ja, viele Leute haben Geheimnisse. Aber nicht jeder erzählt riesige, lebensverändernde Lügen. Oft sind es nur kleine Lügen. Un…« Ich verbeiße mir das Wort *unschuldig*. Gibt es denn überhaupt unschuldige Lügen?

»Eine Lüge ist eine Lüge. Die Leute sehen, was sie sehen wollen, weißt du.«

Den Erzverräter zum Vater zu haben, hat Lirra zynisch gemacht, so viel ist sicher. In allem gibt es Gut und Schlecht und irgendwas dazwischen. Ich denke an mein eigenes Leben, die Geheimnisse, die man vor mir gehabt hat, und die Geheimnisse, die ich vor anderen habe.

Ich ringe mit mir, ob ich ihr erzählen soll, wer meine Mutter ist. Ich will nicht immer das Mädchen sein, das niemandem vertraut. Außerdem ist ihr Vater der Erzverräter Malams. Sie wird verstehen, warum ich nicht will, dass irgendjemand davon weiß.

Ich schlage alle Vorbehalte in den Wind und berichte haarklein, was an dem Tag, als ich den König gefunden habe, im Wald geschehen ist.

Als ich fertig bin, starrt sie mich fassungslos an. »Wow. Phelia ist deine Mutter.« Sie kratzt sich an der Stirn. »Jetzt verstehe ich deine Frage.«

»Gut, ich habe nämlich noch mehr. Würde es die Seelenleserin auch körperlich zeichnen, wenn sie jemandem die Energie raubt?«

Lirra neigt den Kopf zur Seite. Ihr schwarzer Zopf gleitet ihr von der Schulter. »Ich bin noch nie einer Animistin begegnet, die so etwas gemacht hat, aber in den alten Büchern war davon die Rede, dass nicht nur der Geist, sondern auch die Haut der Seelenleserin sich schwarz färbt.«

Interessant. »Was glaubst du, was Phelia mit den Mädchen macht?«

Eine Böe fegt über uns hinweg. »Ich – ich weiß es nicht.« Lirra runzelt die Stirn und starrt zum Himmel hinauf. »Du hast gesagt, dass Phelia ein Mädchen berührt hat, und auf einmal bekam Aodren keine Luft mehr?« Ihr scheint es zu grausen, als ich ihr bestätige, was der König mir aus seiner Erinnerung erzählt hat. »Kann ich mal was ausprobieren?«

»Ja, nur zu.«

Lirra stopft sich das Stroh unter die Beine, damit es nicht weggeweht wird und sie die Hände frei hat. Dann hält sie die Handflächen mir zugewandt vor mein Gesicht. Ein jäher Luftstoß streicht mir durchs Haar und reißt es zu ihr hin.

Meine Lungen werden eng. Ich will Atem holen, bekomme aber keinen Sauerstoff.

Ich keuche ohne Luft, meine Augen werden trocken, in meinem Kopf dreht sich alles.

So schnell, wie die Luft verschwunden ist, kehrt sie zurück, legt sich kühl über mein Gesicht. Ich japse auf und atme stoßweise ein. Als ich mich wieder beruhigt habe, boxe ich Lirra mit der Faust gegen die Schulter. »Du hättest mich aber vorwarnen können, dass du versuchst, mich umzubringen.«

Sie massiert sich den Arm und lässt sich gegen das Dach zurücksinken. Nach dieser Demonstration wirkt sie viel erschöpfter als vorher. »Das hätte die Überraschung kaputtgemacht.«

»Wie hast du das geschafft, mir die Luft wegzunehmen?«

Sie gähnt, und ihre Hände zittern auf ihrem Schoß. »Tut mir leid, das hat mich viel Energie gekostet. Es ist nicht leicht. Ich habe die Luft zu mir herangezogen und ein Vakuum erzeugt, sodass du keine mehr zum Atmen hattest.«

»Willst du dich ausruhen?« Ich zeige auf ihre schlotternden Beine.

»Ich hätte nichts dagegen einzuwenden, wenn wir für heute Schluss machen und nachsehen, ob Gillian das Abendessen schon fertig hat.«

»Gut, gehen wir.« Ich lege das restliche Stroh zurück in den Korb und trage ihn zur Leiter. Ich steige als Erste hinunter und behalte Lirra im Auge, als sie mir folgt, damit ich sie notfalls stützen kann.

Lirra schleppt sich hinter mir zum Stall, wo ich das Werkzeug und das übrig gebliebene Stroh verstaue.

Ich gehe zu Schneefeuer und streichle ihre Nase. »Aber Phelia ist doch eine Seelenleserin, keine Wind-Animistin.«

Lirra liest ein wenig Heu vom Boden auf und hält es ihrem Pferd hin. Das Tier heißt Verräter. Ich muss mir jedes Mal ein Lachen verkneifen, wenn ich ihren Wallach sehe.

»Denk an die Grundprinzipien«, sagt Lirra. »Seelenleserinnen können Energie weitergeben oder wegnehmen. Phelia hat der anderen Animistin ihre Kraft entzogen.« Sie streichelt ihr Pferd und wirft mir über die Schulter einen Blick zu. »Andere Animistinnen können nur ihr jeweiliges Element beeinflussen. Ich kann zum Beispiel nur Wind entfachen. Du hingegen hast die Fähigkeit, Energie zu geben und zu nehmen.«

»Aber wenn ich einer anderen Animistin ihre magische Kraft wegnehme, wäre das doch schwarze Magie.«

»Tja.«

»Und selbst wenn, hätte ich nicht gedacht, dass die Seelenleserin diese Kraft dann auch benutzen kann.«

»Dafür sind die Runen da.« Sie erinnert mich an das Mal, das sie an dem toten Mädchen im Schloss gesehen hat. Sie geht in die Hocke und zeichnet die Rune auf dem Stallboden in den Staub. »Diese spezielle Rune dient dazu, Kraft auf eine Seelenleserin zu übertragen und ihr kurzzeitig die Kontrolle über die Gabe zu geben.«

»Also könnte Phelia diese Rune bei jeder Animistin anwenden, um ihre Gabe zu nutzen?«

Lirra wischt das Symbol auf dem Boden weg. »Eben das ergibt keinen Sinn für mich. Die Rune funktioniert eigentlich nur, wenn beide Animistinnen ihre Gabe freiwillig miteinander teilen. Nicht, dass ich so etwas schon einmal erlebt hätte. Die Gilde hat den Gebrauch von Runen verboten. Aber ich bezweifle, dass irgendeins der entführten Mädchen bereit ist, ihre Gabe mit Phelia zu teilen.«

»Wie macht sie es dann?«

Lirra schüttelt den Kopf. »Vielleicht ist dazu nur eine bestimmte Kombination von Runen nötig. Ich kenne eben nicht alle.« Sie zeigt auf mein Gesicht. »So wie du jetzt schaust, fühle ich mich, wenn ich daran denke, was Phelia womöglich Orli antut.«

»Es tut mir so leid, dass man sie noch nicht gefunden hat.«

»Tja, wenn Cohen bis zum Beginn des Winterballs morgen nichts Neues zu berichten hat …« Sie beendet ihren Satz nicht. Muss sie auch nicht. Ich weiß, dass sie dann allein losziehen wird. Davon redet sie schon seit ihrer Ankunft. Cohens Hilfe hat sie vor allem gebraucht, um über die Grenze zu kommen. Jetzt, wo sie in Malam ist, kann sie selbst nach ihrer Freundin suchen. Ihr Malamisch ist fehlerlos. Was mich bei der Tochter des Erzverräters auch nicht wundert.

Im Gegensatz zu mir ist Lirra ein Chamäleon. Darum beneide ich sie, vor allem angesichts des Hofballs, der mir morgen bevorsteht.

Am nächsten Tag würde ich am liebsten weiter mein Dach flicken.

Stattdessen muss ich mich auf das Fest zur Winterweihe vorbereiten.

Selbst meine älteste Hose und Tunika wären angenehmer als das edle Unterkleid, das ich trage. Sein dünner, feiner Leinenstoff juckt höllisch. Das einengende Korsett und der bedrohlich tiefe Ausschnitt sind nur zwei von hundert Gründen, meine Zofe und ehemalige Freundin zu erwürgen.

Gillian war außer sich geraten, als ich das Unterhemd anziehen wollte, das Enat mir gegeben hatte: Es sei viel zu sackartig geschnitten, um unter einem der Kleider des Königs getragen zu werden. Jetzt trage ich eins von Gillians eigenen Unterkleidern – aber nur, weil mir plötzlich bewusst wurde, dass meines einmal Phelia gehört hatte.

Nach einer halben Sekunde in dem leinenen Schraubstock bereue ich meine Entscheidung schon. »Was hat sie sich dabei nur gedacht?«

Lirra, die im Schneidersitz auf dem Boden hockt, wischt sich eine Haarsträhne aus den Augen und schaut zu mir hoch.

»Oder eher: Was habe *ich* mir dabei nur gedacht?«, verbessere ich.

Lirra schnippt einen unsichtbaren Fussel von ihrem Knie. »Wenn man bedenkt, von wem die Kleider sind, hätte es auch schlimmer kommen können.«

»Wohl kaum«, stöhne ich.

»Ein bisschen bunter könnten sie sein. Aber mal ehrlich, sie sind wunderhübsch. Ich an deiner Stelle würde …«

Gillian steckt den Kopf durch die offene Schlafzimmertür. »Du wirst nie und nimmer an ihrer Stelle sein, das tut also nichts zur Sache.«

Lirra lacht höhnisch auf. »Immerhin spekuliere *ich* nicht auf eine Einladung.«

Ich räuspere mich. »Ich habe nicht auf eine Einladung spekuliert!«

»Damit warst nicht du gemeint.« Lirra wirft Gillian einen vielsagenden Blick zu.

Wie Gillian so in ihrem mit Rüschen und Federn besetzten gelben Kleid im Türrahmen steht, sieht sie aus wie ein niedlich aufgeplusterter Kanarienvogel. »Das macht dich nur hässlich, wenn du so herumkeifst, Lirra.«

Die Tochter des Erzverräters funkelt sie böse an.

Gillian zeigt auf den schillernden Berg Seidenkleider. »Wir haben nicht mehr viel Zeit, bevor die Kutsche kommt.«

Lirra stößt sich vom Boden ab. »In Shaerdan reiten die Frauen selber. Und kaufen sich die Stoffe für Kleider von ihrem eigenen Geld.« Sie schlägt gespielt erstaunt die Hand vor den Mund. »Stell dir das mal vor.«

»Schluss damit.« Gillian mustert Lirra mit dem Ingrimm einer Bärenmutter. »Der König weiß, dass Tessa keine Kutsche besitzt, und wenn sie auf Schneefeuer zum Schloss reitet, würden ihre Röcke schmutzig. König Aodren war so gütig, ein Gefährt zu schicken. Das Angebot konnten wir nicht ausschlagen.« Gillian zeigt zur Tür. »Geh die Pferde füttern. Die sind ja heute Abend deine einzige Gesellschaft.«

Ich sehe Lirras Gesicht dunkelrot anlaufen und mache mich auf einen Wutausbruch gefasst. Lirra ist ebenso widerspenstig und scharfzüngig, wie ihr Vater jovial ist. Zu meinem Erstaunen protestiert sie nicht, sondern stürmt nur stumm hinaus, wobei sie Gillian rüde anrempelt.

»Ich hole schnell einen Eimer Wasser, dann mache ich deine Frisur.« Gillian streicht über das Gebilde aus Löckchen und Ringeln auf ihrem Kopf und blickt noch einmal mahnend in Richtung der Kleider.

Ich nicke, obwohl ich mich schwer zusammenreißen muss, nicht die Augen zu verdrehen, bis sie das Zimmer verlassen hat.

Ich kratze mich an der Schulter, wo der Träger aus Spitze scheuert, und schwanke zwischen dem rosenfarbenen und dem grünen

Kleid. Und dann muss ich über mich selbst kichern, denn was mache ich da eigentlich? Ich habe das Gefühl, in Seide zu ertrinken. Wie ist aus mir ein Mädchen geworden, dessen größtes Problem in der Wahl des richtigen Ballkleids besteht?

Andererseits sollte ich dankbar für diese Ablenkung sein. Das ist immer noch besser, als ständig darüber nachzudenken, was es heißt, Phelia zur Mutter zu haben. Dasselbe Blut. Dieselbe Seelenlesergabe. *Dieselbe Empfänglichkeit für das Böse?*

Mit einem Quietschen, das an eine rollige Katze erinnert, geht die Tür auf. Ich fahre erschrocken herum.

»Tessa, ich … Was – was trägst du denn da?« Cohens tiefe, raue Stimme löscht auf Anhieb all meine Gedanken aus … die meisten jedenfalls.

»Was machst du hier?« Ich kneife die Beine zusammen und verschränke die Arme über meinem Busen. Das Unterkleid ist zwar nicht ganz durchsichtig, aber es überlässt wenig der Fantasie, und ich fürchte, der Anblick könnte ernüchternd sein. Im letzten Winter war ich beängstigend dünn. Seither habe ich wieder etwas zugenommen, aber Kurven wie Gillian habe ich nicht.

»Ich – ich muss ein Kleid aussuchen.« Ich zeige mit dem Kinn auf den schimmernden Haufen.

Cohen tritt näher. Seine haselnussbraunen Augen wandern über meine Arme und an dem tiefen Ausschnitt des Unterkleids entlang. Behutsam fährt er die alte, verblasste Narbe über meiner linken Brust nach.

Ich erschauere. »Ein Kratzer aus dem Wald.«

Er zieht die Hand zurück, reibt sich das Kinn und tastet über seine Narbe. »Ich … ähm, ich sollte mal los.«

Ich lege den Kopf schräg und bemerke, dass er einen neuen Mantel hat. Er ist in den Farben der Königsgarde gehalten, nur dass neben dem malamischen Hirschwappen noch eine Pfeilspitze aufgestickt ist. Mein Vater hatte auch so einen Mantel, und der Anblick erfüllt mich mit Stolz.

»Du siehst so … Es ist eine schöne Uniform …« Ich schüttele den Kopf und frage mich, warum Cohen diesen Mantel erst jetzt trägt.

»Ich trage sie für den Winterball. Ich muss gleich los ins Schloss, um Bericht zu erstatten, aber vorher wollte ich noch hier vorbeischauen.«

Meine Wangen röten sich vor Freude. »Wirst du mich ins Schloss begleiten?« Wie schön, dass er unsere Kutsche fahren soll.

Cohen räuspert sich. »Nein. Ich musste dich einfach sehen.«

»Du hast mich diese Woche fast jeden Tag gesehen.«

»Das reicht nicht.« Seine heisere Stimme schießt brennende Pfeile durch mich hindurch.

Er greift nach mir. Seine schwieligen Hände umfassen meine Arme und streichen langsam von den Ellbogen bis zu den Schultern. Die Berührung löst eine Gänsehaut aus und ein wohliger Schauer durchläuft mich. Mit der Nase fährt er über meine Wange, bis seine Lippen die empfindsame Stelle in der Vertiefung meines Halses finden. Er küsst sie sanft und tastet sich mit den Lippen zu meinen Wangenknochen empor.

Mir entringt sich ein Stöhnen.

Ich schmiege mich eng an ihn, bis ich ganz in seinen Armen liege. Unsere Körper pressen sich aneinander, und ich spüre das Spiel seiner Muskeln selbst durch den Uniformmantel hindurch. Als sein Mund meinen findet und meine Lippen sich öffnen, fürchte ich, mein dünnes Leinenkleid könnte in Flammen aufgehen. Ich habe mich noch nie mit Wein oder Bier berauscht, aber so muss sich

Trunkenheit anfühlen. Ein schwindelerregendes Begehren steigt in mir auf.

Ich vertiefe den Kuss, schlinge die Arme um seine breiten Schultern, sehe uns zusammen in dem Haus, in dem ich mir ein Leben zu zweit erträume …

Cohen reißt sich los. Er holt tief Luft und weicht zurück, bis er an den Türrahmen stößt.

»Warum hast du aufgehört?«

»Bei den Göttern, Goldstern, du raubst mir den Verstand.« Er fährt sich mit der Hand durchs Haar. »Deine Haut ist so weich. Und ich … Wir sollten nicht … n-noch nicht … Ich meine, wir sollten uns nicht so …«

Ich lache etwas verschämt. Von seiner Nähe ist mir immer noch ganz schwindelig. »So gehen lassen?«

»Mja.«

Aber warum denn nicht, wenn ich es doch auch will? Ich habe ihn ebenso leidenschaftlich geküsst wie er mich.

Ich nehme ein Kleid vom Bett und halte es mir vor, als würde ich die Größe prüfen, statt mich und meine Verlegenheit zu verstecken.

Er kommt wieder zu mir und hebt mein Kinn an. »Zieh den Kopf nicht ein. Du brauchst dich nicht zu schämen.« Er kennt mich so gut. »Nicht, dass ich es nicht will. Man hat mir eben beigebracht, dass man sich manche Dinge für die Ehe aufhebt.«

Ich ducke mich unter seiner Hand weg. »Aha, Küsse sind also nur was für verheiratete Leute?«

Er wippt auf den Fersen zurück. »Nein, das nicht. Aber alles, was übers Küssen hinausgeht … das kommt erst, wenn du verheiratet bist.« Wie er *du* sagt, klingt so bedeutungsschwer, dass ich mich am liebsten unter den Kleidern verkriechen würde. Was meint er mit »wenn du verheiratet bist«?

So gestresst, wie ich von der Kleiderwahl und den Vorbereitungen für den Hofball bin, interpretiere ich in seine Worte bestimmt zu viel hinein. Trotzdem wiederhole ich: »Wenn *ich* verheiratet bin?«

Er nickt. Die kleine Bewegung nährt meine Befürchtung, dass er für uns beide nicht dieselbe Zukunft sieht.

Cohen hebt eins der Kleider an; sein entspanntes Lächeln wird starr. »Ganz schön edel, die Dinger.«

Ich hebe die Hand vor den Mund, damit er mir meine Enttäuschung nicht ansieht.

Er lässt den Stoff los. »Warum so viele?«

Darüber haben wir doch schon geredet. Ich weiß, dass das gleich wieder zu Mutmaßungen führen wird, der König könne meine Gabe ausnutzen wollen.

Ich ignoriere Cohens bohrenden Blick, halte mir mit einer Hand das Kleid hin und fasse ihn mit der anderen am Arm. »Er hat dich von allen Vorwürfen freigesprochen und dir deine Stellung wiedergegeben. In gewissem Sinne hat er mir dich geschenkt. So schlecht können seine Geschenke also gar nicht sein.«

Sein Gesicht wird weich. Die Wärme in seinen Augen lässt sie noch goldener wirken. »Ich hab dir was mitgebracht ... Wenn du schon zum Ball musst, dachte ich mir, wäre das eher dein Stil.« Sein Lächeln erschlafft etwas, als er den Berg von Kleidern neben mir mit einem abschätzigen Blick streift. Er geht aus dem Zimmer und kommt gleich darauf mit einem Päckchen zurück.

»Was ist das?« Ich berühre den Zwirn, der um das braune Papier gebunden ist.

»Machs auf, dann siehst du es.«

Gespannt schnüre ich das Paket auf und schlage das Papier zur Seite. Darunter kommt ein schlichtes hellblaues Kleid zum Vorschein. Ich streiche über den runden Ausschnitt und die geraffte Taille. Das Geschenk kommt so unerwartet, dass ich sprachlos bin. Warum um alles in der Welt würde Cohen mir ein Kleid kaufen wollen?

»Du hast das schneidern lassen?«, bringe ich mit dünner Stimme hervor.

»Der Schneider hatte es schon da. Es musste nur an deine Größe angepasst werden.« Er sieht mich prüfend an und fügt hinzu: »Gillian hat mir mit deinen Maßen geholfen.«

Das ist süß von ihm. Cohen bittet nicht oft um Hilfe.

»Es hat mich an das Kleid erinnert, das du in Shaerdan anhattest.«

Das stimmt. Es ist so schlicht wie das Kleid, das Enat mir geschenkt hat. Tränen steigen mir in die Augen. »Cohen«, flüstere ich.

»Ich weiß, dass es nicht so viel hermacht wie die Kleider des Königs.« Sein Ton ist bitter. Er berührt den Ärmel der Robe. »Gillian wollte Spitzenbesatz. Aber ich fand, so, wie es ist, passt es am besten zu dir. Die gleiche Farbe wie deine Augen.«

Ich senke den Kopf, damit er nicht sieht, dass ich übers ganze Gesicht strahle.

»Ich wünschte, ich könnte dir noch mehr geben, Tess.«

»Du hast mir schon genug gegeben.« Ich platziere das Kleid vorsichtig auf dem Bett und lege dann die Arme um Cohens Hüften. Das Bedürfnis, ihm nahe zu sein, ist so tief in mich eingebrannt wie das vertraute Gefühl von Papas Dolch an meinem Knöchel.

Es dauert einen Moment, bis er reagiert. Ich frage mich, ob er immer noch die Geschenke des Königs betrachtet. Dann nimmt er mein Gesicht in die Hände und legt seine Stirn an meine. Unser Atem vermischt sich.

Unser Schweigen ist voller Dinge, die gesagt werden wollen.

Aber mit Worten konnte ich noch nie gut umgehen. Vor allem nicht, wenn das Gespräch so heikel zu werden verspricht wie der Versuch, ein verwuchertes Feld voller Hasenfallen zu überqueren.

Also sage ich nichts, sondern halte mich nur so lange, wie er mich lässt, an Cohen fest.

# Zwanzig

## AODREN

Ich vermag selbst nicht zu sagen, warum die Vorstellung, dass Tessa Flannery mein Geschenk tragen wird, eine Art Urbedürfnis in mir weckt, aber ich lechze geradezu nach diesem Anblick. Weshalb ich mich auch in die versteckte Kammer begeben habe und wie ein einfältiger Narr durch die Schießscharten spähe.

Verflucht noch mal, bin ich noch bei Trost?

Doch kaum verspürte ich den Sog, der mir ihre Nähe verrät, war mir alles andere gleichgültig. Unser Band ist wie eine Sucht.

Unten im Hof ruft jemand einem Kutscher zu, er solle anhalten. Ich kralle die Hände in den Stein. Der Drang, zu ihr zu gehen, ist überwältigend. Ich presse mein Gesicht an die Maueröffnung, um einen Blick auf sie in meinem Kleid zu erhaschen.

Miss Gillian Tierney steigt zuerst aus.

Dann Miss Flannery. Die goldenen Flechten ihres hochgesteckten Haars schimmern im Laternenschein. Tessa Flannery ist keine klassische Schönheit mit großzügigen Rundungen und dunklen Wimpern, aber sie ist auf ihre ganz eigene Art atemberaubend. Es ist ihre Stärke, ihre unbeirrte Haltung, ihre Zähigkeit.

Senf und Pfeffer, ich klinge wie ein liebestrunkener Tölpel.

Tessa hebt den Rock ihres hellblauen Kleids an, als sie über den Hof geht. Es ist keine der Roben, die ich ihr geschenkt habe. Die Erkenntnis ist ein Schlag in die Magengrube. Geschieht mir nur recht. Was sitze ich auch hier herum und warte auf ihre Ankunft, ich Tor.

Und doch – obwohl ich weiß, dass ich etwas überempfindlich reagiere – kann ich nicht verhindern, dass Enttäuschung in mir aufsteigt, als ich mich von dem Fensterschlitz abwende. Bedauern ist ein Wegbegleiter, den ich gut kenne. Eine absurde Feststellung für einen König, aber so ist mein Leben: einsam im goldenen Käfig. Wäre ich ein anderer Mensch, könnte ich diesen Aspekt meines Lebens mit einem Fingerschnippen ändern. Doch damit würde ich mir selbst etwas vormachen. Ich will keine Farce. Ich will mich nicht mit Leuten umgeben, die mich mögen, weil ich der König bin. Sie sollen mich mögen, weil ich Aodren bin.

Ich habe viel zu viel Zeit vergeudet. Ich könnte mich ohrfeigen, dass Tessa Flannery mir schon wieder den Verstand vernebelt hat.

Leise stehle ich mich hinaus, klopfe mir den Staub von den Gewändern und schreite zum Ballsaal. Ein Lächeln droht mein würdevolles Auftreten zu ruinieren. Trotz meiner Enttäuschung geht mir auf, dass ich von Saul Flannerys sturköpfiger Tochter nichts anderes hätte erwarten dürfen.

Als ich durch den Wandelgang gehe, halte ich nicht nach ihr Ausschau. Und ich denke auch nicht darüber nach, ob sie Cohen Mackay schon begrüßt hat.

Aus einer Nische vor dem Ballsaal treten Omar und Leif auf mich zu. Die Miene des Hauptmanns ist düster, was sein kantiges Gesicht noch strenger wirken lässt als sonst. Im ersten Moment befürchte ich, Omar könnte mich ausschimpfen, weil ich ohne meine Wache unterwegs bin, wie früher, als ich ein Kind war. Doch dann sehe ich, dass Leifs Stirn ebenso umwölkt ist wie die des Hauptmanns.

Omar blickt verstohlen nach rechts und links. »Eure Hoheit, Lord Jamis ist entkommen.«

Entgeistert starre ich ihn an. Meine Beine werden zu Stein, als mir klar wird, was er soeben gesagt hat. Das ist das Schlimmste, was am Abend der Winterweihe geschehen kann. »Jamis ist fort? Wie ist das möglich?«

»Ich weiß es nicht, Majestät.«

»Was weißt du denn?« In meiner Stimme bricht sich wütende Verzweiflung Bahn und kaschiert meine wachsende Panik. Mein Leben lang war ich eine Marionette in den Händen dieses Mannes. Er wollte die Herrschaft an sich reißen. Er hat eine Seelenleserin benutzt, die meinen Geist unter ihre Kontrolle gebracht hat. Ich schlucke mühsam. »Hat der Kerkermeister etwas gesehen? Hat er Hinweise darauf, wer Jamis geholfen haben könnte? Ich will sofort mit ihm sprechen.«

»Majestät, das ist leider nicht möglich.«

»Warum?«

»Der Kerkermeister ist tot.«

Meine Augen sind weit aufgerissen und starr. Erst der Angriff im Wald, dann die junge Animistin, und nun dies. »Holt mir den Kopfgeldjäger her.«

# Einundzwanzig

## COHEN

*In Brentyn drehen sich die Mädchen nach dem Lehrling des Kopfgeldjägers um.*

*Ich straffe die Schultern. Richte mich so hoch auf, wie ich mit fünfzehn nur irgend kann. Grinse einer rothaarigen Magd zu, um eine Reaktion aus Tessa herauszukitzeln.*

*Ich höre ein Schnauben neben mir. Es könnte Eifersucht sein. Hoffe ich zumindest. »Soll ich dir auf dem Markt einen Spiegel kaufen?«, fragt Tessa. »Dann kannst du dich bewundern, wann immer du willst.«*

*Ich werfe den Kopf zurück und lache. »Das kannst du dir gar nicht leisten. Du hast all deine Münzen für diesen neuen Köcher ausgegeben.«*

*Ihre bleiche Haut wird rot. Ich wollte ihre Gefühle nicht verletzen. Wollte sie doch nur damit aufziehen, wie sehr sie sich über ihren neuen Köcher freut. Ich Dummkopf.*

*»Sei nicht so laut.« Sie versucht sich wegzuducken, aber ich lege ihr einen Arm um den Hals. Mir doch egal, dass die Marktbesucher uns beobachten.*

*»Es tut mir leid, Goldstern.«*

*Sie windet sich unter meinem Arm hervor und rümpft die Nase, bis ihre Sommersprossen sich berühren.*

*Sie senkt die Stimme. »Wenn du nur halb so viel Zeit aufs Fährtenlesen, Bogenschießen oder Messerwerfen verwenden würdest wie auf diese Turtelei, könntest du als passabler Kopfgeldjäger durchgehen.«*

*Gekränkt bleibe ich mitten auf der gepflasterten Straße stehen. »Ich bin ein guter Jäger.«*

*»Sag mir das noch mal, wenn deine Lehre abgeschlossen ist. Dann werden wir ja sehen, ob du meinem Vater das Wasser reichen kannst.«*

*Ich lache spöttisch, während sie weitergeht, als hätten ihre Worte kein Salz in die Wunde meiner Unsicherheit gestreut. »Ich werde noch besser sein«, beginne ich, und dann sage ich nichts mehr, weil mir das eigentlich nicht wichtig ist. Was ich Tessa hundertfach beweisen will, ist, dass ich genauso verlässlich bin wie ihr Vater. Dass sie mir genauso vertrauen kann.*

Früher konnte ich Tessa nie dazu überreden, sich von ihrem Vater zu trennen und mit mir durch Brentyn zu streifen, wenn die Winterweihe gefeiert wurde. Ich warte im Ballsaal auf sie. Bis ich sie sehe, kann ich nicht glauben, dass sie wirklich hier ist.

Zwischen den mit Kiefernzweigen und Efeuranken geschmückten Tischen wuseln Diener umher und schenken Wein in funkelnde Kelche. Die Lords und Ladys stehen im Kreis um den Eingang und unterhalten sich im Flüsterton, während ein Herold die Namen der ankommenden Gäste ausruft.

»Mackay.«

Leif zwängt sich zwischen den versammelten Adeligen und den langen Tischen hastig zu mir durch. »Hauptmann Omar will, dass du ins Verlies kommst.«

»Das ist ja nichts Neues.« Ich verschränke die Arme. »Reg dich wieder ab, Leif.«

Leif atmet geräuschvoll durch. Er wirkt gehetzt. »Das ist kein Scherz. Er muss so schnell wie möglich mit dir reden.«

»Warum?«

Leif tritt nahe an mich heran und senkt die Stimme zu einem Flüstern. »Lord Jamis ist weg.«

Fast hätte ich ihm die Nase blutig geschlagen, so abrupt reiße ich den Kopf herum. »Weg?« Ohne den prächtig geschmückten Ballsaal noch eines Blickes zu würdigen, begebe ich mich geradewegs ins Verlies, dicht gefolgt von Leif.

Jemand hat dem Kerkermeister die Kehle aufgeschlitzt.

Seine Leiche liegt am Fuß der Treppe im hintersten Winkel des Innersten Verlieses, wo keine anderen Gefangenen untergebracht sind.

Während Leif die anderen Verschläge auf Spuren untersucht, wie Jamis entkommen sein könnte, inspiziere ich die Leiche. Keine Blutergüsse an den Beinen oder Händen, keine Kratzer, keine Haut unter den Nägeln. Und Jamis' Zelle liegt völlig unberührt da.

Der Angriff muss überraschend gekommen sein.

Leif meldet sich zurück. Er hat nichts gefunden, das auf ein gewaltsames Eindringen von Dritten oder ihren Fluchtweg hindeutet. Ich durchsuche das Verlies selbst noch einmal und finde ebenfalls nichts.

Wir kehren zur Treppe zurück, wo Hauptmann Omar und König Aodren neben der Leiche warten. Als der Hauptmann mich nach meiner Einschätzung fragt, muss ich passen. Ich weiß nicht, wie Jamis entkommen ist. Ich weiß nicht, wer ihm geholfen hat. Ich weiß nicht, wohin er geflohen ist. Aber ich werde es herausfinden.

Omar geht ein paar Schritte und tritt den Spucknapf des Kerkermeisters quer durch die Folterkammer, wo er gegen die Wand klirrt.

Nicht die Auskunft, die er wollte.

König Aodrens Blick zuckt zu dem Blechnapf und den Striemen, in denen der schwarze Saft die Wand hinabrinnt wie Blut. An dem Abend, an dem Tessa ihn gerettet hat, sah er aus wie ein Gespenst. Heute ist er wieder so steif wie die Statue seines Großvaters, die in der Mitte des Ballsaals steht.

Beeindruckend, dass der König bei Omars Wutausbruch oder dem Anblick der Leiche mit keiner Wimper gezuckt hat. Er wendet sich nur erwartungsvoll dem Hauptmann zu, als könnte Omar Jamis einfach so herzaubern.

»Ich werde eine Schar Männer zusammenrufen und sofort losreiten.« Omar strafft den Rücken.

König Aodren nickt. »Jamis und Phelia stecken sicher wieder unter einer Decke. Vielleicht wird er dich zu ihr führen.«

Phelia. Tessas Mutter. Mir fällt auf, dass der König bei ihrer Erwähnung die Arme durchdrückt, als würde er gegen den Drang ankämpfen, sie an den Oberkörper zu pressen.

Ich bin wie Siron, der den Kopf hin und her reißt, weil er endlich lospreschen will, aber der König denkt noch einen Moment nach. »Nimm einen größeren Trupp mit. Sei wachsam. Jamis wird nicht allein sein.«

Natürlich nicht.

»Wir nehmen Ulrich, Geoffrey und Wallace mit«, weist Omar Leif an. »Sag ihnen, sie sollen ihre Sachen packen, die Waffen anlegen und in zwanzig Minuten mit gesattelten Pferden auf dem Hof warten.«

Leif verbeugt sich vor dem König und rennt zum Ausgang. Bevor er außer Hörweite ist, sagt König Aodren: »Die Flucht bleibt unter uns. Niemand darf davon wissen. Ich will nicht, dass die Sache sich unter den Ballgästen herumspricht.«

Es ist nachvollziehbar, dass die Edelleute nichts davon erfahren sollen. Nach Jamis' vereiteltem Griff nach der Macht und Lord Conklins Verrat muss sich der König fragen, wie viele Getreue ihm noch in den Rücken fallen werden. Als mein Freund Kendrick mich an die shaerdanischen Soldaten verraten hat, war ich am Boden zerstört und zweifelte, wem ich überhaupt noch vertrauen konnte.

König Aodren ist wirklich nicht zu beneiden.

Mit einem letzten Blick auf den ermordeten Kerkermeister wische ich mir die Hände an der Hose ab und nicke Hauptmann Omar zu. »Ich bin sofort aufbruchsbereit.«

»Und Tessa? Sie wird mitkommen wollen.« Bei Leifs Frage bleibe ich wie angewurzelt stehen.

Am liebsten würde ich ihm über den Mund fahren. Aber dann fällt mir auf, dass der König das Kinn in die Höhe reißt, und balle die Hände zu Fäusten. Was kümmert ihn das, ob meine Tessa hierbleibt oder fortwill?

»Ein sechs Mann starker Trupp reicht aus.« Ich sehe zu Leif hinüber, während ich aus dem Augenwinkel auf Aodrens Reaktion lauere. »Mit Ulrich, Geoffrey, Wallace, dir, dem Hauptmann und mir haben wir eine schlagkräftige Schar. Ich wüsste nicht, wie Tessa sich da noch einbringen könnte.« Das ist die volle Wahrheit, aber noch während ich es sage, weiß ich schon, dass sie vor Wut rasen wird. Sie würde auf keinen Fall zurückbleiben wollen, wenn Jamis und Phelia frei herumlaufen.

Leif verzieht den Mund. »Meinst du nicht, zwei Fährtenleser würden die Spur von Lord Jamis schneller finden?«

Es ist ein unnötiges Risiko. Wenn Tessa auf Phelia trifft, könnte sie das als Seelenleserin bloßstellen. Offen gestanden habe ich keine Ahnung, wozu Phelia alles imstande ist. Und ich will es auch lieber nicht erleben.

Der König zeigt nur eine fast unmerkliche Regung, ein leises Zucken um den Mund, aber ich erkenne daran, dass ihm die Vorstellung, Tessa könnte mit auf die Jagd gehen, ebenso missfällt wie mir.

Hauptmann Omar entfernt sich von der spuckeverschmierten Wand und streicht seinen Mantel glatt. »Cohen hat recht. Sie wird nicht gebraucht.«

Gut. Ob der Entschluss des Hauptmanns nun auf Vernunft oder auf seiner Abneigung Tessa gegenüber beruht, ist mir gleich. Für mich zählt nur, dass sie sich nicht unnötig in Gefahr begibt.

»Nein.« König Aodrens klare Stimme zieht alle Aufmerksamkeit auf sich.

Der Mann richtet sich zu seiner vollen Größe auf. »Miss Flannery verdient das Recht, selbst zu wählen. Sie soll entscheiden, ob sie gehen will.«

Ich traue meinen Ohren nicht.

Es ist sonnenklar, dass er sie genauso wenig ziehen lassen will wie ich. Warum lässt er ihr dann die Wahl?

Ich hüstele, und der König hebt ungehalten die Brauen. »Verzeiht, Majestät. In Anbetracht der jüngsten Begegnung von Tessa mit Phelia und einer möglichen Komplizenschaft von Phelia und Jamis wäre es besser, Tessa nicht auf die Verfolgung mitzunehmen.« Der Rest bleibt unausgesprochen, denn der König weiß auch so, was ich meine. Tessa hat mir erzählt, dass er ihr Gespräch mit Phelia mitgehört hat.

So wenig mir die Aufmerksamkeit gefällt, die König Aodren

Tessa schenkt, bin ich doch froh, dass er meine Bemerkung in Erwägung zieht. Nach kurzem Nachdenken sagt er: »Einverstanden.«

Tessa darf nicht noch einmal in Gefahr geraten. Das ist nur zu ihrem Besten.

# Zweiundzwanzig

## TESSA

Gillian stupst mich in den opulenten Ballsaal, der ebenso breit und lang wie das Übungsgelände des Schlosses zu sein scheint. Ein Herold verkündet der versammelten Gästeschar unsere Namen, und einige neugierige Blicke wandern zu uns. Aber die meisten Anwesenden beachten uns gar nicht. Was mich doch sehr erleichtert.

Ich stehe an der obersten Stufe einer prächtigen Marmortreppe, die sich in den Saal hinunterschwingt. Meine Knie schlottern wie Espen im Wind. Am anderen Ende des weitläufigen Raumes sehe ich zwei Bogentüren, die aus dem Saal hinausführen. Sollte es zu einem Aufruhr kommen, wenn der König sein Vorhaben in die Tat umsetzt, kann ich durch einen dieser Ausgänge fliehen.

»Komm weiter«, raunt mir Gillian zu. Sie hakt sich bei mir unter und zieht mich die Stufen hinab.

Ich zucke innerlich zusammen, als ich einen Sog in Richtung der Bogentüren verspüre. Hier ist die Anziehung so viel stärker als auf dem äußeren Burghof. Wie immer macht es mich rasend, zu wissen, dass Aodren in der Nähe ist. Heute Abend ist es umso schlimmer, weil ich viel lieber fühlen würde, wo Cohen ist.

Ich balle die Hände zu Fäusten und versuche, die Zahl der bereits eingetroffenen Gäste abzuschätzen. Es sind weniger, als ich vermutet hatte. In einer größeren Menge könnte ich mich besser verstecken.

Nachdem ich vergeblich nach Cohen Ausschau gehalten habe, gebe ich dem Ziehen in meiner Brust nach, lasse meinen Blick über die Edelleute schweifen und suche den Mann, an den ich gefesselt bin. Seit dem Tag des Angriffs habe ich ihn nicht mehr gesehen. Ich hoffe, dass seine Schulterverletzung verheilt ist.

Damen mit hochtoupierten Frisuren, die wie Schneckenhäuser aussehen, tuscheln leise miteinander. Die Männer neben ihnen tragen grässliche bestickte Seidenhemden, gebauschte Hosen und Schnabelschuhe. Einen Moment lenkt mich dieser lächerliche Putz ab. Für den Preis einer solchen Aufmachung könnte sich eine gewöhnliche Familie einen Monat lang ernähren. Aus irgendeinem Grund muss ich daran denken, was Lirra gesagt hat: dass jeder Mensch ein Lügner sei. Was sich wohl unter diesem ganzen Flitter und Tand verbirgt?

Um mich herum führen gedämpfte Stimmen Gespräche, die mich kein bisschen interessieren. Gillian murmelt vor sich hin, wie seltsam es ist, dass uns niemand begrüßt. Ich pruste und versuche schnell, es mit einem Husten zu überspielen. Sie begreift nicht, dass mir gerade die Leute am liebsten sind, die mich links liegen lassen.

Ich weiche Gillian nicht von der Seite. Sie ist mein Anker, damit ich nicht in die Richtung des Königs drifte, obwohl ich ihn noch gar nicht entdeckt habe. An der Burgherrn-Tafel sitzt er nicht. Auch nicht auf dem üppig verzierten Ungetüm von einem Thron am anderen Ende des Saals.

»Wärst wohl lieber in deinem Wald geblieben, was?«

Ich reiße den Kopf herum, um zu sehen, wer da gesprochen hat. An einer der gedrechselten Säulen steht eine Gardewache.

Gillian zieht meinen Arm noch enger an sich. »Bist du eifersüchtig auf ihre Jagdkünste, Niall? Klar, dich hat man ja dazu verdonnert, Aufpasser für die feinen Damen zu spielen.«

»Mistweiber«, zischt er.

Ich richte mich auf. Hebe den Rock an und marschiere zu ihm. Einem Mann, der Gift und Galle spuckt, obwohl er mich gar nicht kennt, zahle ich es mit gleicher Münze heim. »Du besseres Kindermädchen.«

Mit seinem flammenden Blick könnte er das gesamte Schloss in Brand setzen.

Gillian lässt ihren Fächer aufschnappen und macht auf dem Absatz kehrt. »Was für ein Narr.«

Aber der Mann hatte recht. Verstohlene Blicke streifen uns und Füße huschen vor uns davon, als wären wir Wölfe in einer Schafsherde. Der Weg durch die adelige Festgesellschaft ist reine Folter. Die finsteren Mienen stellen Nialls grimmiges Gesicht bei Weitem in den Schatten; sie sind wie Mühlsteine um meinen Hals. In der Mitte des Saals habe ich das Gefühl, alle meine Kraft zu brauchen, um nur einen Schritt zu tun.

Aber ich halte weiter Kurs auf Aodren. Jedenfalls folge ich dem Ziehen in meiner Brust. Ich zwinge mich dazu, wieder nach Cohen Ausschau zu halten, aber Teufel noch mal, meine ganze Aufmerksamkeit fliegt dem König zu, als wäre ich eine der Brieftauben des Schlosses.

Aus dem östlichen Korridor treten zwei Männer mit langen Fanfaren in den Saal. An dem schimmernden Metall ist das königliche Banner befestigt. Die Männer setzen die Instrumente an die Lippen, dann hallen volle Töne durch den Saal und Stille kehrt ein. Nachdem sie ihr Stück beendet haben, senken sie die Fanfaren und neigen die Häupter.

»Ehrt den Träger der Krone, König Aodren den Dritten, Herrscher und Anführer Malams«, ruft der Herold aus.

Die Männer senken die Köpfe. Die Frauen knicksen, ihre Kleider sind wie seidene Lachen auf dem glänzenden Granitboden.

Ich folge ihrem Beispiel und verharre in dieser Position, bis der Herold verkündet, dass wir uns erheben dürfen. Ich habe nicht damit gerechnet, über das Meer von Köpfen hinweg Aodrens Blick zu begegnen. Sein Gesicht ist wachsbleich, und seine Züge wirken leicht verkniffen. Ich frage mich, woher er gerade gekommen sein mag, und kämpfe gegen das starke Band zwischen uns an.

Ein Raunen geht durch den Saal. Ich wende mich von Aodren ab und stelle fest, dass die Männer und Frauen um mich herum bemerkt haben, wie der König mich angesehen hat. Über meinen Nacken läuft ein Prickeln. Mein Kleid kommt mir plötzlich viel zu klein vor. Ich zupfe am Rockansatz in der gerafften Taille, damit ich mehr Raum zum Atmen habe.

Es hilft nichts.

Der Herold verkündet, dass der König eine Runde durch den Saal machen wird, um die Gäste persönlich zu begrüßen. Damit lenkt er zum Glück die peinliche Aufmerksamkeit von mir ab.

Aus dem Augenwinkel sehe ich Aodren zu der Seite des Saals hinübergehen, wo Lords und Ladys dicht an dicht zwischen den Säulen stehen. Er schüttelt Hände, wechselt mit diesem oder jenem einige Worte und geht weiter. Die Gespräche dauern keine halbe Minute. Das heißt, in weniger als fünf Minuten wird er bei mir angelangt sein.

»Zappele nicht so.« Gillian hält sich den Fächer vor den Mund. Stünden wir nicht schon Schulter an Schulter, hätte ich gar nicht gemerkt, dass sie etwas gesagt hat. Wie verstohlen sie sein kann. Doch dann ruckt sie den Fächer zu und klopft mir damit auf die Finger. »Steh gerade. Lächle. Tu so, als freutest du dich.«

Ich öffne den Mund, um zu protestieren, aber die Worte lösen sich in Luft auf, als plötzlich Aodren vor mir steht. Ich war so auf Gillian konzentriert, dass ich ihn aus den Augen verloren habe. Bestimmt sehe ich aus wie ein Fisch, wie ich so vergeblich nach Worten schnappe.

Hundert Augenpaare ruhen auf uns, als Gillian mich in einen Knicks hinunterzieht. Irgendwo hinter mir wird etwas über Verräterinnen und Huren getuschelt. Jetzt muss der König doch erkennen, dass er einen Fehler begangen hat. Dass ich eine Adelige sein könnte, ist absurd.

»Erhebt Euch, Miss Flannery, Miss Tierney.«

Sein Befehl widerstrebt mir. Ich zwinge mich, die Schultern zu straffen und das Kinn zu heben. Sollen diese Gaffer ruhig sehen, dass sie mir mit ihren Beleidigungen nichts anhaben können.

Aodrens Hand umschließt meine. Er führt sie an die Lippen. Bei der Hitze, die mich dabei durchfährt, könnte der hauchzarte Kuss ebenso gut ein Brandeisen sein.

Ich versuche, Aodren meine Hand zu entziehen, denn jeder sieht zu uns her. *Jeder.* Götter, am liebsten würde ich in dem Granitboden versinken. Ich wackle mit den Fingern, aber der verfluchte König umfasst sie nur noch fester. *Mistkerl,* flüstere ich tonlos in mich hinein.

Seine Brauen wandern in die Höhe und seine Augen – ich schwöre es – funkeln wie polierte Smaragde.

»Ich bin erfreut, dass Ihr uns heute Abend mit Eurer Anwesenheit beehrt.« Seine Stimme hallt von den Säulen, der Decke, dem Boden, den Wänden wider. *Senf und Pfeffer.* Ich reiße meine Hand weg. Hätte er noch lauter sprechen können?

»Es ist uns eine große Ehre, hier zu sein, Eure Majestät.« Gillian streckt ihm die Hand hin. Er schüttelt sie. Ohne Handkuss. »Wie gütig von Euch, uns zum Hofball einzuladen. Ihr seid ein wahrhaftig großmütiger Herrscher.«

Hat sie verdorbenes Bier getrunken?

Gillian hakt sich wieder bei mir ein, ohne den Blick zu beachten, mit dem ich sie abstrafe. »Tessa erzählte mir gerade, wie dankbar sie für die Kleider ist.«

Mein Kopf fährt zu ihr herum.

Um Aodrens Mund zuckt es. »Ach ja?«

Heute Nacht werde ich Gillian mit einem Kissen ersticken. »Eigentlich …«

Sie klemmt meinen Arm so fest ein, dass sie mir das Blut abdrückt. »Aber sicher.« Ihr kleines Lachen klingt so geziert wie die Spitzen an ihrem Fächer. »Wie gern hätte Tessa eins davon angezogen! Leider stimmte die Passform nicht ganz.«

»Einerlei. Ihr seht ganz bezaubernd aus, Miss Flannery. Das Reich war Eurem Vater sehr zugetan, und so ist es uns allen eine große Freude, Euch heute zu Gast zu haben.« Sein Lächeln wandert durch den Saal, bevor es zu mir zurückkehrt. Es ist ein Lächeln, das ich an ihm noch nicht gesehen habe. Stark und selbstsicher, arrogant und bestimmt. Die Verwandlung ist verblüffend: Als er eben den Raum betrat, sah er geradezu erschüttert aus, und jetzt ist er die Zuversicht in Person. Da geht mir ein Licht auf. Das Schloss, die Edelleute, seine Untertanen und Diener – all das ist sein Endloser

Wald. Hier ist er der Jäger, und höfische Sitten und gewählte Worte sind seine Waffen.

Er wendet sich Gillian zu. »Und Ihr seht ebenfalls reizend aus, Miss Tierney.«

Das reicht, um sie in flatternde, blinzelnde, hochrote Verlegenheit zu versetzen. »Eure Majestät, Ihr schmeichelt mir.«

Mir fällt ein Stein vom Herzen, als Aodren weitergeht. Die nächste Frau, die er begrüßt, hat genug Federn an ihrem Kopfschmuck, um als Pfau durchzugehen.

Ich winde mich aus Gillians Arm und funkele sie böse an. »Sprich nie wieder an meiner Stelle.«

»Beruhig dich. Ich wollte nur helfen.«

»Auf deine Hilfe kann ich verzichten.«

Mit einem *Rrratsch* öffnet sich ihr Fächer und verbirgt ihre gerunzelte Stirn. Sie neigt den Kopf zu mir, bis mir der Fächer fast die Wange aufkratzt. »Du magst meine Hilfe für verzichtbar halten, aber du bist zu ungeschliffen, Tessa. Wenn du hier so mit dem König sprichst, wie du es in deinem Haus getan hast, wirst du ins Verlies geworfen. Oder Schlimmeres.«

Gillian neigt zwar zu theatralischen Übertreibungen, aber diesmal muss ich ihr recht geben. Ungeachtet unserer inneren Verbindung könnte ein Wort von Aodren meinen Tod bedeuten.

»Du hast recht.«

Sie dreht mir ein Ohr zu. »Wie bitte? Ich glaube, ich habe dich nicht gehört.«

Ich muss gegen meinen Willen lachen.

»Tessa.«

Ich fahre zusammen. Cohens Stimme hat mich kalt erwischt. Er steht im westlichen Korridor. Auf seinem Gesicht wechseln sich

Schatten und gelber Laternenschein ab wie die Streifen auf einer Hornisse.

Im Gegensatz zum König, der vorhin so angespannt wirkte wie ein Reh, das einen Puma gewittert hat, lässt Cohens Miene keine Gefühlsregung erkennen.

Im ersten Moment nagt die Befürchtung an mir, dass ich ihm in seinem Kleid nicht gefallen könnte. Dann runzele ich verärgert über mich selbst die Stirn. Seit wann führe ich mich auf wie ein zwitscherndes Stadtmädchen?

Gillian senkt den Fächer und öffnet den Mund, als wollte sie etwas sagen.

Ich lasse sie einfach in der Begrüßungsschlange stehen. Mich interessiert nicht, was sie darüber denkt. Ich will nicht über Anstand diskutieren. Ich will keine Lektionen hören, wie ich zu lächeln, zu reden, zu stehen oder zu gehen habe.

Draußen im Korridor ist das Stimmengewirr aus dem Ballsaal nur ein fernes, leises Summen. Ich folge Cohen in eine Nische, in der es fast ganz dunkel ist.

Die elegante Uniform von vorhin hat er gegen einen verblichenen grauen Mantel, abgewetzte Stiefel und geflickte Hosen eingetauscht. An dem Gürtel um seine Hüften hängt sein Schwert neben dem Dolch, den Papa ihm geschenkt hat. Ich verschränke die Arme und mustere ihn von Kopf bis Fuß. Ich verwette meinen Bogen darauf, dass er im Rücken noch ein weiteres Messer im Gürtel stecken hat. Und dass alle drei Waffen frisch geschliffen sind.

»Du hast wieder einen Auftrag.« Vorwurf schärft meinen Ton.

Er räuspert sich. »Es muss sein.«

Gerade noch habe ich mir Sorgen gemacht, ihm könnte mein Kleid nicht gefallen, während er in Gedanken schon mit einer neuen

Jagd befasst ist. Wahrscheinlich hat er nicht einmal bemerkt, dass ich sein Kleid trage. Cohen wird fortreiten. Schon wieder. »Warum ausgerechnet jetzt?«

»Jamis ist geflohen.«

Eine Gänsehaut überzieht meine bloßen Arme. »W-was? Wie denn das?«

Er reibt sich übers Gesicht. Als er die Hand sinken lässt, sehe ich winzige Fältchen um seine Augen, die sonst solche Zuversicht ausstrahlen.

»Keine Ahnung«, sagt er. »Der Kerkermeister wurde ermordet, und die Gardewache, die ihn entdeckt hat, kehrte gerade von einem Kontrollgang durch einen tiefer gelegenen Bereich des Verlieses zurück. Niemand hat etwas gesehen.«

»Aber die Spur ist noch frisch. Wenn du sofort aufbrichst, stehen die Chancen besser, dass du Jamis einfangen kannst.« Ich sage das mehr zu mir als zu ihm, um mir in Erinnerung zu rufen, dass plötzliche Abreisen zum Geschäft eines Kopfgeldjägers dazugehören. Wer wüsste das besser als ich, die sich jahrelang immer wieder aus heiterem Himmel von Papa verabschieden musste. Dennoch versetzt es mir einen Stich, dass der Abend damit hinüber ist.

»So ist es.«

Ich spähe über seine Schulter zum Ballsaal, aus dem nun Musik und angeregte Unterhaltungen schwirren. Gillian wird nicht erfreut sein, dass ich aufbreche. »Wie bringe ich das Gillian bei?«, überlege ich laut.

Cohen schüttelt den Kopf. »Tessa –«

»Cohen.« Hauptmann Omars brüske Stimme schreckt uns auf; wir haben ihn nicht kommen hören. Er steht mit Leif und drei weiteren Wachen am Ende des Korridors.

Cohen hebt einen Finger in die Höhe. »Ich – ich muss gehen, Tess. Der Suchtrupp ist schon aufgestellt worden.«

»Ich komme mit. Dass Lord Jamis gefunden wird, ist mir genauso wichtig wie dir.«

Er sagt nichts, aber seine entschlossen gestrafften Schultern sprechen Bände.

Ich verenge die Augen zu wütenden Schlitzen. »Du hast gesagt, wenn du aus Shaerdan zurück bist, gehen wir gemeinsam jagen.«

»Zwei Minuten«, unterbricht uns Hauptmann Omar. Mit seiner Missbilligung verpestet der widerliche Mensch die Luft wie ein Stinktier.

Ich schwenke meinen zornigen Blick zum Hauptmann, doch Cohen verschränkt seine Finger in meine und holt sich meine Aufmerksamkeit zurück. Er nickt Omar zum Zeichen seines Einverständnisses zu und wartet ab, bis der Hauptmann davonstapft. Drei seiner Wachen kommen mit, wie Rudeltiere, die dem Leitwolf nachlaufen.

Leif bleibt zurück. Sein sommersprossiges Gesicht verzieht sich zu einem herzlichen Lächeln. Ich erwidere es nicht.

»Geh ruhig schon vor, Leif. Ich komme gleich«, sagt Cohen.

»Was ist mit Finn und Lirra?«

Cohens Kiefer zuckt. »Finn weiß Bescheid. Hab schon mit ihm gesprochen. Lirra muss eben warten.«

»Du wirst es ihr nicht sagen?« Ich blinzele ihn an.

»Mir bleibt keine Zeit, zurück zum Haus zu reiten«, sagt Cohen, nachdem Leif außer Blickweite ist. »Ich hatte gehofft, du oder Gillian könntet ihr Bescheid sagen. Ich bin ja selbst nicht glücklich darüber, dass ich sie mit ihrer Suche nach Orli allein lassen muss, aber Jamis geht vor.«

Dieselbe Kompromisslosigkeit, mit der auch Papa immer alles stehen und liegen ließ, wenn er einen Auftrag bekam. Aber so wehgetan hat es mir bei ihm nie.

Auf einmal bin ich wütend auf Cohen. Immer entscheidet er für andere, was gut oder schlecht für sie ist, ohne die Betroffenen zu fragen, was sie selbst wollen. Die Verbitterung darüber, zurückgelassen zu werden, ist mir nur allzu vertraut. Missmutig willige ich ein, Lirra die Nachricht zu überbringen.

»Ich bin eine bessere Fährtenleserin als sämtliche Männer in eurem Trupp, und das weißt du auch«, sage ich trotzdem. Wenn Cohen mich dabeihaben will, könnte er den Hauptmann vielleicht überreden, mich auf die Jagd mitzunehmen.

Er zieht die Mundwinkel herab. Mehr als eine gerunzelte Stirn scheint er neuerdings nicht für mich übrig zu haben. »Die Aufgaben sind schon verteilt worden. Du wirst nicht gebraucht.«

Ich zucke zusammen.

»Götter, so sollte das nicht rüberkommen.« Seine Finger streichen über meinen Hals, legen sich um meine Schulter. Sonst verspüre ich immer ein Flattern im Bauch, wenn er mich berührt. Diesmal weiche ich ruckartig zurück.

»Tess, hier bist du sicherer. Wir wissen nicht, was uns da draußen erwartet. Es geht ja nicht darum, ob du selbst auf dich aufpassen kannst. Es geht nicht mal um Jamis. Aber Phelia läuft immer noch frei herum. Ich habe den Verdacht, dass sie bei Jamis' Flucht die Finger im Spiel hatte. In jedem Fall besteht die Gefahr, dass sie dich verletzt und als« – er senkt die Stimme – »Seelenleserin bloßstellt.«

Tief drinnen weiß ich, dass er recht hat. Papa hat mir beigebracht, Vorsicht walten zu lassen, nicht Leichtsinn. Ich reibe mir die Augen, um Phelias Bild zu verscheuchen. Dabei fällt mein Blick auf die dunkelgrauen Adern im Granitboden, die keinem bestimmten Muster folgen, so wie die Male auf Phelias Haut. Ich habe das Gefühl, als zögen sich die schwarzen Adern durch meine Eingeweide, drehten mir den Magen um und tränkten meine Gedanken mit dunkler Tinte.

Stimmen dringen aus dem Ballsaal wie gedämpftes Vogelzwitschern und machen mir bewusst, dass das königliche Fest in vollem Gange ist.

Ich hebe das Kinn. »Ob ich dieses Risiko eingehen will, ist meine Entscheidung, nicht deine.«

»Pfeffer noch mal, Tess.« Die goldenen Sprenkel in seinen braunen Augen verdüstern sich, dann setzt er eine steinerne Miene auf, die keine Gefühle mehr preisgibt. »Bitte geh zurück zu Gillian. Genieß das Fest.«

Ich starre ihn mit offenem Mund an. Ich weiß gar nicht, was mich mehr empört – dass er offenbar denkt, ich könne mich selbst nicht schützen, oder dass er glaubt, ich könne auf dem Fest bleiben und fröhlich mitfeiern.

Ich weiche vor ihm zurück, bis meine Schultern die eiskalte Schlossmauer berühren. »Sag mir eins, Cohen: Hat Hauptmann Omar bestimmt, dass ich nicht mitkommen darf? Oder du?«

Langes Schweigen. »Goldstern … bitte pass auf dich auf«, sagt er, und seine Stimme klingt beinahe schmerzerfüllt. Die Fältchen um seine Augenwinkel leisten wortlos Abbitte.

Ich verspüre ein Stechen unter meinem Brustbein.

Cohen tritt schnell zu mir und drückt mir einen Kuss auf die Wange. So bleibt er kurz stehen und holt tief Luft, dann wendet er sich ab und geht mit weit ausgreifenden Schritten hinaus, ohne sich noch einmal umzudrehen.

*Mistkerl.*

»Du auch«, flüsterte ich und ignoriere das Brennen in meinen Augen. Was nicht heißen soll, dass ich mich damit begnügen werde, zurückzubleiben und darauf zu warten, dass er Phelia findet.

# Dreiundzwanzig

## COHEN

*»Was ist ihr zugestoßen?« Sauls Stimme war nichts als ein Wispern, aber sie traf mich mit der Wucht eines Bärengebrülls.*

*Ich legte Tessas bewusstlosen Körper aufs Bett. »Ein Puma … hat uns angegriffen. Ich – ich hatte meinen Bogen nicht zur Hand …« In einem atemlosen Redeschwall erzählte ich die Geschichte in allen grausamen Einzelheiten.*

*Saul griff nach der Hand seiner Tochter. Noch nie hatte ich ihn auch nur die geringste Schwäche zeigen sehen. Mitzuerleben, wie seine Finger auf ihrem gespenstisch weißen Gesicht zitterten, war wie ein Schlag in die Magengrube.*

*Meine Hände hingen hilflos herab. Ich beobachtete, wie sich ihr Brustkorb fast unmerklich hob und senkte, und bekam selbst kaum mehr Luft. Verflucht, wie ich mich hasste. Sie war nur meinetwegen in die Höhle gekommen.*

*»Sie hat dich gerettet«, sagte er. Es war eine Feststellung, keine Frage, und sie klang zutiefst beunruhigt.*

*Ich setzte mich zu ihr ans Bett und raufte mir die Haare. Dann berührte ich die neue Narbe an meiner Wange. Ich wusste nichts über ani-*

*mistische Magie, aber ich ahnte, dass das Mädchen, das ich liebte, einen schrecklichen Preis dafür gezahlt hatte, mich gerettet zu haben. Diese Schuld würde ich niemals tilgen können, aber ich würde es mein Leben lang versuchen.*

Die Erinnerung besänftigt mein schlechtes Gewissen, auch wenn der gekränkte Zorn in ihrer Stimme mich immer noch verfolgt. Auf dem Weg vom Ballsaal zum Übungsplatz donnern meine schweren Schritte entschlossen über den Boden. Eine Gardewache sieht mich, will mir zum Gruß zunicken und weicht dann erschrocken zur Seite.

Wie kann Tessa von mir verlangen, die Gefahr, die Phelia darstellt, nicht zu berücksichtigen? Seit Tessa fast ihr Leben gelassen hätte, als sie den König aus Phelias Fängen befreit hat, denke ich beinahe an nichts anderes mehr.

Ich stoße die Tür zu meinem Quartier auf. Sie kracht an die Wand, und Finn fährt vom Bett hoch. Er hält einen kleinen Ball in der Hand.

Er starrt mich an. Ich zügele meine Wut.

Finn lässt sich wieder auf die Pritsche zurücksinken und wirft den Ball in die Luft. »Das ist ja mal 'n Auftritt.« Er fängt den Ball wieder auf.

Als er ihn wieder hochwirft, schießt meine Hand vor und schnappt sich den Ball. »Meinst du, du findest dich hier allein zurecht?«

»Ich komm schon klar.« Seine Miene verdüstert sich wie vorhin, als ich mich umgezogen und ihm gesagt habe, dass ich aufbrechen muss. »Dann hast du also mit Tessa geredet.«

Ich presse den Ball zwischen den Fingern zusammen und setze

mich auf die Bettkante. »Ja. Lass dich morgen von einer der Gardewachen zu ihrem Haus begleiten. Ihr Brennholzvorrat war nicht sehr üppig. Könntest du dich darum kümmern?«

Finn springt auf. »Wenn sie mich lässt«, sagt er und streckt die Hand nach seinem Ball aus. Als ich ihn rausgerückt habe, fügt er hinzu: »Das Gespräch scheint ja toll gelaufen zu sein.«

Ich lache trocken auf.

»Ich habe Tessa eben erst kennengelernt, aber du redest seit Jahren andauernd von ihr. Also habe ich das Gefühl, sie ganz gut zu kennen.«

»Und was willst du damit sagen?«

Er hebt die Schultern. »Vielleicht will sie ihr Holz selber hacken.«

Ich werfe ihm einen Blick zu. »Ich hätte nicht gedacht, dass du wegen einer so kleinen Aufgabe rummaulst. Ich bitte dich ja nur, mit ihr zu reden. Sie wird dir schon sagen, was sie will.«

»Ich maule nicht rum.« Er wirft den Ball. »Fragen kann ich sie, aber wenn Tessa es selber machen will, ist das ja wohl ihre Sache.« Er dreht sich zu mir, hebt eine Braue und bohrt seinen Blick in meinen – derselbe wissende Gesichtsausdruck, den mein Vater hatte, wenn er mir etwas Wichtiges vermitteln wollte. »Möglich, dass mir ihre Antwort nicht gefällt, weil ich nämlich total gern Holz hacke. Aber Tessa habe ich auch sehr gern.«

Ich boxe ihm den Ball aus der Hand. »Du erledigst also gern Aufgaben im Haus, was?«

Er stößt mir seinen spitzen Ellbogen in die Seite. Der Kleine braucht eindeutig mehr Fett auf den Rippen.

»Verstehst du, was ich meine, Cohen?«

Ich wuschele ihm durchs Haar und ziehe ihn in meine Arme,

obwohl er mich wegschubst. »Ja. Ist angekommen. Pass auf dich auf, Kleiner, okay?«

»Ja, ja. Du auch, Cohen.«

Während ich neben Hauptmann Omar voranreite, geht mir das Gespräch mit Tessa nicht aus dem Kopf. Als wir ein gutes Stück in den Endlosen Wald vorgedrungen sind, sitze ich ab, nehme Geoffrey die Fackel ab und spähe in den Wald. Obwohl wir Vollmond haben, der schon hoch am Himmel steht, sperren die Bäume das Licht fast ganz aus. Ich will sichergehen, dass wir auf dem richtigen Weg sind. Leif folgt mir, Wallace und Ulrich halten vom Sattel aus Wache. Ulrich ist ein schmaler Kerl mit scharfen Augen und hoher Treffgenauigkeit mit dem Bogen, was ihn zu einem hervorragenden Reisegefährten macht. Wallace hingegen ist durchschnittlich groß und kräftig, kann aber gut mit der Streitkeule umgehen. Und auch seine Geschicklichkeit im Faustkampf könnte uns bei einem Angriff überaus nützlich sein.

In unserem Sechsertrupp haben wir genügend Talente versammelt, um es mit einer viel größeren Gruppe aufzunehmen, falls es nötig werden sollte.

Bislang waren die Spuren gut zu sehen. Sie verraten uns, dass Jamis ein hohes Tempo angeschlagen hat und dass er nicht allein ist. Aber da wir nicht wissen, wohin die Fliehenden wollen oder mit wem sie sich treffen werden, halten wir die Waffen griffbereit, während wir den geknickten Zweigen und den Abdrücken durch den Endlosen Wald folgen.

Als wir wieder haltmachen, pflüge ich durch das Gebüsch zu Wallace und untersuche einige umgebogene Zweige. Ich fahre mit dem Finger über den Bruch im Holz. Sie zeigen nach Westen. Das bedeutet, dass die Gruppe zur Grenze unterwegs ist. Kein Wunder.

Hauptmann Omar tritt zu uns. »Habt ihr was gefunden?«

Ich leuchte mit der Fackel auf den Boden. »Frische Abdrücke.«

Er starrt nach Westen, in die Nacht hinein. »Sie wollen zum Pass.«

Die Wachen wechseln stumme Blicke. Niemand sagt etwas, aber wir wissen alle, dass wir schneller reiten müssen. Offenbar hat Jamis einen Plan. Und der einstige Oberste Lord ist einer der schlausten und rachsüchtigsten Menschen, die mir je begegnet sind. Ich habe das Gefühl, vor uns braut sich ein Unwetter zusammen. Die Art von Unwetter, vor dem man seine Wasser- und Brennholzvorräte auffüllt und die Fenster mit Brettern zunagelt. Mein Instinkt sagt mir, dass wir Jamis so bald wie möglich schnappen müssen, sonst wird seine Zerstörungswut über Malam hinwegfegen und das Land verheeren.

Ich denke an Finns versteckten Rat und schüttele den Kopf. Diese Jagd ist nicht so harmlos wie Holz hacken. Lieber ertrage ich Tessas Zorn, als sie ins Auge des Sturms laufen zu lassen.

Wir treiben die Pferde in strammem Galopp den Berg hinauf und halten hin und wieder an, um nach Spuren zu suchen. Sonst hat Siron immer die Führung übernommen. Heute Nacht hingegen reiten Hauptmann Omar und Ulrich an der Spitze. Doch je weiter wir kommen, desto langsamer wird das Pferd des Hauptmanns. Unwillkürlich schiebt sich Siron neben die Leitpferde. Mein Bauchgefühl sagt mir, dass da etwas nicht stimmt.

Als wir Seite an Seite reiten, fällt mir auf, dass Hauptmann Omar den Widerrist seines Pferdes tätschelt.

»Ist alles in Ordnung?«, frage ich.

Omar runzelt grimmig die Stirn. »Er hat gefressen, getrunken und geruht.« Er streicht sich über den Bart. »Warum er zurückfällt, ist mir ein Rätsel.«

Die Bäume lichten sich, und wir überqueren ein freies Feld. Das Mondlicht schimmert auf Omars Pferd, dessen Fell schweißbedeckt ist.

»Er quält sich ganz schön.« Ich zeige auf den Schaum an den Hinterbacken. »Wir sollten anhalten.«

Der Hauptmann flucht und späht ungeduldig in die Ferne. Jede Rast, die wir einlegen, verschafft Jamis einen Vorsprung, aber es geht nicht anders. Sein Pferd leidet.

Omar hört auf meinen Rat und sitzt ab.

Das Pferd schnaubt zitternd, als der Hauptmann das Gebiss und die Zügel überprüft. Hufe stampfen auf die Erde. Das Tier zuckt und reißt den Kopf hin und her, als versuchte es, aus seiner Haut auszubrechen.

»Geh lieber auf Abstand«, warnt Leif.

Ich nicke. Dieses Verhalten ist nicht normal.

»Ruhig«, befiehlt Hauptmann Omar. Er greift nach dem Zaumzeug – um das Gebiss zu entfernen, denke ich. Aber sein Hengst scharrt mit den Hufen, gibt ein Grunzen von sich und bäumt sich auf.

»Omar!«, rufe ich ihm zu, aber der Hauptmann hat keine Zeit mehr, zu reagieren. Die Hufe seines Pferdes wirbeln durch die Luft und treffen ihn dann voll in Kopf und Brust. Omar bricht zusammen.

Einer der anderen Männer japst auf. In diesem Sekundenbruchteil warte ich darauf, dass Omar auf die Seite rollt und aufsteht.

Er rührt sich nicht.

Wir springen von unseren Pferden und stürzen zu ihm. Omars Pferd stiebt in den Wald davon, bevor wir überhaupt die Chance haben, uns ihm zu nähern.

Ich bin starr vor Schock. *Ist das gerade wirklich passiert?*

Ich gehe auf ein Knie. Alle meine Gedanken drehen sich um die Sorge, dass der Hauptmann tot oder lebensgefährlich verletzt sein könnte. Kann man einen solchen Tritt überstehen? Das Unerwartete des Todes erschüttert mich jedes Mal. Eben noch war der Mensch quicklebendig, und im nächsten Moment ist er tot. So schnell. Gerade habe ich noch mit ihm gesprochen, und jetzt liegt er so still da. Auf seiner Stirn zeichnet sich der lila Abdruck eines Pferdehufs ab. Am Rand sickert Blut aus der Wunde.

Ich bete, dass das Leben noch nicht ganz aus ihm gewichen ist.

»Omar?« Ich berühre ihn an der Schulter.

Keine Regung. Ich starre auf seine Brust, die der andere Huf eingedrückt hat.

Warte auf ein Heben und Senken.

*Atme, Omar.*

Ich warte und warte, bis mir selbst die Lungen brennen.

# Vierundzwanzig

## TESSA

Nach drei Versuchen, Gillian aus der Mitte des Ballsaals wegzulotsen, werfe ich alle Höflichkeit über Bord und ziehe sie am Arm zu der Säulenreihe, die um den Raum herumführt. Wenn Blicke töten könnten, wäre ich jetzt ein Häuflein Asche. Wer hätte gedacht, dass es leichter wäre, Gillians dicken Maulesel zum Eierlegen zu bewegen, als Gillian aus einer Gruppe Lords herauszubekommen?

Sobald wir hinter einer Säule versteckt sind, erzähle ich ihr, was Cohen mir über Jamis' Flucht gesagt hat. Als ihr klar wird, wie dringlich die Angelegenheit ist, verpufft ihr Ärger. »Ich muss mich sofort nach Hause fahren lassen, damit ich Schneefeuer, Wechselkleidung, Reiseproviant und meinen Bogen holen kann. Aber ich bin mit Worten nicht so gut wie du. Du musst einen Kutscher für mich organisieren. Und mein Fehlen beim König entschuldigen.«

Sie verschluckt sich vor Entgeisterung.

Ich setze ein hoffnungsvolles Lächeln auf.

»Du willst eine königliche Kutsche, um Wechselkleidung und deinen Bogen aus deinem Haus zu holen?« Die Frage endet mit einem Kiekser. Gillian presst die Lippen zusammen.

»Ja.« Ich hebe meinen Rock an und präsentiere meinen Stiefel, in dem mein Dolch steckt. Wie immer.

»Stiefel, Tessa?« Sie schnaubt und grummelt gleichzeitig. »Wo sind die Schuhe, die ich dir gegeben habe?«

»Nicht ablenken, Gillian. Um Stiefel geht es gerade nicht.«

Sie verschränkt die Arme. »Meine Antwort ist Nein.«

»Nein? Warum?«

»Tessa, du kannst nicht weg. Er hat dich noch nicht in den Adelsstand erhoben.«

»Was kümmert mich das. Lord Jamis ist –«

Ihre Augen blitzen auf. Ich werfe einen Blick über die Schulter und sehe, dass die widerliche Gardewache von vorhin in unserer Nähe Stellung bezogen hat.

Ich winke Gillian zu einer Nische beim Ausgang zum westlichen Korridor. Sie ist viel geschickter im Umgang mit anderen als ich. Ich klinge bestenfalls unbeholfen. Flehend wiederhole ich meine Bitte.

»Warum bist du so wild entschlossen?«, fragt sie.

»Es muss sein«, versichere ich Gillian. »Ich muss ihm nachjagen.«

Sie sieht gedankenverloren an mir vorbei. Diener strömen in den Saal, stellen Speisen auf die Tische, schenken Wein aus und versehen die Teller mit Namenskärtchen. »Wenn du jetzt aufbrichst, könntest du den König vergrätzen. So eine Gelegenheit kommt womöglich nicht wieder.« Sie schaut mir entschieden ins Gesicht. »Das kann ich nicht zulassen.«

»Verdammt, Gillian –«

»Aber … aber ich fahre für dich.« Sie ballt die Faust um den Fächer. Ihr Mund verzieht sich, als hätte sie scheffelweise Zitronensaft verschluckt. »Mir wäre es ja lieber, wenn du gar nicht losziehst.

Aber wenn es sein muss, lass mich deine Sachen holen, während du hier bleibst.«

»Das ist doch unsinnig.«

»Dann bleibt genug Zeit für die Zeremonie der Adelung. Und ich bin eine Zofe. Meinen Fortgang wird niemand bemerken.«

Mein erster Impuls ist, Nein zu sagen. Damit falle ich noch weiter hinter Cohen zurück.

Ich will gerade den Kopf schütteln, als sie mich am Arm packt und zu sich heranzieht. »Wie soll ich denn bitte an den König herankommen, um ihm Bescheid zu geben? Stell dir vor, wie er reagieren wird, wenn er dich zur Adeligen erklärt und du nicht da bist.«

Ich kaue auf meiner Unterlippe. Daran habe ich nicht gedacht.

»Du kannst es dir wirklich nicht leisten, ihn in Verlegenheit zu bringen oder zu verärgern.«

Gillians Argumente sind dummerweise nicht von der Hand zu weisen.

»Na gut«, sage ich. »Du fährst. Ich bleibe.«

»Wirklich?«

»Schau nicht so schockiert. So töricht bin ich nun auch wieder nicht.«

Ein zufriedenes Lächeln breitet sich auf ihrem Gesicht aus. Sie nimmt mir noch das Versprechen ab, mich unter die Leute zu mischen. Was ich sicher nicht tun werde. Und dem König zu danken. Wozu ich mich vielleicht durchringen könnte.

Sie wendet sich zum Gehen, fährt aber jäh herum. »Und was ist mit Lirra?«

Eigentlich würde ich lieber allein jagen, aber zu zweit ist es sicherer. »Sie soll packen und ihr Pferd satteln. Ich nehme sie mit.«

Gillians Lächeln wird noch breiter. »Das richte ich gern aus. Es tut ihr sicher gut, für ein kleines Abenteuer aus dem Haus zu kommen.«

Jetzt lächele ich auch. Ich glaube, es ist eher Gillian, der es guttut, wenn Lirra aus dem Haus kommt.

Als Gillian weg ist, setze ich mein Versprechen zumindest teilweise in die Tat um und stelle mich vor die Säule, wo ich der Gästeschar näher bin.

Diener wieseln mit Tabletts voller Gebäck und Pasteten um die Lords und Ladys herum. Die langen Tafeln scheinen sich unter den Bergen von Essen schon durchzubiegen. Ein so großes Festmahl habe ich noch nie gesehen. Mein Magen knurrt erwartungsvoll. Vier Küchenjungen balancieren ein gebratenes Schwein auf einer riesigen Platte zur Tafel des Königs. Mir läuft das Wasser im Mund zusammen. Schließlich ruft der Herold alle Gäste auf, sich an die ihnen zugewiesenen Plätze zu begeben.

Die Menge verteilt sich um die Tische, wo alle die Namenskärtchen studieren und fröhlich schnattern, als sie Freunde auf den Nachbarplätzen entdecken. Sie bewegen sich so rasch und selbstverständlich wie eine Herde Elche im Endlosen Wald.

Ich zwinge meine Füße in Richtung der Tische.

Fragende Blicke streifen mich, als ich auf der Suche nach meinem Namenskärtchen die Stuhlreihen ablaufe. Die letzten Schritte hinauf zum Galgen könnten nicht schwerer sein als dieser Weg zwischen den Tafeln.

Ich bete stumm, dass mein Stuhl so weit wie möglich vom Platz des Königs entfernt ist.

Mein Gebet wird nicht erhört. Mein Namensschild steht auf dem Tisch, der dem des Königs am nächsten ist – am Kopfende des Saals, wo jeder mich sehen kann.

Die Hitze aus dem riesigen Schlund des Kamins erschlägt mich. Meine Kehle ist die akarische Wüste.

Ich lasse mich auf den Stuhl sinken und spüre, wie hundert Augenpaare jede meiner Bewegungen registrieren. Getuschel brandet auf. Köpfe drehen sich zu mir um. Ich spiele mit dem Namensschild und bin auf einmal heilfroh, dass Papa mir das Lesen beigebracht hat. Dieser Abend wäre tausendmal schlimmer, wenn ich Analphabetin wäre wie so viele arme Leute in Brentyn.

Aodren erhebt sich, und es wird still im Saal.

»Lords und Ladys von Malam, willkommen beim königlichen Hofball zur Winterweihe.« Die Unsicherheit, die der König unter meinem Dach oder im Wald gezeigt hat, ist wie weggeblasen. Seine alles beherrschende Präsenz schlägt mich in ihren Bann.

Ich lasse das Kärtchen fallen und vergesse meine adeligen Tischnachbarn. Selbst die Düfte, die von den köstlichen Pasteten und Käseplatten auf der Tafel aufsteigen, verblassen beim Anblick des goldhaarigen Regenten von Malam. Eine mit Smaragden besetzte goldene Krone ziert sein Haupt, passend zu einem edlen grünen Umhang mit goldenem Futter. Es ist nicht die protzige Aufmachung, in der ich ihn an dem Tag gesehen habe, als ich verhaftet und ins Schloss gebracht wurde. Das schlichte, förmliche Erscheinungsbild passt besser zu ihm.

Er ist die Selbstsicherheit und Durchsetzungskraft in Person. Vielleicht wirkt er auf mich nur so, weil ich ihn in seinen schwächsten Momenten erlebt habe. Aber ich glaube, hier ist er einfach in seinem Element: der Rudelführer unter den Löwen, zu dem er erzogen worden ist.

Da niemand weiß, dass er einen Großteil seiner Herrschaft im Bann einer Seelenleserin stand, muss Aodren nun das Bild ändern, das sein Land von ihm hat. Wenn ich mir überlege, wie schwer es für mich war, gegen die vorgefassten Meinungen der Leute anzukämpfen, hätte mir eigentlich klar sein sollen, mit welchen Herausforderungen der König konfrontiert ist.

Bestimmt haben viele der Anwesenden ihn des Öfteren heimlich verspottet.

Ich jedenfalls schon.

»Ich möchte Euch meine Anerkennung für die Geschlossenheit an der Front aussprechen«, sagt er und geht auf den nur knapp verhinderten Krieg mit Shaerdan ein. Er nennt einzelne Lords und lobt sie. Die Welt, in der Aodren lebt, war mir bislang herzlich egal; ich begreife kaum, wovon er redet. »Lasst uns mit dem heutigen Fest Euren mutigen Einsatz für Malam und Eure unerschütterliche Fahnentreue feiern. Möge unser Land stets in Wohlstand und Frieden leben.« Freundliche Worte bei solchen Gästen.

Mein erster Gedanke ist, ob überhaupt irgendjemand im Saal das Lob des Königs verdient hat. Dann mache ich mir bewusst, dass ich in der letzten halben Stunde meinen bisherigen Eindruck von Aodren vollkommen revidieren musste. Vielleicht urteile ich manchmal zu harsch.

»Unsere Herzen, unser Blut, unser Leben für Malam!«, ruft Aodren.

Der Saal bebt, als alle den Schwur laut wiederholen.

Als wieder Stille eingekehrt ist, wandert König Aodrens Blick zu mir. »An diesem besonderen Abend möchte ich auch einen Mann ehren, der einmal mein Vertrauter war, der mir unbeirrt die Treue gehalten hat, einen Mann von außerordentlichem Talent und Mut. Saul Flannery.«

Eine kurze Pause, dann hallt donnernder Applaus von der Decke wider. Stolz erfüllt mich, schnürt mir die Brust ab und brennt mir in den Augen.

»Um Saul zu ehren, habe ich heute Abend seine Tochter eingeladen, der ich meine Dankbarkeit aussprechen möchte.«

Jede Faser meines Körpers will aufspringen und vor der Demütigung fliehen, so herausgestellt zu werden.

Er bedeutet mir, mich zu erheben. Das Licht der Laternen spiegelt sich in seiner goldenen Krone. »Darf ich vorstellen: Lady Flannery.«

Hinter mir taucht eine Gardewache auf und rückt meinen Stuhl weg, was mich einen Moment lang von der Peinlichkeit der Situation ablenkt. Auf weichen Knien stemme ich mich kurz hoch, zwinge mich zu einem Winken und einer Grimasse und falle wieder auf den Stuhl, als wäre er ein Rettungsboot. Das Dröhnen in meinen Ohren übertönt einen Teil von Aodrens Rede. Aber ich bekomme noch mit, wie er mir zum Dank für die Dienste meines Vaters den Adelstitel verleiht.

Die versammelte Menge zieht so kollektiv die Luft ein, dass ich fast mit einem Tornado rechne.

Aodren spricht weiter, als hätte er nichts gehört, aber seine Augen verdunkeln sich, eine Gewitterwolke über weiten Wiesen. Am liebsten würde ich ihm an die Gurgel springen, dass er auf dieser Zeremonie bestanden hat, und bin ihm zugleich dankbar, dass er die Aufmerksamkeit des Publikums rasch wieder auf sich selbst lenkt.

Zum Zeichen, dass seine Ansprache zu Ende ist, hebt König Aodren seinen Becher.

Alle Anwesenden folgen seinem Beispiel. Kelche werden in die Höhe gereckt.

»Auf Frieden in Malam.« Aodrens Stimme donnert im Brustton der Überzeugung durch den Saal. »Auf die Winterweihe – möge das nächste Jahr uns reiche Ernte bescheren. Und auf Saul Flannery, für seinen unbezahlbaren Einsatz im Dienste der Krone.« Wieder greifen die Gäste den Wahlspruch auf, als er wiederholt: »Unsere Herzen, unser Blut, unser Leben für Malam.«

Schwungvoll präsentiert er seinen Kelch der Menge, um sie zum Trinken einzuladen, und setzt ihn an die Lippen. Bevor er ihn zum ersten Schluck hebt, begegnen sich unsere Blicke, und hinter seinem Gefäß zeigt sich ein bittendes Lächeln.

In meine Verlegenheit mischt sich ein Gefühl, das neu ist – eine schüchterne Neugier, die ich bislang nur Cohen gegenüber empfunden habe. Dass ich seinen Blick auf mir ruhen spüre, verlangsamt meine Bewegungen. Während die anderen schon dem Wein zusprechen, greife ich jetzt erst nach meinem Kelch und hebe ihn, um Aodren zuzuprosten.

Da sehe ich aus dem Augenwinkel ein Schwert blitzen.

Im östlichen Ausgang steht eine Gardewache und stiert Aodren mit dem kalten, hungrigen Blick eines Raubtiers an.

Trotz der Hitze überläuft mich eine Gänsehaut. Mein Blick zuckt zum König. *Achtung, Gefahr!*, schreit es in mir. Aodren betrachtet mich immer noch. Zwischen seinen Brauen bildet sich eine Furche.

Der Mann neben mir beginnt zu prusten und spuckt seinen Wein auf mein Kleid.

Ich fahre zurück, greife nach einer Serviette, um die Flecken abzutupfen, und höre einen Lord auf der anderen Tafelseite heftig husten. Auf einmal bekommt der halbe Saal einen Hustenanfall.

Mit einem Ruck schiebe ich meinen Stuhl zurück und sehe mich panisch um.

Der Mann im östlichen Korridor, der sein Schwert gezogen hatte, ist verschwunden. Die Lady, die mir gegenübersitzt, kippt vornüber auf ihren Teller. Ihr Mann röchelt. Sein Gesicht wird weiß. Aus seinen Mundwinkeln tritt Schaum.

Die Leute beginnen zu schreien. Vor Angst. Vor Schmerz.

»Nicht trinken!«, brülle ich Aodren zu, als mir klar wird, dass der Wein vergiftet sein muss. Ich fluche in mich hinein, weil ich meinen Bogen nicht habe, und reiße den Dolch aus dem Stiefelschaft.

Aodrens Becher fällt ihm aus der Hand und spritzt den Rotwein wie Blut über die Tischdecke und seinen Umhang. Das Entsetzen steht ihm ins Gesicht geschrieben. »Nicht trinken!«, ruft er der Menge zu. »Es ist Gift. Hört auf zu trinken!«

Aber seine Warnung kommt zu spät.

Stiefel trappeln, Menschen kreischen oder rennen kopflos hin und her. Männer und Frauen taumeln, brechen auf ihren Stühlen zusammen. Es ist das pure Chaos, als würde das Schloss ringsum einstürzen.

Mein Beschützerinstinkt treibt mich auf direktem Weg zum König. Wachen erheben die Schwerter gegen Wachen. Selbst einige Lords und Ladys haben Waffen gezogen und greifen andere Adelige an. Im ersten Moment begreife ich nicht, was da vor sich geht. Dann wird mir schlagartig alles klar. Gift, Kämpfe im innersten Kreis des Königs, Wachen, die sich gegen ihren Herrn wenden – das ist ein Putsch.

*Oh Götter*, der Saal verwandelt sich in ein Schlachtfeld. Lords und Ladys fallen auf die Knie, husten schaumigen Speichel und Blut. Ich kann nicht überblicken, wie viele der rund zweihundert Gäste schon zu Boden gegangen sind. Die Hälfte, vielleicht mehr.

Mir wird furchtbar flau im Magen, wie an dem Tag, an dem ich versehentlich verdorbenes Fleisch gegessen hatte. Trauer, Schock und Angst wühlen mich auf.

Niall, die Gardewache von vorhin, springt hinter einer Säule hervor und schlägt mir mit dem Schwert beinahe den Kopf ab. Ich mache einen Satz zurück und pralle gegen einen schwankenden, schäumenden Mann, der prompt zusammenbricht. Niall holt noch einmal aus und erwischt mich am Arm. Mit einem Aufschrei hechte ich beiseite und verheddere mich dabei mit den Stiefeln im Kleid.

Niall reißt sein Schwert in die Höhe und lässt es auf mich niedersausen.

Seine Augen verdrehen sich ins Weiße und erstarren. In seiner Brust erscheint die Spitze eines Schwerts. Er neigt sich auf mich zu, aber ich schaffe es noch, ihm auszuweichen. Sein Körper kracht dumpf zu Boden. Dahinter kommt Aodren zum Vorschein. Sein Schwert ist mit Blut überzogen. Weit aufgerissene grüne Augen springen von der Klinge zu meinem Gesicht und hinunter zu dem Erstochenen. Seine Haut wird aschfahl.

Ich sehe es ihm an. Schock. Übelkeit. Dieser Mann ist der erste Mensch, den er getötet hat.

Er würgt, als müsste er sich gleich übergeben. Ich rapple mich schnell auf und reiße ihn hinter eine Säule. Von unserem Versteck aus können wir das ganze Ausmaß des Blutbads überblicken. Erbrochenes, Blut, Tod.

Neben der toten Gardewache liegt ein Köcher am Boden. Ich sage dem König, dass er warten soll, und flitze hin. Die Vorstellung, einen Toten zu bestehlen, ist abstoßend, aber der Kerl wollte mich umbringen. Ich schnappe mir den Köcher, obwohl nur noch zwei

Pfeile darin sind, und wuchte den Toten herum, um ihm den Bogen von seiner Schulter zu nehmen.

Sein Blut klebt mir feucht an den Händen. Schaudernd wische ich sie an meinem Kleid ab. Als ich mich wieder zum König umdrehe, kämpft er mit einem anderen Mitglied seiner Garde. Blitzschnell lege ich einen Pfeil in den Bogen ein, der etwas schwerer ist, als ich es gewohnt bin. Sobald die Schussbahn frei ist, lasse ich die Sehne los. Weil der Bogen mir anders in der Hand liegt, fliegt der Pfeil nicht ganz schnurgerade. Fast hätte er Aodren das Ohr abgerissen, bevor er sich in den Hals des Angreifers bohrt.

Mit wildem Blick fährt der König herum. Seine Lippen bewegen sich – in einem Fluch, nehme ich an.

Ich renne zu ihm, und wir gehen hinter einer anderen Säule in Deckung. Ich zeige auf den nächstgelegenen Ausgang. »Ihr müsst hier weg.«

Mit einem kurzen Blick in den Saal stelle ich fest, dass knapp die Hälfte der Anwesenden offenbar kein Gift getrunken hat. Manche schwingen Waffen und kämpfen neben den zu den Verrätern gehörenden Wachen gegen diejenigen, die treu zum König stehen. Mit eiskalter Brutalität schneiden die Männer einander die Kehlen durch. Ich kann nicht mehr hinsehen und wende mich mit angehaltenem Atem ab. Wenn ich den König nicht sofort hier rausschaffe, ist alles zu spät.

»Wohin?« Ich packe den König am Arm. »Ihr kennt das Schloss besser als ich.«

Er zeigt auf den westlichen Korridor. Wir halten unsere Waffen griffbereit und rennen im Schutz der Säulen zum Ausgang hinüber. Der Korridor führt uns am inneren Burghof entlang.

Als die Wandbehänge und lackierten Türen mir bekannt vorkommen, drehe ich mich zu Aodren um. »Wir müssen raus aus dem Schloss. Wie kommen wir am schnellsten zu den Ställen?«

Mit zitternder Hand zeigt er zurück in die Richtung, aus der wir gerade gekommen sind. »Aber damit rechnen sie bestimmt. Es wäre sicherer, wenn wir die unterirdischen Gänge nehmen.«

Ich habe Geschichten über die Katakomben unter Burg Neart gehört. Und als Cohen und ich uns heimlich ins Schloss schleichen wollten, um der Seelenleserin das Handwerk zu legen, hat er erwähnt, dass wir einen unterirdischen Zugang nehmen könnten. Aber das würde nur Zeit kosten, und wir kämen fernab der Pferde aus dem Schloss. Wie sollen wir zu Fuß Cohen und Hauptmann Omar einholen, um sie von der Rebellion zu verständigen?

»Momentan ist das Glück auf unserer Seite. Wir sind aus dem Ballsaal entkommen, unbemerkt hoffentlich. Wir müssen uns Pferde nehmen und zum Hauptmann Eurer Garde aufschließen.«

Er wirkt hin- und hergerissen. »Das ist riskant.«

»Anders geht es nicht. Der Hauptmann wird Euch in Sicherheit bringen.«

An seinem verkrampften Kiefer erkenne ich, dass ihn mein Plan nicht ganz überzeugt. Dennoch macht er kehrt und führt mich durch Flure, die ich noch nie betreten habe. Manche sind alt und schmucklos, ohne die üblichen prunkvollen Teppiche und Vorhänge. In manchen reiht sich Tür an Tür. Ohne den König würde ich mich in dem Labyrinth des Schlosses rettungslos verirren.

Wir haben den Burghof fast erreicht, als in dem Säulengang vor uns Rufe erschallen. Ohne uns abzusprechen, schlüpfen wir beide blitzschnell in einen durch einen Vorhang abgetrennten Alkoven. Als Schritte draußen an uns vorbeitrappeln, fällt mir ein, dass Finn in den Quartieren der Wache sein muss.

*Finn.* »Ihr müsst ohne mich gehen.«

Aodren fährt zu mir herum. In der Dunkelheit kann ich seine Miene nicht erkennen. Draußen ist alles wieder ruhig.

»Cohens Bruder ist im Schloss«, erkläre ich. »Ich kann ihn nicht zurücklassen.«

Er tritt näher; obwohl ich ihn nicht sehen kann, scheint sein Schatten auf mich zu fallen. Er beugt sich zu mir und flüstert: »Wir gehen nur zusammen.«

Ich greife nach seinem Arm, um meinen Worten Nachdruck zu verleihen. »Ihr müsst fort von hier, solange es noch möglich ist. Es wäre Wahnsinn, wenn wir beide zurückblieben.«

»Zusammen ist es sicherer«, argumentiert er. Eine Lektion, die Papa mich vor langer Zeit gelehrt hat: *Zu zweit hat man größere Überlebenschancen als allein.*

Aber er ist der König von Malam. Sein Leben ist viel mehr wert als meines. Je länger wir im Schloss sind, desto eher besteht die Gefahr, dass unsere Feinde uns aufspüren. Ich habe das sonderbare Gefühl, schon einmal in dieser Lage gewesen zu sein. Als Cohen vor der Entscheidung stand, mich und Enat zurückzulassen, um seinen Bruder zu retten, habe ich ihn zum Aufbruch gedrängt. Ich wusste, dass er daran zugrunde gehen würde, wenn er mit der Schuld leben müsste, seinen Bruder an der Front alleingelassen zu haben. Wenn ich Finn jetzt dem Tod ausliefere, wird Cohen mir nie verzeihen können.

»Bitte«, flehe ich Aodren an. »Reitet los. Ich treffe Euch im Endlosen Wald.«

Er braucht nicht zu fragen, wie ich ihn finden werde.

»Ich habe Cohen versprochen, dass ich auf Finn achtgebe. Aber Ihr müsst Euch in Sicherheit bringen und Hauptmann Omar verständigen. Es ist Eure Pflicht, den hier eingeschlossenen Menschen zu helfen, bevor …«

Er verkrampft widerwillig die Schultern, lässt sie dann aber ergeben sinken. Man merkt deutlich, dass er mich nicht zurücklassen will, aber er muss einsehen, dass ich recht habe. »Tessa … pass auf dich auf«, sagt er, und ehe ich etwas erwidern kann, spüre ich seine Lippen auf meinen.

Seine. Lippen.

Als er zurücktritt, schnappe ich nach Luft. Erstaunlicherweise scheint er genauso verblüfft zu sein wie ich. Er macht mehrmals stumm den Mund auf und zu, dann murmelt er noch einmal, dass ich auf mich aufpassen soll, stürzt aus dem Alkoven und verschwindet im Gang.

Ich brauche einen Moment, bis ich aus meiner Betäubung erwache. Zum Nachdenken bleibt mir keine Zeit. Stattdessen renne ich zu den Quartieren der Königsgarde und hoffe inständig, dass Finn nichts passiert ist. Dass er den Aufruhr nicht gehört hat und in seinem Zimmer geblieben ist. Ich halte mich dicht an der Wand, als ich die Treppe zum Übungsplatz hinunterspringe.

Am Fuß der Treppe hat sich das Gras zu einem tiefen, satten Dunkelbraun verfärbt, obwohl das Mondlicht alle anderen Farben bleich wirken lässt. Der Platz ist mit Leichen übersät.

Schockiert verharre ich auf der untersten Stufe. Mein Kopf ist vollkommen leer. Ungläubig starre ich auf die Klingen, die aus Bäuchen ragen, auf Hände, die sich in die Erde krallen. Leblose Körper liegen auf Sargtüchern aus Blut. Ich blinzele, um den Anblick zu verscheuchen. Wie konnte das alles nur passieren?

Das Unfassbare so vieler Tode überrollt mich. Saure Galle steigt in mir auf. In meinen Ohren summt es. Ich halte die Hand vor den

Mund, reiße mich so gut es geht zusammen und taumele in Richtung der Quartiere.

Türen fliegen auf und knallen gegen die Wand. Ich rufe nach Finn, durchsuche jeden Raum, schaue unter Pritschen, reiße alle Spinde auf.

*Er ist nicht hier.*

Wo ist er?

Ich keuche vor Angst. Haben sie ihn schon gefangen genommen oder getötet? Ich renne nach draußen, hinterlasse schwärzliche Fußspuren auf der Treppe.

Als ich den inneren Burghof erreiche, starrt mir ein Gesicht entgegen, das mich in meinen Albträumen verfolgt.

Im Säulengang steht der einstige Oberste Lord.

Ich bleibe schlitternd stehen. Jamis ist dünner geworden, was ihm das Aussehen eines Aasgeiers verleiht. Ich kann den Schauer, der mich durchläuft, nicht unterdrücken.

Er fletscht seine großen Zähne zu einem Lächeln. »Hallo, Tessa. Hast du etwas verloren?«

Ich schnappe verzweifelt nach Luft, die nicht kommen will, und sehe mich nach einem Fluchtweg um.

Obwohl ich klar in der schwächeren Position bin, hebe ich den Bogen und lege mit zitternden Händen den letzten Pfeil ein. Hass erfüllt mich. »Wo ist er?«

Aus den Schatten tritt Phelia hervor, flankiert von aufständischen Wachen. Anders als im Endlosen Wald strahlt sie eine spröde Kälte aus. Ich schüttle mich vor Ekel. Mein Kopf scheint den Schock überwunden zu haben und fügt sich in die bittere Erkenntnis, dass Cohen recht hatte: Jamis und Phelia stecken wieder unter einer Decke.

Die Wachen stoßen eine verängstigte Gestalt vor sich auf die Knie. Der Junge knickt ein und seine Knie schlagen dumpf auf den Granitboden. Finn.

*Nein!*

Mein Pfeil durchsiebt die Luft und saust direkt auf Jamis' Brust zu. Wind erhebt sich um Jamis und Phelia und reißt an meinem Kleid. Der Pfeil treibt aus seiner Bahn ab, trifft die Mauer und fällt leise klirrend zu Boden.

Ich blinzele verwirrt. Was war das eben?

Phelias Kinn zuckt. Mein Blick schwenkt zu ihr und zu den Mädchen rechts hinter ihr. Vier Mädchen von unterschiedlicher Größe, Gestalt und Hautfarbe, mit nur einer Gemeinsamkeit: blauen Augen. *Animistinnen.* Eine Wache stößt eins der Mädchen zu Phelia hin.

Sie packt das Mädchen und umklammert ihre beiden Handgelenke. Das Mädchen schreit auf und bricht zu meinem Entsetzen leblos zusammen.

Ich werfe den nutzlosen Bogen weg, ziehe Papas Dolch und richte ihn auf die Schar vor mir. Ich frage mich, wie ich gegen so viele Gegner bestehen soll.

Phelia wendet mir die Innenseiten ihrer Hände zu. Der Wind wirbelt wieder auf und reißt mich um. Ich versuche wegzukrabbeln, aber der Wind ist ein Orkan, der mich zu Boden drückt.

Ich bekomme keine Luft. Wenn ich einatme, ist da nur Leere, wie auf dem Dach mit Lirra.

Vor meinen Augen flimmert es. Dann wird alles schwarz.

# Fünfundzwanzig

## AODREN

Ich bin schon fast am anderen Ende der Schlossbrücke angelangt, als die Verbindung zu Tessa sich auf eine Art und Weise verändert, wie ich es noch nicht erlebt habe. Das Band vibriert wie ein Gummizug. Meine Handflächen werden schweißnass.

Im ersten Moment überlege ich, ob das die seelische Reaktion darauf ist, dass ich einen Menschen getötet habe. Der Anblick des starren Mannes mit den glasigen, leeren Augen ist mir für immer ins Gedächtnis gebrannt. Aber er hätte Tessa erschlagen.

Bei jedem Schritt, mit dem ich mich vom Schloss entferne, dröhnt mein Herz so laut und schwer wie eine Kriegstrommel. Es ist falsch, Tessa zurückzulassen. Ich weiß nicht, warum und woher ich das weiß, aber ich werde das Gefühl nicht los, dass ich kehrtmachen muss. *Jetzt.*

Ich sitze ab und gebe meiner Stute einen energischen Klaps auf die Flanke. Sie prescht davon, in den Wald hinein. Das Mondlicht fängt sich in den goldenen und silbernen Verzierungen der königlichen Satteldecke. Wenn jemand nach meiner Fährte sucht, wird er vielleicht ihren Spuren folgen und davon in die Irre geführt.

Während ich über die Brücke zurück zum Schloss renne, behalte ich das Tor genau im Auge. Auf dem äußeren Burghof haben sich Männer versammelt, die gerade eben noch nicht dort waren. Ich weiß nicht, ob ich ihnen vertrauen kann. Ich achte darauf, außerhalb ihres Blickfelds zu bleiben, und stehle mich am Wächterhäuschen vorbei, um über die Mauer zu klettern. Mit den Fingern und den Stiefelspitzen suche ich nach Ritzen im Mauerwerk.

»Sie haben das Mädchen geschnappt.«

Als ich das höre, halte ich mitten im Aufstieg inne.

Der Mann lacht. »Ha, die hat doch geglaubt, jetzt würden sie alle wie 'ne Dame behandeln.«

*Nein.* Tessa ist gefangen genommen worden.

»Ich mach sie gern zu meiner Dame.«

»Ists im Verlies nicht 'n bisschen ungemütlich dafür?«

Meine Knöchel treten weiß hervor, so fest klammere ich mich an die Steine, um nicht über tausend Fuß in die Tiefe zu stürzen. Jamis war schon immer ein unbarmherziger Mann. Der Gedanke daran, was er Tessa antun könnte, lässt mich Stück für Stück weiter an der Mauer hinaufkriechen, indem ich jeden Tritt und jeden Griff gründlich prüfe, bevor ich mich hochstemme.

So rücke ich langsam, aber sicher näher an den Aborterker heran. Es ist Jahre her, dass ich diesen Abfallschacht benutzt habe, um aus dem Schloss zu kommen. Ich hätte nie gedacht, dass ich mich auch einmal auf gleichem Wege zurückschleiche. Ein Windstoß trägt den Geruch zu mir. Ich muss einen Würgereiz unterdrücken.

Aus dem Schloss dringt Lärm. Ab und an brüllt jemand. Der langsame Aufstieg lässt mir zu viel Zeit zum Nachdenken. Die Erkenntnis, dass ich meine Untertanen im Stich gelassen habe, trifft mich ins Mark.

Aber auch dieses Unrecht werde ich wiedergutmachen.

Wer auch immer mein Schloss an sich gerissen hat, wird dafür büßen.

Mit verkrampftem Kiefer und angehaltenem Atem zwänge ich mich in den schmalen, viereckigen Schacht, der in den Erker hinaufführt. Der Abort ist offensichtlich verstärkt benutzt worden. Kein Wunder, wegen des großen Fests gab es sicher viele Abfälle. Ich kann mir keine schlimmere Folter vorstellen, als durch diesen glitschigen Dreck zu kriechen. Offenbar ist jeder Nachttopf im Schloss heute ausgeleert worden.

Der Abort liegt an der Dienertreppe. Ich spitze die Ohren, und als ich niemanden höre, trete ich vorsichtig auf die schmalen Steinstufen hinaus.

Das Treppenhaus führt zu mehreren Zimmerfluchten. Ich wähle diejenige, von der ich am ehesten annehme, dass sie leer ist. Seit ich denken kann, sind die Gemächer der Königin verschlossen. Sie verfügen über einen eigenen Abort und eine Studierstube. Über den Regalen hängt ein dichtes Netz aus Spinnweben, als hätte jemand mit einem hauchdünnen Tuch die Bücher vor Staub schützen wollen. Vergebens: Überall liegt der Staub daumenhoch. Mehr als zwanzig Jahre ist dieser Raum unangetastet geblieben. Seit meine Mutter bei meiner Geburt gestorben ist.

Ich nutze die Ruhe dazu, mich zu sammeln. Mit jedem Blinzeln sehe ich das grauenvolle Blutbad wieder vor mir, höre die Schreie der Edelleute, die ich von klein auf kannte. Lord Tadmier, Lord Crenlin, Lord Greggor … aschgraue Gesichter, Blut, das aus Mündern sprudelt, Ehefrauen, die tot danebenliegen.

Haltsuchend umklammere ich eine Stuhllehne. Meine Finger hinterlassen Schlieren. Ich starre vor Schmutz und rieche nach

Schlachterabfällen. Verzweifelt ringe ich mit dem Grauen der Erinnerungen, versuche den Abend in eine überschaubare Zelle zu sperren und mich auf das zu konzentrieren, was ich zu tun habe. Ich darf nicht zusammenbrechen. Ich muss herausfinden, wo Tessa ist.

Obwohl kaum Licht durch die zugezogenen Vorhänge dringt, sehe ich mich in den Gemächern, die ich aus Respekt vor meiner Mutter nie betreten habe, nach etwas Brauchbarem um. Einer Waffe. Anderen Kleidern.

Doch hier sind nur Frauengewänder und Unterkleider zu finden, Bücher, eine Haarbürste und alte Puder, die nach verfaulten Rosen riechen. Ich überlege, ob ich mich damit einreiben soll, um den Fäkaliengeruch zu übertünchen. Stattdessen lege ich meinen Umhang ab, hänge ihn über einen Stuhl und benutze eine der Roben, um mir den ärgsten Schmutz von der Hose zu reiben. Meine Mutter wird es mir verzeihen ... rede ich mir ein.

Ich lege mein Schwert und meinen Dolch beiseite und rubbele mich von Kopf bis Fuß ab. Gegen den Gestank hilft das nicht viel, das muss warten.

Gerade habe ich meine Waffen wieder in den Gürtel gesteckt und will aufbrechen, als ich mit dem Knie an einen Tisch stoße. Ein goldenes Trinkgefäß kippt um und rollt über die Holzplatte. Ich fange es noch rechtzeitig auf, bevor es zu Boden klirrt. Dabei sehe ich, dass das Innere ganz verkrustet ist. Als meine Mutter starb – als ihre Gemächer versiegelt wurden –, muss es noch ein Getränk enthalten haben.

Ich tauche die Nase in den Kelch und atme Staub ein. Das Gefäß verrät mir nichts darüber, was für eine Frau meine Mutter war. Ich stelle es wieder auf den Tisch und gehe zur Tür.

Nachdem ich mich vergewissert habe, dass draußen auf dem Flur nichts zu hören ist, schiebe ich die Tür vorsichtig auf. Der Gang vor ihren Gemächern führt zu einer Wendeltreppe. Weder von oben noch von unten dringen Geräusche zu mir. Offenbar sind alle unten im Hauptgeschoss und kämpfen. Jedenfalls hoffe ich, dass sie noch kämpfen. Wie viele Männer haben mir die Treue gehalten? Wie viele sind tot?

Ich verdränge die angstvollen Gedanken und mache mich auf den Weg zum Innersten Verlies.

Auf der Mitte der Wendeltreppe tauchen zwei Wachen aus einem der angrenzenden Gänge auf. Sie sehen mich, und für einen winzigen Moment halten wir alle wie versteinert inne. Meine Hand legt sich zitternd an den Schwertknauf. Ob diese Männer auf meiner Seite stehen?

Doch alle Hoffnung auf treue Gefolgschaft ist zunichte, als die beiden ihre Schwerter ziehen. Einer zischt dem anderen einen Befehl zu, dann stürzen sie sich auf mich.

Hauptmann Omar und Saul Flannery waren hervorragende Lehrmeister im Schwertkampf. Selbst wenn ich keine Erfahrung mit echten Kämpfen habe, bin ich auf dem Übungsplatz allemal besser als meine Wachen.

Ich ziehe mein Schwert und verlagere mein Gewicht auf die Zehenballen.

Ein Mann prescht vor. Ich weiche ihm aus und schlage ihm mit dem Knauf auf den Hinterkopf. Er taumelt nach vorn und kracht gegen die Wand.

Ich wirble zu dem zweiten Angreifer herum und verliere fast ein Auge. Im letzten Moment pariert mein Schwert den gefährlichen Hieb. Der Mann schwankt nur kurz, dann reißt er die Klinge von unten hoch. Ich weiche aus, werde aber von der Spitze erwischt, als das Schwert wieder auf mich niedersaust. Es zerreißt mir das Hemd, trifft aber nicht die Haut.

Mein Puls rast durch meine Adern. Ich blocke einen weiteren Hieb und schlitze dem Kerl mit einer schnellen Aufwärtsbewegung die Jacke auf. Unsere Schwerter kreuzen sich klirrend. Wir treiben einander die Treppe hinauf und hinunter.

Irgendwann ermüdet der Mann, und ich gewinne die Oberhand. Das Blut scheint sich aus meinen Armen zurückzuziehen, als flehte es mich an, den letzten, tödlichen Schlag nicht auszuführen, aber das Band, das mich zu Tessa zieht, lässt kein Zögern zu. Ein Stoß in die Brust, und ich habe einen zweiten Mann umgebracht. Er fällt in mein Schwert und stürzt auf mich.

Bevor ich die Klinge herausziehe, fahre ich mit ihr herum und benutze so den Körper des Mannes als Schutzschild. Das Schwert des zweiten Angreifers bohrt sich in die Leiche, was mir die Zeit verschafft, meine Waffe herauszureißen. Sobald sie frei ist, stoße ich den Toten von mir weg. Er prallt gegen seinen Kameraden, und beide krachen die Treppe hinunter. Ein abstoßendes Knacken sagt mir, dass ich nun wohl einen dritten Mann auf dem Gewissen habe.

Mir stülpt sich der Magen um. Übelkeit steigt in mir auf.

Ich beiße die Zähne zusammen und befehle mir, nicht die Nerven zu verlieren. Mit langsamen, vorsichtigen Schritten tappe ich die Treppe hinunter und bewege mich fast lautlos Richtung Hauptgeschoss. Die Treppe schraubt sich weiter in den Keller, in dem sich die Schlossküche befindet, aber durch das Felsfundament, auf dem die Burg erbaut ist, führt kein Weg von der Küche ins Verlies. Die einzige Möglichkeit, zu Tessa vorzudringen, ist der Bogengang, der am Ballsaal vorbei zum Verlies führt.

Ich spüre Tessa nun ganz schwach in den Tiefen der Burg. Wenn ich es irgendwie zu ihr schaffe, kann ich uns beide hier herausbringen. Und den kleinen Mackay, wenn er noch lebt. Ich lasse den Gedanken nicht zu, dass einer von ihnen oder gar beide zu verletzt sein könnten, um zu fliehen.

»Bestimmt hat er sie inzwischen alle abgemurkst.«

Eine Stimme aus dem Gang lässt mich mitten in der Bewegung innehalten. Es ist eine Männerstimme – wahrscheinlich einer der Verräter aus der Königsgarde.

»Ja, irgendwie ist er sie losgeworden. Der Plan sah vor, sie zu der Steilwand zu treiben.«

Ein zweiter Mann sagt etwas, das ich nicht hören kann.

»Das kriegt er hin.«

»Aber doch nicht alle fünf.«

»Was weißt du schon? Mindestens den Kopfgeldjäger und den Hauptmann, würd ich wetten.«

Mir bleibt vor Schreck fast das Herz stehen. Eine der Wachen, die Omar mitgenommen hat, ist ein Verräter. Ich zermartere mir das Hirn, wen Omar erwähnt hat, als wir im Verlies waren – Cohen, Leif, Wallace, Ulrich und einen weiteren Mann, Geoffrey.

»Nee, der Hauptmann hat das Gehör einer Raubkatze.«

»Auf wessen Seite bist du eigentlich?«

Ein Schnauben. »Natürlich auf Jamis'.«

Der Name versetzt mir einen Schlag in die Magengrube. Ich habe mir schon gedacht, dass er zu den Aufständischen gehört, aber jetzt habe ich Gewissheit.

Ich spähe aus dem Treppenhaus.

Über der schmutzverschmierten Hose leuchtet mein feines Hemd weißer als der Vollmond. Ebenso gut könnte ich mit einer weißen Fahne winken, wenn ich damit über den dunklen Burghof laufe. Ich taste über den Boden vor der Treppe, um etwas Staub und Dreck zusammenzuscharren und es auf meiner Brust zu verteilen. Viel bringt es nicht.

Sobald die Männer verschwunden sind, hechte ich aus dem Treppenhaus in den Gang, der ins Hauptgeschoss führt. Die Stille verstärkt jeden Schritt. Jeden Atemzug. Jeden Schlag meines Herzens, das mir bis zum Hals klopft.

Ich erreiche den Westeingang zum Ballsaal. Alles in mir schreit danach, stehen zu bleiben und das Ausmaß der Katastrophe zu überblicken, um vielleicht noch anderen zur Flucht zu verhelfen. Aber ich zwinge mich, weiter zum Verlies zu hasten. Rings um den Ballsaal könnten noch Aufständische lauern.

Jede Sekunde zählt. Wer weiß, welche Folterqualen Jamis Tessa zufügen wird.

Zwei Schritte in den Bogengang hinein, da höre ich Stimmen aus der Richtung, in der das Verlies liegt. Ich ducke mich hinter einen Vorhang aus dickem Brokat, der bis auf den Granitboden hinunterreicht. Ausnahmsweise bin ich dankbar für die Prunksucht meines Vaters.

Donnernde Schritte lassen den Boden unter meinen Füßen beben. Ich drücke mich an das Fenster.

Anhand der Stimmen kann ich mindestens vier Männer ausmachen, aber dem Fußgetrappel nach zu urteilen müssen es gut zwei Dutzend sein. Als sie vorübergehen, spähe ich durch den Vorhang. Zu meiner Verblüffung sehe ich vier Wachen, die mindestens dreißig junge Mädchen eskortieren. *Jamis' Waffen.* Ihre Gesichter sind fleckig und ausgemergelt, und viele haben verquollene Augen, wohl vom vielen Weinen. Allen sind die Hände gefesselt.

Was kann ich tun?

Ich schließe die Finger um meinen Schwertknauf und starre niedergeschmettert zu einem sehr jungen Mädchen am Ende der Gruppe. Sie trägt keine Schuhe. Ihre Füße sind völlig zerschürft und Blut klebt auf ihrer Haut. Ich sinke gegen das Fenster und lasse den Vorhang vor mir zufallen. Wie könnte ich sie jemals alle retten?

Keine Sekunde nachdem sie verschwunden sind, höre ich etwas gegen die Steinmauer hinter mir prallen.

Ich fahre herum.

Vor der Burg stehen drei Wachen, die mich durch das Fenster entdeckt haben. Vom Fuß des Hügels zielt einer mit dem Langbogen auf mich. *Mistkerl.*

Ich werfe mich zur Seite. Das Glas zersplittert und ich springe hinter dem Vorhang hervor. Die Eskorte der Mädchen hat den Krach bestimmt gehört.

Ich rette mich in den nächsten Turm. *Nicht stehen bleiben.* Ich darf nicht stehen bleiben. Die Rufe werden lauter, und bald klingt das kleine Grüppchen wie eine ganze Horde Männer. Aber ich bin schon im Treppenhaus und haste mit großen Schritten in das zweite Obergeschoss hinauf, wo ich mich in eine Studierstube schleiche und bete, dass niemand diesen alten Raum in Benutzung genommen hat.

Ich habe Glück. Blitzschnell öffne ich die Geheimtür in der Tapete am Kamin und schlüpfe in den schmalen Tunnel, in dem ich früher gespielt habe.

Niemand kennt dieses Schloss besser als ich. Sie können mich jagen, aber sie werden mich nicht finden. Nicht ehe ich Tessa und Finn befreit habe.

# Sechsundzwanzig

## TESSA

Dass ich im Innersten Verlies bin, merke ich schon, bevor ich mühsam die Augen aufgeschlagen habe – der verstörend vertraute Gestank nimmt mir den Atem.

Ich blinzele zwei, zehn, zwanzig Mal, um in der Finsternis irgendetwas zu erkennen. Um mich herum ist es pechschwarz; kein Funken Licht ist zu sehen. Ich hatte zwar noch nie Angst im Dunkeln, aber das ist eine andere Art von Dunkelheit. Erdrückend, endlos und kalt. Bitterkalt.

Wäre es hell, könnte ich bestimmt die Dampfwölkchen meines Atems sehen. Ich konzentriere mich auf jedes Ein- und Ausatmen, ein abgehacktes Keuchen, damit ich mich weniger allein fühle. Damit die Leere gefüllt ist, in der ich gefangen bin.

*Wenn du in der Klemme steckst, sieh dich um. Es gibt immer irgendetwas, was du als Waffe benutzen kannst.* Das hat mir Papa vor Jahren beigebracht. Ein Rat, der für alle Lebenslagen nützlich ist, ob ich nun auf der Jagd meinen Bogen verliere oder wieder von einem Puma angegriffen werde.

Ich taste über den feuchten Boden und höre mein Kleid über die schartigen Steine schaben. Als meine Finger auf eiskalte Eisenstangen treffen, würde ich am liebsten vor Erleichterung weinen, so dankbar bin ich für einen räumlichen Anhaltspunkt.

Das ist nicht dieselbe Zelle, in die ich bei meiner ersten Gefangennahme gesteckt wurde – als Omar mich wegen Wilderei ins Verlies werfen ließ. Im Gegensatz zu dem glatten Gitter, hinter dem ich damals gefangen war, fühlen sich diese Stäbe pockenartig und an manchen Stellen fast morsch an.

Ich fahre an den Stäben entlang, um eine Tür zu finden. Meine Hand tastet in eine Pfütze mit einer zähen Flüssigkeit.

Erschrocken quietsche ich auf. In der modrigen Luft hängt der metallische Geruch von Blut.

Mir bricht der kalte Schweiß aus. Das Blutbad im Ballsaal kommt mir in den Sinn. Ich schüttele den Kopf und versuche die grausamen Bilder zu verscheuchen. Mein Hals wird eng und ich würge. Schnell wische ich die Hand am Rock ab und rede mir ein, dass diese Pfütze kein Blut war, sondern altes Wasser. Vielleicht auch Urin. *Senf und Pfeffer* – hoffentlich nicht.

Ich reibe meine Handfläche ab, rubbele und rubbele, bis es wehtut. Es riecht definitiv nach Rost, nicht nach Blut. Es ist Rost von den zerfressenen Gitterstäben.

Ich rüttle an den rauen Eisenstangen. Rüttle noch mal, fester. Meine Zähne klappern. »Hallo? Hallo?«

Nicht weit von mir höre ich ein Rascheln und ein schmerzerfülltes Stöhnen, aber in der absoluten Finsternis kann ich einfach nicht ausmachen, woher die Geräusche genau kommen. Wenn es doch nur einen winzigen Schimmer Helligkeit gäbe, irgendetwas, das mir wenigstens ein bisschen Wärme vorgaukelt, damit ich wieder klar denken kann.

»Wer ist da? Finn, bist du das?« Bitte lass Finn noch am Leben sein.

Wieder ein Rascheln, dann ein Husten. »T-T-Tessa? Bist das d-d-d-u?« Das unbekümmerte Lächeln ist aus Finns Stimme gewichen.

»Finn, ja, ich bin hier.« Erleichterung durchströmt mich und vertreibt meine unberechenbaren Gedanken.

Er gibt ein Geräusch von sich, das ein Schluchzen oder ein Schnauben sein könnte. »M-m-mir ist k-k-kalt, Tessa.«

Als ich seine Zähne klappern höre, stehe ich auf und strecke den Arm durch die Gitterstangen. »Ja, es ist kalt. Aber du hältst dich gut. Kannst du mir erzählen, was passiert ist?«

»Ich – ich habe Gebrüll gehört und bin im Nachthemd aus dem Haus gelaufen.« Seine Stimme bricht. »Die Wachen haben sich umgebracht. Ich … ich wusste nicht, was ich t-tun sollte.«

»Es war ein Putsch«, sage ich.

Ein Trappeln und Schaben aus seiner Richtung. »Ich meine nicht, dass sie sich gegenseitig umgebracht haben. Sie … sie haben sich in ihre eigenen Schwerter gestürzt.«

Jeder Versuch einer Antwort bleibt mir im Hals stecken. Die Wachen haben Selbstmord begangen? Mögliche Erklärungen gehen mir durch den Kopf. Sie deuten alle auf Phelia hin, auf manipulierte Gedanken und geraubte magische Energie.

Finn schnieft und unterdrückt ein leises Schluchzen. Ich wünschte, wir wären in derselben Zelle, damit ich ihn in die Arme nehmen und wir einander etwas Trost und Wärme spenden könnten. Er ist im Nachthemd aufgegriffen worden, während mein Kleid immerhin mehrere Lagen hat. Und das Grauen, das er gerade geschildert hat, sprengt jedes Vorstellungsvermögen.

»Sssch«, flüstere ich. »Alles wird gut. Sei tapfer, Finn.«

Seine Eisenstangen knarren. Offenbar lehnt er sich dagegen. »Cohen ist der T-T-Tapfere in der Familie, nicht ich.«

»Er ist nicht hier. Jetzt musst du tapfer sein. Diesen Kampf kann dir niemand abnehmen.« Ich will nicht herzlos klingen. Aber ich weiß besser als jeder andere, dass Dunkelheit jede Hoffnung im Keim ersticken kann. Wenn Finn diese eisige Nacht überstehen soll, braucht er Kampfgeist.

Hier unten droht uns nicht nur durch unsere Gefängniswärter Gefahr. Das Innerste Verlies ist dafür berüchtigt, dass die Gefangenen an Kälte und Verzweiflung sterben, bevor sie aufs Schafott geschleift werden können.

»Ich werde tapfer sein, Tessa. W-w-wie kommen wir hier raus?«

Ich weiß nicht, was Jamis und Phelia mit uns vorhaben. »Wir werden schon einen Weg finden«, sage ich fest entschlossen.

»Versprochen?«

»Versprochen.«

Licht flackert durch die tintenschwarze Nacht, ein gelber Schein, der mir eine Ahnung von dem höhlenartigen Gewölbe gibt, in dessen Wände Zellen eingelassen sind. Dieser Bereich des Verlieses hat nur einen Ausgang, eine Treppe, von der das schwache Licht kommt. Ich hatte recht – das ist nicht der Teil des Kerkers, in dem ich beim letzten Mal gefangen war. Damals habe ich andere Unglückliche stöhnen und schreien hören. Jetzt höre ich nichts. Entweder haben sie alle freigelassen oder Finn und ich sind isoliert von den übrigen Gefangenen. Seit ich in meiner Zelle aufgewacht bin, sind höchstens ein paar Stunden vergangen. Vielleicht kommt Jamis zurück, um uns zu verraten, warum wir noch am Leben sind? Mir schaudert bei dem Gedanken, was er von Finn und mir wollen könnte.

»Finn?«, wispere ich. Es beunruhigt mich, dass wir offenbar gleich Besuch bekommen.

Er antwortet nicht.

Ich spähe in seine Richtung, aber vor mir flimmert das Licht wie goldene Öltropfen in schwarzem Essig. Weil ich nicht sicher bin, in was ich vorhin gefasst habe, reibe ich mir mit der Armbeuge über die Augen. Dann schaue ich mich um. Der Lichtschein kommt näher.

In einer Zelle auf der anderen Seite des Gewölbes liegt ein Häuflein Mensch unter einer dünnen Stoffschicht, von dem ich inständig hoffe, dass es Finn ist. Er rührt sich nicht. Zum ersten Mal, seit ich im Kerker aufgewacht bin, konzentriere ich mich auf seine Energie, um zu erspüren, ob er noch lebt. Das leise Summen seiner Lebenskraft vibriert in der Dunkelheit. Gleich darauf mischt sich ein kaum hörbares Schnarchen in das Geräusch seiner Energie. Finn schläft. Er schläft nur.

Erleichtert lehne ich den Kopf ans Gitter.

Laternenschein erleuchtet das Gewölbe.

Ich erkenne Phelia auf den ersten Blick. Die absonderlichen Linien auf ihrer Haut verstecken sich unter einem hochgeschnittenen, langärmeligen Kleid. Angewidert und verängstigt weiche ich zurück. Auch angewidert von mir selbst, dass ich so verängstigt bin.

Phelias Schuhe klackern über den Steinboden, bis sie vor meiner Zelle stehen bleibt. Ich verdränge die Angst, doch was bleibt, ist die Scham. Darüber, was sie getan hat. Darüber, dass sie ihr Blut an mich weitergegeben hat. Darüber, dass ich mehr wissen will.

Ich schirme die Augen gegen die Helligkeit ihrer Laterne ab, sehe aber gerade noch, dass in der Mitte des Gewölbes ein rötlich schwarzer Fleck von der Größe eines Menschen den Boden besudelt. Blut.

Das Verlies ist mit alten Flecken übersät, aber dieser glänzt noch. Er ist nicht sehr alt. Es ist auf jeden Fall Blut.

Ich muss all meine Selbstbeherrschung aufbringen, um nicht auf meine Hand zu schauen.

»Hallo, Tessa.« Ihre Stimme ist eine Harke auf weichem Grund. »Befindest du dich wohl?«

Ich verziehe das Gesicht. Im Verlies? »Durch und durch wohl«, sage ich zähneknirschend.

»Ah, du hast die spitze Zunge deiner Großmutter geerbt.«

Ihre Bemerkung trifft mich bis ins Mark. Eine Mischung aus Trauer und der Wärme der Wahrheit steigt in mir auf. Ich habe nicht damit gerechnet, dass sie mich den Wahrheitsgehalt ihrer Worte spüren lässt. Bei unserer Begegnung im Endlosen Wald hat sie das einmal getan, aber ich hätte nicht gedacht, dass sie auch hier auf den Schutzschild um ihre Seele verzichtet.

»Bitte sprich nicht von ihr«, sage ich.

Phelia tritt so nah zu mir, dass sich ihr Gesicht beinahe zwischen die Gitterstäbe schiebt. Ihr Kopf zuckt leicht zur Seite, wie der schwirrende Flügelschlag eines Kolibris, und ihr Blick ruht unverwandt auf mir. »Enat war meine Mutter. Gibt mir das nicht das Recht dazu?« Ihre Frage klingt wie die Belehrung eines Schulmeisters oder Geistlichen.

»Was willst du, Phelia?«

Sie kneift die Lippen zusammen. Ihre fast farblosen hellblauen Augen nehmen im Laternenschein einen unheimlichen Goldton an. Sie sieht wie eine ausgehungerte Katze aus. »Das ist nicht mein Name.«

»Anders werde ich dich nicht nennen.« Meine Wut macht mich patzig.

Phelia schaut auf meine Hände herab, die sich um die Stäbe geklammert haben. »Du tust nur so unerschrocken, Tessa. Eigentlich hast du Angst. Ich kann es an deiner Energie spüren. Sie schlägt Haken wie ein aufgescheuchtes Kaninchen.«

Ich weiche bis an die Zellenwand zurück.

»Ich habe dir einmal das Leben gerettet. Hat Enat dir das erzählt?« Ihre Augen bohren sich in mich, während sie mit dem Finger die Eisenstangen entlangfährt. »Die Säuberungsfanatiker hätten schnell herausgefunden, dass du eine Animistin bist. Sie hätten uns beide getötet. Also habe ich mich mit deiner Großmutter an der Grenze verabredet, damit sie dir deine Gabe wegnimmt und du in Malam nichts mehr zu befürchten hättest. Aber die alte Vettel weigerte sich, das zu tun.«

Ihre Fingernägel klacken auf das Metall. *Tink, tink.*

Ich bleibe stumm.

*Tink.* »Du hast keine Ahnung, was ich für dich getan habe.«

Mein Atem brennt mir in den Lungen. Ich will nicht fragen, und doch will ich es unbedingt wissen, obwohl ich mich fühle wie eine Maus, die einer durchtriebenen Katze in die Falle gegangen ist.

»Ein Grenzwächter hat uns entdeckt«, fährt sie fort. »Ich sah seinen Pfeil erst, als er uns beide durchbohrte.« Ihre Hand wandert zu ihrer Brust, knapp über das Herz. Ihr Blick lässt mich nicht los. »Durch dich hindurch in mich.«

Ich ziehe scharf die eisige Luft ein. Das stimmt nicht mit dem überein, was Papa mir erzählt hat. Er sagte, sie habe mich verlassen, als ich einige Monate alt war. Doch mein Gefühl für die Wahrheit in Phelias Worten sagt mir, dass er gelogen hat. Aber dann hätte ich damals doch die Kälte seiner Unehrlichkeit spüren müssen.

Sie sieht mich den Kopf schütteln. »Wir wären beide gestorben«, sagt sie. »Aber der Wächter war ein Narr und kam mir nah genug, dass ich ihn packen und mir zurückholen konnte, was er hatte stehlen wollen.«

Sie umfasst die Stäbe und drückt den Kopf so weit es geht durchs Gitter. »Ich habe dich gerettet, Tessa.« Es ist ein gefauchtes Flüstern. Wie der Nachgeschmack von bitterem Bier klingt eine unausgesprochene Drohung durch. *Du stehst in meiner Schuld.*

Ich verschränke die Arme und presse sie an meinen Oberkörper. »Warum erzählst du mir das? Ich wollte das nicht hören.«

Ein grausames Lächeln verzerrt ihre Züge. »Aber du willst es wissen. Ich sehe die Fragen in deinen Augen. Du willst mehr über mich wissen.«

»W-will ich nicht.«

»Lügnerin.« Sie tippt sich vielsagend an die Stirn. Ihr Umhang weht wie Fledermausflügel hinter ihr auf. »Ich habe dir damals das Leben gerettet, Tessa.«

In mir zieht sich alles zusammen, als sie meinen Namen so heiser hervorstößt. Ich ringe darum, mir nichts anmerken zu lassen. »Warum bist du hergekommen?«

Finn hustet. Phelia hat mich ganz vergessen lassen, dass er da ist.

»Wünschst du dir denn nicht, freigelassen zu werden?«, fragt Phelia so beiläufig, als biete sie mir Brot und Bier an.

»Und was verlangst du dafür?«

»Die Wachen werden dir die Freiheit zurückgeben, wenn du einwilligst, im Schloss zu bleiben.«

»Wie lange?«

Sie geht vor meiner Zelle auf und ab. »Du wirst mir zur Hand gehen, bis du gelernt hast, deine Seelenlesergabe zu beherrschen.«

Und wie lange soll das dauern? Das ist lächerlich. Nicht, dass sie mich damit locken könnte. Es wäre purer Wahnsinn, mit einer Mörderin und Marionettenspielerin wie ihr einen Pakt zu schließen. Und doch frage ich mich unwillkürlich, ob sie Wort halten würde. Ich lerne schnell. Ich könnte meine Gabe bald beherrschen.

Aber das ist Irrsinn. Es muss eine Falle sein.

»Du brauchst Bedenkzeit«, sagt sie. Sie liest tiefer in meiner Seele, als ich es will.

Ich antworte nicht.

Sie stellt die Laterne auf einen Vorsprung an der Wand, geht zurück zur Treppe und verschwindet in der Dunkelheit. Sobald sie außer Sichtweite ist, schaue ich mich gründlich um. Es kommt mir wie ein Wunder vor, dass ich die Hand vor Augen sehen kann. Dass sie die Laterne hiergelassen hat, ist nur eine kleine Geste, über die Phelia vermutlich gar nicht nachgedacht hat, aber das Licht im Raum ändert alles.

Ich sehe die Erleichterung in Finns Gesicht, als er eine Schläfe an das Gitter lehnt.

Unter dem Nachthemd ragen seine spitzen, blau gefrorenen Knie hervor.

»Sie ist deine Mutter?«, fragt er.

»Ja.« Ich drücke mir die Faust in den Magen, bis sich der Aufruhr in meinem Innern legt. Mit den Fingern taste ich nach der alten Narbe an meiner Brust, von der ich immer dachte, ich hätte sie mir im Wald geholt.

»Ich bin nicht wie sie«, versichere ich ihm. Die Worte werden von der eisigen Dunkelheit verschluckt.

Ich bin nicht wie sie.

# Siebenundzwanzig

## AODREN

Seit Stunden sitze ich in meinem Geheimversteck und habe mir schon die Finger an den Mauersteinen wund gerieben, weil ich so oft durch die Schießscharten spähe. Sobald auf dem Burghof eine Stimme erklingt oder Hufe klappern, halte ich nach einem Hinweis Ausschau, was Jamis als Nächstes tun wird.

Mit großen Planen bedeckte Leichenkarren rattern aus der Burg; vermutlich werden die toten Edelleute fortgeschafft. Soldaten kommen und gehen. Ich kauere in meinen stinkenden Kleidern an der Wand und versuche mir ihre Gesichter einzuprägen, damit ich später nicht loyale Wachen für Verräter halte.

Die Zeit läuft mir davon. Die einzige Möglichkeit, mir die neuen Kleider zu beschaffen, die ich dringend brauche, scheinen mir die Quartiere der Bediensteten zu sein, die wahrscheinlich weniger gut bewacht sind. Dorthin führt zwar kein Geheimgang, aber es gibt ein paar Wege, durch die ich zumindest näher herankommen könnte.

Da der Mond nicht ganz voll ist, stehen die Chancen, dass ich auf der Brustwehr nicht entdeckt werde, ein Stückchen besser. Hoffe ich. Geduckt husche ich zum Nordturm hinüber und muss über meine missliche Lage den Kopf schütteln. Ein König, der in sein eigenes Schloss einbricht. Lachhaft.

Im Nordturm herrscht Grabesstille. Nur hin und wieder dringen die Schritte einer Wache herauf, die im Erdgeschoss ihre Runden zieht. Um sicherzugehen, dass man mich nicht hört, tappe ich langsam und auf Zehenspitzen in den zweiten Stock hinunter und schiebe die quietschende Tür auf.

Fluchend husche ich auf den Gang hinaus. Bestimmt hat der Mann unten das Geräusch gehört, und tatsächlich – kaum bin ich durch die erstbeste Tür geschlüpft, höre ich draußen jemanden rufen.

Ich stehe in einer Zimmerflucht. Die herrschaftlichen Gemächer in diesem Trakt des Schlosses sind alle mit einem Flur verbunden, den die Bediensteten nehmen, wenn sie die Nachttöpfe in den Aborten ausleeren. Rasch eile ich durch die Zimmer und öffne die kleine Durchgangstür zum Dienerflur.

*Senf und Pfeffer, was für ein Gestank.* Teilnahmsvoll denke ich an die Schlossdiener. Ich kann mir nicht vorstellen, dass man eine solche Arbeit lang erträgt, und doch weiß ich, dass die Männer in Brentyn sich darum reißen. Welch ein Irrsinn.

Ich zwänge mich durch den schmalen Gang und eine steile Treppe hinunter, bis ich eine Tür erreiche, die zu einem kleinen Hof führt. Vorsichtig lege ich das Ohr ans Holz und lausche.

Ich höre nichts. Die Quartiere der Bediensteten befinden sich an der äußeren Burgmauer, hinter der es, ebenso wie am Übungsplatz der Königsgarde, steil in die Felsenschlucht hinuntergeht. An dieser Stelle ist kein feindlicher Angriff zu erwarten, weshalb dieser Bereich des Schlosses für gewöhnlich unbewacht ist.

Darauf muss ich mich verlassen.

Ich trete durch die Tür. Zu meiner Erleichterung ist der Hof menschenleer. Eine kleine Rasenfläche erstreckt sich bis zu den strohgedeckten Steinkaten im Schatten der Burgmauer. Dort sind alle Fenster dunkel.

Ich weiß nicht, wie viele Bedienstete die Meuterei überlebt haben. Ich weiß nicht, ob die Überlebenden mit den Verrätern im Bunde stehen. Gerade scheinen alle ausgeflogen zu sein, aber ich muss dennoch auf der Hut sein.

Obwohl ich jahrelang heimlich durch mein eigenes Schloss geschlichen bin, um unentdeckt zu bleiben, verlangt es mir einige Anstrengung ab. Jeder Schritt muss wohlüberlegt und genau ausbalanciert sein. Tessa wäre an meiner Stelle vermutlich die Anmut selbst.

Ich drücke mich an den ersten Türen vorbei. Falls mir hier noch jemand die Treue hält, hat er sich gewiss in der hintersten Kate verschanzt, so weit weg von der Burg wie möglich. Sonderlich schlagend ist dieses Argument nicht, aber es gibt mir immerhin das Gefühl, durchdacht zu handeln.

Hinter dem Fenster neben der letzten Tür regt sich nichts. Ich komme mir wie ein schäbiger Eindringling vor, als ich die Klinke drücke und die Tür aufschiebe.

Zum Glück öffnet sie sich geräuschlos. Der Druck auf meiner Brust lässt etwas nach. An der Wand neben der Tür glimmen ein paar Scheite im Kamin. An der gegenüberliegenden Wand stehen drei bescheidene Betten. Unter zwei der alten Flickendecken liegen Menschen.

Mein Puls beginnt zu rasen. Ich hatte gehofft, dass niemand hier wäre. Immerhin scheinen sie zu schlafen. Ich rolle die Füße langsam und leise von der Ferse bis zum Ballen ab, als ich zu einem kleinen Kleiderschrank gehe, der einen Spalt offen steht.

Mit äußerster Vorsicht ziehe ich eine Hose heraus. Sie wirkt etwas zu groß, hat aber eine Kordel, mit der ich sie enger binden kann. Ohne die schlafenden Gestalten aus den Augen zu lassen, schiebe ich mich in die hinterste Ecke und kleide mich rasch um. Würde ich es draußen im Hof tun, könnte ich von einer Wache auf der Brustwehr gesehen werden. Dann streife ich mir ein weites Hemd über, unter dem ich meinen Waffengürtel verstecken kann.

»Wer bist du?« Ein piepsiges Flüstern schreckt mich auf.

Ich erstarre und drehe mich dann langsam um.

Ein kleines Mädchen mit Zöpfen lugt aus einem der Betten zu mir herüber.

*Götter.* Ich hole so scharf Luft, dass mir die Lungen brennen. Ich drücke eine Faust an die Stirn und warte, bis ich wieder normal atmen kann.

Das kleine Mädchen reibt sich mit den Fäustchen die Augen. Viele der Männer und Frauen, die im Schloss arbeiten, ziehen hier ihre Kinder groß, aber bis zu diesem Moment habe ich nie darüber nachgedacht, dass auch Kinder auf der Burg wohnen.

»Warum hast du Papas Hemd an?« Sie krallt die Hände in die Decke. »Deins ist besser.«

Ich lächle unsicher. *Pst,* bedeute ich ihr mit einem Finger an den Lippen.

Der Streifen Mondlicht, der durchs Fenster fällt, wirft bläulich graue Schatten auf ihr neugieriges Gesicht. Zorn flammt in mir auf. Sie kann nicht älter als sechs oder sieben Jahre sein. Ihretwegen wünschte ich fast, ihre Eltern wären mit Jamis verbündet. Dann wäre das kleine Mädchen nicht in Gefahr. Allerdings nur für eine Weile. Wenn meine Streitkräfte Schloss Neart zurückerobern, werden die Verräter gefunden und bestraft werden. So verlangt es das

Gesetz. Und das bedeutet, dass Kinder wie dieses in Mitleidenschaft gezogen werden. Der Gedanke, dass ihr in beiden Fällen das Waisenhaus drohen könnte, bereitet mir Übelkeit.

Selbst wenn es vorbei ist, wird es noch lange dauern, bis in Malam wieder Frieden herrscht.

Mit trockenem Mund rücke ich auf die Tür zu. Ich weiß nicht, was ich sagen soll. Neben dem Bett des Mädchens sehe ich die langen dunklen Zöpfe einer erwachsenen Frau, wohl der Mutter. Ich will nicht, dass sie wach wird, und schleiche mich ebenso verstohlen zur Tür, wie ich gekommen bin.

Die rabenschwarzen Augen des Mädchens folgen mir. Sie legt den Kopf schräg, und ich winke ihr zum Abschied zu. Sie winkt zurück, gähnt und legt sich wieder hin.

Hoffentlich wird sie meinen Besuch für einen Traum halten. Ihr unschuldiges Gesicht steht mir weiter lebhaft vor Augen, als ich zurück in die Burg und am Ballsaal vorbei in den Bogengang gehe, der zum Verlies führt.

Zu meiner Schande muss ich gestehen, dass ich rein gar nichts darüber weiß, was in den Tiefen der Burg vor sich geht, auch wenn ich so einige Schauermärchen gehört habe. Ich werde noch wütender auf mich, dass ich als König so träge war, und schwöre mir hoch und heilig, das zu ändern. Wenn wir diesen Aufstand überstehen, werde ich der König sein, den Malam braucht.

Ich werde zurückschlagen.

Ich werde mein Schloss wieder an mich nehmen.

Ich werde die Menschen befreien, die unschuldig in die Rebellion hineingerissen worden sind.

# Achtundzwanzig

## COHEN

Wir sind zu tief im Wald, um einen Heiler zu holen. Brentyn liegt über hundert Meilen hinter uns. Ich bin nicht einmal sicher, ob man überhaupt noch etwas für Omar tun kann. Es ist eine Ewigkeit her, seit er endlich Atem geholt hat. Jetzt hebt und senkt sich seine Brust zwar fast unmerklich, aber er ist nicht zu sich gekommen. Mit einem Blick auf den eingedrückten Brustkorb und das Blut, das er verliert, weiß ich, dass wir ihn nicht bewegen dürfen.

»Wir müssen jemanden zurückschicken, der einen Heiler herschafft.« Ich stehe auf und laufe unschlüssig hin und her. Wir müssen dringend weiter. Und wir müssen dringend Omar helfen. Aber beides geht nicht.

Ulrich kniet neben unserem Anführer nieder. Sein zerfurchtes Gesicht ist voller Sorge.

»Wir müssen etwas tun.« Leif lässt die Leine seines Pferdes los und kommt zu mir.

Ulrich nickt. »Vielleicht könnten wir uns aufteilen.«

»Wir brauchen einen Heiler«, antworte ich.

»Das übernehme ich.« Geoffreys Hände zittern, als er einen

Wasserschlauch aus seiner Tasche holt und einen tiefen Schluck nimmt. Fassungslos starrt er den Hauptmann an. Geoffrey ist schon über zwölf Jahre in der Königsgarde. So verstört habe ich ihn noch nie erlebt. »Ich schaffe das allein. Einer von euch kann hierbleiben, und die Übrigen sollten die Jagd fortsetzen.«

Wir sind seit Stunden unterwegs. Der nächste Ort ist eine Stunde entfernt. Angesichts der Schwere von Omars Verletzungen kehrt Geoffrey womöglich nicht mehr rechtzeitig zurück, bevor Omar stirbt. Die verkrampften Mienen der anderen verraten, dass sie zu demselben Schluss gekommen sind.

Dennoch bringt es dem Hauptmann nichts, wenn wir hier nur herumstehen und warten. Omar würde wollen, dass wir die Verfolgung wieder aufnehmen. Ich nicke Geoffrey zu und frage: »Wer bleibt hier?«

Leif tritt neben den Verwundeten. »Ich.«

Sowohl Ulrich als auch Wallace sind erst vor knapp anderthalb Jahren in die Königsgarde aufgenommen worden. Ich kenne sie nicht gut, aber Hauptmann Omar hat sie offenbar als besonders geeignet für diese Mission eingestuft. Auf sein Urteil vertraue ich. Sie wirken erfahren genug, um wertvolle Reisegefährten zu sein.

»So machen wir es.« Geoffrey nickt mir zu und stapft zu seinem Pferd. Noch ehe einer von uns anderen sich gerührt hat, sitzt er im Sattel und treibt sein Pferd in rasendem Galopp in den Wald. Wir starren weiter entgeistert auf unseren bewusstlosen Anführer hinunter.

»Na los. Schnappt euch Jamis.« Leif legt seine Hand auf die Schulter des Hauptmanns. Den älteren Mann durchläuft ein Zittern.

Ich spreche ein stummes Gebet für Omar. Dann reiten wir in die Nacht davon, langsam zunächst, um die Spuren zu überprüfen.

Wallace ist bei Weitem kein so guter Fährtenleser wie Ulrich, der ebenso viele Spuren findet wie ich. Ihm ist es zu verdanken, dass wir zügig vorankommen.

Der felsige Berghang ist mit Schiefersplitt übersät. Die Pferde quälen sich voran. Es wundert mich, dass Jamis ausgerechnet diesen Weg durch das Gebirge gewählt hat. Hier gibt es nichts als steile Abhänge und gefährliche Felsvorsprünge.

Wir haben die Baumgrenze erreicht und reiten auf den Felsgrat hinaus. Im schwachen Mondlicht wirkt der schmale Pfad bläulich grau.

Auf einmal bricht die Spur ab, der wir gefolgt sind. Wir reiten ein Stück vor und suchen dann noch einmal in der Gegenrichtung. Nichts. So etwas kommt auf der Jagd öfter vor, aber heute macht es mich rasend. Ich will diesen Mistkerl Jamis so schnell wie möglich schnappen und dem Aufstand ein Ende bereiten.

Ich spähe über den Rand des Grats in den Abgrund. Ich begreife nicht, wohin Jamis verschwunden sein könnte. Hier geht es nur steil in die Tiefe.

Wo ist er bloß hin?

Da rammen von hinten zwei Hände in meinen Rücken. Ich taumele einen Schritt vor. Schock durchfährt mich, als ich merke, dass ich ins Leere trete.

In den Abgrund. Ich falle, rudere mit Armen und Beinen …

… und bekomme nichts als Luft zu fassen.

Der Boden unter mir rast mir entgegen.

Mein Schrei zerreißt die Nacht.

# Neunundzwanzig

## TESSA

Irgendwo quietscht eine Tür. Ich setze mich auf und drücke den Rücken an das Gitter. Keine Ahnung, wie viel Zeit vergangen ist. Es kommt mir wie eine Ewigkeit vor, dabei war es sicher nur eine Nacht. Die Schatten, die über die Wand huschen, verraten mir, dass mehr als ein Besucher zu uns herabsteigt.

Phelia ist nicht allein. Sie hat jemanden bei sich, dessen Schritte mich an einen Bären erinnern. Laut, fest, schwerfällig.

»Tessa.« Phelias Stimme schneidet mir rasiermesserscharf in die Ohren. Dunkle Energie geht von ihr aus, die sich anfühlt, als käme kein Licht dagegen an.

Dicht hinter ihr folgt Jamis.

Sämtliche Muskeln in meinem Körper versteifen sich in dem Impuls, ihm an die Gurgel zu springen und ihm dieselben Qualen zuzufügen, die er meinem Vater und Aodrens Getreuen im Ballsaal angetan hat.

»Miss Flannery.« Dieselbe glatte Überheblichkeit, die er bei unserer ersten Begegnung an den Tag gelegt hat, nur dass dieser Jamis eine abgemagerte Version seines fürstlichen, mörderischen Selbst ist.

»Es ist ja schon eine Weile her.« Er umrundet Phelia und klopft mit den Knöcheln an das Gitter. Hinter ihm tauchen die Schatten zweier weiterer Männer auf, vermutlich übergelaufene Wachen. »Ich finde es unterhaltsam, dass Ihr wieder einmal hier unten versauert. Ist das nicht Euer dritter Aufenthalt im Verlies?«

Ein Zischen entfährt meinen zusammengebissenen Zähnen.

»Wie schön, dass die Umgebung Eurem Charme keinen Abbruch tut.«

»Was wollt Ihr?« Ich stürze auf ihn zu und schlage mit den flachen Händen gegen die Eisenstangen. Er zuckt zurück, und ich lache höhnisch. Ich verspüre eine unbändige Schadenfreude, dass er sich in meiner Gegenwart genauso unbehaglich fühlt wie ich mich in seiner.

»Glaubt Ihr etwa, Ihr könntet mich einschüchtern?« Seine Lippen zucken.

»Ich glaube gar nichts, ich weiß, dass ich es kann.« Meine Worte sind natürlich nichts als heiße Luft, aber sie ärgern ihn, und mehr steht in dieser stinkenden Höhle nicht in meiner Macht. Ich stoße mich vom Gitter ab, weiche in die dunkelste Ecke meiner Zelle zurück und beobachte, wie sich seine Miene verhärtet.

Die blauschwarzen, tiefen Ringe unter den Augen lassen seine Falkennase noch stärker hervorstechen. Die Zeit im Kerker hat deutliche Spuren hinterlassen. Er ist eine Vogelscheuche mit einem Rabengesicht.

Er verschränkt die Finger und legt die Zeigefinger an die Lippen, als müsse er nachdenken. Aber ich kenne diesen Mann und weiß, wie sehr der Eindruck täuschen kann. Er führt etwas im Schilde.

»Aodren ist nicht entkommen.« Seine Worte haben Krallen, wie eine Katze, die auf ihre Beute zuspringt.

Mir bleibt der Mund offen stehen. Wenn er getötet worden wäre, hätte ich es gespürt. Oder nicht?

Instinktiv horche ich in mich hinein. Das Band, das mich Aodrens Energie fühlen lässt, ist immer noch da, ist immer noch straff gespannt.

Ah, Jamis ist eine durchtriebene, bleiche Schlange. Das war nicht zwangsläufig gelogen. Aodren muss noch im Schloss sein. Aber warum? Ist der König meinetwegen zurückgekommen?

Unvermittelt steigen mir Tränen in die Augen. Ich blinzele sie weg. Zum ersten Mal bin ich zutiefst dankbar dafür, dass ich innerlich an Aodren gefesselt bin.

Phelia mustert mich grübelnd. »Ich glaube, sie ist noch mit ihm verbunden. Das sehe ich ihr an.«

*Pfeffer noch mal. Bin ich gerade in eine Falle getappt?*

Jamis' Aasgeieraugen blitzen auf: Er hat Fleisch gefunden, das er in Stücke reißen kann. »Miss Flannery, mir scheint, Ihr könntet mir noch einmal nützlich sein. Ihr werdet mir sagen, wo Aodren steckt.«

»Ich weiß nicht, wovon Ihr redet.«

Jamis wendet sich zu Phelia um.

Vielleicht bilde ich es mir nur ein, aber sie scheint zu zögern. Sie sieht mich nicht an, als sie sagt: »Sie lügt.«

Ich balle die Fäuste so fest, dass die Adern an den Handrücken hervortreten. Meine Abscheu vor ihr steigt ins Unermessliche. Wie kann sie nur mit diesem Widerling zusammenarbeiten? Wie kann ich ihr Fleisch und Blut sein?

»Sagt uns, wo Aodren ist.« Lord Jamis tritt wieder ans Gitter, diesmal ohne es zu berühren.

»Nein.«

Er hebt eine Augenbraue und winkt die Wachen zu sich.

Die Männer kommen gemächlich aus den Schatten hervor und schleifen etwas zwischen sich her. Die Laterne blendet mich, als ich an ihnen vorbeizuschauen versuche …

*Oh, Himmel, hilf. Nein.*

Gillian – mit so vielen Blutergüssen übersät, dass ich sie kaum wiedererkenne.

Der Atem stockt mir in der Brust, mein Hals schnürt sich zu. Ich renne zum Gitter und presse mein Gesicht an die Stäbe. »W-was habt Ihr getan?«

»Ihr verwechselt da etwas.« Jamis stellt sich zwischen mich und meine Zofe. Meine Freundin. »Das habt *Ihr* getan, indem Ihr die Zusammenarbeit verweigert.«

Mir springen fast die Augen aus dem Kopf.

»Helft mir, und ich lasse sie am Leben. Wenn nicht, ist sie tot.«

Seine grässliche Wahrheit brennt mir wie tausend Bienenstiche in der Brust.

»Sagt uns, wo Aodren sich wie eine kleine Maus verkrochen hat.« Er spuckt die Worte aus. Ich umklammere die Eisenstangen.

»Ich weiß nicht, wo er ist«, sage ich und wähle jedes Wort mit Bedacht, so wie Jamis vorhin. Mein Blick zuckt herausfordernd zu Phelia. Das ist die Wahrheit. Ich weiß nicht genau, wo Aodren sich in diesem Moment aufhält.

»Nein?« Im Laternenlicht sehen Jamis' Zähne gelb und verfault aus.

»Gillian hat nichts getan. Lasst sie gehen.«

Er schnippt mit den Fingern. Die Wachen lassen Gillian ungerührt fallen. Ihr Körper plumpst auf den schmutzigen Steinboden. Ich presse die Faust auf den Mund. Nach allem, was Gillian für mich getan hat, ihrer Fürsorge und Freundschaft …

»Bitte nicht – bitte tut ihr nicht weh.« Ich betrachte ihren geschundenen Körper, und Zorn durchfegt mich wie ein Wirbelsturm.

»Was ist mit ihr?« Ich zeige auf Phelia. »Soll sie Euch doch sagen, wo der König ist. Sie kann die Energie anderer Menschen sicher besser erspüren als ich.«

Jamis zuckt mit keiner Wimper.

Ich wähle eine andere Taktik und sehe Phelia mit schmalen Augen an. »Du sagst, du seist meine Mutter. Dann lass nicht zu, dass er ihr wehtut.« Ich geifere fast, so heftig spreche ich. »Bitte.«

Sie kommt einen Schritt näher. Aber sie sagt nichts und tut nichts, obwohl ich sie mit Blicken anflehe.

Ich fühle mich wie an jenem Tag, an dem ich auf dem zugefrorenen See an Papas Übungsplatz eingebrochen bin – betäubt vor Kälte und panisch um mich schlagend. Das Blut fließt mir zäh durch die Adern. Meine Energie pulsiert in meinen Händen, es drängt mich danach, sie Gillian weiterzugeben. Sie zu heilen. Sie zu retten. Aber sie ist nicht nah genug, dass ich sie berühren kann.

Ich rüttele an den Gitterstäben, so fest ich kann. »Wenn du dieselbe Kraft hast wie ich, dann finde du den König.«

Die Herausforderung, die ich ihr in den Schmutz vor ihren Füßen werfe, bleibt unbeantwortet. Ihr Blick nimmt einen fast ehrfürchtigen Ausdruck an, als sie auf meine Hände sieht, die um die Eisenstangen liegen. Stangen, die nun leicht nach außen gebogen sind. Nicht genug, um hindurchzuschlüpfen. Gerade so weit, dass es ins Auge sticht.

*Bei allen Senfkörnern.* Wie habe ich das gemacht? Ich bin nicht stark genug, um sie durch schiere Muskelkraft zu verbiegen. Papa hat mich Tüchtigkeit gelehrt, nicht, wie man Eisenstangen verbiegt.

Phelia blinzelt bedächtig. Ihre Lider schließen und öffnen sich langsam, bevor sich ihr Blick in meinen bohrt. »So viel Potenzial, Tessa.«

Am liebsten würde ich nachsehen, ob an meinen Händen irgendwas anders ist als vorher. Aber ich werde mir Phelia gegenüber nicht die Blöße geben, sie merken zu lassen, wie unerfahren ich wirklich bin.

»Möchtest du nicht lernen, wozu du noch imstande bist?« Phelias Augen glänzen.

»Genug«, mischt Jamis sich ein. »Bring sie zum Reden. Ich will Aodren noch heute Nacht.«

»Lasst es Euch von Eurer Seelenleserin sagen.« Ich rüttle noch einmal am Gitter, aber die Stangen verbiegen sich nicht noch stärker. Vielleicht, weil mir zu viel durch den Kopf wirbelt, um meine Energie konzentriert zu bündeln.

Phelia schnalzt tadelnd mit der Zunge. »Du hast das Band gebrochen, Tessa. Dein neues Band verdeckt seine Energie. Nur du kannst uns sagen, wo er ist.«

Ich bin schockiert, dass sie so viel preisgibt. Sie liefert mir einen entscheidenden Hinweis. Fast kommt es mir vor, als wolle sie mir helfen. Aber das kann nicht sein. Oder doch?

Jamis dreht sich zu Gillian um, und ich erstarre, als ich ihn mit langsamen, schweren Schritten auf sie zugehen sehe. Er hebt einen Fuß. Im Schneckentempo schiebt er den Stiefelabsatz über ihre Hand, den einzigen Teil ihres Körpers, der noch unversehrt ist.

»Nein«, stoße ich gequält hervor.

Gillian regt sich. Ein schmerzerfülltes Stöhnen kommt ihr über die Lippen.

Ich krümme mich vor Entsetzen. »Hört auf. B-bitte, hört auf.«

Jamis' Fratze bleibt unverändert höhnisch. Ich will ihn umbringen.

»Gilly.« Ich versuche zu ihr durchzudringen. »Gillian, ich … ich …« Ich hasse mich dafür, dass ich keine Worte finde. Dass ich ihr keinen Trost spende, kein Versprechen gebe. Aber was soll ich sagen? Kann ich den König von Malam ans Messer liefern, um meine Freundin zu retten?

Mein Blick springt zu Phelia. Sie zieht sich aus dem Lichtkreis der Laterne zurück. Von ihr kann ich keine Hilfe erwarten.

Jamis sagte, er werde Gillian verschonen, wenn ich Aodren ausliefere. Aber es wäre töricht von mir, ihm zu glauben. Vielleicht überlegt er es sich später wieder anders. Er hat die Hälfte des malamischen Adels massakrieren lassen. Unser Leben ist ihm nichts wert.

In dieser Situation gibt es keine richtige Entscheidung. Ein Leben für ein anderes. Es ist abscheulich, vor eine solche Wahl gestellt zu werden. Ich kann Aodren nicht dem Tod überantworten.

Dennoch sage ich: »Ich weiß nicht genau, wo er ist. Aber ich kann es herausfinden.«

Jamis wirft Phelia einen Blick zu.

»Wahr«, sagt sie, und sie hat recht, denn ich bin durchaus entschlossen, herauszufinden, wo genau Aodren sich versteckt.

# Dreißig

## COHEN

Ich will sterben.

Als ich mühsam die Augen öffne, sehe ich als Erstes Lirra. Die Tochter des Erzverräters starrt auf mich herab. Ihr funkelnder Blick erinnert mich an den Tag, als ich sie in der Kirche in Rasimere zurückgelassen habe. Ich versuche mich aufzusetzen, und ein heftiger Schmerz durchbohrt meinen Arm und die Lunge.

»Heilige Mutter aller Schweine«, ächze ich.

Durch ein Fenster an dem Bett, in dem ich liege, sickert Sonnenschein in ein mir unbekanntes Zimmer. Mein Arm und der Oberkörper – der unbekleidet ist – sind mit braunen Stoffstreifen verbunden. Meine Beine stecken unter der hässlichsten Flickendecke, die die Götter wohl jemals erschaffen haben. »Was ist das?«

Lirra hebt einen mahnenden Zeigefinger. »›Danke, dass du mir meinen arroganten Arsch gerettet hast‹ wäre ein besserer Anfang. Aber da du nach zwanzig Jahren immer noch nicht gelernt hast, wie man sich anständig benimmt, drücke ich ein Auge zu. Dieses eine Mal. Das ist meine letzte Warnung.« Sie lässt sich auf die Bettkante fallen, und die Matratze sinkt ein Stück ein.

»Pfeffer noch mal.« Ich beiße mir auf die Zunge, um nicht vor Schmerz aufzustöhnen.

»Mein Vater hat immer gesagt, wenn ein Mann flucht, ist er nicht geistreich genug, sich etwas Originelleres auszudenken.«

»Nennst du mich etwa einfältig?«

Lirras Grinsen ist mir Antwort genug. Sie zeigt auf meinen Arm. »Das ist ein Stützverband. Der stabilisiert die Knochen, bis der Bruch verheilt ist.«

»Ich weiß, was ein Stützverband ist, Lirra. Ich meine das Ding über meinen Beinen.« Wer auch immer diese Flickendecke genäht hat, konnte sich wohl nicht für eine Farbe entscheiden; er hat einfach alle genommen.

Lirra fletscht die Zähne, als hätte sie die Tollwut. »Meine Oma hat die genäht, also halt gefälligst die Schnauze.«

Ich will die Hände bewegen und erinnere mich an … Schmerz. *Verflucht.* »Nichts gegen deine Oma.«

»Du hast sie aber gerade beleidigt. Das kannst du nicht zurücknehmen, nur indem du ›Nichts gegen sie‹ sagst.«

»Na schön. Dann sei eben beleidigt«, schnaube ich, was mir ein Augenrollen einträgt. Lirra ist in etwa so charmant wie Omar.

*Bei allen Senfkörnern.* Omar.

»Was ist passiert? Wie bin ich hierhergekommen?«, frage ich.

Lirra schürzt die Lippen. Ich warte auf eine Antwort, aber stattdessen nimmt sie mir die Stoffverbände ab und kleistert mich mit der übelriechendsten Salbe ein, die mir je begegnet ist.

Ihre Finger sind Folterinstrumente. Nach dem dritten *versehentlichen* Pikser packe ich sie mit der unversehrten Hand am Handgelenk, verbeiße mir den Schmerz und sage: »Danke, dass du mich gerettet hast.« Obwohl ich keine Ahnung habe, wovor sie mich gerettet hat. Das Letzte, woran ich mich erinnere, ist der Pfad am Felshang, auf dem ich mit Ulrich und Wallace Jamis' Spur gefolgt bin. »Wo bin ich und wie bin ich hierhergekommen?«

»Erinnerst du dich, dass du gestoßen wurdest?«

Ich starre an die Decke und grabe in meinem Gedächtnis. Nach einer Weile schüttele ich den Kopf.

»Ist wohl auch besser so. Wer erinnert sich schon gern an den Sturz in einen Abgrund.«

Ich verschlucke mich. »Wie bitte?«

»Jamis' Spur hat euch in eine Sackgasse geführt.«

»Zu einem Felsgrat?«

Sie nickt, und vor meinem geistigen Auge flackert eine verschwommene Erinnerung auf. »Du bist vom Pferd gestiegen und zur Kante vorgegangen, um runterzuschauen. Als wäre Jamis da runtergeklettert.« Sie verdreht die Augen, als hätte ich nichts Dümmeres tun können. Als hätte sie noch nie über die Kante eines Felsgrats geschaut.

»Und dann?«

Sie steht auf, und die Matratze federt zurück nach oben. Wieder durchzuckt mich Schmerz. Ich sehe sie böse an.

»Plustere dich nicht so auf. Ich lass dein Bett jetzt in Frieden.« Sie nimmt ihre Salbe und stellt sie auf eine Kommode. Dann dreht sie sich zu mir um. »Eine der Gardewachen, der Schmale, hat dich gestoßen.«

»Was? Ulrich?«

Sie zuckt mit den Schultern. Als hätte ich sie gerade gefragt, wem sie den Hof macht, oder etwas ähnlich Lächerliches. Ich kenne Ulrich seit anderthalb Jahren, seit er in der Königsgarde dient. Ich bin erschüttert.

»Der größere Kerl hat noch versucht, dich festzuhalten, aber der Schmale hat ihm ein Messer in den Bauch gerammt, bevor er dich erreichen konnte.«

Lirra beschönigt die Wahrheit nicht. Ich bin so überwältigt und schockiert wie in dem Moment, als ich von Sauls Ermordung erfahren habe. Einen so heimtückischen Verrat innerhalb der Königsgarde hat es noch nie gegeben. Wer in die Elitetruppe aufgenommen werden will, muss seine Geistes- und Körperkraft in strengen Prüfungen unter Beweis stellen. Es ist eine Ehre, in der Königsgarde zu sein, deren Mitglieder automatisch in den niederen Adelsstand erhoben werden. Mir ist unbegreiflich, warum Ulrich uns in den Rücken fallen sollte.

»Wallace ist tot.« Ich atme zittrig aus. Mir fällt die Aufgabe zu, seine junge Ehefrau zu verständigen, sobald ich wieder auf den Beinen bin. Ich kannte den Mann nicht gut, aber ich weiß, dass seine Frau vor ein paar Monaten ein Kind bekommen hat. Ich habe letztes Jahr meinen Vater verloren. Wenigstens ist er erst von mir gegangen, als ich schon erwachsen war. Aber Wallace' Kind steckt noch in den Windeln.

»Du kannst von Glück sagen, dass ich rechtzeitig da war, um zu helfen.« Sie zeigt mit dem Kinn auf meinen Arm. »Sonst wärst du …«

*Tot wie Wallace,* scheint sie fortfahren zu wollen. Aber sie geht nur stumm zu einem kleinen Tisch und wühlt in einer Tasche. Sie fördert eine Fingerspitze getrockneter Kräuter zutage, streut sie in eine Mörserschale und beginnt sie zu zermahlen.

Ich mustere den Riss in der Zimmerdecke und grübele über das offene Ende von Lirras Geschichte nach, das keinen Sinn ergibt. Jede Faser meines Körpers schmerzt, als wäre ich am Boden zerschmettert, aber ich lebe noch. Der Steilhang war mindestens hundert Armspannen hoch. Ich müsste tot sein. Niemand fällt so tief und bricht sich nur einen Arm und ein paar Rippen. Mein Gedächtnis mag vernebelter sein als eine Winternacht, aber an den Abgrund erinnere ich mich jetzt. Der Berg fiel senkrecht auf steinigen Untergrund ab. Es gab nichts, was groß genug gewesen wäre, um meinen Sturz abzubremsen oder eine weiche Landung zu garantieren.

»Wie genau hast du denn geholfen?« Meine Frage klingt misstrauischer als beabsichtigt.

Sie hält inne und schaut von ihrer Arbeit auf, während sie sich eine Haarsträhne aus der Stirn streicht. Lirras Augen sind stechend graublau. Tessas Augen sind von der Farbe des Sommerhimmels, aber Lirras funkeln wie der Winter.

Irgendwie unheimlich. Jedenfalls nicht das, was man bei ihrer braunen Haut, den pechschwarzen Haaren und den dunklen Wimpern erwarten würde.

»Ich habe den Wind benutzt«, sagt sie und stampft weiter.

Noch ehe sie es ausspricht, fällt es mir wie Schuppen von den Augen. Blaue Augen. »Den Wind benutzt.« Sie ist Animistin. Warum bin ich nicht längst darauf gekommen?

Sie hackt mit dem Stößel verbissen im Mörser herum. »Ich bin eine Wind-Animistin. Und bevor du jetzt die Nase rümpfst, denk daran, dass meine Gabe dir das Leben gerettet hat.«

Ich will mich aufsetzen, aber meine verfluchten Rippen wollen nicht. Also lege ich mich wieder hin und starre sie perplex an. Es dauert gut eine Minute, bis ich mich wieder einkriege. »Warum sollte ich das tun? Und sag mir nicht, du unterstellst mir das, weil ich Malamer bin.«

Sie sieht auf. »Ich war fast zwei Wochen mit dir unterwegs, und jedes Mal, wenn von animistischer Magie die Rede war, hast du ein sauertöpfisches Gesicht gemacht.« Sie hebt die Schultern. »Da dachte ich mir, sonderlich wohlgesinnt bist du uns nicht.«

»Das stimmt nicht. Ich habe nichts gegen Animistinnen. Ich mache mir nur Sorgen um Tessa …«

Sie unterbricht mich mit einem Hohnlachen. »Ach, du hast nichts gegen sie? Bei den Göttern, du bist wirklich der größte Kavalier unter der Sonne.«

Ich verziehe das Gesicht. »Du verdrehst mir die Worte im Mund.«

»Ich verdrehe gar nichts. Denk einfach nach, bevor du sprichst.« Sie bearbeitet die Kräuter noch heftiger.

Ich könnte vor Wut überkochen. »Schön, dann verrate mir doch bitte, wie du mich überhaupt gefunden hast.«

Noch ein Schulterzucken. »Als Tessa und Gillian zum Fest aufgebrochen sind, bin ich auch zum Schloss geritten. Als ich ankam, sah ich dich mit einem Trupp Gardewachen losziehen. Ich wollte dich eigentlich einholen, um dich daran zu erinnern, dass du gefälligst Orli suchen sollst, aber dann habe ich von Weitem gesehen, wie der Hauptmann von seinem Pferd getreten wurde, und witterte ein böses Spiel.«

Vorsichtshalber setze ich eine reumütige Miene auf. Denn ihr Ton legt nahe, dass sie selbst drauf und dran war, mich in den Abgrund zu stoßen, wenn Ulrich das nicht erledigt hätte.

»Und wie hast du verhindert, dass du meine Leiche vom Boden kratzen musst?«

»Hach, wie elegant du dich ausdrücken kannst.« Sie zeigt mit dem Stößel auf mich. »Ich habe den Wind ausgesandt, dich aufzufangen. Aber du bist so schwer, wahrscheinlich wegen deines Dickschädels, dass du trotzdem auf den Boden gekracht bist.«

Ich lache und stöhne gleich darauf, weil es so wehtut. Wie bescheiden sie das sagt. Ihr Spott hat einen bissigen Unterton, aber das Bild, wie mein großer Kopf mich nach unten zieht, ist das Lustigste, was ich seit Langem gehört habe.

Lirra legt den Stößel auf den Tisch und gießt aus einem Trinkschlauch Wasser in den Mörser. Ihre Gabe hat mich vor dem Schlimmsten bewahrt. Schon zum zweiten Mal hat mir eine Animistin das Leben gerettet. Malam ist wirklich das schwächere Land, weil wir nicht klug genug waren, auf die Stärke der Animistinnen zu setzen.

Sie bringt die Mörserschale herüber und bedeutet mir, dass ich das Kräuterwasser trinken soll.

Ich rümpfe die Nase und schnüffele daran, als sie mir die Schale hinhält.

»Ich habe mir so viel Mühe gemacht, dich zu retten, da werde ich dich jetzt sicher nicht vergiften. Immerhin habe ich einen halben Tag gebraucht, um dich auf meinem Pferd bis hierher zu transportieren. Fast wäre ich selbst zusammengeklappt, so viel Energie hat es mich gekostet, deinen schweren Hintern wieder den Berg hochschweben zu lassen.«

Das nächste Lach-Stöhnen. »Wo sind wir?«

»Im geheimen Treffpunkt meiner Tante, einem Haus am Rande von Tahr. Andere Städtchen wären näher gewesen, aber hier ist es sicher. Hier werde ich nicht gelyncht, wenn jemand mich als Animistin erkennt.«

Bei dieser Feststellung dreht sich mir der Magen um. Es wird Zeit, dass sich in Malam etwas ändert. »Und Siron?«

Sie deutet nur streng auf die Mörserschale. Ich gehorche und würge den körnigen, nach nasser Erde schmeckenden Sud hinunter. Dann stellt sie die Schale auf dem Bett ab und kaut auf ihrer Unterlippe. »Im Stall, gefüttert, getränkt und gestriegelt. Ich muss schon sagen, dein Pferd lässt sich wirklich gern abbürsten.«

»Also … vielen Dank für alles.«

»Bitte schön.«

»Weißt du etwas von Omar?«

»Der liegt im Zimmer nebenan. Leif hat ihn hergebracht.« Sie greift wieder zu der Schale und sieht starr hinein. »Es steht nicht gut um ihn.«

»Und Geoffrey, der Mann, der einen Heiler holen wollte?«

»Sein Pferd ist beim Abstieg abgerutscht.« Sie schüttelt den Kopf. »Außer Siron und Ulrichs Pferd waren alle Tiere vergiftet.«

Ein weiterer Schock. Mir schwirrt der Kopf von all den schlimmen Neuigkeiten. »Entspann dich. Ruh dich aus, damit deine Verletzungen abheilen. Meine Tante ist eine der besten Heilerinnen in ganz Shaerdan und Malam. Ob es dir gefällt oder nicht, jetzt leite ich diese Expedition.«

Tja. Das habe ich gemerkt.

# Einunddreißig

## TESSA

Als ich sagte, ich würde herausfinden, wo Aodren sich aufhält, hatte ich gehofft, mir damit Zeit zu verschaffen. Eine Nacht vielleicht.

Doch Jamis wendet sich sofort zum Gehen und befiehlt den Wachen, mich mitzunehmen. Verschnaufpausen gibt es bei diesem Mistkerl wohl nicht.

Die Wachen schließen das Gitter auf, legen mir Handschellen an und stoßen mich Richtung Treppe. Gillian schieben sie dabei so achtlos beiseite, als wäre sie ein Spültuch. Beim Anblick ihres verquollenen, blau geschlagenen Gesichts würde ich den Männern am liebsten die Eingeweide herausreißen, genauso wie allen anderen, die mit Jamis im Bund stehen.

Ich beiße mir auf die Zunge, um mich daran zu hindern, die Wut der Männer anzustacheln und sie zu weiteren Misshandlungen zu verleiten. Ich dachte, ich wüsste, was es heißt, jemanden zu hassen. Aber was ich bisher an Gefühlen gekannt habe, ist nichts im Vergleich zu dem, was ich jetzt empfinde.

Der Mann zu meiner Rechten reißt mich so heftig am Arm, dass mir der Schmerz bis in die Schulter zuckt. Ich wimmere auf, und er befiehlt mir mit einem hämischen Glucksen, schneller zu gehen. Da streift mich eine Erkenntnis: Ich bin nicht ganz hilflos. Der Hautkontakt mit meinem Wächter hat mich die Energie unter seinen rauen, ledrigen Pranken spüren lassen.

Ich könnte ihn in die Knie zwingen.

Es wäre ja reine Notwehr. Hätte Enat das als schwarze Magie angesehen? Kümmert mich das in dieser Situation überhaupt? Vor meinem geistigen Auge flackern die niedergemetzelten Edelleute, die Leichen der Wachen, der schlotternde Finn und die übel zugerichtete Gillian auf. Die Vorstellung, Jamis' Männern das gleiche Leid zuzufügen, ist befriedigender, als ich mir eingestehen will.

»D-d-du machst das doch nicht wirklich, oder?« Finns Zähneklappern reißt mich aus meinen Gedanken.

Ich blinzele und schaue zu Finns dunkler Zelle zurück. Zum Glück sehe ich seinen Gesichtsausdruck nicht. Er weiß, dass ich zugesagt habe, den König zu finden. Ich kann nichts sagen, um seine Sorge zu beschwichtigen. Stattdessen blicke ich von dem schwarzen Fleck, der Finn ist, zu Gillian hinüber. »Pass auf sie auf.«

Er antwortet nicht.

Ich gehe in der Gewissheit, ihn enttäuscht zu haben.

Die Wachen bringen mich in den Bogengang, wo Phelia auf uns wartet.

Als meine Augen sich an das Licht der Abenddämmerung gewöhnt haben, betrachte ich sie genauer, diese Frau, die meine Mutter sein soll – die Augenpartie, die meiner ähnelt, und die schmale, gerade Nase. Ihr Haar ist etwas dunkler als meines, aber ich kann mir leicht vorstellen, dass ich in zwanzig Jahren so aussehen werde wie sie.

Offen gestanden machen mir diese äußerlichen Gemeinsamkeiten am meisten zu schaffen. Sie flüstern mir ein, dass wir einander ähnlicher sind, als ich wahrhaben will. Seit Phelia mir im Wald gegenübergetreten ist, quält mich die Frage, ob ich ebenso empfänglich für das Böse bin wie sie. Immer wieder musste ich gegen diese Angst ankämpfen.

Als die Wachen mir jetzt die Handschellen abnehmen, betrachtet mich Phelia, als versuchte sie, ein kniffliges Rätsel zu lösen. Es juckt mir in den Fingern, an meinem engen Kleid zu zupfen, aber ihr forschender Blick hält mich davon ab. Ich schlucke mühsam, obwohl sich meine Kehle staubtrocken anfühlt. Aus dem Augenwinkel spähe ich zu den Wachen. Gerade eben wollte ich meine Seelenlesergabe dazu nutzen, ihnen den Garaus zu machen. Sieht sie mir das an?

Als die Männer gehen, senkt sich Phelias Blick auf meine Handgelenke, die rote Abdrücke von den Eisenschellen davongetragen haben.

»Wenn du aufmuckst, kann ich dich mit einem Fingerschnippen bändigen«, sagt sie.

Wirklich?

Sie schürzt die Lippen. »Du lässt dir zu leicht in die Seele schauen.« Mit einem Wink bedeutet sie mir, voranzugehen. »Jamis spricht keine leeren Drohungen aus. Vergiss das nicht.«

Bei ihren Worten wird mir flau im Magen. Doch ich tue wie geheißen und folge dem Sog, der mich zum König zieht. Ein unbeteiligter Beobachter könnte meinen, ich wäre ihre Begleitung, nicht ihre Gefangene. Wir gehen durch lange Flure, manche schmal, andere breit.

Bei jeder Biegung schlage ich bewusst den entgegengesetzten

Weg zu der Richtung ein, in der ich den König spüre. So mache ich einen weiten Bogen um das Treppenhaus, das zu den Quartieren der Bediensteten führt, und gehe zurück zum Ballsaal.

Als wir an den offenen Türen vorbeigehen, werfe ich verstohlen einen Blick in den Saal. Zu meiner Verblüffung ist er leer. Nur die dunkelroten Schlieren auf dem Boden weisen noch auf das Gemetzel hin, das dort stattgefunden hat. In den vergangenen Stunden müssen die verbliebenen Diener hart gearbeitet haben, um die Leichen wegzuschaffen. Wieder kriecht mir eine zähe Kälte durch die Adern. Wenn ich so in den leeren Ballsaal schaue, würde ich mir am liebsten einreden, dass alles nur ein Albtraum war. Aber das Geschehen ist in den Flecken am Boden verewigt. Selbst wenn die Diener das Blut abschrubben, werden die Verheerung und der massenhafte Mord für immer in das Schloss eingeschrieben bleiben.

Ich erschauere trotz der Betäubung, die mir in alle Glieder kriecht, und setze meine Suche nach dem König in einem anderen Gang fort.

»Du hältst mich für ein Monster.« Phelias Stimme kratzt mich im Nacken.

»Wie könnte ich etwas anderes denken?«

»Ich war nicht immer so. Wie gesagt, ich habe dir das Leben gerettet.«

Und dafür das Leben eines anderen Menschen geopfert. Aber er hat versucht, uns zu töten, also war es Notwehr.

»Du hast meinen Vater und mich verlassen«, sage ich und zeige auf den Nordturm.

Sie bleibt unter einem Bogentor stehen. »Der Grenzwächter wollte uns töten. Er hat uns beide lebensgefährlich verwundet.«

Wahr. Das hat sie mir auch schon im Verlies gesagt.

Ich drehe mich zu ihr um und warte darauf, dass sie weiterspricht. Unwillkürlich wandert mein Blick zu den schwarzen Ranken, die sich um ihren Arm und das Handgelenk schlängeln und die Handflächen überziehen.

»Du willst wissen, warum ich fortgegangen bin, nicht wahr?«, fragt sie. Diesmal wirkt sie anders als bei unseren letzten Begegnungen, weicher und weniger schroff.

Ich nicke widerstrebend.

»Als er uns so nahe kam, dass ich ihn berühren konnte, war er von der Absicht erfüllt, unserem Leben ein Ende zu setzen. Wenn sich das ganze Denken eines Menschen auf ein Ziel konzentriert, geht es in seine Lebensenergie über. Und färbt auf diejenige ab, die sie stiehlt.«

»Was soll das heißen?«

Ihre Finger zucken in meine Richtung, aber sie lässt die Hand sinken, bevor sie mein Gesicht berühren. »Ich habe seine Energie gestohlen, um dich zu heilen. Doch der Preis war hoch. Als ich das geschafft hatte, wollte ich dich töten.«

Die Hitze der Wahrheit trifft mich wie ein Schlag. Sie lässt mich zappeln, damit ich weiterfrage. Dabei will ich das gar nicht. Ich will nicht noch mehr über Phelia erfahren.

»Es war schierer Wahnsinn«, fährt sie schließlich unaufgefordert fort. »Seine Absicht bekriegte sich mit meinen mütterlichen Instinkten. Anstatt dich zu töten, habe ich von ihm abgelassen. Ich hätte eigentlich sterben müssen, aber ich wurde ohnmächtig und erwachte Tage später in Enats Haus. Sie hatte mich geheilt. Dein Vater war mit dir nach Hause zurückgekehrt, nachdem sie ihm weisgemacht hatte, ich sei tot. Aber sie hat mich gerettet.« Phelias bitteres Lachen hallt im Gewölbe wider. »Sie hat mich gerettet, indem sie meinen Mann angelogen und mein Kind fortgeschickt hat.«

»Warum bist du dann erst jetzt zurückgekehrt?« Die Worte kommen mir beinahe tonlos über die Lippen.

»So lange hat es gedauert, die Absicht zu trüben.«

Ich presse eine flache Hand an den Bauch. »Und w-wie macht man das?«

Sie tritt aus dem Tor. Ihr Mund ist traurig verkniffen. Ein Mund, der meinem so ähnlich ist. Ihre Hand, die schlaff herunterhängt, gleicht einer Spinne in einem rußigen Netz. »Wie trübt man Wasser, Tessa?«

Ich schüttele den Kopf.

Ihr Ton wird wieder härter. »Indem man Dreck hineinwirft. Immer mehr Dreck.«

Hitze schießt mir durch die Adern. Ich reibe mir verzweifelt die Arme, um die Wirkung ihrer Worte auf meinen Körper zu unterdrücken.

Sie tritt näher und streift die Ärmel hoch. Die Andeutung eines Lächelns huscht über ihr lampenbeschienenes Gesicht. »Jeder Wirbel steht für ein Menschenleben.«

*Oh Götter.* Gleich muss ich mich übergeben.

Ihre Augen glänzen. »Es waren schwache Menschen, überflüssiger Abschaum. Nicht wie wir. Du und ich, wir sind stark. Obwohl ich spüre, dass Gefühle für Aodren in dir aufkeimen. Deine Energie sprüht Funken, wenn er in der Nähe ist. Das wirst du unter Verschluss halten müssen. Menschen wie uns legen Gefühle nur Steine in den Weg. Wir sind Überlebende. Gemeinsam könnten wir unbezwingbar sein.«

Wie abrupt die Launen dieser Frau umschlagen.

Ich weiche vor ihrem Wahnsinn zurück. »Ich bin überhaupt nicht wie du.«

Sie zieht die bleichen Augenbrauen in die Höhe. »Wenn du mich nicht spüren lassen willst, dass du lügst, musst du die Wand zwischen uns wieder hochziehen.«

Dabei weiß sie genau, dass ich keine Ahnung habe, wie das geht. Will sie mich ködern oder verhöhnen?

»Ich werde es dich lehren. Du willst lernen. Ich sehe den Hunger in deinen Augen.« Sie hebt die linke Hand an meine Wange.

Ich zucke von ihr weg.

»Die Sehnsucht zu fliehen steht dir in dein trotziges Gesicht geschrieben.« Sie tippt sich ans Kinn. »Bleib, Tessa. Bleib hier im Schloss und schließe dich mir an. Dann werde ich wegsehen, wenn Finn Gillian in Sicherheit bringt.«

Ihr Angebot klingt weniger abstoßend, als mir lieb ist. »Und der König?«, frage ich.

»Den lieferst du mir aus.«

Ich unterdrücke ein Schaudern. »Warum würdest du Finn und Gillian gehen lassen und den König nicht?«

Sie stemmt die Hand in die Hüfte. »Meine Liebe, man muss der Schlange den Kopf abschlagen, um sie zu töten.«

»Der König ist kein Untier, das niedergestreckt werden muss«, widerspreche ich.

Sie blinzelt, und als ihre Mundwinkel sich entspannen, verwandelt sich ihr ganzes Gesicht. Ich starre sie an. Zum ersten Mal erkenne ich die Ähnlichkeit mit Enat.

»Vor achtzehn Jahren ist das Säuberungsedikt erlassen worden«, sagt Phelia. »Wie ein Fels, der von einer Bergspitze gestoßen worden ist, wird es ganz Malam zerstören. Es hat schon so viel Verheerung ausgelöst. So viel Leid. Der Oberste Lord will nur den Schaden begrenzen. Verstehst du? Lord Jamis ist unser Vorkämpfer. Aodren hat die Säuberung zugelassen. Lord Jamis will sie beenden. Er will uns Animistinnen wieder mit offenen Armen in Malam willkommen heißen.«

Ich bohre die Fingernägel in die Handflächen, damit der Schmerz mich davon abhält, ihr an die Kehle zu gehen und sie aus ihrem Wahn zu schütteln. »Und die Animistinnen, die ihr entführt habt? Du benutzt sie, um deine Kräfte zu steigern.«

Sie lächelt traurig. »Wir befinden uns im Krieg, Tessa. Auf der einen Seite ein König, der einen Massenmord zugelassen hat. Auf der anderen eine Mutter, die lediglich versucht, für Frauen wie uns das Recht auf ein selbstbestimmtes Leben zu erstreiten. Auf ein Leben ohne Angst. Meine Gabe ist die mächtigste Waffe, die wir haben. Sosehr es mich auch betrübt, ich werde tun, was ich tun muss. Wenn ich einige wenige opfern muss, um alle Animistinnen zu befreien – und meine eigene geliebte Tochter zu retten –, dann nehme ich diese Bürde bereitwillig in Kauf.«

Ich blinzele sie verblüfft an. Sie hat mir gestanden, dass sie einen Wächter getötet hat, um mein Leben zu retten. Nun will sie es mit ganz Malam aufnehmen, um die Animistinnen zu befreien. Was sie tut, ist größenwahnsinnig. Und niederträchtig. Aber auf eine verstörende Art nachvollziehbar. Schließlich habe ich im Verlies selbst daran gedacht, den Wachen Energie zu entziehen, um Gillian, Finn und mich zu retten. Ich habe einen Mann erschossen, um Enats Tod zu rächen. Es ist beunruhigend, wie ähnlich wir denken, sobald es um Menschen geht, die wir lieben.

Die Vorstellung, dass Animistinnen in Malam ihre Magie frei ausüben könnten, ist ein Traum. Seit ich von meiner Gabe erfahren habe, wünsche ich mir nichts sehnlicher, als in das uralte Wissen der Seelenleserinnen eintauchen zu können.

»Tessa? Wirst du deine Freunde retten?«

Es gibt keine richtige Entscheidung. Papa hat immer gesagt: *Wenn du keinen Pfad vor dir siehst, dann erschaffe deinen eigenen Weg.*

Wortlos drehe ich mich um und gehe eine Treppe hinauf.

Zu meinem Ärger hat sie mich mit ihren Gaukeleien fast dazu gebracht, der Verlockung nachzugeben. Vielleicht hüte ich mich gerade deswegen, ihr eine Antwort zu geben.

*Geliebte Tochter.* Absurd. Nicht ein Mal in den achtzehn Jahren meines Lebens hat sie den Kontakt zu mir gesucht. Ich kann nicht um Finns und Gillians Freiheit feilschen. Nicht mit ihr.

Ich werde schon eine Möglichkeit finden, wie wir alle fliehen können. Ich werde einen neuen Weg schaffen.

# Zweiunddreißig

## AODREN

Mitternacht ist schon lang vorüber, als ich wieder auf Umwegen durch die Flure des Schlosses schleiche, um Jamis' Männern aus dem Weg zu gehen. Endlich kommt die Tür zum Innersten Verlies in Sicht. In der Burg war alles ruhig, aber an der Tür sind leider zwei Wachen postiert. Es wäre lächerlich zu glauben, dass Jamis das Verlies unbewacht lässt, aber gehofft habe ich es dennoch. Mein Optimismus verpufft endgültig, als ich daran denke, dass im Verlies selbst noch mehr Wachen sein könnten.

In meinem Rücken schleift etwas über den Granitboden.

Ich hechte hinter eine Säule und halte Ausschau, wer da kommt.

Eine Gestalt in einem langen Kapuzenumhang, kleiner und schmalschultriger als ich, eilt vorbei. Sie hebt den Kopf, und von der Seite sehe ich kurz jene eisblauen Augen, die mich in meinen Albträumen verfolgen. In dem schwachen Licht, das auf dem Flur herrscht, wirken Phelias helle Augen wie tot.

Was will sie hier zu dieser späten Stunde?

Unwillkürlich ziehe ich eine Grimasse, und meine Hand legt sich um den kalten Stahl meines Schwerts. In mir flammt Mordlust auf. Noch nie habe ich so heftig auf den Anblick eines Menschen reagiert.

Ihr Umhang weht hinter ihr her. Als sie näher kommt, versteinern die Wachen.

Obwohl ich mich nur verschwommen an die Zeit erinnere, als ich unter ihrem Einfluss stand, habe ich die schwarzen Linien, die sich wie Rauchfäden über ihre Arme kringelten, klar vor Augen. Es hatte immer wieder Momente gegeben, in denen Phelias Bann etwas nachließ. Dann griff sie nach mir, um das Band zu verstärken und mich wieder in einen Dämmerzustand zu versetzen, in dem ich nicht mehr Herr über meinen Geist und meinen Körper war.

Hätte ich den Mut eines Saul Flannery, würde ich sie jetzt töten, ungeachtet der beiden Wachen. Doch schon öffnen die Männer die Tür, und Phelia verschwindet auf der Treppe.

Die Chance ist verloren. Ich löse meinen Griff um den Schwertknauf und schüttele die Hand aus. Ich schäme mich der widerstreitenden Gefühle, die sich in mir breitmachen – Enttäuschung und Erleichterung.

Es ist schwer, mein Zögern nicht als Schwäche auszulegen, vor allem wenn die Frau, die ich aus dem Verlies retten will, die Seelenleserin wohl unverzüglich getötet hätte. Der Gedanke ernüchtert mich. Ich darf nicht zögern, wenn ich um mein Reich kämpfen will. Als König von Malam klebt mir bereits Blut an den Händen. Seit das Säuberungsedikt in Kraft getreten ist, habe ich mich jeden Tag des Mordes schuldig gemacht.

Ich drücke mich platt an die Säule und spähe zu den beiden Wachen hinüber. Als mir klar wird, was ich zu tun habe, läuft es mir kalt über den Rücken. Im Schutz der Dunkelheit pirsche ich mich bis auf Messerwurfweite heran.

Im Umgang mit dem Schwert bin ich besser als im Dolchwurf, aber ich habe keine andere Wahl. Ich packe den Dolch, ziele auf die Mitte der Brust des größeren Mannes, hole aus und schleudere die Waffe los. Der Dolch pfeift durch die Luft und trifft den Mann genau in die Drosselgrube. Er gibt keinen Ton von sich, als er nach vorn umkippt. Noch ehe sein Kamerad begreift, was geschehen ist, stürme ich mit gezogenem Schwert auf ihn zu.

Er reißt gerade noch rechtzeitig seine Waffe hoch, um meinen Schlag zu blocken. Aber im Nahkampf kann mir so schnell keiner das Wasser reichen. Ich pariere seinen nächsten Hieb, hole aus und ramme ihm das Schwert zwischen die Rippen, bevor er einen Warnschrei ausstoßen kann.

Keuchend trete ich zurück. Um die beiden Leichen breitet sich Blut wie vergossener Wein auf dem Boden aus. Im Schein der Laterne glänzt es dunkelrot. Den größeren Mann erkenne ich wieder. Obwohl wir nie miteinander gesprochen haben, versetzt mir sein Anblick einen Schlag in die Magengrube. Ich ziehe meinen Dolch aus seiner Kehle. Heute Nacht hatte ich das Glück oder die Götter auf meiner Seite. Eigentlich hatte ich auf sein Herz gezielt. An meiner Treffgenauigkeit muss ich noch arbeiten.

Ich wische meine Klingen an den Waffenröcken der Gardewachen ab und öffne die Tür, um ins Verlies hinabzusteigen. Aus seinen Tiefen dringt das Stöhnen und Schnarchen der Gefangenen. Da ich am Tag des Hofballs mit Omar hierhergekommen bin, um den Schauplatz von Jamis' Flucht zu inspizieren, ist mir die Umgebung noch vertraut genug, um nicht völlig die Orientierung zu verlieren.

In einer Sackgasse bleibe ich stehen, schließe die Augen und lasse mich von unserem inneren Band zu Tessa leiten. Zunächst war es ein Schock, diesen Sog zu ihr zu spüren. Als ich sie zum ersten Mal besuchte, wollte ich nur meine Dankbarkeit zum Ausdruck bringen. Aber als ich mich ihrem Haus näherte, spürte ich, wie sich etwas um mein Herz zusammenzog und zu der kleinen Kate außerhalb von Brentyn hintrieb. Das sonderbare Gefühl ergab keinen Sinn, bis Miss Tierney mir die Tür öffnete und ich Tessa gegenübertrat. In diesem Augenblick erkannte ich, dass es sich um ein magisches Band handeln musste, denn es erinnerte mich an Phelias Bann. Nur dass die Verbindung zu ihr mehr wie ein Geist gewesen war, der mich Tag und Nacht verfolgt hatte.

Meine Überraschung spiegelte sich in Tessas Miene, woraus ich schloss, dass sie nicht vorgehabt hatte, uns aneinanderzuketten. Im ersten Moment reagierte ich innerlich zornig, weil ich mit animistischer Magie nichts zu tun haben wollte, doch dann spürte ich, dass die Verbindung zu Tessa anders war. Ihre ist eine tröstende Hand, warm und sanft, während Phelias eiskalt war.

Obwohl wir nie darüber gesprochen haben, ist klar, dass wir beide darum wissen. Ohne das Band zwischen mir und Tessa wäre ich verloren. Buchstäblich. Im Verlies ist es stockdunkel.

Über einen wackeligen Steig, der eher eine Leiter als eine richtige Treppe ist, gelange ich in den untersten Bereich des Verlieses. Je tiefer ich komme, desto größer wird das Elend. Unvorstellbar, dass irgendjemand auch nur eine Woche in dieser Hölle überleben könnte, geschweige denn länger. Allein das beweist, dass Jamis so zäh ist wie die Kakerlaken, die in Brentyns zwielichtigeren Schenken herumlaufen.

Ich bin fast auf der untersten Stufe angelangt, als ich *ihre* Stimme durch das Gewölbe hallen höre, rau wie Baumrinde und zerkratztes Metall. Vor mir taucht ein greller Lichtkreis auf. Ich folge dem schwankenden Laternenschein durch die Leere, bis mein Blick auf die Umrisse einer Frau fällt. *Phelia.*

Mein Körper versteift sich, wie immer bei ihrem Anblick. Eine Mischung aus Wut und Angst steigt in mir auf, aber ich darf dem nicht nachgeben. Nicht, wenn ich Tessa so nahe bin. Ich zwinge meine Füße vorwärts. Es ist Zeit zu handeln.

# Dreiunddreißig

## TESSA

Eine ganze Weile nachdem die Wachen mich in meine Zelle zurückgebracht haben und ich eingedöst bin, reißt mich das Schaben einer Tür über den Steinboden aus dem Schlaf. Die Nacht kann noch nicht vorbei sein; ich fühle mich, als hätte ich kaum ein Auge zugetan. Da kommt jemand – die Treppe knarrt und ächzt unter den Schritten. Jetzt bin ich hellwach.

Ist es vielleicht Aodren? Unser Band ist straff gespannt. Ich rapple mich auf. Vor Erleichterung bekomme ich einen Kloß im Hals. Ich weiß nicht, wie er es an den Wachen vorbei geschafft hat oder ungesehen durchs Schloss gekommen ist, aber ich bin so dankbar.

Er hält eine Laterne in der Hand, die mich mit ihrem Licht blendet, sodass ich sein Gesicht erst sehen kann, als er am Fuß der Treppe angelangt ist.

Nur: Es ist nicht Aodren.

Meine Erleichterung weicht ungläubiger Verwirrung. Wo ist er? Hat sie ihn doch selbst gefunden und gefangen genommen? Phelia stellt die Laterne auf dem Wandvorsprung ab und holt eine Decke hervor, die unter ihrem Umhang verborgen war. Ihre Finger krallen sich in die Wolle, während sie sich Finns schlafender Gestalt zuwendet. Sie hält inne. Dann wendet sie ihre Aufmerksamkeit Gillian zu, die ohnmächtig in der Zelle neben meiner liegt.

Wie ein dunkler Todesengel huscht Phelia mit flatterndem Umhang auf Gillians Zelle zu. Sie holt einen Schlüsselbund heraus und öffnet den Eisenverschlag.

»Was machst du da? Lass die Finger von ihr.« Ich stürze an die Gitterwand zwischen unseren Zellen.

Ihre eisigen Augen zucken zu mir. In einer täuschend mütterlichen Geste breitet Phelia die Wolldecke über Gillian aus. Dann entrollen sich ihre Finger wie Spinnenbeine, und sie berührt die geschwollene Wange meiner Freundin.

Nach endlosen Stunden in diesem Todesloch bin ich völlig durchfroren, verwirrt und müde. Was will Phelia?

Am liebsten würde ich schreien. Wenn Phelia Gillian etwas antut, kann ich von hier aus nicht eingreifen. Wie ich die Gitterstäbe auseinandergebogen habe, weiß ich nicht. Das letzte Mal, dass ich etwas gegessen habe, war am Morgen vor dem Hofball. Wie lang ist das her? Einen ganzen Tag? Zwei? Ich bin ganz schwach vor Hunger und Übermüdung. Selbst wenn ich wüsste, wie ich es getan habe, hätte ich nicht die Energie, es noch einmal zu schaffen. So hilflos habe ich mich in meinem ganzen Leben noch nicht gefühlt.

»Das hier habe nicht ich angeordnet.« Phelias schartige Stimme wird weich. Flehend. »Niemand ist nur gut oder nur böse. Ich habe nicht zugelassen, dass die Wachen dich foltern, als ich dich gestern in deine Zelle zurückgebracht habe.«

Hätten sie es denn sonst getan? Ich frage mich, welche Strafe die Wachen für angemessen erachtet hätten, nachdem ich den König nicht gefunden habe.

»Du sollst sehen, dass du mir vertrauen kannst, Tessa. Wie viele Jahre auch vergangen sein mögen, ich bin immer noch deine Mutter.«

Als kleines Mädchen habe ich von liebevollen Küssen und Gutenachtgeschichten geträumt. In diesen Träumen nahm mich meine Mama ganz fest in die Arme, bevor sie die Decke um mich feststopfte. In diesen Träumen war ich nie allein. Ich trete vom Gitter zurück und reibe mir mit den Fäusten die Augen, um die Erinnerung zu verscheuchen.

*Vertrau ihr nicht. Denk ja nicht dran.*

Die Decke, die sanften Worte – das ist alles eine Finte, um mich zu ködern. Sie ist eine Meisterin der Manipulation. Nicht umsonst hat kaum jemand gemerkt, dass sie den König fast ein Jahr lang unter ihrer Kontrolle hatte. Ihr liegt nichts an mir. Sie will keine Mutter-Tochter-Beziehung.

Phelia verlässt Gillians Zelle, schließt sie ab und verwahrt den Schlüsselbund in der Tasche ihres Umhangs. »Sie braucht nicht hier zu bleiben. Wenn du Lord Jamis helfen würdest …«

*Wenn.* Ich zucke innerlich zusammen, lasse mir meine Schuldgefühle und meine Wut aber nicht anmerken.

»Viel länger wird seine Geduld nicht halten.« Phelia zieht den rabenschwarzen Umhang über ihre Arme. »Ich habe dir Zeit gegeben, dich mir aus freien Stücken anzuschließen. Aber diese Zeit läuft bald ab. Es ist ein einfacher Handel. Aodren gegen Finn und Gillian.« Ihr Blick wandert zu Gillian. »Mit ausreichend Bettruhe und den richtigen Heilmitteln wird sie wieder auf die Beine kommen. Wenn sie hier bleibt, kann ich für nichts garantieren.«

*Wahrheit.*

Aus einer anderen Tasche ihres Umhangs fördert sie meinen Dolch zutage.

»Den haben die Wachen dir abgenommen.« Ehrfürchtig, fast geistesabwesend streicht sie mit dem Zeigefinger über den Griff, als hinge sie einer Erinnerung nach. »Weißt du, wie diese Waffe heißt?«

Papas Dolch in ihren Händen – das ist ganz verkehrt. Ich muss mir auf die Lippe beißen, um sie nicht anzublaffen und den Dolch zurückzufordern. Papas Geschenk ist mein wertvollster Besitz auf Erden, aber er ist mir in den letzten drei Monaten viel zu oft abhandengekommen.

Ihr Finger wandert zu der Spitze und drückt leicht zu, bis ein roter Tropfen aus der Kuppe quillt.

»Das ist eine Zwillingsklinge, Teil eines Paares. Wo ist der andere, Tessa?«

Ich hebe die Schultern. Auf keinen Fall verrate ich, dass Cohen ihn hat.

Ihre Miene wird listig, wie bei einer Katze, die sich gerade genüsslich den Bauch vollschlägt. »Schön. Hast du gewusst, dass Zwillingsklingen immer in Paaren geschmiedet werden und zusammen benutzt werden sollen?«

Sie sieht mir meine Ratlosigkeit wohl an, denn sie fügt hinzu: »Wenn zwei Seelenleserinnen von gleichem Blut und ähnlich großer Kraft Seite an Seite kämpfen, reagieren die Zwillingsklingen aufeinander und werden noch mächtiger.«

Will sie deswegen, dass ich mich ihr anschließe? Um an ihrer Seite zu kämpfen? Mein Blick ruht etwas zu lange auf dem Dolch.

Sie schiebt ihn wieder in ihre Tasche. »Du willst mehr wissen. Das sehe ich dir an. Es gibt so vieles, was ich dich lehren kann, Tessa.«

Sie hat recht. Es gibt so vieles, was ich lernen möchte. Aber nicht von ihr. Nicht um den Preis von Aodrens Leben.

Plötzlich ragt hinter ihr ein Schatten auf.

Ich unterdrücke einen Schrei, als ich Aodren erkenne. Phelia wirbelt herum und reißt eine angewinkelte Hand in die Höhe. Aodren schwingt eine erloschene Laterne, doch Phelia weicht ihr aus und packt seinen Arm. Einen Wimpernschlag lang tritt ein fragender Ausdruck auf sein Gesicht. Dann biegt sich sein Rücken unnatürlich weit nach hinten. Ein Schmerzensschrei entringt sich seiner Kehle.

Mich packt das nackte Grauen. Ich versuche, die Gitterstäbe auseinanderzubiegen, aber ich bin viel zu aufgelöst, um mich zu konzentrieren.

Um Phelia irgendwie abzulenken, rufe ich: »Rozen! Mutter!«

Sie fährt zu mir herum. Ihre eisblauen Augen sind vor Überraschung weit aufgerissen. Ich kann nicht fassen, dass sie auf diesen uralten Trick hereingefallen ist. Sie lächelt. Von dem bitteren Geschmack in meinem Mund weiß sie nichts.

Aodren reckt sich und donnert die Laterne an ihren Hinterkopf. Phelias Züge erschlaffen, und sie bricht zusammen.

Ich wehre die Schuldgefühle ab, die in mir aufwallen, und wende meine Aufmerksamkeit Aodren zu, der in dem trüben Licht etwas grün um die Nase wirkt. Vor Erleichterung und Fassungslosigkeit bringe ich nur mühsam heraus: »Ihr … Du … bist hier?«

Er legt den Kopf schräg und mustert mich mit einem sonderbaren Blick. »Das wundert dich?«

»Ich hätte nur nicht gedacht, dass du den …« Ich breche ab. Was auch immer ich eigentlich sagen wollte, ich habe mich eindeutig getäuscht.

Er fingert am Schloss herum. »Wo hat sie die Schlüssel?«

»In ihrer Tasche.«

Aodren durchwühlt die Taschen von Phelias Umhang, wirft mir

meinen Dolch zu und holt den Schlüsselbund heraus. »Das müssen mindestens fünfzig sein.«

Er kniet sich vor meine Tür, probiert einen Schlüssel aus und versucht vergeblich, ihn im Schloss zu drehen. Stirnrunzelnd geht er zum nächsten über.

»Tessa, Tess!« Finn ruft meinen Namen.

Ich spähe durch das Halbdunkel zu ihm hinüber. Er hat eine Hand durch die Gitterstäbe geschoben und zeigt auf Phelia. »Ich glaube, sie wacht auf.«

Phelias Augen sind noch geschlossen, aber eins ihrer Knie bewegt sich. *Nein, nein, nein.* »Schneller, Aodren.«

Er geht Schlüssel um Schlüssel durch. Probiert einen. Brummelt. Probiert den nächsten. Ich behalte Phelia im Auge, höre die Schlüssel klirren und Aodren fluchen.

Phelia rührt sich wieder – ihr Kinn zuckt leicht –, und vor lauter Nervosität merke ich erst gar nicht, dass Aodren meine Zelle geöffnet hat und zu Gillians huscht.

Sobald er ihre Tür geöffnet hat, wirft er mir die Schlüssel zu. »Kümmere du dich um Finn, ich nehme Miss Tierney.«

In fliegender Eile schiebe ich einen Schlüssel nach dem anderen in Finns Zellentür. Gleich darauf steht Aodren mit Gillian auf den Armen neben mir. Wenn sie jetzt wach wäre, würde sie vor Aufregung, Angst und Glück ganz außer sich geraten. Schließlich passiert es nicht jeden Tag, dass der malamische König eine Kammerzofe in seinen Armen trägt.

Aodrens Gesicht ist weißer als meines, als er ihre vielen Blutergüsse sieht. »Ihr Puls ist deutlich zu spüren.«

»Sie wird es schaffen«, sage ich mit gespielter Zuversicht und arbeite weiter daran, Finns Zelle zu öffnen.

Endlich klickt das Schloss auf. Er krabbelt heraus und kauert sich zitternd neben mir zusammen. Sein armer, dürrer Körper bewegt sich nur ruckartig, so durchgefroren ist er. Ich schnappe mir die Decke, die Phelia Gillian übergelegt hat, und hülle ihn darin ein.

»Und d-d-du?«, sagt er zähneklappernd. Ich winke ab; wir haben andere Sorgen. Außerdem hat mein Kleid so viele Lagen, dass ich wohl nicht mal in einem Schneesturm frieren würde.

Phelia stöhnt.

»T-töte sie«, sagt Finn.

Ich schließe die Faust um meinen Dolch. Ich weiß, dass ich es tun sollte. Und doch kann ich den Arm nicht heben. Man muss ihr das Handwerk legen, aber ich kann es nicht. Ich bringe die Kraft nicht auf, ihr Leben zu beenden.

»Oder schließe sie ein«, sagt Aodren teilnahmsvoll. »Das wird sie wenigstens so lange aufhalten, bis wir von hier geflohen sind.«

Ich muss unweigerlich lächeln, dass er trotz allem noch so optimistisch denkt.

Finn hilft mir, sie in meine Zelle zu schleifen. Die verbogenen Stäbe lassen mich innehalten. Ich betrachte sie und gehe dann neben Phelia in die Hocke. Sobald sie aufwacht, wird sie zweifellos sofort einen Weg finden, sich zu befreien.

Ich weiß nicht, wozu ich imstande bin, aber ich weiß, dass ich irgendetwas tun muss. Ich lege die Hand an ihr Handgelenk und zucke beinahe vor der Hitze zurück, die ihre schwarz verfärbte Haut verströmt. Noch einmal schließe ich die Finger um ihren Arm und stelle mir vor, ich würde mit Enat im Wald üben.

Der Kerker verblasst, als Phelias brausende Energie all meine Konzentration bündelt. Ihre Lebenskraft ist ein stürmischer Wind, der unter ihrer Haut tobt. Ich denke mir, wenn ich einem anderen

Menschen meine Lebensenergie einflößen kann, um ihn zu heilen, sollte ich eigentlich auch in der Lage sein, seine Energie zu drosseln.

Ich konzentriere mich auf meinen Puls und vertiefe unsere Verbindung, indem ich ein wenig von meiner Energie mit ihrer vermische.

Dann lasse ich die miteinander verflochtenen Ströme ruhiger werden. *Schlaf.*

Mein Arm beginnt zu kribbeln und meine Muskeln werden träge. Phelias Gesicht erschlafft. Sie atmet leise durch den Mund. Ich löse die Verbindung, gehe aus der Zelle und schließe sie hinter mir ab. Phelia rührt sich nicht, was hoffentlich ein Zeichen dafür ist, dass sie tief und fest schläft.

»Bereit?«

Finn und Aodren starren mich an.

Es dauert einen Moment, bis Aodren aus seiner Trance auftaucht. »Verflucht noch eins, das war unglaublich.« Er lächelt. »Ich kann uns durch die Geheimgänge aus der Burg bringen. Aber auf dem Weg dorthin könnten wir Jamis' Männern über den Weg laufen. Wenn ich Gillian trage, kann ich nicht kämpfen.«

»Ich aber.« Finn umklammert die Decke und macht ein tapferes Gesicht. »Habt Ihr noch eine Waffe für mich?«

»Nimm das Schwert von meinem Gürtel.« Aodren senkt den Kopf.

Als Finn sich bewaffnet hat, gehen wir voran und vergewissern uns, dass die Luft rein ist. Aodren kommt mit Gillian hinterdrein. Vor dem Verlies liegen zwei tote Wachen im Bogengang. Ich werfe dem König einen Blick zu, und er zieht den Kopf ein, als schäme er sich. In dieser Hinsicht sind wir einander ähnlicher, als ich erwartet habe. Auch ich kann nicht leichtfertig töten.

»Nicht die einzelne Tat macht den Menschen aus, sondern die Summe seiner Taten«, wiederhole ich flüsternd einen Rat, den Papa mir auf den Weg gegeben hat. Aus meinem Mund klingt er irgendwie nichtssagend.

»Weise Worte.« Aodren umfasst Gillian noch fester. »Hoffen wir, dass die Summe meiner Taten mich zu mehr macht als einem Mann, der nur Leid über sein Volk gebracht hat.«

# Vierunddreißig

## AODREN

Ich verlagere Gillians Gewicht und gebe Tessa und Finn flüsternd die Richtung vor. Verstohlen huschen wir zu einem versteckten Verbindungsgang. Diese nur wenigen bekannte Abkürzung durch die innere Burgmauer ist so schmal, dass ich mich zur Seite drehen muss, um Gillian hindurchzutragen. Es ist nicht leicht, mit den anderen Schritt zu halten und dabei leise zu sein, aber wir schaffen es wohlbehalten zum Ausgang, der in der Nähe der Ställe und des Wärterhäuschens auf den äußeren Burghof hinausführt.

Das Gatter, das den Weg zur Schlossbrücke versperrt, ist heruntergelassen. Um aus der Burg zu kommen, müssen wir an den beiden Wärtern vorbei, die dort Wache stehen, und in den Turm hinein, wo sich die Kurbelwinde für das Tor befindet.

Tessa winkt mich zu den Ställen. Der Mond steht noch am Himmel und erhellt den Hof. Im Schatten der Mauern pirschen wir uns näher. Drinnen im Stall bette ich Gillian ins Stroh und drehe mich zu den anderen um. »Wenn wir nicht das halbe Schloss auf den Fersen haben wollen, müssen wir sofort los, sobald sich das Gatter hebt.«

»Und wie sollen wir es hochkurbeln?«, fragt Tessa. Sie hat sich auf den Rand eines Steintrogs gesetzt und wirkt unendlich müde. Ich bin nicht sicher, ob es an der Nacht im Verlies liegt oder an dem, was sie mit Phelia gemacht hat.

Ich überlege, wie wir am geschicktesten vorgehen, um Zeit und Kraft zu sparen. Ich nehme einen Sattel vom Halter an der Wand, zeige auf Schneefeuer und auf Windstoß, mein eigenes Pferd, und frage Finn: »Kannst du die Pferde bereit machen?«

Er legt die Stirn in Falten, was ihn seinem älteren Bruder ähnlich sehen lässt.

»Wenn ihr für Ablenkung sorgt«, erkläre ich, »kann ich in den Turm eindringen und die Wachen außer Gefecht setzen.«

»Ich reite mit Finn über den Hof, das müsste reichen.« Tessa stößt sich von dem Trog ab, geht zu Gillian und legt der Kammerzofe eine Hand auf die Schulter. »Wenn sie auf uns losstürmen, kannst du in den Turm laufen.«

Die Idee ist gut, aber Tessa scheint zu entkräftet, um einen Angriff abzuwehren. »Und wenn es zum Kampf kommt?«, frage ich.

Rasch blickt sie sich im Stall um. Bis es Tag wird, dauert es noch Stunden, und in der Dunkelheit ist nicht viel zu erkennen. »Gibt es hier Pfeil und Bogen?«

»Nein, die nächste Waffenkammer ist in der Burg.«

Ungerührt legt sie die Hand an ihren Dolch. »Dann muss der eben reichen.«

Ich überlege, ob ich ihre offensichtliche Erschöpfung anführen soll, verzichte aber darauf. Wenn sie sagt, dass sie kämpfen kann, dann kann sie kämpfen.

Über die Fenster, mit denen die Ställe belüftet werden können, gelange ich in den äußeren Burghof. Mit gezogenem Schwert halte ich mich bereit, obwohl mir die Vorstellung, wieder jemanden zu töten, fast den Verstand raubt. Auf mein Zeichen hin reiten Finn und Tessa los.

Wie vorhergesehen schrecken die Wärter auf, als Tessas Pferd wiehernd aus dem Stall prescht. Ich höre sie rufen, dann stürzen sie mit gezogenen Waffen aus dem Turm.

Ich umklammere mein Schwert und lasse meinen Blick einen Moment länger auf Tessa ruhen, als es ratsam wäre. Sie kommt schon zurecht. Sie kann gut auf sich selbst achtgeben. Das bete ich mir immer wieder vor, als ich auf den verlassenen Turm zurenne.

Vom Hof ertönen noch mehr Rufe. Zum Glück sind die Nacht und die Überraschung auf unserer Seite. Die Wärter brüllen zwar nach Verstärkung, klingen aber vollkommen orientierungslos.

Geduckt husche ich in den Turm und zu der Kurbel für das Gatter. Ich ziehe mit aller Macht daran, aber die Eisenkette sitzt fest. Fluchend lasse ich das Schwert fallen und stemme mich mit beiden Händen auf die Kurbel. Runter, hoch. Runter, hoch. Die Adern in meinen Armen schwellen an, als platzten sie gleich. Ich hole tief Luft und wende mehr Kraft auf, als ich je für möglich gehalten hätte, bis die Kette zu rattern beginnt und das Gatter sich Stück für Stück hebt.

Als es weit genug oben ist, raffe ich mein Schwert an mich und renne zum Stall zurück.

Gillian schreit schmerzerfüllt auf, als ich sie auf Windstoß hieve und hinter sie in den Sattel springe. Wenn wir nur mehr Zeit hätten, könnte man ihr etwas Linderung verschaffen. Aber wir haben keine Zeit. Wenn man uns schnappt, sind wir tot.

Ich wische mir den Schweiß aus den Augen. Adrenalin schießt in mir hoch, als Windstoß mit trommelnden Hufen über den gepflasterten Hof galoppiert.

Einer der Wärter ist in den Turm zurückgestürzt. Tessa und Finn sind schon auf der Brücke. Als ich die Augen im Mondlicht zusammenkneife, sehe ich den zweiten Mann mit dem Gesicht nach unten auf der Brücke liegen. Ich bin nicht sicher, wie sie ihn bezwungen hat und ob er noch lebt.

Aber ich höre Eisen quietschen. Das Gatter senkt sich.

Tessa ruft meinen Namen, ein gellender Pfeil in der Nacht, als ich Windstoß die Fersen in die Flanken grabe und mit eingezogenem Kopf unter dem Gatter hindurchpresche. Das Entsetzen in ihrer Stimme verrät mir, dass wir den eisernen Zähnen um Haaresbreite entronnen sind.

Seite an Seite donnern Windstoß und Schneefeuer über die Brücke. Die eisige Nachtluft schlägt mir ins Gesicht, während ich neben Tessa davonfege, und mein Herz trommelt ebenso laut wie die Hufe unserer Pferde.

Wir tauchen in die Hügel über Brentyn ein, und Gillian gibt ein Husten von sich. Ich merke, dass ich sie zu eng umklammert halte, und murmele eine Entschuldigung, die sie vermutlich nicht hört, da sie immer noch bewusstlos zu sein scheint.

»Ich – ich dachte schon, du wirst aufgespießt«, ruft mir Tessa über das Knirschen und Prasseln der Steinchen auf dem Pfad hinweg zu.

Hinter ihr legt Finn die Stirn an ihren Rücken. Er hat die Augen geschlossen, und seine Wangen sind aschfahl. In den letzten beiden Tagen haben wir alle unsägliche Gräuel erlebt.

Hier, fernab der Burg, scheint das Mondlicht ungehindert in Tessas Gesicht.

Obwohl wir um unser Leben reiten, löst die Sorge um mich, die aus ihren Augen spricht, etwas Hartes in meiner Brust auf, und mein innerer Aufruhr legt sich ein wenig. Bislang war ich sicher, dass ich ihr nichts bedeute. Aber als sie mich so unumwunden anschaut, frage ich mich, ob es nicht vielleicht doch mehr für uns geben kann, wenn dies alles hier vorbei ist.

»Das dachte ich auch«, gebe ich zu, und sie lächelt. Nicht sehr, nur ein flüchtiges Zucken der Mundwinkel, aber es ist ein Geschenk, bei dem es mir trotz der Beschwernisse unserer Flucht leicht ums Herz wird.

Als wir durch die Außenviertel der Stadt reiten, verdüstert sich Tessas Miene wieder. Obwohl die Burg in sicherer Entfernung hinter uns liegt und keine Wachen hinter uns aufgetaucht sind, zieht Tessa unbehaglich die Schultern hoch.

Sobald wir die Kate von Hagan, dem Heiler, erreicht haben, sitzen Finn und Tessa ab und kommen zu mir, um mir mit Gillian zu helfen. Tessa streckt erwartungsvoll die Arme nach ihr aus.

»Ist alles in Ordnung?«, frage ich, als ich vom Pferd gestiegen bin. »Wir haben es geschafft. Fürs Erste können wir durchatmen.«

Finn zuckt ganz leicht mit den Schultern.

»Bringen wir die Pferde in die Scheune«, sagt Tessa, ohne meine Frage zu beantworten. »Bald geht die Sonne auf, und niemand soll sie hier sehen.«

Ich nehme ihr Gillian wieder ab, sodass sie Windstoß und Schneefeuer wegführen kann. Nachdem sie das Scheunentor verriegelt hat, kommt sie zurück zu mir und Finn. Wir warten an Hagans Hintertür.

Tessa legt Gillian liebevoll die Hand an die Stirn. Ihre Anspannung von der Flucht hat sich ein wenig gelöst, aber ihre Schultern sind immer noch verkrampft.

»Ich kann sie heilen.« Sie hat so leise gesprochen, dass ich einen Moment brauche, bis ich auf ihren fragenden Unterton reagiere.

»Möchtest du das denn?«

Ihre Finger tasten über das verkrustete Blut an Gillians Stirn.

»Sorgst du dich, dass sie zu schwer verletzt ist? Oder befürchtest du, dass wir Hagan nicht vertrauen können?«

»Weder noch.« Tessa lässt die Hand sinken. »Ich – ich will es nur wiedergutmachen. Ich bin schuld, dass sie …« Ihre Stimme bricht.

Ihre Verletzlichkeit tut mir in der Seele weh. Am liebsten würde ich diese starke Frau in die Arme nehmen und trösten. Nach allem, was sie für mich getan hat, will ich ihr den Halt geben, den sie braucht.

»Tessa, es ist nicht deine Schuld.« *Wenn überhaupt, dann ist es meine.*

»Es ist lieb von dir, das zu sagen.« Sie blickt unter ihren hellen Wimpern zu mir auf. Wieder keimt dieses Gefühl in mir auf. Wie schon im Schloss überkommt mich der Drang, sie zu küssen, mit den Lippen ihre Stirn zu berühren.

Doch diesmal halte ich mich zurück. Finn steht mit leeren Augen und verquollenem Gesicht neben uns. Er braucht Schlaf und etwas zu essen. Und ein Blick auf das umliegende Ackerland sagt mir, dass es bald dämmern wird, auch wenn es jetzt noch dunkel ist. Wir haben zwar eine kostbare Verschnaufpause gewonnen, aber wir müssen weiter um unser Leben fürchten, bis wir Omar gefunden haben. Es wäre das Klügste, Gillian unverzüglich in Hagans Obhut zu geben und gleich weiterzureiten.

»Kommt.« Ich räuspere mich. »Ich stelle euch Hagan vor.«

Tessa verkneift den Mund, und so begrüßt sie auch den Heiler, als er die Tür öffnet.

Hagan wirft einen furchtsamen Blick auf die Straße. »Tretet ein, schnell.«

Hinter uns schließt er die Tür gründlich ab. »Die Stadt ist von aufständischen Soldaten überrannt und abgeriegelt worden. Wenn sie Euch finden, werden sie Euch töten.«

Natürlich haben Jamis' Männer Brentyn besetzt. Ich schüttele den Kopf. Darauf hätte ich schon früher kommen müssen. Würde Hagan mitten in der Stadt wohnen statt am Rand, hätten wir geradewegs in Jamis' Hände geraten können.

Finn setzt sich ans Feuer, während ich Hagan in eine Kammer mit einem leeren Bett folge. Ich lege Gillian auf das Lager und schiebe das Kissen unter ihren Kopf. »Niemand hat uns herkommen sehen. Und wenn wir gehen, werden wir durch den Wald hinter Eurem Grundstück reiten.« Der Umweg aus dem Tal heraus ist zu seinem und unserem Schutz gleichermaßen. Ich will und darf Hagan nicht in Gefahr bringen.

Ich schildere ihm in allen furchtbaren Einzelheiten, was im Schloss vorgefallen ist. Während ich erzähle, legt er die Hand an Gillians Hals, um ihr den Puls zu fühlen, und tastet ihre Arme und Beine nach Knochenbrüchen ab. Seine Untersuchung ist gründlich, obwohl sein Gesicht immer fahler wird, je mehr er von meiner Geschichte hört.

»Es wird noch ein paar Tage wehtun und sie müde machen, aber ich habe eine Salbe für ihre Wunden und eine Tinktur gegen den Schmerz.« Hagan holt einige Döschen aus einer Kommode. »Ich habe auch etwas Beannach-Wasser, wenn Ihr damit einverstanden seid, dass ich zur Heilung animistische Magie benutze.«

»Natürlich.«

Er nickt beifällig.

»Ich muss Miss Tierney in Eurer Obhut lassen«, bitte ich und füge zur Erklärung hinzu, dass Tessa, Finn und ich zu Hauptmann Omar aufschließen wollen. Während ich die Einzelheiten mit ihm bespreche, merke ich, dass Tessa die Fäuste geballt hat. Ihr Blick wandert zwischen Hagan und mir hin und her, und ich sehe ihr an, dass sie unter vier Augen mit mir sprechen möchte.

Als Hagan hinausgeht, um das magische Wasser zu holen, stellt Tessa sich dicht vor mich und geht auf die Zehenspitzen, um mir ins Ohr zu flüstern: »Ich kann sie im Handumdrehen genesen lassen. Dann könnten wir sofort aufbrechen.«

Sie packt mich an den Armen. Ich bin von dieser Geste und ihrer körperlichen Nähe so überrascht, dass ich gar nicht daran denke, ihr mein Ohr zuzuwenden. Wie gebannt sehe ich zu ihr hinunter.

Innerlich gebe ich mir eine Ohrfeige. Dazu ist jetzt wirklich nicht die Zeit. »H-hältst du das denn für das Beste?«

»Ich weiß es nicht.«

Ich senke den Kopf. Wir sehen uns tief in die Augen. »Ich weiß nicht viel über deine Gabe. Aber ich weiß, dass du Wochen gebraucht hast, um dich zu erholen, nachdem du mich gerettet hattest. Du warst fast zwei Tage lang im Verlies eingesperrt, und bei Phelia hast du auch Magie angewendet, nicht wahr? Das hat dir sicher viel Kraft abverlangt.«

Ihr Blick wandert zu der Narbe an meinem Hals. Ich versuche, die Hitze zu ignorieren, die in mir aufwallt. Angesichts der Gefahr, in der wir uns befinden, darf ich mich auf diese lächerlichen Gefühle nicht einlassen.

»Wenn du Gillian heilst, wirst du dann noch stark genug sein, um weiterzureiten?«

Sie stöhnt; offenbar fügt sie sich ins Unvermeidliche. »Nein.«

Wir werden Verbündete brauchen. Getreue. »Wir müssen los.«

Sie nickt zögerlich.

»Tess.« Finn steht auf der Schwelle, an den Türrahmen gelehnt. Er beäugt uns, und ich trete zurück. Ich rufe mir in Erinnerung, dass Tessa und den Bruder dieses Jungen … etwas verbindet. Was genau? Liebt sie Cohen Mackay?

»Ich bleibe bei ihr«, sagt Finn. »Ich wäre euch nur ein Klotz am Bein. Gillian braucht jemanden, der nach ihr sieht. Schlimmstenfalls muss ich sie verstecken, wenn Jamis' Männer hier auftauchen.«

Seine Stimme bebt vor Angst, aber er schiebt tapfer das Kinn vor. Er hält sich wirklich wacker. »Sehr mutig von dir, Finn.«

Er blinzelt. Das Kompliment scheint ihn zu verblüffen.

Tessa geht zu Finn und nimmt seine Hand fest in ihre. »Siehst du, wer jetzt der Tapfere ist?« Sie blickt über die Schulter zu Gillian zurück. »Pass gut auf sie auf.«

Finn wächst um einige Daumenbreit in die Höhe. »Das werde ich.«

Ich klopfe ihm aufmunternd auf die Schulter. Dann wende ich mich wieder Hagan zu. Ich habe kein Geld, das ich ihm geben kann, doch ich verspreche, ihm seinen Dienst zu vergelten, wenn wir die Burg zurückerobert haben – ich weigere mich, die Möglichkeit in Betracht zu ziehen, dass wir scheitern könnten.

Hagen gibt uns Schlafsäcke, eine Zeltplane und etwas Reiseproviant mit. Er kommt sogar mit Kleidern für mich an, die besser passen. Nachdem ich mir mit Seife und Wasser notdürftig den Schmutz von Gesicht und Armen gewaschen habe, ziehe ich Hagans Hose und Wintertunika über. Doch als er mir seinen Mantel anbieten will, lehne ich ab. Es ist sein einziger, und er wird ihn brauchen, falls er fliehen muss. Obwohl es im Gebirge sicher bitterkalt sein wird, müssen die Tunika und die Hose reichen; sie sind dicker als meine alten Sachen.

Tessa nimmt seinen Bogen und Köcher dankend an. An der Art, wie ihre Hände über das geschwungene Holz streicheln, erkenne ich, dass ihre Zuversicht wächst, Omar finden zu können.

Nach einer schnellen Mahlzeit macht Tessa Windstoß reitbereit, während ich Wache stehe. Schneefeuer lassen wir hier, falls Finn ein Pferd braucht.

Als Tessa und ich in den Wald eintauchen, geht die Sonne auf. Aber sie bringt keine Wärme, nur ein graues Licht, das den Frost am Horizont in einen farblosen Dunst verwandelt.

# Fünfunddreißig

## COHEN

Die Schlafzimmertür fliegt auf. Vor Schreck zucke ich zusammen, was mir ein Stöhnen entlockt. *Bei allen Pfefferkörnern*, meine Rippen.

Ich begrüße den Eindringling, der hier so unangekündigt hereinplatzt, mit grimmigem Gesicht. Es ist eine Frau mit feuerroter Mähne.

»Sei nett zu ihr, sie ist meine Tante«, warnt Lirra mich. Sie springt von dem Stuhl auf, den sie sich ans Fenster gezogen hat, um die schneebedeckten Baumwipfel zu betrachten, und durchquert in zwei Sätzen den Raum. Glücklich schlingt sie die Arme um die Furcht einflößende ältere Frau. »Cohen, darf ich vorstellen: meine Tante Katallia.«

»Die Schwester deiner Mutter?« Ich hatte gehört, dass Millner Barretts gesamte Familie umgebracht worden war, nachdem er sich nach Shaerdan abgesetzt hatte.

»Ich bin Millners einzige noch lebende Schwester«, verbessert Katallia in nüchternem, wenig liebenswürdigem Ton.

»Vielen Dank, dass Ihr uns in Euer Heim aufgenommen habt.« Es wurmt mich, dass ich hier so dumm herumliege, anstatt mich aufzusetzen und sie ordentlich zu begrüßen. Ich bin zwar manchmal mürrisch, aber zu benehmen weiß ich mich trotzdem. Ich rolle auf meine unverletzte Seite und ringe nach Luft. Versuche mich zum Sitzen hochzustemmen. Es dauert lange, aber schließlich habe ich es geschafft.

Mit prüfendem Blick kommt Katallia näher. »Mein Heim liegt in Shaerdan. Dieses Haus hier ist eine sichere Bleibe für Animistinnen, die auf der Durchreise sind.« Ihre Worte sind so zielgerichtet und forsch wie ihr Gang.

Sie lauert auf eine Reaktion von mir, doch ich halte mich bedeckt. In ihren grauen Augen blitzt etwas, das ich instinktiv erkenne, etwas wie die Jagdlust eines Raubtiers. Immerhin gehe ich seit anderthalb Jahren für den König auf Kopfgeldjagd.

»Meine Nichte sagte mir, ihr bräuchtet eine Brieftaube.«

Von Lirra weiß ich, dass dieses Haus in Tahr liegt, einem kleinen Holzfällerdorf südlich von Lord Freils Lehnsgebiet. Obwohl wir mehrere Hundert Meilen von Brentyn entfernt sind, könnte eine Brieftaube es an einem Tag bis nach Burg Neart schaffen.

»Ich muss dem König eine dringende Nachricht schicken.«

»Und was wirst du über meine Nichte schreiben?« Wie Lirra redet diese Frau nicht lange um den heißen Brei herum.

Ich würde Lirra auf keinen Fall in Gefahr bringen, falls sie das meint. Ich habe nicht vergessen, dass Lirra hier in Malam um ihr Leben fürchten muss. Wenn irgendjemand erfährt, dass ihr Vater der Erzverräter ist, würde sie hingerichtet werden. Dasselbe gilt, wenn herauskommt, dass sie eine Animistin ist.

»Nichts. Ich würde eine Freundin nie und nimmer in Gefahr bringen, nur um mich hervorzutun«, antworte ich Katallia, aber ich schaue dabei zu Lirra. Sie soll sehen, dass ich es ernst meine. Sie soll wissen, dass sie mir vertrauen kann.

Katallia sagt nichts mehr. Sie stellt sich an mein Bett und mustert mich. Offenbar habe ich die Prüfung bestanden, denn sie stößt ein kurzes »Nun gut« aus, macht auf dem Absatz kehrt und marschiert hinaus.

In ihrer Abwesenheit fällt mir das Atmen leichter, das gebe ich unumwunden zu.

»Sie kann ganz schön rabiat sein.« Lirra lacht auf.

»Ach nee.«

Lirra verdreht die Augen.

»Na schön, sie ist ziemlich barsch, aber das gefällt mir.«

»Sie ist Mitglied der Gilde.« Lirra trommelt mit den Fingern auf ihren Oberschenkel.

»Bei den animistischen Lehrmeisterinnen?«

Lirra verriegelt die Tür und lehnt sich mit dem Rücken an das Holz. »Die Gildenmitglieder sind nicht nur Lehrmeisterinnen. Sie sind die Anführerinnen der shaerdanischen Animistinnen. Und sie wollen gegen das Säuberungsedikt vorgehen.«

Der letzte Punkt ist mir neu. Ich habe den Eindruck, dass Lirra mich auf die Probe stellt, wie eben schon ihre Tante. Und dass sie eine nur sehr begrenzte Anzahl richtiger Antworten akzeptieren wird.

»Also gehört dieses Haus der Gilde, nicht deiner Tante?«

»Richtig.«

Sie löst sich von der Tür und stellt sich ans Fußende des Betts. »Morgen wird die gesamte Gilde hier zusammenkommen. Wie ich wollen sie herausfinden, wo die vermissten shaerdanischen Mädchen sind.«

Das verblüfft mich.

»Warum treffen sie sich denn hier und nicht in Shaerdan?«

»Na ja, die entführten Mädchen werden alle nach Malam gebracht, wer könnte uns also besser helfen als die Animistinnen, die sich in Malam versteckt halten? Die Gilde wird sich hier versammeln, um ihr Vorgehen zu planen.«

Ich habe immer gedacht, dass nur noch ein, zwei Dutzend Animistinnen in Malam ausharren. Vielleicht gibt es doch mehr? Sicherheitshalber frage ich nach: »Du sprichst von Frauen hier im Land? Die Gilde wird sich Hilfe von Animistinnen in Malam holen?«

Lirra nickt langsam. »Ja.«

Verstehe. »Von wie vielen Animistinnen reden wir?«

»Hunderten.«

Nicht die Antwort, mit der ich gerechnet habe.

»Deshalb verlangt meine Tante Stillschweigen von dir. Kannst du dir vorstellen, was passieren würde, wenn sie auffliegt? Jeder, der ein bisschen herumschnüffelt, könnte die Frauen ausfindig machen, mit denen Tante Kat sich regelmäßig trifft. Dann würde das gesamte animistische Netzwerk in Malam zusammenbrechen.«

Eigentlich weiß ich aus eigener Erfahrung, wie hart es ist, einen geliebten Menschen in der steten Gefahr zu wissen, entdeckt zu werden. Trotzdem erschüttert mich, was ich da gerade gehört habe. Wenn die Gilde wirklich mit Hunderten malamischer Animistinnen zusammenarbeitet, könnte sie die Zukunft Malams beeinflussen. Ist es möglich, dass sie der Säuberung ein Ende bereiten? Bei dem Gedanken keimt Hoffnung in mir auf. Sollten sie tatsächlich eine Aufhebung des Edikts erwirken, müsste ich nicht mehr tagtäglich in Angst um Tessa leben.

Ich grinse sie an. »Ich bin voll und ganz auf eurer Seite.«

Skeptisch wie immer kaut sie auf ihrer Unterlippe und geht zurück zum Fenster. Ich ringe mit mir, ob ich versuchen soll, mich wieder hinzulegen oder nach Omar zu sehen.

Weil ich genau weiß, dass ich nicht lange stillhalten kann, schließe ich kurz die Augen, um mich für das Aufstehen zu wappnen. Aber kaum bin ich auf den Beinen –

*Bei allen Göttern und Dämonen.* Ich pruste vor Schmerz wie ein Pferd.

Lirra schiebt sich unter meinen unversehrten Arm, um mich zu stützen. Ihre schmalen Hände legen sich um meine Hüfte. Ich grinse in mich hinein, denn als sie mir vorhin die Salbe auf die Rippen geklatscht hat, kamen mir ihre Hände gar nicht so klein vor. Sie erinnert mich irgendwie an meine Schwester Imogen. Jemand sollte Lirra zeigen, wie man einen Kranken angemessen pflegt.

Wir hoppeln auf den Flur des zweistöckigen Gebäudes hinaus.

»Herrjemine, du brauchst ein Bad«, murmelt Lirra, als sie die Tür des Nachbarraums aufstößt und mir über die Schwelle hilft.

Ich gehe nicht auf ihre Bemerkung ein, denn erstens hat sie wahrscheinlich recht, und zweitens springt soeben Leif von seinem Platz an Omars Bett hoch. »Du bist auf!«

»Ich bemüh mich. Schön, dich zu sehen, Leif.«

Er begutachtet mich von Kopf bis Fuß und antwortet mit einem erleichterten Lächeln: »Ebenfalls.«

Er hebt meinen Arm von Lirras Schultern auf seine und hilft mir auf den Stuhl am Bett. Ich will schon fragen, wie es Omar heute geht, als ich innehalte. Violette und blaue Quetschungen überziehen Gesicht, Hals und Arme des Hauptmanns. Abgesehen von diesen schreienden Farben ist seine Haut blasser als Tessas, und das ist kein gutes Zeichen.

»Kommt er durch?« Ich lege die flache Hand neben Omar aufs Bett.

Leif hebt matt und entmutigt die Schultern.

Wut und Frust treffen mich wie eine Faust in die noch heil gebliebenen Rippen. Richtig warm bin ich mit Omar nie geworden, aber er ist standhaft und loyal. Seit ich Kopfgeldjäger wurde, bin ich ihm direkt unterstellt. Unsere Mannschaft hat schon Wallace und Geoffrey verloren. Ich will nicht auch noch ohne den Hauptmann nach Schloss Neart zurückkehren müssen.

Die Tochter des Erzverräters tritt neben mich und mustert den geschundenen Mann. »Tante Kat hat alles getan, was sie konnte. Aber er braucht einen richtigen Heiler.« Der sonst so ruppige Ton ist aus ihrer Stimme verschwunden. Sie dreht sich zu Leif um und funkelt ihn drohend an. »Bestimmt hast du dir inzwischen zusammengereimt, dass meine Tante eine Animistin ist, genau wie ich. Dieses Haus gehört der Gilde der Animistinnen.«

Leif richtet sich auf. »Ich hatte nicht vor …«

Lirra bringt ihn mit einer Handbewegung zum Schweigen. Ihr grimmiger Blick schließt mich mit ein. »Sollte jemand in diesem Raum mir oder meiner Tante oder irgendwem, der mit meiner Familie zu tun hat, die Garde auf den Hals hetzen, nur weil wir mit einer besonderen Gabe zur Welt gekommen sind …« Sie fährt über Omars Blutergüsse und hält über seinem Herzen inne. »… dann bringe ich euch um. Allesamt.«

Schweigen.

Normalerweise würde ich die Anspannung mit einem Lachen zerstreuen, aber ihre Kaltblütigkeit hat meine Kehle ausgedörrt. Eine Gänsehaut überläuft mich. Mit ihrem Schwur könnte sie einen Schwarzbären vor Angst aus dem Pelz fahren lassen.

Klug, wie wir sind, halten wir schön still, bis Lirra aus dem Zimmer gestapft ist.

Als die Tür wieder aufgeht, steht nicht Lirra, sondern Katallia davor. Ihr Blick wandert zu uns, bevor sie sagt: »Lirra hat mir versichert, dass ihr vertrauenswürdig seid. Stimmt das?«

Ich spähe zu Leif hinüber. Seit die Tochter des Erzverräters hinausgegangen ist, hat er kein Wort gesagt. Zweifellos hat er eine Menge Fragen. Zum Glück nickt er. Ihm ist klar, dass wir tote Männer sind, wenn wir uns nicht verpflichten, diesen Ort geheim zu halten. Ich nicke ebenfalls.

Katallia legt die Fingerspitzen aneinander und stützt ihr Kinn darauf. »Ich weiß nicht, wie ich euch das schonend beibringen kann. Aus Brentyn hat mich die Kunde erreicht, dass Schloss Neart angegriffen worden ist.«

*Was?* Nein. Das muss ein Irrtum sein. Die Festung ist so gut wie uneinnehmbar.

Leif schiebt seinen Stuhl zurück und tritt auf die Frau zu. »Was habt Ihr gehört?«

»Vorgestern Abend, beim Hofball zur Winterweihe, haben sich eure eigenen Männer gegen den König erhoben. Die Leute aus der Stadt sagen, dass sie Dutzende von Leichen aus dem Schloss schaffen mussten.«

Oh Götter. Tessa. Finn.

Bitte lasst das nicht wahr sein. Die Gerüchte sind doch sicher übertrieben, wenn nicht gar völlig aus der Luft gegriffen. Ich knülle den Rand von Omars Decke in meinen Händen zusammen; am liebsten würde ich sie zerreißen. »Warum sollte die Königsgarde einen Aufstand anzetteln? Das ist doch unsinnig.«

»Sie gibt nur weiter, was sie gehört hat«, sagt Lirra von der Tür aus. »Kein Grund, laut zu werden. Außerdem tut das deinen Rippen nicht gut.«

Wie es um mich steht, könnte mir in diesem Moment nicht gleichgültiger sein. Wenn das wahr ist, was Katallia behauptet, haben wir sehr viel Schlimmeres zu befürchten als gebrochene Rippen.

Ich verfluche mich dafür, dass ich körperlich außerstande bin, sofort nach Brentyn zurückzureiten. Ich weiß, dass Tessa allein auf sich achtgeben kann. Aber das lindert nicht den Schmerz, den ich bei dem Gedanken empfinde, dass sie oder Finn verletzt sein könnten.

Katallia erklärt, dass die Mitglieder der Gilde sich morgen hier versammeln werden. Sie sagt etwas in der Richtung, dass ihre vereinten Kräfte Omar vielleicht helfen könnten, und bittet im Gegenzug um unsere Hilfe. Doch vor lauter Sorge höre ich kaum hin.

»Und wie soll diese Hilfe aussehen?«, mischt Leif sich ein.

»Holt unsere Töchter zurück«, sagt sie. »Ihr sollt schwören, dass ihr die malamischen Männer finden und stellen werdet, die unsere dreißig Mädchen entführt haben.«

Damit hat sie meine Aufmerksamkeit wieder. Omar zuliebe bleibt uns keine andere Wahl. Und angesichts des Dramas, das sich in Brentyn abspielt, könnte es sich als vorteilhaft erweisen, diesen Frauen einen Schwur zu leisten.

# Sechsunddreißig

## TESSA

Als wir von Hagans Haus aufbrechen, denke ich an Gillian und Finn und frage mich, ob Papa auch immer so bang zumute war, wenn er mich für mehrere Wochen allein gelassen hat. Vor Sorge wird mir ganz mulmig und ich presse eine Hand auf den Bauch. Noch nie hat mich die Angst um andere Menschen so aufgewühlt, und ich überlege unwillkürlich, ob es nicht doch besser ist, allein auf sich gestellt zu sein. Dann müsste ich mich nur um mich selbst kümmern.

Andererseits hätte ich dann auch nur mich selbst zur Gesellschaft. Ich zittere und rutsche näher an Aodren heran. Ein Leben in Einsamkeit ist eine ebenso grausige Aussicht wie der Pranger auf dem Marktplatz von Brentyn.

*Wir werden Cohen finden*, rede ich mir ein. *Er ist gesund und munter.*

Bei all diesen schwarzen Gedanken bekomme ich einen galligen Geschmack im Mund. Ich richte mich auf und entspanne die Hände, um sie locker an Aodrens Hüften zu legen, während wir auf seinem Pferd nach Norden reiten. Im Wald ist es sicherer. Dort werden wir nicht so leicht gesehen.

Sobald wir hinter den ersten Bäumen verschwunden sind, lenkt Aodren Windstoß nach Westen. Unser Plan sieht vor, einen großen Bogen um Brentyn zu schlagen, die Hauptstraße zu überqueren und in südlicher Richtung weiterzureiten, wie Cohen und Omar es vorhatten.

Bald wird die aufgehende Sonne auch den Wald erhellen. Bislang aber können wir die trüben Schatten der Morgendämmerung für uns nutzen und hinter Grauschleiern verschwinden. Ich lausche auf das Knirschen der Hufe, und plötzlich wird mir klar, dass die Geräusche des Pferdes das Einzige sind, was ich höre. Mir stehen die Haare zu Berge.

Windstoß legt die Ohren an.

Aodren richtet sich kerzengerade auf und dreht sich im selben Moment um wie ich.

Aus der Dunkelheit stoßen drei berittene Wachen hervor und preschen aus östlicher Richtung auf uns zu. *Nein.* Aodren holt scharf Luft und treibt Windstoß mit den Hacken in einen Galopp. Während der König sich auf den Weg vor uns konzentriert, halte ich nach hinten Ausschau, aber die Hunde sehe ich erst, als ich sie heulen höre.

Vier Jagdhunde hetzen an den Reitern vorbei und schießen wie Pfeile auf uns zu.

»Schneller!«, schreie ich.

Windstoß springt über einen umgestürzten Baum. Die Hunde bellen.

Ich kenne den Endlosen Wald so gut wie niemand sonst. Wir können sie abschütteln. Aber auf der wilden Flucht kommen mir Zweifel – wenn uns Bluthunde auf den Fersen sind, ist es unendlich viel schwerer, die Verfolger loszuwerden. Wie sollen wir die

Hunde abschütteln? Sie haben schon unsere Witterung aufgenommen.

Trotzdem bin ich froh, dass sie uns folgen, anstatt Hagans Tür einzuschlagen. So sind wenigstens Gillian und Finn außer Gefahr. Besser wir als sie, oder?

Mit einer Hand halte ich mich an Aodren fest, mit der anderen zähle ich die Pfeile in Hagans Köcher durch. Es sind nur sechs. Ich darf keinen einzigen verschießen.

Ich bin eine gute Schützin, aber vom Sattel aus, im rasenden Galopp, womöglich weniger. *Fokus.* Papas Mahnung kommt mir in den Sinn: *Fokus ist ebenso eine Waffe wie dein Bogen.*

Mein Puls wummert mir durch die Adern, als ich den ersten Pfeil in den Bogen einlege. Als ein Hund an den anderen vorbeizieht, ziele ich und schieße. Das Tier jault auf und rollt durch den Schlamm, während die anderen weiterjagen.

Ich wünschte, ich müsste das nicht tun. Aber die Männer sitzen alle allein im Sattel, und Windstoß muss zwei Reiter tragen. Unser Vorsprung schmilzt dahin.

Ich presse meine Schenkel so fest wie möglich zusammen, schnappe mir zwei weitere Pfeile und schieße sie kurz nacheinander ab. Zwei Pferde werden in den Hals getroffen, knicken ein und reißen ihre Reiter mit sich zu Boden.

Ich ziele auf einen anderen Hund …

Ein Pfeil durchbohrt mir den Oberarm. Ein Schrei, eine Mischung aus Schock und Schmerz, entfährt mir. Der Bogen rutscht aus meiner Hand und fällt auf die Erde.

»Tessa? Tessa, was ist passiert?« Aodren ist die schiere Panik.

»Haben mich erwischt. Am Arm«, stoße ich mühsam hervor. Mein rechter Arm – mein Schussarm – brennt wie Feuer.

Der Pfad aus gestampfter Erde führt nach links, den Berg hinauf, doch Aodren reißt am rechten Zügel und treibt sein Pferd unvermittelt den Hang hinunter. Windstoß rennt und stolpert und stürmt geradewegs in einen kleinen Bach.

Verzweifelt klammere ich mich mit meinem linken Arm an Aodren und drücke mein Gesicht in seinen Rücken, während wir im Sattel auf und ab geschleudert werden. Bei jeder Bewegung durchfährt mich ein stechender Schmerz. Einen Moment lang verschwinden die Reiter und ihre Hunde aus unserem Blickfeld.

»Damit sie die Witterung verlieren«, ruft mir Aodren über die Schulter zu. »Halt dich fest.«

Eiskaltes Wasser schwappt über unsere Füße und Knöchel.

In der Ferne hören wir die Hunde bellen und die Männer rufen. Sie scheinen wieder näher zu kommen.

Der Pfeil hat den Ärmel meines Kleides und mein Fleisch glatt durchschlagen und ragt auf der anderen Seite heraus. Zwar hat er den Knochen nicht getroffen, aber lange halte ich es nicht mehr aus, so durchgeschüttelt zu werden. Jedes Mal, wenn mein Arm gegen meinen oder Aodrens Körper stößt, vergrößert sich die Wunde.

Wo auch immer Cohen und Omar gerade sein mögen, für uns geht es jetzt ums nackte Überleben. Ich muss den Pfeil entfernen, sobald Windstoß einigermaßen ruhig dahinreitet.

Ich halte den Atem an und beiße in das Endstück des Pfeils, während ich mit der Hand den Schaft auf der anderen Seite packe. Ich zähle bis drei, dann breche ich den Pfeil entzwei.

*Senf und Pfeffer!*

Ich spucke das gefiederte Ende auf den Boden und taste mit zitternden Fingern nach der Spitze unter meinem Arm. Mein Atem sägt mir in die Lungen. Ich reiße die Spitze heraus, und der Schmerz ist so heftig, dass es mir in den Ohren rauscht. Mit dem linken Arm klammere ich mich an den Sattel, während ich gegen die Benommenheit in meinem Kopf ankämpfe. Blut quillt aus der Wunde und sickert über den Ärmel meines blauen Kleids.

Der Bach macht eine Biegung nach Süden. Windstoß sinkt mit den Vorderbeinen fast ganz ein. Er strauchelt, und wir werden nach vorn geschleudert. Ich bekomme gerade noch den hinteren Sattelknauf zu fassen, aber Aodren fliegt über den Kopf seines Pferdes und fällt mit einem lauten Platschen ins eisige Wasser. Als er auf die Füße kommt, schlottert er so sehr, dass er nur japsend Luft holen kann. Ich lenke Windstoß ans Ufer und vergewissere mich, dass der verbliebene Reiter und die Hunde uns nicht eingeholt haben.

Meine Gedanken rasen, als ich den triefenden, zitternden Aodren sehe. Er muss sofort aus den nassen Kleidern heraus, aber er hat keine anderen dabei. Wir haben nur eine Plane und zwei Schlafsäcke.

Ich taste nach den Satteltaschen. Einer der blauen Schlafsäcke ist weg. Wir müssen ihn bei der Flucht oder im Bach verloren haben.

Ich versuche, mir meine Panik nicht anmerken zu lassen, als ich Aodren zurufe, hinter mir aufs Pferd zu steigen. So kann er sich an mich schmiegen, um sich zu wärmen, während ich uns vor dem Verfolger in Sicherheit bringe. Vielleicht reißt die Wolkendecke bald auf, und die Sonne trocknet seine Sachen.

»Aber dein Arm«, protestiert er und zeigt auf meinen blutgetränkten Ärmel.

Ich hebe die unversehrte Hand. »Das geht schon.«

Er weiß, dass wir keine Zeit verlieren dürfen, hievt sich hastig hinter mir in den Sattel, und wir reiten los.

Ich bleibe wachsam und versuche, so viel Boden auf unseren Verfolger gutzumachen wie möglich. Wir überqueren die Hauptstraße und schlagen den Weg durch den südlichen Endlosen Wald ein.

Aodren sagte, er habe mehrere Wachen über einen Verräter in Omars und Cohens Gruppe sprechen hören. Dabei hätten sie die Steilhänge im Südosten des Gebirges erwähnt. Ich verdränge alle Gedanken daran, bis wir zwei Stunden lang geritten sind, ohne dass die Wache mit den Hunden noch einmal aufgetaucht ist. Da sind wir bereits in der Nähe des Pfades, der zu den Steilhängen führt.

Aodren zittert immer noch. Seine Kälte dringt mir durch die Lagen des Kleides in den Rücken. Ich habe umsonst gehofft, dass die Wolken sich lichten. Ohne ein Feuer werden seine Sachen wohl nicht trocknen. Unablässig gehen mir Papas Warnungen durch den Kopf, wie wichtig es ist, warm und trocken zu bleiben, wenn man winters im Wald unterwegs ist. Wir reiten seit Stunden, und ich bin sicher, dass seine Kleidung noch immer nass ist. Wir müssen einen geschützten Ort finden, an dem wir ein Lager aufschlagen können. Das Mindeste ist, dass er sich ausreichend bewegt, um seine Körpertemperatur zu erhöhen.

»Wir sollten absitzen, nach Spuren suchen und vielleicht eine geeignete Lagerstelle ausfindig machen.« Ich steige vom Pferd und bedeute ihm, mir zu folgen. Der Nervenkitzel von der Verfolgungsjagd ist verflogen. Umso deutlicher macht sich jetzt wieder die Erschöpfung nach den zwei Nächten im Verlies bemerkbar.

Aodren lässt sich vom Pferd gleiten. »Bevor dein Arm nicht verbunden ist, machen wir gar nichts. Du hast so viel Blut verloren.« Er zeigt auf den Saum meines Kleides. »Ich könnte ein Stück abschneiden und die Wunde damit verbinden.«

Ich weiß, dass es sein muss. Also hebe ich meinen Rock an und sehe zu, wie er mit zitternden Händen zu seinem Dolch greift und einen breiten Streifen Stoff absäbelt. Er schneidet ihn in zwei Stücke, ein kürzeres, das er mir um den Arm bindet, und ein längeres, das er zu einer Schlinge knüpft.

»Danke.« Ich lege die unversehrte Hand um den rechten Arm, obwohl der nun ausreichend gestützt ist. »Aber ich mache mir Sorgen um dich. Wir müssen einen Ort finden, wo wir ein Feuer anzünden können.«

Aodren streicht mir eine Haarsträhne aus dem Gesicht. Seine Finger sind Eiszapfen. »Sorge dich nicht um mich. Wenn mir zu kalt wird, sage ich Bescheid. Aber du hast mir vorhin einen ziemlichen Schrecken eingejagt. Ich dachte schon, ich verliere dich.«

Ich will diese Angst als unnötig abtun, bringe jedoch kein Wort mehr heraus, als er sich plötzlich vorbeugt und seine kalten Lippen auf meine Stirn drückt. Ich kann nachvollziehen, warum er mich im Schloss geküsst hat: Er war aufgewühlt und reagierte impulsiv. Aber dieser Kuss? Ich weiß nicht, was ich davon halten soll. Er fügt meinem schlechten Gewissen eine weitere Schicht hinzu.

Ich rücke ein Stück von ihm ab. In meinem Kopf dreht sich alles, und mein Körper ist müde und zerschunden, aber ich beharre noch einmal darauf, dass wir ein Lager finden müssen, um Feuer zu machen.

»Es ist doch kaum Mittag vorbei.«

»Du zitterst.«

Er zupft an seinem Hemd. »Es ist fast t-trocken.«

Die Wärme in meinem Bauch bestätigt mir, dass er die Wahrheit sagt. Klamm und eiskalt sind die Sachen trotzdem noch. Seine Finger sind knallrot und seine Lippen haben sich bläulich verfärbt. Er zeigt klare Anzeichen von Unterkühlung.

Ich schüttele energisch den Kopf, doch er wendet sich ab und stapft los. »Das Wichtigste ist, dass wir Omar finden«, ruft er über die Schulter zurück.

Ich verdrehe die Augen. Wer bin ich, dass ich dem König von Malam Vorschriften mache? Wenn er sich einbildet, in feuchten Kleidern durch die Winterkälte stiefeln zu können, weiß ich auch nicht, wie ich den Dummkopf zur Besinnung bringen soll. Und ich dachte, Cohen wäre der einzige sture Hund in meinem Leben.

In den Frostmonaten ist es einfacher, Fährten zu lesen, weil Schäden an den kahlen Busch-Eichen auf den ersten Blick zu erkennen sind, während man in den wärmeren Monaten schon sehr genau hinschauen muss. Ich drücke den verletzten Arm in der Schlinge an mich und pirsche durch das Unterholz, bis ich auf Hufabdrücke und einige abgeknickte Zweige stoße.

Als Aodren zu mir kommt, lässt er die Füße vernehmlich über den gefrorenen Boden schleifen. Ihm mangelt es an der Gewandtheit, sich geräuschlos anzuschleichen. Ich frage mich, ob das immer so ist oder ob er sich so ruckartig bewegt, weil ihm das Bad im eisigen Fluss in den Knochen sitzt.

Ich zeige auf die Ansammlung von Spuren. »Das könnten Omar und seine Männer gewesen sein. Ich komme auf sechs mal zwei Hufpaare.«

Aodren hat die Arme um die Brust gelegt; alle paar Sekunden durchläuft ihn ein Schauer und seine Zähne klappern. »Das ist seltsam. Ich b-b-bin sicher, dass da drüben noch zwei Hufpaare sind.«

Besorgt sehe ich in die Richtung, in die er zeigt, und durchsuche seufzend das dichte Gebüsch.

Ich sage ihm nicht, dass er sich vermutlich täuscht. Vielleicht halluziniert er vor Kälte. Oder er hat alte Spuren gefunden, die in dem gefrorenen Boden bis zum Frühling überdauern.

Die Dornen eines dürren Strauchs verhaken sich in mein Kleid, als ich zwischen den kahlen Erdhaufen in die Knie gehe, um Aodrens Fund zu überprüfen. Mit knirschenden Schritten schließt er zu mir auf.

»Vielleicht solltest du besser da stehen bleiben«, sage ich.

»Ja, vielleicht.« Mit einem kleinlauten Lächeln hält er inne und schlingt die Arme noch enger um seinen Oberkörper. Kurz tut es mir leid, dass ich so barsch mit ihm umspringe. Schließlich haben wir es ihm zu verdanken, dass wir fliehen konnten.

Im Boden zeichnen sich Hufe ab. Mit meiner unversehrten Hand taste ich an den Abdrücken entlang. Aodren hatte recht. Die Erde ist kalt und hart, gibt aber unter meiner Berührung nach und zerkrümelt mir zwischen den Fingern. Diese Spur könnte recht frisch sein.

»Glaubst du, jemand ist ihnen gefolgt?«, fragt Aodren und spricht damit die Befürchtung aus, die in mir aufkeimt.

Ich hoffe es nicht.

Aber ich weiß, dass diese Pfade nicht oft benutzt werden. Im Winter geraten sie in Vergessenheit, denn mit den ersten Schneestürmen werden die heimtückischen Bergpässe und Steilhänge unpassierbar. Die Holzfällerorte, zu denen man über diesen Weg gelangt, sind den Winter über verlassen, bis der Holzhandel im Frühjahr wieder aufgenommen wird. Wenn das Cohens Spuren sind, hat seine Truppe nicht nur einen Verräter in ihren Reihen, sondern auch einen Verfolger am Hals.

Wir besteigen Windstoß und reiten weiter.

Die körperlichen Anstrengungen der letzten Stunden verlangen nun ihren Tribut. In dem monotonen Auf und Ab des Pferdeschritts entspannt sich mein Körper. Irgendwann lehne ich mich an den

König, was ich erst bemerke, als Windstoß bergab trabt und unser Gewicht sich nach vorn verlagert. Im Nachhinein wird mir bewusst, wie wohl ich mich so nah bei ihm gefühlt habe.

Ich richte mich auf. »Tut mir leid.«

»Du brauchst dich nicht zu entschuldigen«, sagt er gähnend. »Wir haben nicht gerade viel Bewegungsfreiheit, und ich erwarte nicht von dir, dass du mit einem Besen im Rücken dasitzt. Es sei denn, mein feuchtes Hemd ist dir unangenehm.« Das erinnert mich daran, dass er schon seit einer Weile nicht mehr zittert.

»Es ist noch nicht trocken?«

»Beinahe.«

Eine Lüge. Die Behauptung löst ein kaltes Gefühl in mir aus, und ebenso kalt fühlt sich sein Hemd durch mein Kleid hindurch an. »Du frierst aber doch noch?«, frage ich und ahne, wie sehr er leidet.

»Wenn du dich an mich lehnst, spendest du mir etwas Wärme.«

Wahr.

»Und als wir das letzte Mal zusammen auf einem Pferd saßen, warst du diejenige, die mich festgehalten hat«, fügt er hinzu. »Es stört mich nicht, wenn du dich an mich anlehnst. Dann sind wir quitt.«

Die Vorstellung, ich könnte jemals mit dem König von Malam quitt sein, ist lachhaft. Ich kenne ihn zwar erst seit sechs Wochen, aber ich frage mich schon manchmal, ob ihm überhaupt klar ist, welchen Rang er bekleidet.

»Du herrschst über ein Königreich«, sage ich. »Du könntest mir mein Land, mein Haus, ja sogar mein Leben nehmen. Und dennoch wäre ich dir weiter Treue schuldig. So laufen die Dinge nun mal.«

Eine Weile sagt er nichts. »Unter meinem Vater war das so.« Sein Tonfall ist nachdenklich. So habe ich ihn noch nicht erlebt. »Er hat das Königreich als sein Spielzeug betrachtet. Aber ich bin anders. Ich hatte gehofft, dass du das erkennst.«

Ich wünschte, ich könnte die Zeit zurückdrehen und meine herzlose Bemerkung ungeschehen machen.

»Es tut mir leid. Doch, das habe ich erkannt.« Als er nichts weiter dazu sagt, wechsle ich das Thema. »Du bist meinetwegen ins Schloss zurückgekehrt.«

»Überrascht dich das? Du bedeutest mir viel. Ich hätte dich nie und nimmer im Kerker schmoren lassen.«

Ich bedeute ihm viel? Ich muss nicht nachfragen, denn ich spüre die Wärme der Wahrheit in mir. Ich bemühe mich, entspannt zu bleiben, damit er nicht merkt, wie unruhig mich dieses Geständnis macht. Aber ich kann es auch nicht einfach auf sich beruhen lassen. »Weil wir aneinandergekettet sind. Bedeute ich dir deswegen so viel?«

»Nein, Tessa. Nicht nur wegen unserer Verbindung.«

Wieder versengt mich die Wahrheit und stellt alles auf den Kopf, was ich bisher über den König gedacht habe. Weil ich nicht weiß, was ich darauf antworten soll, stelle ich ihm während der nächsten Stunden lediglich knappe, sachliche Fragen: ob es ihm gut geht, ob wir anhalten sollen, ob wir ein Lager aufschlagen und ein Feuer machen sollen. Seine Antwort lautet jedes Mal: »Reite ruhig weiter.«

Windstoß trabt zügig voran, bis es zu dämmern beginnt. Die Temperatur sinkt merklich. Dunkle Wolken treiben über den Himmel und die ersten Schneeflocken fallen.

Da schwankt Aodren auf einmal im Sattel. Sein Kopf kippt zurück und fällt gegen meine Schulter. Seine Haut ist wie Eis.

»Aodren? Alles in Ordnung? Es fängt an zu schneien. Wir sollten uns schleunigst ein Lager suchen.«

»So müde … so kalt …« – er bekommt den Mund kaum noch auf.

*Bei allen Pfefferkörnern.* In mir schrillen die Alarmglocken los. Noch ehe Aodrens Zähne zu klappern aufhören und er mit seinem ganzen Gewicht gegen meinen Oberkörper sackt, weiß ich, dass wir jetzt keine Zeit mehr verlieren dürfen. So lange weiterzureiten, war eine fatale Fehlentscheidung. Es ist meine Schuld.

»Aodren, halt dich an mir fest«, befehle ich, während ich Schenkel und Arme eng um ihn schließe. »Wir suchen uns jetzt sofort eine Lagerstelle. Hältst du noch so lange durch?«

Ich hätte nicht auf seinen Einspruch hören dürfen. Ich treibe Windstoß vorwärts und halte nach einem Unterschlupf an den felsigen Bergwänden Ausschau. Eine leere, nicht allzu tiefe Höhle wäre ideal. Obwohl die Vorstellung, in einer Höhle zu übernachten, schreckliche Erinnerungen auslöst, verdränge ich meine Angst. Der Mann vor mir braucht dringend Wärme.

Wenig später erreicht Windstoß eine Höhle. Aodren richtet sich gerade weit genug auf, um nicht vom Pferd zu rutschen, sodass ich absteigen und Windstoß mit Aodren im Sattel hineinführen kann. Sein Kopf kippt nach vorn, während ich mich prüfend umsehe. Die Höhle reicht nur einige Hundert Schritte weit in den Berg und scheint keine wilden Tiere zu beherbergen. Die Decke ist hoch genug, dass wir unbesorgt ein Feuer anzünden können.

Nachdem ich Aodren vom Pferd geholfen habe, taumelt er zu der Höhlenwand und kauert sich dort zusammen. Die Furcht begleitet mich, als ich ihn allein lasse, um Holz zu sammeln und einen Ring aus Steinen auf dem sandigen Höhlenboden auszulegen. Wir hatten es so eilig, von Hagans Haus aufzubrechen, dass wir weder Feuerstein noch Zunder mitgenommen haben.

Fast hätte ich vor Frust laut aufgeschrien.

Das Reisig ist seit einem Monat dem Frost ausgesetzt. Die meisten Zweige sind zu grün, um gut zu brennen. Zu allem Übel kann ich nur die schwächere linke Hand richtig benutzen, während die rechte eingeschränkt ist. Vor Erschöpfung wird mir schwindelig, aber ich darf mich nicht hinsetzen. Nicht ehe wir ein Feuer haben.

Ich finde ein paar Stöcke, die trocken genug sind, und beginne sie aneinanderzureiben, schneller und schneller. Schneeflocken wirbeln in die Höhle. Meine Arme brennen, meine Finger werden taub. Ich könnte schreien. Der heulende Wind verheißt eine ungemütliche Nacht, wenn ich es nicht schaffe, einen Funken zu schlagen. Mein rechter Arm tobt vor Schmerz, aber ich mache verbissen weiter.

Ein Fünkchen, dann ringelt sich Rauch aus den Spänen, die ich unter den Reibestöcken aufgehäuft habe. Erleichtert schiebe ich die Späne noch enger zusammen und puste darauf, damit sie richtig Feuer fangen. Sobald die Flamme groß genug ist, um das trockene Reisig zu entzünden, stapele ich größere Holzstückchen und Rindenstreifen übereinander, bis ich den ersten Ast auflegen kann. Zum ersten Mal, seit wir von Brentyn losgeritten sind, habe ich das Gefühl, durchatmen zu können.

Das Feuer ist noch klein, aber wenn Aodren nah genug heranrückt, könnte er sich wenigstens schon einmal die Zehen wärmen.

Ich sehe auf, um ihn an die Feuerstelle zu winken.

Er ist zur Seite gekippt.

»Aodren«, rufe ich. Er rührt sich nicht.

»Aodren?« Ich renne zu ihm. Er ist kalkweiß. *Nein, nein, nein.* »Bitte wach auf. Aodren, bitte.«

Nichts. Panik schießt in mir hoch. Ich versuche, seine Energie zu erspüren, aber meine Hände sind zu steif und zu taub. Ich schaffe es nicht, meine benommenen Gedanken darauf zu konzentrieren, ihn zu heilen. Zumal ich nicht weiß, ob ich dazu überhaupt noch die Kraft hätte.

Also vertraue ich auf die Überlebensstrategien, die ich jahrelang eingeschärft bekommen habe. Mit meiner unversehrten Hand reiße ich Aodren die Stiefel herunter. Warum habe ich ihm die nicht sofort abgenommen, als wir in die Höhle kamen? Ich befühle seine Füße, die immer noch nass und weiß vor Kälte sind. Ein Schluchzer bricht aus mir heraus.

»Wach auf.« Ich pikse in die eiskalte Haut. Bei den Sternen, was für ein törichter, törichter Fehler.

Ich rolle den Schlafsack am Feuer aus. Reiße an meinem Kleid. Beiße mir auf die Lippe, weil jede einzelne Bewegung schmerzt. Der Schmerz ist meine Strafe. In meiner Ausbildung habe ich gelernt, auf keinen Fall eine Unterkühlung zu riskieren, wenn ich im Winter jage. Ich weiß, wie gefährlich das werden kann. Ich hätte darauf bestehen müssen, früher haltzumachen. Ich schäle mich aus diesem Monstrum von einem Kleid und wimmere laut auf, als der Ärmel über meine Schussverletzung schabt. Der Seidenstoff kann uns als zusätzliche wärmende Unterlage dienen. Ich werfe ihn auf den Schlafsack und beuge mich in nichts als meinem Unterkleid über Aodren.

Mit den Zähnen binde ich den Streifen um meinen Arm wieder fest. Dann mache ich mich an Aodrens Kleidern zu schaffen. Ich rolle ihn auf die Seite, um ihm die Tunika über den Kopf zu ziehen.

Der Mann braucht Körperwärme. Er ist in einen gefährlichen Schlaf gefallen. Direkter Hautkontakt ist die einzige Möglichkeit, seinen Körper wieder warm genug zu bekommen.

Ich greife nach seiner Hose, erstarre aber mitten in der Bewegung, als mein Blick auf seinen muskulösen Oberkörper fällt. Der schwache Feuerschein erhellt einen flachen, straffen Bauch und starke Arme. Ich verscheuche dieses neue Bild von Aodren und rufe mir in Erinnerung, dass es um sein Überleben geht.

Ich schaue nicht hin. Ich schaue nicht tiefer als auf seine Brust, während ich ihm die Hose von den Beinen streife. Mein verletzter Arm brennt wie Feuer, als ich den steif gefrorenen Körper halb ziehend, halb schiebend in den Schlafsack bugsiere. Sobald Aodren in dem Wollsack steckt, krieche ich dazu, lege mich auf ihn und schlage uns bis zu den Ohren in die Decken ein.

Ich denke nicht daran, was er nicht anhat. Die Hauptsache ist jetzt, dass seine Haut warm wird. Durch Reibung. Ich rubbele mit beiden Händen über seine Arme und die Brust. In der Hoffnung, dass meine Körperwärme durch das dünne Unterkleid in ihn übergeht, schmiege ich mich an ihn, so fest ich kann.

Aber er ist so kalt. Kalt wie ein Wintersee.

Ich rubbele noch stärker, reibe mich mit meinem ganzen Körper an ihm.

Er stöhnt. Das Geräusch treibt mir beinahe Tränen in die Augen.

Mit geschlossenen Augen dreht er die Nase zum Feuer. Ich fasse das als gutes Zeichen auf, streiche mit den Händen über die markanten Linien seines Gesichts und kralle die Finger in sein Haar.

»Wach auf, Aodren«, flehe ich erwartungsvoll. »Bitte wach auf.«

Ich massiere seinen Rumpf, die Arme und Schultern, den Nacken und den Kopf. Dabei fallen mir Kleinigkeiten auf, die ich bisher nie bemerkt habe. Eine kleine Narbe etwa, die seine rechte Augenbraue zerteilt. Die Stoppeln an seinem Kinn, die ein wenig dunkler sind als seine goldenen Locken. Die Stelle zwischen seiner Schulter und dem Hals … Ich kneife die Augen zu. Konzentriere mich auf die Aufgabe, ihn warm zu bekommen.

Als sich eiskalte Hände um meine Hüften legen, japse ich auf. Aodrens grüne Augen öffnen sich langsam und bohren sich in meine.

»Hallo, Tessa«, sagt er gedehnt.

Es klingt ganz verkehrt. Es klingt nicht nach Cohens rauer Tenorstimme. Und ich frage mich, was zum Teufel ich da tue.

# Siebenunddreißig

## AODREN

Ich bin nackt.

»Hallo, Tessa«, bringe ich hervor, langsamer und viel kratziger als gewöhnlich.

Tessas kleine Füße finden meine und reiben energisch über den Spann und die Sohlen. Ich glaube, sie will sie wärmen, aber ich spüre nur ein schwaches Kribbeln.

»Du musst warm werden«, höre ich sie sagen, aber es dringt wie durch einen Tunnel zu mir. Und ich bin so müde.

Ich gähne und falle noch tiefer in diesen herrlichen, verrückten Traum.

Als ich einige Zeit später erwache, fühlt es sich so an, als brenne das Feuer direkt neben mir im wollenen Schlafsack. Mir ist so wunderbar behaglich. Mein Blick fällt auf Tessas Gesicht, das ganz dicht an meinem ist, und ich frage mich blinzelnd, ob ich noch träume.

Warum schläft Tessa neben mir?

Nein, sie schläft ja gar nicht. Sie rutscht hin und her, und der Spitzenbesatz ihres Kleides kratzt über meinen Bauch. Nur ist das, was sie anhat, gar kein Kleid, sondern ihr Unterhemd. Und ich bin … ich bin nackt. Ich erinnere mich vage, dass ich das bereits wusste.

Verwirrt betrachte ich ihre Schultern, wo Sommersprossen ihre perlweiße Haut übersäen wie Sternbilder. Götter, unter diesem Himmel könnte ich für immer leben.

Sie windet sich auf mir. Die Hitze ihres Körpers versengt mir die Haut, ein Gefühl, das jeden Mann süchtig machen würde. Ich will sie darauf hinweisen, dass ich gerade unbekleidet bin. Wenigstens sollte ich ihr sagen, dass sie sich nicht zu bewegen braucht. Ein Kavalier würde ihr das sagen. Doch dann fällt mir ein, dass sie wohl schon weiß, dass ich nackt bin, weil nur sie diejenige sein kann, die mich ausgezogen hat.

Wir sind in einer Höhle. Jetzt erinnere ich mich wieder, wie sie mich hierhergebracht hat. Ich fühlte mich ganz schwer und benommen vor Kälte, aber kurz danach muss ich eingeschlafen sein. Am Höhleneingang steht Windstoß, mit hängendem Kopf. Sein Sattel ist an die schräge Höhlenwand gelehnt. Eine Armlänge von uns entfernt knistert ein kleines Feuer.

Ich versuche mich von dem Umstand abzulenken, dass wir zusammen in einen Schlafsack gezwängt sind und Tessa auf mir liegt, und denke stattdessen daran, wie sie sich um alles gekümmert hat. Dankbarkeit wärmt mich von innen.

»Wird dir allmählich warm?«, flüstert sie, ihr Atem an meinem Schlüsselbein.

Mein Kopf ist voll mit Watte. Weil ich mir nicht zutraue, etwas zu sagen, nicke ich nur stumm.

Sie rutscht etwas zur Seite, sodass ihre Brust nicht mehr auf meiner ruht. Unsere Beine sind ineinander verschränkt, ihre Füße gleiten weiter träge über meine. Obwohl es mir wie Nadeln ins Fleisch sticht, als das Leben in meine Glieder zurückkehrt, könnte ich mir keine süßere Folter vorstellen.

Tessa gähnt, während ich nun hellwach bin.

»Darf ich dich was fragen?« Sie ballt die Hand, die auf meiner Brust liegt, zur Faust. »Siehst du mich mit anderen Augen, seit du weißt, dass Phelia meine Mutter ist?«

Ich biege ihre Finger auseinander. »Nein.«

Sie blickt mich mit großen, hoffnungsvollen Augen an.

»Wir sind, was wir aus uns machen. Du bist nicht deine Mutter. Noch bin ich mein Vater.«

Sie lauscht so gebannt, dass ich mich ermutigt fühle, weiterzusprechen. So denke ich wenigstens nicht darüber nach, wie entblößt ich bin. »Wir müssen weder in ihren Sünden leben noch die schrecklichen Wege beschreiten, die sie uns vorgezeichnet haben. Wie ich entscheide, wie ich handele, liegt allein an mir. Ich wähle meinen Weg selbst, ob er mich nun zum Erfolg führt oder mich scheitern lässt. Ich werde dich nie nach etwas anderem beurteilen als nach deinen Entscheidungen. Und ich hoffe, dass du es bei mir ebenso hältst.«

Ihre Mundwinkel wandern leicht nach oben.

»Weißt du, du bist nicht der Mann, für den ich dich gehalten habe. Ich – ich muss zu meiner Schande gestehen, dass ich ein falsches Bild von dir hatte. Können wir noch mal ganz neu anfangen?«

Ich lächle sie an. Und als ihr Blick an meinen Lippen hängen bleibt, will ich sie am liebsten wegschieben, bevor ich etwas tue, das diesen Moment kaputtmachen könnte. Sie ist nicht bereit dafür, dass ich ihr meine Liebe gestehe. Das habe ich an ihrer Reaktion erkannt, als ich sie auf die Stirn geküsst habe. Auch wenn ich wünschte, es wäre anders.

»Ich bin Aodren.« Ich strecke ihr die Hand hin. »Ich wohne im Umland von Brentyn.«

Sie kichert. Ihr warmer Körper vibriert an meiner Brust. »Tessa.« Sie dreht sich ein Stück, damit sie ihren unverletzten Arm heben und meine Finger umschließen kann. Als sie bei der Berührung feststellt, dass meine Hand immer noch steif vor Kälte ist, zieht sie die Stirn kraus. »Na so ein Zufall. Da wohne ich auch. Wir scheinen so einiges gemeinsam zu haben.«

Ich halte ihre Hand einen Moment zu lang fest, bevor ich sie loslasse.

# Achtunddreißig

## COHEN

»Was machen wir wegen Schloss Neart?«, fragt Leif, als er am nächsten Morgen in mein Zimmer kommt. Vor Sorge um Tessa und Finn und die von Aufständischen besetzte Burg habe ich kein Auge zugetan.

»Wir müssen so schnell wie möglich von hier weg.« Ich stemme mich zum Sitzen hoch. Schmerzen schießen durch meinen Arm. Verdammter kaputter Arm.

»Und wie willst du das schaffen?« Leif verschränkt die Arme. Für seine Bemerkung und den besserwisserischen Blick würde ich ihm am liebsten eine scheuern.

»Wir müssen herausfinden, was passiert ist.«

»Ich kann heute aufbrechen«, sagt er. »Es ist nur … Wenn die Berichte stimmen, will ich nicht allein in die Burg preschen. Vielleicht wäre es klüger, abzuwarten, was die Gilde für Hauptmann Omar tun kann.«

An seiner Stelle würde ich sofort losreiten, ganz gleich, welche Gefahren in Brentyn drohen, und das sage ich ihm auch so ins Gesicht.

»Tja, Tessa meinte schon, dass du dich gern unnötig in Schwierigkeiten bringst, weil du zu leichtsinnig bist.«

Als Tessas Name fällt, wird mir flau im Magen.

»Hör zu, ich weiß, dass du dir Sorgen um sie machst.« Eine Untertreibung. »Ich bin auch besorgt. Aber Tessa ist eine Überlebenskünstlerin. Lass die Gildenfrauen Omar heilen. Dann entscheiden wir gemeinsam, was wir machen.«

Die Verzögerung passt mir ganz und gar nicht. Aber ich bin körperlich nicht in der Verfassung, meinen Willen durchzusetzen.

Aber in einem hat Leif recht: Tessa ist eine Überlebenskünstlerin.

Als Katallia sagte, dass die zur Versammlung anreisenden Gildenmitglieder Hauptmann Omar helfen könnten, hatte ich mir die Gruppe zahlreicher vorgestellt. Es sind aber nur drei Frauen, die – vermutlich aus Sicherheitsgründen – in großem zeitlichem Abstand eintreffen.

Die erste ist ein zierliches, schmales Persönchen, so bedrohlich wie ein scheues Wildkaninchen. Als sie durch die Tür schwirrt, fegt ein Stoß kalter Winterluft ins Haus.

»Torima, eine erfahrene Wasser-Animistin«, stellt Katallia sie vor.

Ein breites Lächeln verleiht Torimas sonnengegerbtem Gesicht Grübchen. Wie Katallia scheint die Frau mit dem sandfarbenen Haar einige Jahre älter als meine Mutter zu sein.

Die zweite ist Yasmin. Weise Augen und eine Haut wie Terrakotta. Sie erinnert mich an die großen Zedern in Shaerdans trockenem Buschland, die eine Zuflucht vor der sengenden Sonne bieten. »Eine talentierte Erde-Animistin«, sagt Katallia über sie.

Eine Stunde nach der Ankunft der ersten beiden erscheint eine dritte in der Tür. Angeklopft hat sie nicht. Ihre Haut ist dunkel wie die Nacht. Ihre Augen listig und kalt wie Feuerstein. Schnee wirbelt hinter ihr herein, doch die Flocken schmelzen noch in der Luft.

»Seeva, willkommen.« Als Katallia herbeieilt, um sie zu begrüßen, stößt sie fast den Tisch um, an dem ich mir bei einem Kartenspiel mit Leif und Lirra die Zeit vertreibe. Lirra springt hastig auf und streicht ihre Tunika glatt.

»Seeva Soliel, die Feuer-Animistin«, sagt Katallia mit einem ehrfürchtigen Unterton in der Stimme.

Das muss die Mutter von Rhea sein, dem Mädchen, das wir aus Lord Conklins Fängen befreit und Jacinda anvertraut haben.

Die anderen Frauen, die im Obergeschoss des Hauses verschwunden waren, tauchen auf. Zuerst kommt Yasmin stumm grüßend herein und setzt sich neben mich. Torima hingegen saust auf Seeva zu und umarmt sie.

»Danke, dass ihr kommen konntet«, sagt Lirra. »Ich fürchte, der Hauptmann würde keine weitere Nacht überleben.«

Seeva verkneift den Mund. »Dann ist es vielleicht besser, ihn sterben zu lassen.«

Alarmiert richte ich mich auf. »Wie bitte?« Mein Blick zuckt von der Feuer-Animistin zu Katallia. »Hast du nicht gesagt, sie würden helfen?« Warum sitzen wir hier noch untätig herum, wenn sie uns nicht beistehen? Wir sollten längst nach Brentyn unterwegs sein.

»Cohen«, sagt Leif warnend.

Seevas Blick bohrt sich in meinen. »Ah, du musst der geschätzte Kopfgeldjäger sein.« Ihre Worte triefen vor Verachtung. Meinen in Malam hochgeachteten Titel spuckt sie geradezu aus. »Du denkst wohl, wir kriechen vor dir im Staub und stehen dir zu Diensten, nur weil du weißt, wer wir sind?«

»Das habe ich nicht gemeint«, widerspreche ich.

»Vielleicht solltest du lieber die Klappe halten«, zischt mir Leif fast tonlos zu, während er wie immer den zahmen Bären gibt.

Lirra packt mich am Arm. »Sei kein Narr.«

Ich rücke von ihr ab. Jacinda hat dieser Frau offenbar nicht erzählt, wer ihre Tochter gerettet hat. Wenn sie das wüsste, würde sie doch wohl nicht so mit uns reden. »Hört zu, ich habe mich verpflichtet, alle eure Geheimnisse …«

»Das Mädchen hat recht – du bist ein Narr«, höhnt Seeva und hebt die Hand. Über ihrer Handfläche schwebt eine Feuerkugel. »Du nützt uns nichts, Jäger. Wir könnten euch töten, dich und deinen dahinsiechenden Hauptmann, und zwar« – die Flamme schießt in die Höhe – »einfach so. Ihr habt keinen Boden mehr unter den Füßen. Nicht, wenn Malams Burg eingenommen wurde und euer König vermutlich tot ist.«

Ich stutze. Weiß sie etwas über König Aodren? Ich stehe auf; ich kann nicht verhindern, dass sich mein Frust Luft macht. »Ich war euch durchaus nützlich.«

Bevor ich weiterschimpfen kann, tritt Katallia mit erhobenen Händen zwischen uns. »Wir sind übereingekommen, nicht vorschnell zu urteilen. Lasst uns dem Hauptmann helfen, dann besprechen wir, was ihr für uns tun könnt.«

Obwohl es in der vergangenen Nacht deutlich kälter geworden ist, wird es bei all den Menschen und dem Kaminfeuer erstickend heiß im Raum. Ich fächele mir Luft zu, während die Frauen diskutieren.

»Darf ich dich daran erinnern, dass wir bei unserer letzten Versammlung über ein Bündnis nachgedacht haben?«, fragt Katallia an Seeva gewandt. »Es wäre ein geschickter Schachzug, den Hauptmann der Gardewachen und den Kopfgeldjäger auf unserer Seite zu haben. Vor allem, wenn das Land in Aufruhr ist.«

Die Feuer-Animistin mustert mich wieder. Schweiß perlt an meinen Schläfen herab.

»Sie sind seit achtzehn Jahren unsere Feinde«, sagt Seeva. »Ich vertraue keinem einzigen Mann aus Malam.«

»Der Jäger sympathisiert mit uns. Ich sehe, dass er Achtung vor unserer Magie hat. Vielleicht wäre ein Bündnis mit ihm wirklich sehr hilfreich.« Das kommt von Yasmin. Endlich eine Stimme der Vernunft.

Ich zupfe an meinem Hemd, das mir am Leib klebt, und fächele noch schneller. Meine Rippen beschweren sich über die Bewegung, aber es ist einfach zu heiß. Lirra wirft mir einen Blick zu, der sagt: *Sitz still, Dummkopf.*

»Warum hast du ihr nicht erzählt, dass wir ihre Tochter gerettet haben?«, flüstere ich.

»Ich bin noch nicht dazu gekommen. Hab Geduld. Hör auf zu zappeln.«

Leichter gesagt als getan. Ein Schweißtropfen bildet sich an meiner Oberlippe.

»… wir werden ihn heilen. Dazu sind wir bestimmt. Gutes tun, Böses abwenden«, sagt Yasmin gerade, aber die Hitze raubt mir fast die Sinne. Ich wische mir den Schweiß von Stirn und Nacken. Überlege, ob ich draußen in eine Schneewehe springen soll.

»Cohen, was hast du?« Lirra springt auf und hebt die Arme. Eine Brise weht um mich, die mir etwas Linderung verschafft.

»Seeva«, sagt Katallia mahnend. »Lass das. Sonst hast du nicht mehr genug Energie für die Heilung übrig.«

Schlagartig legt sich die Hitze. Während mein Körper abkühlt, schaue ich Seeva wutbebend an. Sie hat meine Körpertemperatur manipuliert.

»Ach, Seev.« Torimas Singsang klingt, als würde sie mit einem Kleinkind sprechen statt mit einer Frau, die soeben versucht hat, meine Eingeweide zum Kochen zu bringen. »Wir sind doch hier, um zu helfen. Kommt, gehen wir zum Hauptmann, bevor du deine ganze Energie auf den Jäger verschwendest.«

»Wir können dir helfen, oder wir können dir wehtun. Denk daran«, sagt die Feuer-Animistin nur, als sie das Zimmer verlässt. Kein Wort der Entschuldigung darüber, dass sie mich in einen Brotlaib verwandeln wollte. Nichts.

»Es war nicht besonders nett von dir, mich so zu rösten«, rufe ich ihr zornig nach. »Immerhin habe ich deine Tochter befreit. Ein bisschen Dankbarkeit wäre schön.«

Seeva taucht in der Tür auf. »Du hast Rhea befreit?« Ihre Stimme ist viel dünner als vorhin.

Ich nicke.

Während Lirra zu erklären beginnt, was in Shaerdan vorgefallen ist und wie wir Rhea zu Jacinda gebracht haben, werden Seevas Gesichtszüge weicher. Freundlicher.

»Dafür schulde ich dir Dank«, sagt sie, als sie alles angehört hat. Ihre Wut scheint verraucht. »Ich werde deinem Hauptmann helfen. Und dich, wie du es so schön ausgedrückt hast, in Zukunft nicht mehr rösten.«

Seeva macht kehrt und verschwindet. Eine Entschuldigung gibt es nicht, aber ich erwarte auch keine. Ich habe ja auch meinen Stolz – mehr als genug davon.

Lirra geht hinaus und kommt mit einem Wasserschlauch zurück. »Trink das. Du brauchst jetzt viel Flüssigkeit.«

Leif steht auf. »Tja, du hast deine Lektion hoffentlich gelernt.« Er gluckst, schüttelt den Kopf und folgt den Frauen.

Wenn meine Knochenbrüche nicht wären, würde ich ihm eine reinschlagen.

Dabei hat er recht. Ich habe meine Lektion gelernt. Ich werde Seevas Kräfte oder die aller anderen Animistinnen bestimmt nicht noch mal unterschätzen. Als ich bei Omars Zimmer angelangt bin, zwänge ich mich hinter Leif, Lirra und den Animistinnen hinein.

Die Frauen versammeln sich um das Bett, und jede berührt Omar an einer Stelle seines Körpers. Katallia legt ihm die Hand über den Mund, Yasmin berührt sein Schlüsselbein, Torima fasst ihm knapp unter dem Nabel an den Bauch, und Seeva hält seinen Kopf.

Sie senken die Häupter, bis auf Seeva, die den Mund öffnet, als sie zur Decke aufschaut. »Oh Götter der alten Zeit, schenkt uns die Energie für diesen Menschen, auf dass er wieder in unserer Welt umhergehen möge.«

Dann senkt auch sie den Kopf, und die Frauen stimmen einen beschwörenden Gesang an.

Ich sehe staunend zu.

Da unterbricht ein Husten ihren Singsang. Die Frauen treten zurück, und Omar hustet noch einmal bellend auf. Er wirkt so trübe wie eine Wirtshausratte, aber ich könnte darüber vor Freude an die Decke springen.

Erleichtert stürze ich zu ihm und greife mit meinem unversehrten Arm nach seinem Handgelenk, um mich zu vergewissern, dass er lebt. Seine Haut fühlt sich warm an. »Ich dachte, wir würden dich verlieren.«

Leif staunt. »Den Göttern sei Dank, du lebst!«

Omar holt Luft. »Das … würde … ich nicht … beschwören.«

»Er wird sich noch ein paar Tage erholen müssen.« Katallia klingt ermattet. »Wir haben alle unsere Gaben vereint. Luft in seine Lungen und wieder hinaus strömen lassen. Das Blut schneller durch die Adern gejagt. Das Zusammenwachsen der Knochen beschleunigt und seine Körpertemperatur erhöht, um die Entzündung zu bekämpfen.«

»Wir können nicht noch ein paar Tage warten«, sage ich. »Wir müssen nach Brentyn.«

Katallia tippt Omar auf die Schulter. »Es tut mir leid, aber seine Genesung braucht Zeit. Wir können seinem Körper zwar helfen, die Heilung einzuleiten, aber wir sind nicht in der Lage, die verlorene Energie zu ersetzen.«

»Wie eine Seelenleserin es könnte?« Als Tessa mich heilte, war ich sofort gesund. Ich hatte erwartet, dass es bei Omar genauso sein würde.

»Du weißt von Seelenleserinnen?«

Hinter Katallia schießen drei Augenpaare zu mir hoch.

»Ja, zwangsläufig. Habe sechs Wochen lang eine gejagt, bevor dieses ganze Schlamassel passiert ist.«

»Du hast Animistinnen gejagt?« Seeva tritt vor.

Ich weiche zurück. Eine Vorsichtsmaßnahme, keine Feigheit. »Moment, Moment. Wir alle verfolgen denselben Feind. Ihr wollt die Entführer eurer Mädchen. Ich bin ziemlich sicher, dass darunter auch eine Frau ist, die auf den Namen Phelia hört. Sie ist eine Seelenleserin, die sich mit dem Obersten Lord von Malam verschworen hat, um den König zu kontrollieren.«

Seevas Augen werden schmal. »Du lügst.«

»Das ist die Wahrheit. Fragt den Hauptmann. Vor ein paar Wochen hat dieselbe Seelenleserin König Aodren angegriffen. Dabei hat der König gesehen, dass sie Mädchen bei sich hatte. Davor hatte Phelia die Energie des Königs mit ihrer eigenen verknüpft, um seinen Geist zu lenken.«

»Woher weißt du das alles, Jäger? Hat sie dir das selbst gesagt?«

Aodrens Geheimnis habe ich zwar preisgegeben, aber Tessas werde ich nicht verraten. Und ich weiß, dass der Hauptmann es auch nicht tun wird, weil er es versprochen hat. »Eine Frau namens Enat hat mir den Hinweis gegeben, dass eine Seelenleserin den König mithilfe animistischer Magie beherrscht. Später habe ich erfahren, dass sie Phelia heißt.«

Ein Raunen läuft durch den Raum. Von Enat haben sie alle gehört.

»Wenn sie tatsächlich zu der Gruppe gehört, die unsere Töchter stiehlt, wird sie von der Gilde zur Rechenschaft gezogen werden«, sagt Seeva, um das Gespräch zu beenden. »Einstweilen musst du uns einen Eid ablegen. Wir haben unseren Teil der Vereinbarung erfüllt, indem wir den Hauptmann gerettet und euch am Leben gelassen haben. Aber wir wollen eure Unterstützung, wenn wir gegen das Säuberungsedikt vorgehen. Werdet ihr diesen Schwur leisten?« Seeva mustert uns alle drei. Der Wind pfeift durch die Ritzen in der Hauswand und drückt Schnee ans Fenster.

Omar ergreift als Erster das Wort. »Ja, wir schwören es.«

»Wir schwören es«, wiederhole ich. In diesem Moment denke ich an Tessa und was das für sie bedeuten mag. Auf keinen Fall will ich noch mehr negative Aufmerksamkeit auf sie lenken. Aber ich hoffe inständig, dass sie meine Beweggründe verstehen wird. Ich will endlich eine Brücke zwischen unseren beiden Welten schlagen.

# Neununddreißig

## TESSA

Am Morgen wird das ganze Ausmaß des Sturms sichtbar. Der Wald ist mehrere Finger dick mit Schnee bedeckt. So wird es nicht nur schwieriger, Cohens Fährte zu finden – auch unsere Spuren sind für Verfolger leichter zu erkennen. Ohne einen Bogen und mit einem verletzten Schussarm kann ich uns nur mit dem Dolch und meinem schwächeren linken Arm verteidigen.

Ich denke lieber nicht darüber nach, was das bedeutet. Für uns geht es erst einmal nur ums Überleben.

Wir essen getrocknetes Wildfleisch und ein paar Nüsse und kleiden uns an. Aodrens Bewegungen sind immer noch unbeholfen. Ich sehe zu, wie er mit seinem Hemd kämpft, und bemerke das Zittern in seinen Händen und die Grimasse, die er dabei zieht. Doch als ich anbiete, ihn zu heilen, lehnt Aodren ab.

»Du bist verletzt. Das Risiko ist zu groß«, sagt er.

Ich widerspreche nicht, denn tatsächlich würde es wohl zu lange dauern, bis ich mich ausgeruht und neue Energie geschöpft habe. Und wir wissen nicht, welche Gefahren uns da draußen noch erwarten. Dennoch sehe ich schuldbewusst zu, wie Aodren sich mühsam aufrappelt, zu Windstoß stakst und vergeblich versucht, einen Fuß in den Steigbügel zu setzen. Er unterdrückt ein Stöhnen.

Heute Nacht braucht er einen warmen Schlafplatz, damit er sich von der Unterkühlung erholen kann.

Als wir nach Süden weiterreiten, ziehen neue Wolken auf. Aodren sitzt hinter mir und hält sich mit seinen tauben Händen so gut es geht an mir fest.

Zunächst bleiben wir beide stumm. Heute Morgen fällt es mir viel schwerer, mit ihm zu reden. Ich weiß nicht, ob es an unserer Verbindung liegt, dass mir die Worte fehlen, oder an dem Umstand, dass wir allein sind, oder daran, dass ich ihn unbekleidet gesehen habe. Bei den Göttern, die Erinnerung an gestern Abend treibt mir die Schamesröte in die Wangen. Ich dachte, Cohen wäre der einzige Mann, den ich je nackt sehen würde. Aber ich kann Aodrens Anblick nicht aus meinem Gedächtnis verbannen, und jedes Mal, wenn ich mich umdrehe, um etwas zu sagen, leuchtet mein Gesicht noch röter.

*Es ging ums Überleben*, mahne ich mich. Aodren hätte die Nacht sonst nicht überstanden.

Als Aodren mich nach meiner Kindheit fragt, bin ich heilfroh über die Ablenkung. Ich erzähle von Papa, Cohen, der Jagdausbildung und wie es war, in Brentyn aufzuwachsen. Ich schildere einen Streit mit zwei Jungen aus der Stadt, in den Cohen und ich wegen eines Sacks mit Äpfeln geraten waren. »An der Grenze von Papas Land steht ein Apfelbaum, der sich zur Hälfte auf königlichem Grund befindet. Als wir einmal Papas Äpfel ernteten, habe ich mir in den Kopf gesetzt, dass die Äpfel auf der anderen Seite des Baums besser schmeckten. Also habe ich ein paar davon gepflückt, aber das sahen zwei Burschen aus Brentyn. Sie sagten, wenn ich ihnen nicht alle Äpfel gäbe, würden sie mich bei der Wache verpfeifen.«

»Und, hast du das getan?«

Ich schüttele entschieden den Kopf. »Nein. Ich habe dem einen ein blaues Auge verpasst, und dem anderen machte Cohen weis, wenn er auch nur ein Wort über mich oder die Äpfel verlöre, würden wir es ihm noch in derselben Nacht heimzahlen.«

Er lacht. »Aha. Du warst also dreist und mit einem Rüpel befreundet.«

»Cohen ist kein Rüpel, er … beschützt mich nur gern.« Ein warmes Lächeln breitet sich auf meinem Gesicht aus. Er kann tatsächlich sehr einschüchternd werden, wenn es nötig ist. Was ihn zu einem hervorragenden Kopfgeldjäger macht. Und weshalb er auch ein so guter Freund ist. Bei ihm habe ich mich immer sicher und geschätzt gefühlt.

Aodren scheint darüber nachzudenken, was ich gerade gesagt habe. Die Stille dauert so lange an, dass sie fast schon unangenehm wird. »Ihr seid schon sehr lange befreundet.«

»Ich kann mir nicht vorstellen, wie mein Leben ohne ihn ausgesehen hätte.« Die Schuldgefühle, die ich mühsam unterdrückt hatte, kehren mit aller Macht zurück. Wenn ich die Zeit zurückdrehen könnte, wäre ich ehrlich zu Cohen und würde ihm von meiner Verbindung zu Aodren erzählen. Ich verabscheue mich selbst, dass ich das vor ihm geheim gehalten habe. Wie kann ich dem Mann, den ich liebe, so etwas nur verschweigen? Wenn ich die Chance dazu bekäme, hätte ich mehr Vertrauen in unsere Beziehung, anstatt mich von meinen Unsicherheiten zu Lügen verleiten zu lassen.

»Ich bin froh, dass er für dich da ist.« Seine Worte lösen eine Mischung aus Heiß und Kalt in mir aus. Wahrheit und Lüge. »Wahre Freunde sind das eine Gut, das Königen vorenthalten bleibt.«

»Wie meinst du das?« Ich drehe mich im Sattel um.

»Ich hatte Jamis, der mein Prinzregent war – und eine falsche Schlange, wie du weißt. Und ich hatte Omar, dessen liebevolle Art du ja auch nur zu gut kennst.«

»Was ist mit den Edelleuten? Hattest du keine Freunde unter den Lords?«

Windstoß steigt über einen umgestürzten Baum, und wir schwanken kurz im Sattel. In meinem Arm ziept es, aber es tut nicht mehr so weh wie gestern. Enat hat mir gesagt, dass Wunden bei uns Seelenleserinnen schneller heilen, weil wir unentwegt Energie aus der Natur in uns aufnehmen. Ich hoffe, das stimmt. Ich brauche meinen Schussarm.

Ich höre Aodren hinter mir seufzen. »Im Schloss bin ich immer von unendlich vielen Leuten umgeben. Aber die Lords wollen sich nur meine Gunst sichern, und alle anderen trauen sich nicht, mit mir zu sprechen, weil sie befürchten, dass ein falsch verstandener Blick sie in den Kerker bringen könnte.«

Bei dem Gedanken, je wieder in das Innerste Verlies zu müssen, läuft mir ein Schauer über den Rücken.

Aodren scheint zu glauben, dass ich friere. Er legt die Arme enger um meine Hüften, sodass wir aneinandergeschmiegt dasitzen. Wie ein Schwamm saugt mein Körper die Hitze der Berührung auf. Reine Überlebensstrategie.

»Mir ist kalt, und ich kann mich nicht länger auf der Sattelkante halten«, sagt er. »Und ich denke, so viel Abstand ist auch nicht mehr nötig, seit wir, nun ja, das Bett geteilt haben.«

Ich lache meine Verlegenheit weg. »Wohl wahr.«

Irgendwann auf dieser Flucht habe ich aufgehört, ihn als den König von Malam wahrzunehmen. Es ist erstaunlich leicht und unverkrampft, mit ihm zusammen zu sein. Wären wir unter anderen Umständen aufgewachsen, wären wir sicher Freunde geworden.

»Soso, du hast also Äpfel vom Grundstück des Königs gepflückt?« Aodren pikst mich in die Rippen. Ich schrecke aus meinen Gedanken auf und werfe ihm über die Schulter einen unwirschen Blick zu. »Das heißt, Ihr habt mich bestohlen, Miss Flannery.«

Ich pruste los. »Tja, setz das auf die Liste der Dinge, die ich dir schulde, damit wir irgendwann quitt sind.«

»Was mich betrifft, so werde ich immer in deiner Schuld stehen. Du darfst den Apfelbaum also getrost als den deinen betrachten.«

»Aodren.« Ich räuspere mich. »Du meintest, du hättest keine Freunde, aber das stimmt nicht. Ich … ich betrachte dich als Freund.«

»Wegen unseres Bandes?« In seiner Stimme schwingt Verunsicherung mit.

Ich wollte unserer Beziehung klare Grenzen setzen, aber damit ist es seit letzter Nacht ja wohl vorbei. Ich seufze. »Auch ohne unser Band sehe ich, dass du ein guter Mensch bist.«

»Glaubst du, du könntest je mehr als Freundschaft wollen?«

Das »von mir« braucht er nicht auszusprechen. Ich habe zwar keine Erfahrung mit Männern, aber ich merke ja, wie er mich ansieht, und spüre die Spannung zwischen uns. Und er hat mich geküsst. Das hat außer ihm nur ein anderer Mann getan. Ich blicke auf Aodrens Arm hinunter, der mich eng umfasst. Er hat starke Arme, wie Cohen. Cohen, der einzige Mann, der je Interesse an mir als Frau gezeigt hat. Aodrens unaufgeforderte Vertraulichkeit und seine Andeutung, dass es zwischen uns mehr geben könnte, sind schmeichelhaft; es lässt mein Herz einen Schlag aussetzen und stürzt mich in heillose Verwirrung. Also sage ich nur ausweichend: »Ich weiß nicht.«

Er scheint meine Antwort zu akzeptieren, denn er sagt nichts weiter.

Wir schweigen beide, bis wir die Steilhänge erreichen und absteigen. Durch den Neuschnee ist die Fährte kaum mehr auszumachen. Um schneller zu sein, teilen wir uns auf und suchen den Felsgrat in beide Richtungen nach einigermaßen frischen Spuren ab.

»Tessa …« Der zittrige Unterton in Aodrens Stimme lässt mich innehalten. Im ersten Moment befürchte ich, dass er wieder an Unterkühlung leidet. Den ganzen Tag über hat er sich immer wieder die Hände gerieben oder sie an mir gewärmt. Doch dann kommt er auf mich zugestapft und zeigt auf meine Stiefelabdrücke in der Erde. Dort, wo ich den Schnee zertreten habe, sieht man einen roten Fleck auf dem felsigen Untergrund durchschimmern. »Ich glaube, das ist Blut.«

Ich inspiziere den Fleck genauer. Ganz schwach nehme ich einen metallischen Geruch wahr. Ich bohre die Fingernägel in die Handflächen. *Bitte lass es nicht Cohen sein.*

Wenn das Blut von jemandem in Omars Gruppe stammt, hat er sicher sofort einen Heiler gebraucht. Aber hier sind wir auf halber Strecke zwischen einem Städtchen, in dessen Nähe wir vor einer Weile vorbeigekommen sind, und dem nächsten Bergdorf. Beide sind gut zwanzig Meilen entfernt. Wie ich Cohen kenne, wird er nicht kehrtgemacht haben. Ich schlage vor, dass wir bis Tahr, einem Holzfällerort vor uns, weiterreiten. Wenn wir uns beeilen, kommen wir noch vor Einbruch der Dunkelheit dort an. Bei dem Gedanken an ein warmes Gasthaus, in dem Aodren sich erholen kann, werde ich plötzlich zuversichtlich. Vielleicht finden wir dort auch Hinweise, wohin Omar, Cohen und die anderen geritten sind.

Doch als die Sonne untergeht, sind wir immer noch gut zehn Meilen von Tahr weg. Über uns türmen sich dunkelgraue Wolken, die den Mond verdecken, und ein erdiger Geruch erfüllt die klare Luft – Vorboten eines weiteren Schneesturms.

Da weit und breit keine Höhle zu sehen ist, müssen wir uns notdürftig ein Zelt bauen. Dazu werfen wir Hagans Plane aus dicht gewebtem Garn über einen niedrigen Ast und binden die Enden an Büschen fest. Den Schlafsack legt Aodren in der Mitte der geschützten Fläche aus. Danach setzen wir uns auf einen großen Stein vor dem Zelt und essen das restliche Trockenfleisch.

»Ich habe Cohens Narben gesehen«, sagt Aodren und sieht zu den Wolken hinauf.

Ich schlucke meinen letzten Bissen hinunter, weiß aber nicht, was ich auf diese scheinbar willkürliche Bemerkung erwidern soll.

Unsere Blicke begegnen sich. Er reibt mit der Hand über die Stoppeln um seinen Mund, um unsichtbare Krümel wegzuwischen. »Hast du ihm auch das Leben gerettet?«

Ich kaue auf meiner Unterlippe. Außer mit Cohen und Enat habe ich mit niemandem über den Angriff des Pumas gesprochen. Aber ich will Aodren gegenüber ehrlich sein und erzähle ihm alles.

Als die Geschichte zu Ende ist, wendet sich Aodren zu mir um. »Es tut mir leid, wenn meine Frage nach Cohen zu persönlich war. Aber als ich seine Narben sah, musste ich an meine eigene Narbe denken.«

»Schon gut. Ich habe bisher nur nicht gern darüber geredet. Wie du weißt, vertraue ich nicht vielen Menschen.«

»Doch jetzt bin ich einer davon?«

»Ja.«

Seine Schultern heben und senken sich, als er tief durchatmet. »Nachdem du Cohen geheilt hattest – hat sich eure Beziehung dadurch verändert? Standet ihr euch danach näher?«

Ich weiß nicht recht, worauf er hinauswill. »Das ist nicht der Grund, weshalb wir zusammen sind.«

»Nein, natürlich nicht.« Sein Bein schiebt sich näher an meines heran.

»Ich liebe Cohen«, sage ich. Ich will, dass Aodren das weiß.

Etwas huscht über sein Gesicht. »Ja, das habe ich mir gedacht. Ich meinte ja nur, dass das, was du für uns getan hast, die Freundschaft vielleicht noch auf besondere Art vertieft. Mir ist aufgefallen, wie besorgt er um dich ist.«

Ich spüre einen sauren Geschmack im Mund. »Nun ja, er will mich eben in Sicherheit wissen.«

Aodren steht auf, geht ein paar Schritte und dreht sich dann zu mir um. »Ist es das, was du willst? Einen Beschützer?«

Ich antworte nicht.

Aodrens Frage geht mir im Kopf herum. Cohen hat bewiesen, dass er alles tun würde, um mich zu beschützen. Und nicht selten hat mich dieser Übereifer so sehr frustriert, dass ich mit Zorn darauf reagiert habe – berechtigtem Zorn, wie ich immer dachte.

Aber wenn ich es einmal andersherum sehe und mich an Cohens Stelle versetze, dann weiß ich, dass ich ebenso alles Menschenmögliche tun würde und schon getan habe, um Cohen zu schützen.

Auf meiner Nase landet die erste Schneeflocke. Ich berühre sie und strecke dann die flache Hand aus, um noch weitere aufzufangen. Als ich vierzehn war, blieb Cohen einmal die ganze Nacht mit mir auf, um durch den ersten Schneesturm des Winters zu toben. Danach war er wochenlang krank. Aber er verbot mir, deswegen ein schlechtes Gewissen zu haben. *Ich wäre auch zwei Nächte draußen geblieben, wenn du mich darum gebeten hättest.* Ich sagte ihm, er sei verrückt. *Nur nach dir*, sagte er.

Seither bin ich nie mehr mit ihm durch den Schnee getobt. Ich hatte Angst, dass er sich wieder so schwer erkälten könnte.

Als ich jetzt die zarten weißen Flocken vom Himmel herabschweben sehe, macht es mich traurig, dass ich zum ersten Mal seit jener Nacht mit Cohen einfach nur dasitze und das Schneegestöber betrachte. Und obwohl Aodren bei mir ist, ist es nicht das Gleiche. Manche Dinge lassen sich eben nicht ersetzen.

# Vierzig

## AODREN

»Es zieht wieder ein Sturm auf. Diesmal könnte es heftig werden.« Tessas Haar, das ihr vorhin glatt über die Schultern gefallen ist, wirbelt jetzt um ihr Gesicht.

Eine Windböe fährt unters Zelt. Die Plane bauscht sich auf, und an einer Ecke reißt die Schnur, mit der wir sie festgezurrt haben.

Wir stürzen jeder auf eine Seite des Zelts. Tessa greift nach ihrer Ecke der Plane und stöhnt. Ihr Arm schmerzt immer noch. Kein Wunder, wenn sie ihn nie schont. Obwohl es nicht so schlimm ist, wie ich erwartet habe. Dafür, dass sie erst gestern angeschossen worden ist, verheilt die Wunde unfassbar schnell. Zumal meine Hände weiterhin taub und kalt sind und meine Füße sich anfühlen, als würden sich hundert Nadeln in die Sohlen bohren.

»Pass auf, dass du dich nicht noch mehr verletzt. Lass mich das machen.« Ich gehe auf ihre Seite, nestele an der Plane herum und ziehe eine Grimasse, als meine Finger mir den Dienst versagen.

Tessa verdreht die Augen, holt ihren Dolch aus dem Stiefel und schneidet lange Zweige von einem Busch ab. Trotz der Schmerzen bewegt sie sich schnell und zielsicher. »Die Zweige des Apfelbeerstrauchs sind auch im Winter innen grün. Deshalb sind sie schwer zu schneiden, aber auch biegsam genug, um im Wind nicht zu brechen.«

Sie fixiert einen Zweig mit dem Stiefel und zupft die Verästelungen ab, bis nur noch eine dünne, glatte Gerte übrig ist. Sie wirft sie mir zu und weist mich an, die Zeltschnur damit zu verstärken, während sie sich an die restlichen Zweige macht.

In solchen Momenten erinnert sie mich sehr an ihren Vater.

Ich schiebe den Stock durch das Loch in der Plane. Es dauert eine Weile, bis mir meine Finger gehorchen, doch dann schaffe ich es, den Zweig um eine aus der Erde ragende Wurzel zu binden. Da sie schon verholzt zu sein scheint, nehme ich an, dass sie lang und fest genug ist, um nicht vom Wind herausgerissen zu werden. Nachdem ich probehalber daran gezogen habe, sehe ich zu Tessa auf und stelle fest, dass sie in der Zwischenzeit drei weitere Zweige entblättert und die anderen Ecken des Zelts damit gesichert hat. Ich grinse verlegen. Sie mustert stirnrunzelnd meine Hände und murmelt etwas, das wie »noch eine Nacht« klingt.

Mit Tessas Hilfe nehme ich Windstoß den Sattel ab, striegele ihn und führe ihn zu einer windgeschützten Stelle neben dem Zelt, wo er sich hinlegen kann. Unter der Plane ist kein Platz mehr für ihn, also breite ich die Satteldecke über ihn aus.

In Stürmen wie diesem, die mit solcher Wucht über die Erde fegen, habe ich mich schon immer viel lebendiger gefühlt. Früher saß ich in meiner geheimen Kammer und schaute zu, wie die Stürme um den Burgfried heulten. Natürlich hatte ich mir warme Kleidung und Decken zurechtgelegt und genoss die Annehmlichkeiten, die einem König zuteilwerden. Aber die beißend klare Luft ist heute die gleiche wie damals. Ich glaube nicht, dass ich so bald einschlafen kann.

Seit es angefangen hat zu schneien, ist Tessa recht einsilbig. Die Flocken sind wunderschön und scheinen die ganze Welt in Watte zu packen, aber sie sind auch bitterkalt. Ich verschränke die Arme und presse die Hände an die Rippen, um sie warm zu halten.

Wir krabbeln ins Zelt und setzen uns einander gegenüber. Keiner von uns macht Anstalten, in den Schlafsack zu kriechen. Ich ziehe die Knie an die Brust und schlinge die Arme darum. Meine Hose ist zwar trocken, aber die Kälte sitzt mir noch in allen Knochen. Richtig warm war mir zuletzt eigentlich nur, als Tessa und ich beieinanderlagen.

Vor dem Zelt heult der Winterwind wie ein einsamer Wolf.

Sein Lied verheißt eine grausame Nacht.

Tessas Blick wandert von der Zeltöffnung zu mir. »Du zitterst.«

»J-ja, es ist ein bisschen kühl.«

Sie runzelt die Stirn. »Es ist zu gefährlich, im Freien ein Feuer zu machen. Und außerdem ist es jetzt zu windig dafür.« Sie sieht wieder zu dem Schlitz in der Zeltplane hinüber, durch den sich die eisigen Finger des Winters stehlen. Dann schaut sie mir mit zusammengekniffenen Lippen ins Gesicht. »Ich wäre einverstanden, den Schlafsack zu teilen. Du?«

Ich versuche, mein Nicken beiläufig aussehen zu lassen, als hätte ich innerlich nicht darum gebetet, dass sie diesen Vorschlag macht.

Ihr Blick zuckt zu dem durchnässten Saum ihres Kleids und wieder zurück zu mir. Ich kann nicht verhindern, dass ich vor Kälte schlottere.

»Du würdest weniger frieren, wenn wir unsere Körperwärme teilen … wie gestern Nacht«, sagt sie, obwohl es mehr nach einer Frage klingt als nach einer Feststellung. Sie starrt auf den Schlafsack.

Ich lasse mich nicht lange bitten und ziehe mein Hemd über

den Kopf. Mir ist wirklich so elend kalt, dass ihre Körperwärme für mich so essenziell wie Nahrung und Wasser geworden ist.

Ihre Augen weiten sich, aber sie dreht sich stumm um und beginnt, die Bänder ihres Kleids aufzuknüpfen.

»Das wäre gut. Der Sturm wird heftiger«, sage ich, um ihr die Anspannung zu nehmen. Sie ist so scheu wie ein junger Lord, der zum ersten Mal bei Hofe erscheinen muss. Es ist doch nur noch eine Nacht. Wir wollen schließlich nicht erfrieren.

Denn morgen könnten wir Omar und Cohen endlich einholen. Sobald ich den Hauptmann gefunden habe, können wir besprechen, wie wir Brentyn und Schloss Neart zurückerobern. Ich werde entscheiden, welche Truppen wir dafür zusammentrommeln. Ich bin nicht sicher, ob die Kunde von der Ermordung der Lords schon bis in alle Lehnsgebiete vorgedrungen ist. Tessas Kommentar, ich könne mir als König nehmen, was ich wolle, lässt mich nicht los. Die Vorstellung, die Soldaten eines in der Burg gefallenen Lehnsherrn zu den Waffen zu rufen und sie zu zwingen, ihren Vasalleneid stattdessen mir gegenüber zu erfüllen, behagt mir nicht. Selbst wenn mir als König dieses Recht zusteht, will ich auf keinen Fall ein Tyrann werden, wie mein Vater einer war. So wie er werde ich nicht sein.

Tessa wirft ihr Kleid auf den Schlafsack. Ich lege meine Hose und das Hemd darüber. Dann krieche ich schnell in den Schlafsack, um sie mit meiner Nacktheit nicht noch mehr in Verlegenheit zu bringen. Sie steht in einem engen Unterkleid vor mir, das ihre Hüften umschmeichelt, die Rundungen ihrer Brüste und –

*Götter, ich darf nicht so starren.*

»Diese Verbindung zwischen uns«, presche ich vor, als sie in den Schlafsack kriecht und sich neben mir ausstreckt. Ihre Augen sind auf die Plane über uns gerichtet, während ich die Konturen ihres

Gesichts betrachte. »Ich weiß, dass du mir mit deiner Gabe ein unendlich kostbares Geschenk gemacht hast. Ein Geschenk, das ich nie als selbstverständlich betrachten werde. Ich habe nicht die Absicht, Cohen zu verdrängen.«

Sie dreht mir den Kopf zu. »Darüber willst du *jetzt* reden?« Ihre blassrosa Lippen verziehen sich zu einem verblüfften Lachen. »Na gut, wenn du meinst. Du hast gesagt, ich sei dreist. Ich werde also ehrlich mit dir sein. Das Band zwischen dir und mir war sehr gewöhnungsbedürftig für mich. Mir war nicht klar, welchen Preis ich dafür zahlen müsste, dich geheilt zu haben.«

Ich weiß, dass Tessa ihre Beziehung zu Cohen niemals aufs Spiel setzen würde. Wenn sie von ihm spricht, merkt man sofort, dass sie ihn liebt. Dennoch frage ich mich, ob sie in mir jemals mehr sehen wird als den Mann, mit dem sie gegen ihren Willen verbunden ist. Ob ihr überhaupt bewusst ist, wie sehr ich ihre Zähigkeit und Härte bewundere. So schmächtig und zerbrechlich sie auch scheint – wenn eine Frau allen Stürmen zu trotzen vermag, dann sie.

Ein unkontrollierbares Zittern durchläuft mich, während sie noch mit etwas Abstand neben mir liegt und über unser Gespräch nachdenkt. Ohne zu fragen, strecke ich einen Arm nach ihr aus und ziehe sie an mich heran, sodass unsere Körper sich auf ganzer Länge berühren. Sie gibt ein überraschtes *Huch* von sich. Aber ich brauche ihre Wärme jetzt. Es juckt mir in den Fingern, über ihren Rücken und die Hüfte zu streichen, doch ich halte die Hände geballt.

»Früher hatte ich zu Cohen auch so eine Verbindung«, gibt sie nach einer kurzen Pause zu. Ich spüre sie atmen. Ihre Hände gleiten über meine Brust, die Schultern, an den Armen entlang. Sie brummelt in sich hinein, dass ich mich wie ein Eiszapfen anfühle. »Aber als ich dich gerettet habe«, fährt sie schließlich fort, »verschwand dieses Band. Ich weiß nicht, ob es damit zu tun hatte, dass er mir etwas von seiner Energie gab, um sie dir einzuflößen. Vielleicht kann ich immer nur mit einem Menschen auf einmal verbunden sein. Das macht mir am meisten zu schaffen: dass ich nicht weiß, wie diese Verbindung zwischen uns zustande gekommen ist und wie ich sie lösen kann. In den ersten Wochen war ich wütend auf dich, weil du weggenommen hast, was ich mit Cohen hatte.«

»Und jetzt?«

»Jetzt gewöhne ich mich allmählich daran«, sagt Tessa und hält in der Bewegung inne.

»Und was passiert nun mit uns?«

Sie legt die Stirn an meine Schulter, sodass ich ihr Gesicht nicht sehen kann. »Ich weiß es nicht. Ich wünschte, ich wüsste mehr über meine Gabe. Aber die einzige Seelenleserin, von der ich lernen könnte, trachtet dir nach dem Leben.« Ihre linke Hand wagt sich auf meinen Bauch vor und wandert wieder zurück, als könnte sie sich nicht entscheiden, wohin mit sich.

»Deine Mutter?«

»Bitte nenn sie nicht so.«

Ich drücke ihre flatternde Hand an meine Brust, als finge ich einen Schmetterling. »Mein Vater war ein Unmensch, schon vergessen? Du brauchst dich nicht zu schämen, dass du sie gern besser verstehen würdest.«

»Danke, dass du das sagst.« Ihre Stimme senkt sich zu einem Flüstern. »Ich glaube, du bist der Einzige, der mich versteht.«

Ich wünschte, ich könnte die Furche zwischen ihren Brauen glätten. Vermutlich denkt sie an Cohen. Ernüchtert lasse ich ihre Hand los.

»Gute Nacht, Tessa.« Ich drehe mich von ihr weg.

# Einundvierzig

## COHEN

Wir sitzen in der Stube von Katallias Haus vor dem Kamin zusammen, alle außer Omar, der im Obergeschoss schläft. Vor wenigen Minuten ist Leif aus Brentyn zurückgekehrt. Als er hereinkam, hing ihm Schnee in den Haaren, der ihm jetzt, während er uns Bericht erstattet, in schweren Tropfen auf sein Hemd fällt.

»Lord Jamis hat seine Anhänger um sich geschart und einen Aufstand angezettelt, der im Schloss begann«, erzählt er. Dann gibt er die Details wieder, die ihm in der Stadt zu Ohren gekommen sind. Die Brutalität, mit der Jamis in Schloss Neart vorgegangen ist, erschüttert uns. Der Mann schreckt offenbar vor nichts zurück, um die Herrschaft an sich zu reißen. Selbst in den Händen der akarischen Barbaren aus dem Süden wäre das Land besser aufgehoben als bei diesem machthungrigen, blutrünstigen Irren.

Wir müssen unsere Truppen verstärken und einen Gegenangriff starten. Außerdem muss jemand ins Schloss vordringen, um in Erfahrung zu bringen, ob es Überlebende gibt. Und wir müssen König Aodren finden, der Gerüchten zufolge untergetaucht ist, und ihn wieder auf den Thron setzen.

Nachdem ich am eigenen Leib erfahren habe, wozu Seeva imstande ist, bezweifle ich nicht, dass uns die Frauen in dem Kampf um Brentyn und das Königsschloss eine wertvolle Hilfe wären.

Als ich das sage, schnauben die Animistinnen verächtlich.

»Was wir da gerade gehört haben, ist womöglich die beste Nachricht aus Malam seit achtzehn Jahren.« Seeva stellt sich vor das Feuer, sodass ihr Schatten auf uns fällt.

»Was?« Die Frau hat wohl nicht mehr alle Pfefferkörner beisammen. *Die beste Nachricht?* Bockmist.

»Im Stillen war Lord Jamis schon lange auf unserer Seite«, meldet sich Yasmin in ihrer leisen, direkten Art zu Wort. Sie sitzt in einem Schaukelstuhl und wippt vor und zurück, vor und zurück. »Woher sollen wir wissen, ob eure Behauptung stimmt, dass er an den Entführungen beteiligt ist? Lord Conklin ist auf frischer Tat ertappt worden, und er hat Jamis mit keinem Wort erwähnt. Vielleicht hatte der ja das Wohl eures Volkes im Sinn, als er die Burg besetzt hat.«

Draußen schneit es immer weiter; bestimmt liegt der Schnee schon kniehoch. Torima, die neben dem Kamin auf einem prall gefüllten Kissen hockt, räuspert sich vernehmlich. »Eine ziemlich schreckliche Methode, um einen Machtwechsel zu erzwingen, aber …«

»Nichts aber«, knurre ich. »Der Mann hat die Hälfte der Edelleute niedermetzeln lassen. Mindestens einhundert Menschen.«

Wenn ich auch nur ansatzweise in der Verfassung wäre, nach Brentyn zu reiten, wäre ich schon bei Katallias erster Mitteilung über den Aufstand losgeprescht. Aber Tessa weiß sich zu helfen. Obwohl ich mir immer übertriebene Sorgen um sie mache und alles Menschenmögliche tue, um sie zu schützen, würde ich nicht zögern, mein eigenes Leben und das meines Bruders in ihre Hände zu legen. Unser letztes Gespräch fällt mir wieder ein, und ich bekomme ein schlechtes Gewissen, weil ich bezweifle, dass sie das weiß. Weil ich bezweifle, dass ihr klar ist, wie viel Kraft mir ihre Stärke gibt: Wenn ich nicht wüsste, was für eine Überlebenskünstlerin sie ist, würde ich in solchen Momenten, in denen mein Leben auf dem Kopf steht, glatt den Verstand verlieren.

»Was ist das für ein Mann, der seine Menschlichkeit so sehr vergisst, dass er einen ganzen Saal voller Unschuldiger massakrieren lässt?« Ich rutsche an die Kante meines Stuhls vor und stütze die Ellbogen auf die Knie.

»Du sprichst vom Tod dieser Leute, als hätten wir nie solche Grausamkeit erlebt.« Seevas Augen blitzen auf wie Feuerstein auf Stahl. »Seit achtzehn Jahren machen sich Soldaten aller Lehnsgebiete einen Spaß daraus, unsereins zu jagen. Sie haben Töchter geraubt. Mütter gefoltert. Die Zahl der in Malam ermordeten Animistinnen übersteigt bei Weitem die hundert, von denen du sprichst; über tausend sind diesem Wahn schon zum Opfer gefallen. Erklär mir eins, Jäger – was sind das für Männer, die ihre Menschlichkeit so sehr vergessen können, dass sie Tausende Frauen und Mädchen töten?«

Das hat gesessen. Wie ein Hammer, der eine Klinge formt, nachdem sie aus dem Schmelzofen geholt worden ist. Die Trauer hinter ihren Worten trifft mich bis ins Mark und lässt mich Malam zum ersten Mal mit den Augen der Frauen sehen, die unter der Säuberung gelitten haben.

Ich zögere mit meiner Antwort. »Ich weiß, was die Animistinnen ertragen mussten, und es tut mir unendlich leid. Ich stimme euch zu, dass das endlich ein Ende haben muss. So kann es nicht weitergehen. Ich bitte euch nur, auf mich zu hören, wenn ich euch sage, dass der ersehnte Wandel nicht von Jamis kommen wird.«

Yasmins Stuhl knarzt. Sie schaukelt vor, schaukelt zurück. »Das mag sein. Aber bis wir wissen, was wirklich geschehen ist, wäre es nicht klug, uns auf eine Seite zu schlagen.«

Ich springe auf und entferne mich vom Feuer. Hitze hatte ich heute schon genug.

»Was ist mit unserem Schwur?«, fragt Leif die Frauen.

»Ihr habt geschworen, uns zu helfen, und wir haben versprochen, den Hauptmann zu heilen. Das heißt nicht, dass wir euch in allem zur Seite stehen.« Das kommt von Katallia.

»Tante Kat!« Lirra starrt die Frau an, als hätte sie soeben zugegeben, mit Jamis verbündet zu sein. »Wir müssen helfen.«

»Es tut mir leid, Lirra. Bis jetzt habe ich alles getan, worum du mich gebeten hast. Ich habe dich Wachen der malamischen Königsgarde in dieses Haus bringen lassen, obwohl ich wusste, dass dies meinen Tod bedeuten könnte. Was du jetzt von mir verlangst, ist zu viel.« Katallia wirft den anderen Frauen einen vielsagenden Blick zu. »Die Gilde wird diese Angelegenheit vielleicht noch weiter besprechen, aber eure Meinung dazu« – sie sieht mich und Leif an – »ist nicht länger erwünscht. Ihr dürft gern hier bleiben, bis euer Hauptmann genesen ist. Aber sobald er zu Kräften gekommen ist, erwarte ich von euch, dass ihr geht.«

Wir sitzen fassungslos da, während die Frauen nacheinander das Zimmer verlassen. Ihre Schritte hallen über den Flur und verschwinden in einem anderen Raum. Der Riegel wird vorgezogen. Stimmen werden laut. Ich kann Seevas kalten und Yasmins mäßigenden Tonfall ausmachen, verstehe aber nicht, was gesprochen wird.

»Ihr solltet euch alle ausruhen.« Lirra steht auf und wischt sich die Hände an ihrem Rock ab. Sie sieht mich streng an. »Und deine Verletzungen werden nicht verheilen, wenn du dich nicht hinlegst und die Salbe aufträgst.«

Ich bewege den Arm, um ihr zu zeigen, wie viel besser es schon geworden ist. »Was ist das für eine Salbe? Sie hat den Schmerz deutlich gelindert.«

Sie nickt in Richtung Flur. »Frag Yasmin. Die Substanz ist aus ihrer Kräutersammlung zusammengemischt. Aber ja, sie beschleunigt den Heilungsprozess.«

Es ist nichts im Vergleich zu dem, was Tessa getan hat, aber dankbar bin ich trotzdem.

Als ich mich nicht rühre, sagt sie: »Mit Herumstehen kriegst du die Gilde auch nicht überzeugt.«

»Jaja.« Ich reiße den Blick von der Tür los. »Hast du denn eine Idee, was sie überzeugen könnte?«

Sie schüttelt den Kopf und führt mich in das Zimmer, das wir uns teilen. Obwohl, wenn ich es recht bedenke – ich habe immer auf dem Bett geschlafen. Keine Ahnung, wo Lirra geschlafen hat.

»Brauchst du sie denn wirklich?«, fragt sie. »Könntest du nicht in die nächsten Lehnsgebiete reiten, ein Heer aufstellen und dich zurück nach Brentyn und ins Schloss durchschlagen?«

»Als ob das so einfach wäre.« Ich setze mich auf das Bett und versuche, mir die Schmerzen nicht anmerken zu lassen. »Was du vorschlägst, erfordert Zeit und Planung.« Ich atme tief durch. Ich denke an Finn und sein unbekümmertes Lächeln, das er so freigiebig verschenkt. Ich will nicht darüber nachgrübeln, wo er jetzt gerade sein könnte, sonst raubt mir die Sorge wieder den Schlaf. »Und diese Zeit habe ich nicht.«

Lirra zeigt auf das Bett, um mir zu signalisieren: *Leg dich hin.*

Ich gehorche.

»Ich werde mit meiner Tante reden. Vielleicht kann ich die Gilde ja irgendwie umstimmen, uns doch zu helfen.«

Es gefällt mir, dass sie *uns* sagt. Daran erkenne ich, dass Lirra bereit ist, für diese Sache zu kämpfen, auch wenn ihre Tante nicht mitmachen will.

»Was ich noch sagen wollte, Lirra. Es tut mir leid, dass ich Orli noch nicht gefunden habe. Es kam einfach alles anders als geplant.«

Sie zuckt mit den Schultern. »Läuft es im Leben jemals wie geplant? Außerdem wissen wir doch jetzt ziemlich genau, wo Orli steckt. Sie muss im Schloss sein, wenn Jamis und Phelia dort sind.«

Sie streckt sich ganz vorsichtig auf der Matratze aus, wie um jede unnötige Bewegung zu vermeiden. Ich frage mich, ob sie mir damit Schmerzen ersparen will oder ob unsere Nähe sie auf einmal schüchtern macht.

Die Sache ist die: Lirra ist eine schöne Frau. Ihre großen Augen und das hübsche Gesicht könnten jeden Mann verführen, der verführt werden will.

Mich nicht.

Jemand rüttelt mich an der Schulter, und Schmerz durchzuckt meinen Oberkörper. Weniger schlimm als vor ein paar Tagen, aber heftig genug, dass ich die Augen aufreiße.

Es ist dunkel im Zimmer. Durch das Fenster fällt Mondlicht herein. Lirra ist auf meinem Bett; ihr Gesicht schwebt über mir.

Ich reibe mir die Augen. »Was ist?«, frage ich gähnend.

»Gerade hat uns die Nachricht erreicht, dass eine Vertraute der Gilde einen Mann und eine Frau gesehen hat, die der Beschreibung nach Tessa und Aodren sein könnten. Das war vor einigen Stunden und nicht weit von hier, ein Stück abseits der Straße durch den Wald, vielleicht zehn Meilen entfernt.« Vor Aufregung spricht sie rasend schnell. Die Worte purzeln nur so aus ihr heraus.

Ich setze mich jäh auf. *Verdammt*, der Schmerz schießt mir in die Achsel. Ich schüttele ihn ab, stehe auf und suche meine Stiefel. »Gehen wir.«

Wusste ich's doch, dass Tessa es schaffen würde. »Hol Leif«, sage ich zu Lirra.

Wenige Minuten später kommt Leif zur Tür herein, verschlafen, aber fix und fertig angezogen. Kurz darauf sitzen wir drei im Sattel und reiten nach Osten.

Dem Hinweis folgend, den Katallia von ihrer Vertrauten erhalten hat, spähen Leif und ich angestrengt in den Wald. Der Schnee liegt hier kniehoch. Da er zum größten Teil heute Nacht gefallen ist, gehe ich davon aus, dass Tessa nicht riskiert hat, in diesem Sturm weiterzureiten. Und Höhlen gibt es in dieser Hügellandschaft nicht mehr. Wahrscheinlich hat sie einen hohen Baum ausgewählt, dessen Äste ein wenig Schutz vor der Witterung bieten. Also halten wir nach Anzeichen eines Lagers Ausschau.

Wir rufen lieber nicht nach ihnen, falls sie verfolgt werden. Nicht dass wir Jamis' Männer damit auf uns aufmerksam machen.

Die Pferde pflügen ungehindert durch den lockeren Neuschnee, aber das Weiß ringsumher scheint kein Ende zu nehmen. Siron hebt den Kopf und richtet die Ohren nach vorn.

»Was gibts, alter Junge?« Ich streichle ihm den Hals.

Er hält direkt auf die Bäume zu und bleibt dann stehen. Ich stütze mich auf meine unversehrte Hand, um aus dem Sattel zu rutschen und mich umzuschauen. Kaum berühren meine Stiefel den Boden, sehe ich ein Stück Zeltplane an einem hohen Baum, vor dem nur wenig Schnee liegt. Tessa war immer die Schlauere von uns, wenn es um Überlebensstrategien geht.

Mein Hals wird ganz eng. Ich bin unendlich erleichtert, sie nach allem, was wir durchmachen mussten, endlich gefunden zu haben. Mit fünf Sätzen habe ich die zehn Schritte bis zum Zelt zurückgelegt. Ich gehe in die Hocke, hebe die Plane an und –

»Was zur Hölle ist hier los?« Ich glotze verständnislos auf das Bild, das sich mir bietet. Tessa liegt an den Rücken des Königs gekuschelt, hat die Arme um ihn geschlungen und die Nase an seinen Hals geschmiegt. Sie öffnet die Augen einen Spalt weit und sieht mich schlaftrunken an, während Leif hinter mir auftaucht.

»Cohen?« Tessa setzt sich auf, und dabei fällt der Schlafsack auf und entblößt sie in ihrem seidenen Unterhemd vor mir, Leif und König Aodren, der in diesem Moment erwacht. Dieses Schwein. Und er ist *nackt.* Das Kleid, das ich Tessa gekauft habe, liegt zerrissen und schlammbespritzt neben seiner Hose und seinem Hemd auf dem wollenen Schlafsack.

Ich schüttele den Kopf. Meine Verwirrung schlägt erst in Fassungslosigkeit um, dann in Wut.

Der splitterfasernackte König fährt hoch und streckt seinen Arm vor Tessa aus, als wollte er sie vor unseren Blicken abschirmen. Vor *mir.*

In mir rastet etwas aus.

Im Nu habe ich den Dolch in der Hand und richte ihn auf den verfluchten König von Malam. »Raus. Sofort. Oder ich bring dich um.«

# Zweiundvierzig

## TESSA

Niemand spricht ein Wort.

Nicht einmal, nachdem ich mich angezogen habe und hinter Cohen aufs Pferd steige.

Nicht auf dem gesamten Weg nach Tahr.

Cohen ist so steif und abweisend wie eine Eisenrüstung. Ich sollte ihm erklären, dass es eine Maßnahme gegen Unterkühlung und schwere Erfrierungen war. Der Wind war unerbittlich. Der König hätte die Nacht nicht überlebt. Aber Cohen hat sich vor mir verschlossen.

Ich ärgere mich maßlos, wie er reagiert hat, ohne irgendeine Erklärung abzuwarten. Jetzt schalte ich selbst auf stur.

Die Pferde stoßen aus dem Wald ins Freie. Das Tal unter uns ist ganz in Weiß gehüllt. Ich erlaube mir einen kurzen Blick zurück zu Aodren, der mir ein bedauerndes Lächeln zuwirft.

Alles, was ich seit Tagen zurückgehalten habe, kommt jetzt in mir hoch – all das Leid, die Gräuel, die vielen Toten, die nervenaufreibende Flucht, und nun das. Die Erschöpfung raunt mir zu, meinen Kopf an Cohens Rücken zu lehnen, die Arme um ihn zu schlingen und bei ihm Trost zu suchen. Aber so ein Mädchen bin ich nicht. Ich brauche keine Schulter zum Ausweinen, kein *Das geht vorbei.*

Wir reiten auf ein Landhaus zu, das mindestens drei Mal so groß ist wie meine Kate. Eiszapfen hängen unter den von Laternen erhellten Fenstern, die es behaglich und einladend aussehen lassen.

Ich sitze ab und bleibe neben Siron stehen. Ich kann nicht von Cohen weggehen, ohne ihm die Situation zu erklären. Sosehr ich mich auch ärgere, es wäre dumm von mir, das Missverständnis nicht aus der Welt zu schaffen. »Vor zwei Tagen ist Aodren in einen Bach gefallen«, beginne ich, so leise, dass nur er es hören kann. Er sieht mich an. Endlich. »Er wäre an Unterkühlung gestorben. Und bis gestern Abend war er noch nicht wieder warm geworden. Der Wind war brutal. Es ging um Leben und Tod.«

Die kalte Wut in Cohens haselnussbraunen Augen weicht Besorgnis.

Selbst ich erkenne die Schwachstelle in meiner Argumentation. Die erste Nacht ist vollkommen berechtigt. Aber die zweite? Hätten wir doch noch versuchen sollen, Tahr zu erreichen? Hätten wir der Kälte trotzen können, ohne unsere Körperwärme zu teilen?

Ich warte auf ein Wort von Cohen. Irgendeinen Anhaltspunkt, wie es jetzt weitergeht.

Ich sehe etwas wie Schmerz in seinen Augen aufblitzen, und dann ist da nichts mehr. Nichts, was mich aus dem Schock holen könnte, der mir jetzt in die Knochen fährt.

»Wenn du reingehst, gibt dir Lirra etwas Warmes anzuziehen«, sagt er endlich, wendet sich ab und bringt Siron in den Stall.

Nach einigen Momenten flammt eine Mischung aus Trotz und Wut in mir auf. Auf einen Streit darüber, wo Aodren und ich vielleicht zu weit gegangen sind, hätte ich mich einlassen können, aber nun fühle ich statt Beschämung nur noch Zorn, und im Zorn rufe ich ihm nach: »Cohen. Du hast mich zurückgelassen. Es war deine Entscheidung.«

Er fährt herum. Der Atem wölkt sich vor seinem Mund. »Ich musste gehen.«

Mein vernichtender Blick bringt ihn ins Stocken.

»Natürlich wollte ich nicht, dass du mitkommst. Ich war besorgt um dich. Ich bin immer in Sorge um dich. Wenn du als Seelenleserin erkannt wirst, wird man dich töten.« Er reibt sich mit den Fäusten die Augen. »Ich lebe in ständiger Angst, dass du an den Pranger gestellt werden könntest. Dass es Aufmerksamkeit auf dich lenkt, wenn du mit mir zusammen bist.«

»Du kannst mich nicht vor allem schützen.«

Er lässt den Kopf hängen. »Das weiß ich.«

»Ich kann nicht ändern, dass ich eine Animistin bin.«

»Ich will ja auch nicht, dass du dich änderst. Ich liebe dich so, wie du bist. Aber mit mir, dem Kopfgeldjäger des Königs, wirst du immer im Licht der Öffentlichkeit stehen. Siehst du denn nicht, dass ich eine Gefahr für dich darstelle?«

»Warum hast du mir das nicht von Anfang an so gesagt, statt mich einfach im Schloss zurückzulassen? Ich – ich habe hundert Männer und Frauen sterben sehen …« Meine Stimme versagt.

Er fasst mich an den Schultern, und ich zucke bei der Berührung zusammen. Cohens Miene nimmt einen bestürzten Ausdruck an, als er das Blut an meinem Ärmel sieht. »Du bist verletzt. Was ist passiert?«

»Wir waren bei Hagan, dem Heiler, und wurden danach im Wald verfolgt. Dabei hat mich ein Pfeil erwischt.«

Er reibt sich über das bleiche Gesicht. »Nicht zu fassen, dass ich das erst jetzt bemerkt habe. Götter, es tut mir leid, Tessa.«

Ich will mich an seine Brust werfen und mich an seinen warmen Worten laben, aber es gibt noch Wichtiges zu besprechen.

»Wo ist Finn?« Nun fällt die harte Maske endgültig.

»Er hält sich mit Gillian in Hagans Haus in Brentyn versteckt. Gillian war zu übel zugerichtet, um mit uns zu kommen. Dein Bruder ist bei ihr geblieben.«

Als Cohen noch einmal meinen verletzten Arm umfasst, ist die Berührung sanft. Beruhigend. »Goldstern, es tut mir leid. Ich hatte ja keine Ahnung, was du alles durchmachen musstest. Ich will für dich da sein, wie auch immer du mich brauchst. Das vorhin war ... Ich war ...« Er fährt über seine Narbe. »Euch beide zusammen zu sehen, das ...« Er lacht bitter auf. »Senf und Pfeffer, ich stottere nur herum. Was ich sagen will: Nach den letzten Tagen habe ich mir unser Wiedersehen etwas anders vorgestellt. Ich bin ein eifersüchtiger Mistkerl.«

Ich senke das Kinn, um mein Lächeln zu verbergen.

Cohen zieht mich an sich und drückt seine weichen Lippen auf meine Stirn. Sein unverkennbarer Geruch nach Kiefer und Baumwolle steigt mir in die Nase. Er flüstert eine Entschuldigung an meiner Schläfe, dann in mein Ohr, dann in meine Halsgrube. Ich versinke in seiner Wärme und wünschte, dieser Augenblick würde ewig währen. In seinen Armen finde ich zur Ruhe.

»Cohen, ich muss dir noch etwas sagen.«

Er lehnt sich zurück, um mir ins Gesicht zu sehen. Ein Mundwinkel wandert in die Höhe. »Dass du mir verzeihst? Ich vertraue dir doch, Tessa. Ich vertraue dir mehr als irgendjemandem sonst. Ich weiß, dass du stark und tüchtig bist. Ich will dir nur nicht zur

Gefahr werden. Ich habe Angst, dass ich dich verliere – deswegen versuche ich so verzweifelt, dich zu schützen.«

Meine Entschlossenheit schwankt. Dieses Gerede von Vertrauen ruft mein schlechtes Gewissen wach. Warum habe ich ihm das mit dem König nicht gleich erzählt, als ich das Band zum ersten Mal bemerkt habe? Oder als er von seiner Jagd auf Phelia zurückkam? Es gab so viele Gelegenheiten, und ich habe sie alle in den Wind geschlagen. Dabei ist das, was ich ihm zu sagen habe, eigentlich nichts Weltbewegendes. Es betrifft ihn ja nicht. Es ist dumm von mir, dass ich es geheim gehalten habe.

»Erzähl es mir, Goldstern.« Er streicht mir eine widerspenstige Strähne hinters Ohr.

»Als ich dich nach dem Angriff des Pumas geheilt habe, ist etwas geschehen.« Ich trete zurück, um ihm Raum zu lassen. »Damals merkte ich nichts davon. Erst als du zurückgekommen bist, wurde mir klar, dass wir eine« – ich fuchtele nervös durch die Luft, was ich bei Cohen schon jahrelang nicht mehr gemacht habe – »Verbindung hatten.«

Er hebt die Augenbrauen. »Was meinst du mit ›Verbindung‹?«

»Auf unserer Suche nach Enat fielen mir plötzlich merkwürdige Dinge auf. Zum Beispiel spürte ich es, wenn du in Gefahr warst. Und wenn du in meine Nähe kamst, wusste ich, dass du da bist, selbst wenn ich dich noch gar nicht sehen konnte. Es fühlte sich an wie ein unsichtbares Seil, das uns miteinander verband. Sobald du näher kamst, zog es mich zu dir hin.«

Er nickt langsam. »Ich habe es mir damit erklärt, dass wir so stark im Einklang miteinander stehen. Dass dahinter noch mehr stecken könnte, darauf wäre ich nie gekommen.« Er runzelt die Stirn. »Also hast du etwas von deiner animistischen Magie in mir zurückgelassen? Und hast es erst im Herbst gemerkt, als du mich an der Grenze aufgespürt hast?« Er grinst bei der Erinnerung.

Ich nicke. »Ich weiß nicht, wie es funktioniert. Meine Energie hatte es irgendwie herbeigeführt.«

»Und jetzt ist es nicht mehr so?«

Ich balle die Hände zu Fäusten, damit sie stillhalten. »Nein. Wir sind nicht mehr miteinander verbunden.«

»Aha. Meine Gefühle haben sich aber nicht verändert.«

»Ich weiß. Ich habe mir schon gedacht, dass nur ich es spürte. Aber als ich den König heilte, habe ich damit irgendwie unsere Verbindung aufgelöst …« Mein Mund ist trockener als ein Jahr altes Dörrfleisch. Ich räuspere mich. »… und eine neue zu ihm geknüpft.«

»Zum König?«

»Ja.«

Er kratzt sich an der Stirn und weicht meinem Blick aus. »Hm. Interessant.«

»Das ist noch nicht alles. Das neue Band zu Aodren ist anders als unseres.«

»Inwiefern?« Er legt den Kopf schräg.

»Es ist stärker.« Ich sehe auf den Boden zwischen uns. »Er kann die Verbindung auch fühlen. Er spürt es, wenn ich in der Nähe bin. Oder wenn ich etwas besonders heftig empfinde.«

Cohens entgeisterter Blick tut mir in der Seele weh. »Er kann deine Gefühle spüren?«

»Nicht alle, nur die intensiven. Als ich und Finn im Schloss geschnappt wurden zum Beispiel. Ich hatte Panik und fürchtete um unser Leben. Das hat er gespürt.«

Er scharrt mit dem Stiefel im Schnee. »Soll das heißen, er hat gefühlt, dass du in Gefahr warst, und ist deswegen zurückgekehrt?«

Sein niedergeschmetterter Tonfall macht mich schrecklich traurig. Ich will ihn nicht immer wieder verletzen.

»Er hat sein Leben riskiert, um unseres zu retten.«

»Ich – ich …« Er lacht gequält. Stemmt die Hände in die Hüften. Stapft durch den Schnee davon.

»Cohen, sag doch was.«

Er starrt in den Himmel und schnaubt eine Rauchwolke aus wie ein Drache. Dann sinken seine Schultern herab. »Ich weiß nicht, was ich sagen soll, Tess.«

# Dreiundvierzig

## COHEN

Zwischen Tessas hellen Augenbrauen bildet sich eine Furche, und sie zieht die Mundwinkel nach unten, während sie die Fäuste öffnet und schließt. Alles Zeichen von Frustration, die ich gut kenne, weil ich sie so oft an ihr gesehen habe.

»Er ist ein guter Mensch«, sage ich schließlich zähneknirschend, mehr zur Erinnerung für mich denn als Bestätigung von Tessas Meinung. »Ich bin dankbar für das, was er für euch getan hat.«

Seit anderthalb Jahren stehe ich in den Diensten König Aodrens. Ich war zunächst befremdet von der Art, wie er sein Land regierte, doch jetzt weiß ich, dass es nicht seine Schuld war: Seine Seele stand unter Phelias Einfluss. Seit er von dem magischen Bann genesen ist, hat er mehr als einmal unter Beweis gestellt, dass er ein würdiger Herrscher ist. Und mutig dazu, wenn er meinem Bruder und Tessa das Leben gerettet hat.

Auch nachdem ich mir das vor Augen geführt habe, würde ich ihm am liebsten seine königliche Nase brechen. Es macht mich rasend, zu hören, dass er die ganze Zeit eine Verbindung zu Tessa gespürt hat. Der Mistkerl hat nie ein Wort darüber verloren.

»Sprich mit mir.« Tessa berührt mich am Rücken, und ein Schauer der Sehnsucht durchläuft mich. Sie hat ja keine Ahnung, wie sehr ich sie brauche.

»Ich weiß nicht, was ich sagen soll.« Ich drehe mich um.

»Irgendwas. Bist du wütend?«

Natürlich. Aber nicht auf sie. Mein Zorn gilt allein König Aodren. Hinter Tessa fegt der Wind Schnee vom Scheunendach. Ein weißer Schleier, in dem das Morgenlicht glitzert.

Weil ich ein Narr bin, frage ich: »Bedeutet er dir etwas?«

Sie holt einmal tief Luft. »Cohen, ich will dir nicht wehtun. Aber – ja, er bedeutet mir etwas.«

*Bei allen Pfefferkörnern.* Seit Jahren kämpfe ich um sie, weil ich sie schützen will. Ich hätte mir nie träumen lassen, dass ich sie an einen anderen Mann verlieren könnte.

Ich hätte nicht gedacht, dass ihr überhaupt etwas an dem Kerl liegt.

Hat es womöglich mit ihrer Verbindung zum König zu tun, dass sie in letzter Zeit so distanziert war? Wie sehr beeinflusst das magische Band ihre Gefühle für den Menschen, mit dem sie verknüpft ist? Hat die Verbindung, die wir einmal hatten, sich auf ihre Gefühle für mich ausgewirkt? Ich reibe mir die Augen. Ich hasse die Richtung, die meine Gedanken einschlagen.

Ihr sommersprossiges Gesicht wird betrübt. Ich habe es so oft in meinen Träumen vor mir gesehen, dass ich gegen den Drang ankämpfen muss, sie in die Arme zu nehmen und unsere Verbindung wieder wachzuküssen. Wenn animistische Magie doch nur so funktionieren könnte.

»Was heißt das für uns?«, wage ich zu fragen.

Eine Schneeflocke fängt sich in ihren blonden Wimpern. Ich will sie wegtupfen, doch Tessa hat sie schon abgewischt. »Ich – ich weiß es nicht. Kann es nicht einfach so sein, wie es vorher war?«

Aber das ist es ja. Es ist nicht mehr, wie es vorher war.

»Ich weiß nicht, Goldstern. Ich will dich auf keinen Fall verletzen.« Ich muss mich beherrschen, ihr nicht die Hand an die Wange zu legen. »Ich werde den Gedanken nicht los, dass ich seit anderthalb Jahren für den König jage, während du …«

»Während ich was?« Ihre Augen werden schmal.

»Du hattest nicht die Gelegenheit, herauszufinden, was du wirklich willst. Ich versuche nicht, dir zu sagen, was du tun sollst. Ich … ich sage nur, ich hatte Zeit genug, mir das zu überlegen.« Ich zeige von mir zu ihr.

Tessa weicht zurück. Ihre Stiefel knirschen im Schnee. »Was soll das heißen?«

Ich schlucke. Auf einmal fühle ich mich älter als der Endlose Wald, älter als das Tal zu unseren Füßen, älter als der Mond, der gerade am Himmel verblasst. »Ich bin nicht vollkommen. Du weißt, dass ich eine Menge Fehler habe. Ich bin dickköpfig, leichtsinnig und manchmal gedankenlos … und ich habe dich tiefer verletzt als jeder andere Mann.« Sie sieht mich fragend an, also presche ich weiter vor. »Die Sache ist, ich weiß genau, wen und was ich will. Und das bist du. Ich weiß es, wenn ich morgens erwache. Ich weiß es, wenn ich mich schlafen lege. Mein erster und mein letzter Gedanke gelten dir. Mein Herz schlägt zum Takt deines Namens.«

Die Furche auf ihrer Stirn verschwindet.

»Aber ich weiß auch, dass ich nicht mehr zwangsläufig derjenige bin, den du willst. Oder brauchst.« Ich lege die Hand an den Gürtel und taste nach der Tasche mit der Taubenfeder. In mir sträubt sich alles gegen das, was ich gleich sagen werde, aber es muss sein.

Schließlich ist das meine große Schwäche: Ich tue nur, was für Tessa das Beste ist. Selbst wenn es mir Kummer bereitet. Tessa ist loyal. Auf keinen Fall soll diese Loyalität sie unglücklich machen. »Ich will, dass du herausfindest, was du willst, Tess.«

»Verlangst du von mir, zwischen dir und meiner Freundschaft mit Aodren zu wählen?« Ihre Stimme überschlägt sich fast.

Ich balle die Faust um die Gürteltasche und atme tief ein. »Nein, natürlich nicht. Ich will dir den Raum geben, zu entscheiden, was du wirklich willst … wen du wirklich willst. Du warst lange an mich gebunden. Jetzt, wo du davon frei bist, solltest du entscheiden, ob du wirklich ein Leben an meiner Seite willst.«

»Du glaubst, unser Band war der Grund, weshalb ich mit dir zusammen sein wollte?«, schnaubt sie und blinzelt ein paarmal, bevor sie sich energisch die Augen reibt. Dann stapft sie zur Scheune zurück, wo Siron den Kopf aus der Tür steckt. Sie streichelt ihm die Nase. »Diese ganze Unterhaltung ist doch lächerlich.«

»Vielleicht«, gebe ich achselzuckend zu. »Ich hoffe, ich Esel ereifere mich hier ganz umsonst, und wenn wir einmal alt und tatterig sind, lachen wir darüber. Aber sag mir eins, Tess: Hast du je überlegt, ob unsere magische Verbindung deine Gefühle für mich beeinflusst hat?« Ich huste. Die Frage kommt mir nur mühsam über die Lippen. »Es gibt noch andere Männer auf der Welt. Du musst dir ganz sicher sein, dass du mich willst, mit allen Fehlern und Schwächen.«

Sie öffnet den Mund. Und eine Sekunde lang hoffe ich inständig, dass sie widerspricht. Aber ihr Zögern, nicht länger als die Stille zwischen zwei Herzschlägen, sagt schon alles. »Überleg es dir.«

Sie stürmt an mir vorbei zum Haus, und mir bricht das Herz.

Die Tür knallt hinter ihr zu.

Ich bin durchgefroren und nass, aber ich rühre mich nicht. Dann greife ich in meine Gürteltasche und hole das gefaltete Pergament hervor. Ich nehme die golden schimmernde Feder zwischen die Finger. Wind bläst um die Scheune und reißt sie mir aus der Hand. Ich hole scharf Luft und sehe mich verzweifelt danach um.

Doch sie ist fort.

# Vierundvierzig

## TESSA

Als Cohen mindestens zwanzig Minuten nach mir ins Haus kommt, bringe ich es nicht über mich, ihn anzusehen. Seine Behauptung, ich wüsste nicht, was ich will, macht mich so rasend, dass ich mich nach meinem Bogen sehne. Wobei ich wohl auch nach hundert Pfeilen nicht die innere Ruhe wiederfinden würde, die mir Schießübungen für gewöhnlich verschaffen.

Ich bin wütend, aber sein Vorschlag flüstert mir auch allerlei Möglichkeiten ein. Aodren hat schon angedeutet, dass er mehr als Freundschaft möchte. Zugegeben, ein Zusammenleben würde es leichter machen, tagaus, tagein mit unserer Verbindung zurechtzukommen. Und Aodren bedeutet mir wirklich viel. Aber ich liebe ihn nicht.

Die explosive Mischung an Gefühlen muss wohl von mir abstrahlen, denn Lirra lässt mich, nachdem sie mich den Gildenmitgliedern vorgestellt hat, erst einmal in Ruhe. Leif ebenso.

Die Frauen geben mir und Aodren etwas Beannach-Wasser und eine animistische Heilsalbe für meinen Arm, die zunächst auf der Wunde brennt und die Stelle dann betäubt.

Einige Stunden später versammelt sich unser elendes, bunt zusammengewürfeltes Grüppchen um Katallias Tisch. Omar sitzt aufrecht auf einem Stuhl, aber aus seinem kalkweißen Gesicht schließe ich, dass er lieber im Bett wäre. Leif steht neben dem Hauptmann, während Lirra und ich uns gegenüber an den Seiten des Tisches sitzen. Aodren setzt sich ans Kopfende.

Cohen kommt erst gar nicht an den Tisch. Mit verschränkten Armen und grimmig verkniffenem Mund steht er in der Tür. Die Spannung zwischen uns fühlt sich an, als würden uns zwei unsichtbare Hände zueinander hinschieben und gleichzeitig voneinander wegreißen. Ich frage mich, ob die anderen das auch spüren.

»Was machen wir jetzt?«, fragt Leif.

»Wir suchen uns Verbündete.« Aodren ergreift zuerst das Wort. »Wir stellen ein fähiges Heer aus den Soldaten jener Lehnsgebiete auf, deren Herren bei Jamis' Putsch getötet wurden, von denen wir also annehmen können, dass sie loyal waren.« Er senkt die Schultern, und seine Miene verhärtet sich.

Er hat eine schwere Aufgabe vor sich. Es muss hart sein, mit den Angehörigen der ermordeten Männer und Frauen zu sprechen. Das Unbehagen steht ihm ins Gesicht geschrieben. Aber ich bin sicher, dass die Lehen sich hinter ihn stellen werden. Jeder, der ihn persönlich erlebt, muss doch sofort erkennen, dass er nie der grausame Herrscher sein wird, der sein Vater war.

»So ein Heer zu mobilisieren, braucht Zeit«, wendet Cohen ein.

»Das stimmt. Deshalb sollten wir uns aufteilen.« Aodren tappt auf den Tisch. »Du und Leif, ihr reitet zur nördlichen Grenze. Hauptmann Omar und ich suchen Lord Freils Familie auf und ziehen danach weiter nach Osten. Der nördlichste Zipfel von Lord Freils Lehnsgebiet liegt nicht mehr im Gebirge, aber weitab von der

Hauptstraße. Das Flachland dort ist gut geeignet für ein Feldlager, in dem wir uns sammeln können, bevor wir den Sturm auf Brentyn beginnen.«

Wir debattieren heftig. Jeder steuert Vorschläge bei. Allen ist klar, dass Aodrens Plan zügig umgesetzt werden muss. Wir werden früh am Morgen aufbrechen. Die Zeit drängt.

»Was ist mit Tessa und mir?« Lirra steht auf.

Aodren hält inne und sieht dann fragend zu mir. »Tessa, ich ... dachte, wir würden zusammen weiterziehen ...«

Cohens Husten unterbricht ihn, aber ich nicke ihm bereits zu. »Einverstanden.«

»Wenn Ihr mich jetzt entschuldigen würdet, Eure Hoheit.« Cohen sieht mit verkrampftem Kiefer aus dem Fenster. »Ich würde mich gern zum Aufbruch bereit machen.«

Aodren winkt ihn leichthin hinaus, und Cohen poltert davon.

Omar stützt sich auf den Tisch, um sich hochzustemmen. »Eins noch. Wir haben eine Vereinbarung mit den Eigentümerinnen dieses Hauses getroffen. Wir haben geschworen, ihnen zu helfen.«

Vermutlich macht sich Omar auf einen Wutausbruch des Königs gefasst, weil er sich mit einem Verschwörerring der Animistinnen verbündet hat. Ich weiß, dass er mit Bestrafung rechnet, denn im umgekehrten Fall würde Omar nicht zögern, zu einer Strafe zu greifen.

Aodren sieht zu Katallia hinüber, die gerade den Kopf durch die Tür gesteckt hat. Er nickt ernst. »Ein Bündnis war schon lange vonnöten. Danke, dass du das in die Hand genommen hast, Omar.«

Der Hauptmann starrt ihn verdattert an, während der König die Besprechung für beendet erklärt. Lirra verlässt das Zimmer als Erste. Ich nehme an, sie wird mit Cohen reden.

Ich tue, als interessiere ich mich nicht weiter dafür, wohin sie geht. Dabei würde ich nur zu gern wissen, was sie zu ihm sagen wird.

Noch vor Morgengrauen ziehen wir uns an und machen uns reisefertig. Ich könnte noch ein paar Tage Ruhe gebrauchen, doch wie Aodren gestern betont hat, drängt die Zeit. Trotz des Dolches im Stiefel und des Schwerts am Gürtel fühle ich mich ohne meinen Bogen nackt.

Ich folge Lirra ins Wohnzimmer, wo wir warten, bis die Männer ihre Ausrüstung angelegt haben.

Seeva, die hochgewachsene Frau, deren Haut die Farbe satter Erde hat, steht in der Tür. Lirra hat sie mir gestern Abend vorgestellt. Da schien sie mir noch ansatzweise freundlich zu sein. Jetzt strahlt sie eine Wut aus, vor der ich erschrocken zurückweiche und dabei gegen Cohen stoße, der unbemerkt hinter mich getreten ist. Seine Hände fassen mich an den Schultern und zucken dann weg.

Ich bemühe mich um eine ausdruckslose Miene. Er soll nicht sehen, wie traurig mich das macht.

»Du hast sie hergebracht …« Die Stimme der Frau bebt. Ein Ruck geht durch ihre Hände, und ich könnte schwören, Flammen zwischen ihren Fingerspitzen züngeln zu sehen. Ich blicke mich verwirrt um. Hinter Seeva kommen die übrigen Männer und Lirra herein.

»Du hast uns die Gardewache auf den Hals gehetzt«, faucht die Frau.

Meine Verwirrung nimmt zu, als Lirra fluchend ans Fenster stürzt. Sie wirbelt so schnell zu uns herum, dass ihr langer Zopf ihr ins Gesicht schlägt. »Jamis und ein halbes Dutzend Männer haben das Haus umstellt. Wir werden angegriffen.«

Ich hechte ebenfalls ans Fenster und spähe geduckt auf das Feld hinter dem Haus. Etwa hundert Schritte entfernt lauern sechs Wachen mit gezückten Schwertern am Waldrand. Jamis wartet links von seinen Männern auf einer kleinen Erhöhung. Mit seiner ausgemergelten Gestalt ist er eine schaurige Erscheinung im Morgennebel. Hinter ihm regt sich etwas im Wald.

»Es sind mehr als sechs.« Ich drücke meine Nase an den Gips der Fensterbank, und mir wird himmelangst zumute. »Hinter den Bäumen verstecken sich noch mehr Männer.«

# Fünfundvierzig

## AODREN

Wie haben sie uns gefunden?

Der Schneesturm muss doch einen Großteil unserer Spuren verwischt haben.

Während ich noch wie versteinert dastehe, humpelt Hauptmann Omar zum Fenster. Ich habe ihn noch nie so geschwächt erlebt, und dennoch scheint er sich für den Kampf zu wappnen. Zum Glück geht es ihm schon deutlich besser als gestern.

»Ihr müsst sie hergeführt haben«, giftet mich die Frau namens Seeva an.

»Er kann unserer Fährte nicht gefolgt sein. Es hat zu viel geschneit«, sage ich, obwohl ich ihr ansehe, dass sie nicht zuhört. Ich packe meinen Schwertknauf. Ich weiß nicht, was uns da draußen erwartet. Womöglich überleben wir den Angriff nicht, aber ich werde meine Haut teuer verkaufen. »Ich habe Euch gestern mein Wort gegeben, dass Ihr unter meinem Schutz steht. Dieses Versprechen werde ich halten, solange ich lebe.«

Schnaubend zeigt sie in Richtung Fenster. »So sieht Euer Schutz also aus? Diesen Kampf übernehmt Ihr allein, König Aodren.«

Stimmt. Jamis übernehme ich.

Omar behält mit einem Auge das Fenster im Blick und mit dem anderen uns alle, die hier versammelt sind. Cohen tritt an das gegenüberliegende Fenster.

»Welche Waffen gibt es hier?« Tessa geht zu Katallia, die sich an eine Wand gedrückt hat, um durchs Fenster nicht gesehen zu werden.

»Kannst du denn einen Bogen spannen?« Die Frau mustert den Verband um Tessas Arm.

Bei der Erwähnung ihrer Lieblingswaffe leuchtet Zuversicht in Tessas Augen auf. Sie lässt ihren Arm kreisen, um zu signalisieren: *Schau, es ist verheilt.* »Ich habe gestern Abend Beannach-Wasser getrunken. Meinem Arm geht es schon viel besser.«

»Verletzung hin oder her, die Tochter des Kopfgeldjägers kann besser mit Pfeil und Bogen umgehen als sämtliche Männer in diesem Raum«, sagt Cohen.

»Auch wenn der Bogen fast so hoch ist wie sie?«, fragt Lirra mit skeptischem Blick.

Cohen nickt. »Ich kann es bezeugen.«

Katallia eilt hinaus und kommt gleich darauf mit einem Langbogen wieder.

Tessa nimmt ihn ohne großes Aufheben entgegen und zupft prüfend an der Sehne. »Der ist gut.« Sie visiert das Fenster an und fügt hinzu: »Vielleicht kann ich damit auch weiter schießen.«

»Jamis wird nicht zögern, auf Schussdistanz heranzukommen«, sage ich. Ich kenne Jamis' unerbittliche Schlachtregeln. *Schlag sofort zu. Vernichte deinen Gegner, bevor er dich schwächen kann,* hat er mir einmal gesagt. »Wenn du freie Bahn hast, schieß. Bist du sicher, dass dein Arm das mitmacht?«

»Mein Arm ist kein Problem.« Sie wendet sich an Cohen. »Wie viele Männer hast du in den Bäumen entdeckt?«

»Bisher sechs«, gibt er zurück. »Alles Bogenschützen.«

»Sechs in den Bäumen und sechs am Waldrand?« Sie kaut auf ihrer Unterlippe.

Leif kommt mit einem kleineren Bogen an. Die Waffe ist für Weitschüsse weniger geeignet, aber Tessa greift gern danach. »Der liegt mir besser in der Hand, aber ich kann versuchen, beide zu benutzen. Wenn ich meinen Jagdbogen hätte …«

Eine Scheibe zerbirst. Ich renne in die Richtung, aus der das Geräusch gekommen ist, und Tessa hinterher. An der Tür zum Nebenzimmer machen wir erschrocken halt. Ein brennender Pfeil liegt auf dem Boden. Die Vorhänge haben schon Feuer gefangen.

Ich schnappe mir eine Decke, um meine Hände zu schützen, und versuche die Flammen zu ersticken. Dabei gerät die Decke in Brand und versengt mir die Handflächen.

»Halt, hör auf!« Tessa reißt sie mir weg.

Der Qualm wird dicker. Erst nach ein, zwei Augenblicken sehe ich, dass ein pechschwarzer Rauchfaden über die Decke kriecht. Er kommt aus einem anderen Zimmer, aus dem in diesem Moment zwei Frauen herausstürzen – Yasmin und Torima, die mir gestern vorgestellt worden sind.

»Wir werden beschossen!«, schreit Torima. Dann hält sie inne. Ihr wütender Blick sucht Seeva, dann schlägt sie den Ellbogen über Mund und Nase und hustet im Rauch.

Seeva zieht sie ins Wohnzimmer. Yasmin, die am gefasstesten wirkt, folgt den beiden.

Ich presse meine verbrannten Hände an meine Tunika und verfluche meine Dummheit. Im Wohnzimmer ist Chaos ausgebrochen; dort sind ebenfalls zwei Brandpfeile eingeschlagen. Aber noch größere Gefahr droht uns von oben: Als ich aus dem Fenster spähe, erahne ich an den Flammen, die über uns lodern, dass das Strohdach Feuer gefangen hat.

»Seeva. Ich brauche deine Hilfe.« Schweiß perlt über Lirras gerunzelte Stirn. Ich glaube zunächst, dass es an der Hitze liegt, doch dann spüre ich einen ungewöhnlich starken Luftzug durchs Haus wehen. Als Lirra mir vorgestellt wurde, hieß es, sie sei eine Wind-Animistin. Offenbar will sie die Flammen auspusten, aber das facht sie nur weiter an.

Ich rufe ihr zu, die Luft aus dem Raum herauszusaugen, aber sie zeigt nur kopfschüttelnd auf die offene Tür und das zerbrochene Fenster.

»Es kommt zu viel Luft nach«, sagt sie.

Ich mache Seeva auf die Flammen aufmerksam, die aus dem Nebenraum züngeln. »Könnt Ihr etwas dagegen tun?«

»Bin schon dabei«, blafft sie. Ihr Gesicht ist ebenfalls schweißüberströmt.

Rauch erfüllt die Luft und beißt mir in die Augen. Ich sehe, dass Seevas ausgestreckte Hände zittern. Die Brandpfeile erlöschen einer nach dem anderen, aber der Qualm in den Zimmern ist so dick, dass man kaum noch Luft bekommt.

Wir müssen raus, sonst ersticken wir hier. Genau das hat Jamis vermutlich bezweckt. Ich brülle allen zu, das Haus zu verlassen und draußen Schutz zu suchen. Auch wenn uns dort vielleicht mehr als nur Bogenschützen erwarten.

Leif und Tessa gehen zuerst. Mit eingelegten Pfeilen geben sie uns Deckung, während wir Übrigen hinterherstürmen. Entlang der Hauswand, die zur Scheune und zum Stall führt, lodern überall kleine Feuer. Kurz bevor Lirra es zum Stall schafft, wo ich mich in den Eingang kauere, bohrt sich vor ihren Füßen ein Brandpfeil in die Erde. Sie kreischt auf und macht einen Satz zurück.

Ein Stück entfernt steht Tessa hinter einem Kiefernstamm und gibt einen Schuss nach dem anderen ab, während sie ihren Vorrat an Pfeilen in der Bogenhand bereithält. Sobald einer losgesaust ist, hat sie schon den nächsten eingelegt. Jamis mag sechs Bogenschützen und sechs Kämpfer auf dem Feld aufgeboten haben, aber Tessa hat bereits zwei außer Gefecht gesetzt. Leif erwischt einen dritten.

»Geht beim Stall in Deckung«, brüllt Omar.

»Nur noch zwei übrig«, ruft Leif über die Schulter zurück. Er bleibt an der Ecke des Stalls stehen, damit er weiterschießen kann. Fürs Erste sind wir hier im Eingang einigermaßen sicher, aber auch der Stall ist mit Stroh gedeckt. Wenn sie noch mehr Pfeile in Brand setzen, reicht ein Schuss auf das Dach und alles brennt lichterloh.

»Nur noch einer«, sagt Tessa. »Aber mein Köcher ist leer.«

»Hab ihn!« Bei Leifs Ausruf seufzen wir alle im Chor auf. Ohne den Schutz des Stalls hätten die Bogenschützen leichtes Spiel mit uns gehabt. Jetzt müssen sie den Nahkampf wagen.

»Nach so großen Verlusten wird Jamis den Rückzug antreten. Ich kenne den Mann. Wir kriegen alle sicher von hier weg.« Omar lehnt sich hustend an die Wand.

»Wir sollen uns vor dem Kampf drücken?« Cohen starrt Omar an.

»Schau dich doch um, Cohen. Wir sind in jämmerlichem Zustand. Leif und Tessa haben uns nur etwas Zeit verschafft. Es wäre töricht, sie nicht zur Flucht zu nutzen.«

Wirklich? Ich sehe das anders. Wenn er tot ist, kann Jamis uns nicht mehr gefährlich werden. »Wir sollten dem Ganzen jetzt endgültig ein Ende machen. Jamis darf nicht wieder ins Schloss zurückkehren.« Wenn wir ihn bezwingen, können wir Brentyn vermutlich ohne größeren Widerstand zurückerobern und verschonen Hunderte Menschenleben.

Cohen stimmt mir zu.

Omar nickt knapp. »Nun gut. Wir teilen uns auf und nehmen sie in die Zange. Die Hälfte von uns stürmt auf der einen Seite des Stalls hervor, die zweite Hälfte auf der anderen.«

»Schließt Ihr Euch an?«, frage ich die Frauen.

»Das ist Eure Schlacht«, antwortet Yasmin für alle. Seeva und Torima sehen sie verblüfft an.

Katallia wirbelt herum. Ihre roten Locken heben sich leuchtend von den schneebedeckten Bäumen im Hintergrund ab. »Es mag ihre Schlacht sein, aber ich werde nicht zulassen, dass meine Nichte darin umkommt.«

»Ich gebe Euch hier und jetzt mein Wort«, mische ich mich schnell ein, während ich unsere Angreifer im Auge behalte. »Ich lege denselben Eid ab, den meine Männer geleistet haben. Helft uns, Jamis das Handwerk zu legen, und ich werde das Säuberungsedikt widerrufen.«

Ungerührt verschränkt Yasmin die Arme. »Und was bringt uns das Versprechen des Königs, wenn wir hier tot auf dem Feld liegen? Ich sage: Wir gehen. Die Gilde bleibt zusammen.«

»Lirra?« Katallia tritt aus dem Schatten der Stallwand.

Lirra schüttelt den Kopf. »Ich bleibe und kämpfe mit meinen Freunden.«

Katallia nickt entschlossen. »Dann bleibe ich auch.«

»Das ist doch Wahnsinn.« Yasmin ballt die Fäuste vor der Brust und sieht die anderen Frauen flehend an. »Wenn ihr hierbleibt, setzt ihr euer Leben aufs Spiel. Jamis ist auf unserer Seite. Er will den Animistinnen wieder Rang und Namen verleihen. Wie könnt ihr dem Wort dieses Mannes trauen? Vielleicht lügt er aus Verzweiflung.«

Seeva verengt ihre pechschwarzen Augen zu Schlitzen. »Yaz. Was hast du getan?«

Sie sagt nichts.

»Hast du Lord Jamis verraten, wo der König sich aufhält?«

Yasmin schüttelt entschieden den Kopf. »Nein!«

Durch Tessa geht ein Ruck. »Das ist gelogen.«

Die anderen Animistinnen wechseln entgeisterte Blicke. »Eine Seelenleserin?« Seeva neigt den Kopf fragend zur Seite. Ein Nicken von Tessa, und Ehrfurcht huscht über Seevas Miene, bevor sie wieder zu Yasmin herumfährt. »Du hast uns hintergangen.«

Katallia stellt sich vor die Feuer-Animistin, während Yasmin zu einem Häuflein Elend zusammenschrumpft und langsam zurückweicht. »Vergebt mir. Vergebt mir, meine Schwestern. Ich wollte nur das Beste für …«

»Geh. Bevor ich dich in Brand stecke.« Obwohl Seevas Stimme kaum lauter als ein Flüstern ist, lässt mich ihre Drohung erschauern. Ich kann mich glücklich schätzen, wenn ich diese Furcht einflößende Frau zur Verbündeten habe.

Yasmin schlägt die Hände vor den Mund, um einen Schluchzer zu unterdrücken, und hastet davon. Ich sehe ihr nach, wie sie im Wald verschwindet. Ihre überstürzte Flucht ist ein Schock. Sie hat die Gilde verraten. Sollte man sie nicht festnehmen, um sie später einer gerechten Strafe zuzuführen?

Katallia tritt neben mich. »Die Verbannung ist Strafe genug.«

Das mag stimmen. Ich weiß nun aus Erfahrung, wie schwer sie

es haben wird, durch das unwirtliche Gebirge zu entkommen. Und wenn sie es doch schafft, wird niemand, der mit der Gilde der Animistinnen zu tun hat, sie bei sich aufnehmen.

»Es ist mir eine Ehre, an der Seite einer Seelenleserin zu kämpfen«, sagt Seeva und verbeugt sich leicht vor Tessa. »Auf in die Schlacht.«

Die beiden anderen Gildenmitglieder nehmen sie in die Mitte, während wir uns aufteilen, um Jamis aus zwei Richtungen anzugreifen. Leif und Lirra folgen Tessa, während Cohen und Omar bei mir bleiben. Auf ein Kommando brechen wir aus der Deckung hervor und stürmen auf Jamis und die verbliebenen sechs Fußsoldaten zu.

Ich attackiere einen Mann, mit dem ich im Schloss schon mehrfach Schwertkampf trainiert habe. Verbittert treiben wir uns vor und zurück. Die Schwerter klirren und singen. Ich ächze vor Anstrengung und reiße mein Schwert ein ums andere Mal in die Höhe. Er ist blitzschnell, wendig und stark. Aber dank der Kraft, die mir das Beannach-Wasser gegeben hat, sitzt jeder meiner Hiebe. Als er einen Fehler macht, zwinge ich mich, die Gelegenheit zu nutzen. Den Stoß nicht abzumildern. Zu töten, damit ich nicht getötet werde.

Meine Klinge fährt dem Aufständischen in den Bauch. Sein Körper krümmt sich um mein Schwert. Am liebsten würde ich mich bei dem Mann entschuldigen, so lächerlich das auch klingt.

Ein Stück weiter schlitzt Cohen mit einem einzigen Schwung seiner Waffe seinem Gegner die Kehle auf. Ein Schwall Rot besudelt die winterweiße Welt.

Da erscheint neben mir eine Wache mit erhobenem Schwert. Ich kann den Schlag nicht mehr abwehren. Seine Klinge wird mich treffen, bevor ich parieren kann. *Ich bin tot.*

Ein Windstoß wirft mich um. Er ist so heftig, dass mir die Luft aus den Lungen weicht. Ich krabbele rückwärts und rechne damit, dass das Schwert des Mannes auf mich niedersaust, doch stattdessen kracht er mir leblos vor die Füße. Über mir steht Lirra mit ausgestrecktem Schwert. Blutspritzer umgeben die Leiche im frischen Schnee.

Ich schüttele meine Benommenheit ab und rapple mich auf.

»Gern geschehen«, ruft mir das Mädchen keck zu, bevor sie davonrennt. Ich komme nicht dazu, mich zu fragen, wie die junge Animistin mir so schnell zu Hilfe eilen konnte. Lirra holt ein Messer aus ihrem Rock und wirft es in dem Moment, in dem Leif mit blutüberströmtem Bein zur Seite humpelt, auf einen weiteren Gegner.

»Es ist nicht lebensbedrohlich.« Er schleppt sich keuchend zu Lirra.

Hinter ihm kämpfen Tessa und Omar gegen zwei weitere von Jamis' Soldaten. Aber wo steckt der Anführer der Verräter?

»Aodren.«

Ich fahre herum und sehe den Mann auf seinem Pferd sitzen, nur zwanzig Schritte entfernt von Cohen, der gerade den letzten Aufständischen niedermäht. Jamis mustert das Blutbad auf dem Acker, hebt die Hände und klatscht. Langsam und herausfordernd. »Gut gemacht, mein König.« Er schlägt denselben Ton an wie früher, als ich jünger war und in ihm einen Ersatzvater gesehen habe.

Zwischen den Bäumen taucht ein weiterer Reiter auf. Nein, zwei Reiter auf einem Pferd. Ich erkenne ihre Gesichter. Ebenso gut hätte mich ein Pfeil in die Brust treffen können.

Von Tessa kommt ein erschrockener Aufschrei.

Mit großen, leeren Augen schaukelt Finn vor Phelia auf dem Pferd.

# Sechsundvierzig

## TESSA

Phelia sitzt ab und zieht Finn mit sich herunter. Sein linkes Auge ist so geschwollen, dass er es nicht mehr öffnen kann und mir die rechte Seite seines Gesichts zuwendet, bevor er sich nach seinem Bruder umsieht. Die Hoffnung in seinem unversehrten Auge versetzt mir einen Stich, als hätte mir jemand Essig auf die Wunden gegossen.

Niemand rührt sich. Die Aussichtslosigkeit unserer Lage trifft jeden von uns auf andere Art. Vom Dach des Hauses steigt Rauch auf. Ich werfe einen Blick zu Cohen. Entsetzen verdunkelt seinen Blick, und sein Gesicht ist eine Grimasse der Angst.

Finn trägt die Handschellen, die ich so gut kenne. Hätte ich noch Pfeile im Köcher, würde ich Phelia und Jamis, ohne zu zögern, erschießen.

Ich richte mein Schwert auf sie und rufe: »Lasst ihn gehen. Oder ich schwöre euch, dass diese Klinge euch durchbohren wird, noch ehe der Tag zu Ende ist.« Der Zorn trägt meine Stimme über das ganze Feld.

»Tessa, tritt zurück.« Aodrens Schritte halten zögernd neben mir inne. Er will mich warnen, noch mehr zu sagen. Aber ich werde mich nicht zurückhalten. Diesmal nicht. Ich habe jedes Wort genau so gemeint, und Phelia weiß es.

Jamis springt vom Pferd, zieht sein Schwert und stellt sich neben Finn. »Schickt uns den König, oder ich werde ihn töten.«

Die Hitze der Wahrheit kriecht durch meine Adern wie Gift, das mein Blut gerinnen lässt. Ich versteife die Arme, um mein Schwert noch höher zu heben. Ich hätte mich nicht von Finn trennen dürfen. Ich hatte die Verantwortung für ihn und habe Cohen und ihn im Stich gelassen. Noch nie habe ich solche höllischen Gewissensqualen erlitten wie jetzt.

Aodrens Knöchel berühren meine Hand. »Ich will es so.«

*Er will es so?*

Mit schnellen Schritten geht er auf Lord Jamis zu. »Lass den Jungen gehen«, ruft er. »Ich willige in den Tausch ein.«

*Wahrheit.* Er hat seinen Entschluss so schnell in die Tat umgesetzt, dass ich nicht reagieren, ja nicht einmal begreifen kann, was es für ihn bedeutet, sich in ihre Hände zu begeben. Ein Teil von mir fleht darum, ihn nicht gehen zu lassen. Ich will Aodren nicht so verlieren. Und auch Malam darf ihn nicht verlieren. Aber ich kann nicht zusehen, wie Finn stirbt.

Aodren blickt zu mir zurück. Unausgesprochene Gefühle leuchten in seinen grünen Augen. »Nur Mut!«

Lord Jamis schubst Finn ein Stück vor. Finn geht mit forschen, steifen Schritten los.

In meinen Augen brennen unvergossene Tränen. Noch nie habe ich mich weniger tapfer gefühlt als in diesem Moment.

Die Worte, die ich sagen will, bleiben mir im Hals stecken. Nun wird mir klar, warum Cohen meine Sicherheit immer über alles andere gestellt hat. Es ist zu schmerzhaft, mit ansehen zu müssen, wie das Schicksal sein kaltes Spiel mit dem Leben eines geliebten Menschen spielt. Ich merke erst jetzt, wie viel mir dieser Mann bedeutet. Gutherzig, freundlich, klug, einfühlsam – Aodren ist ein wahrer Freund.

»Tessa. Schau.«

Lirra zeigt auf den Wald, wo ein halbes Dutzend Krähen aus den Bäumen aufflattert. Unter ihrem Flügelschlag stiebt Schnee zu Boden. Ich kann niemanden entdecken. Aber aus dem Augenwinkel fallen mir Finns merkwürdige Bewegungen auf. Sein Gang ist so unnatürlich. Je näher er Aodren kommt, desto ruckartiger werden seine Schritte.

In einer von Finns Händen blitzt etwas Silbernes. Was trägt er da? Ich spähe über das Feld zu ihm und versuche, die Szene zu verstehen.

Reglos wie der Schnee ringsum sieht Phelia Finn nach.

»Halt!« Ich sprinte auf Aodren zu.

Aodren dreht sich im selben Moment um, als Finn ihm ein Messer in die Schulter rammt. Ein schmerzerfülltes Stöhnen, und Aodren stößt den Jungen von sich weg. Die beiden ringen miteinander, als der König mit seinem unverletzten Arm versucht, Finn abzuwehren. Cohen brüllt. Finn geht Aodren an die Kehle.

Kurz bevor ich sie erreicht habe, bricht Finn zusammen wie eine Marionette, der die Fäden durchgeschnitten worden sind.

Das passiert so plötzlich, dass ich abbremse und zu Phelia schaue. Sie ist nicht allein. Vier Mädchen, die an den Handgelenken aneinandergefesselt sind, bilden einen Halbkreis hinter ihr. Daneben stehen zwei Wachen mit gezogenen Schwertern.

»Orli!«, ruft Lirra. Ein Mädchen mit rabenschwarzen Zöpfen beginnt, wie wild an ihren Fesseln zu zerren.

Aodren presst eine Hand an die Schulter, um die Wunde zuzudrücken. »Ich weiß nicht, was passiert ist. Finn hat mich angegriffen, und dann fiel er einfach um … Ist er noch am Leben?«

*Schnell, schnell, schnell*, schreit jede Faser meines Körpers. Ich prüfe Finns Puls – träge.

Cohen kommt zu uns gestürzt. »Lass ihn mich wegtragen.«

Ich nicke. Wenn ich doch nur ein Wort herausbrächte. Er soll wenigstens wissen, wie leid es mir tut.

Seeva und die verbliebenen Gildenmitglieder stoßen am Rand des Feldes zu Cohen und scharen sich um Finn.

»Tessa, du könntest das Sterben jetzt beenden.« Phelias Stimme klingt wie Krallen, die über eine Scheibe kratzen. Ich sehe und höre nichts anderes mehr als sie. Sie packt die Mädchen, die außen stehen, an den Händen, sodass der Kreis vollständig ist. Die Mädchen winden sich wie wild, doch gegen die Lederriemen, die sie aneinanderfesseln, und die Wachen in ihrem Rücken sind sie machtlos.

»Ich werde mich dir niemals anschließen!«, brülle ich.

In einer höhnischen Herausforderung reißt Phelia die Arme der beiden Mädchen hoch. »Ach ja?«

Ich bin wie versteinert. Fieberhaft überlege ich, was sie als Nächstes tun wird. *Wie trübt man Wasser, Tessa? Indem man Dreck hineinwirft. Immer mehr Dreck.*

Phelia neigt den Kopf zur Seite und bohrt ihren Blick in meinen, während sie die Arme der Mädchen wieder Richtung Boden drückt. Ihre Brust hebt und senkt sich in tiefen, keuchenden Atemzügen. Ihre Augen verdrehen sich ins Weiße, ein greller Kontrast zu den schwarzen Ranken, die sich um ihren Hals schlängeln.

»Nein!«, schreit Lirra. Sie zeigt auf ihre Freundin, die den Kampf gegen die Fesseln aufgegeben hat. »Phelia benutzt eine Rune, um ihre Kräfte zu stehlen!«

Gleichzeitig ruft Cohen: »Tessa!«

Ich fahre herum und sehe, dass Cohen Finn auf den Boden gebettet hat und nun neben Seeva kniet. Die Animistin liegt im Schnee und drückt eine Hand auf die Brust. Ihre Finger krallen sich in ihr Hemd.

»Die Hitze!«, japst sie. Schweiß rinnt ihr über das Gesicht. Ihre Lippen zucken. Der Schnee um ihren Kopf beginnt zu schmelzen.

»Was ist mit ihr?« Lähmendes Entsetzen befällt mich, als ich zwischen Seeva und Phelia hin und her sehe.

Cohen blickt betroffen auf. »Phelia verbrennt Seeva von innen.«

Ich frage mich schaudernd, woher er das weiß.

Torima kauert sich neben Seeva und legt ihr die Hände auf. »Ich werde versuchen, sie von innen mit Flüssigkeiten zu kühlen«, sagt sie, »aber könnte ich etwas Wind haben, meine Damen?« Sie schaut von Lirra zu Katallia.

Beide nicken stumm. Lirra hebt die Hände, und Wind umbraust Seeva, deren Wimmern leiser wird.

»Mach du damit weiter«, weist Katallia ihre Nichte an. »Ich werde Phelia eine Botschaft senden.« Sie streckt ihre Hände Richtung Wald aus. Ein Wintersturm erhebt sich und fegt auf Phelia zu.

Phelia taumelt, und ihr Umhang flattert in dem magischen Wind, doch sie lässt die Hände der Mädchen nicht los. Omar und Leif nutzen die Ablenkung, um sich aus unserer Gruppe zu lösen und sich in einem Bogen an Jamis und Phelia heranzupirschen.

Seeva hustet und hustet, bis sie sich zum Sitzen hochstemmen kann und sich eine Handvoll Schnee nach der anderen in den Mund schaufelt.

Ein sonderbares Ächzen fährt durch die Bäume. Es ist ein unerwartetes Geräusch, das alle innehalten lässt. Sogar Seeva verharrt in der Bewegung, sodass der Schnee in ihrer Hand zu einer kleinen Pfütze zusammenschmilzt.

Torima springt auf und zeigt auf die Bäume ringsum. »Lauft!«, schreit sie. »Lauft!«

Die Frauen können sich gerade noch in die Mitte des Feldes retten, bevor die ersten Bäume umkrachen. Schnee und Erde wirbeln auf, während Baum um Baum fällt. Wir bringen uns hastig vor dem umstürzenden Wald in Sicherheit: Cohen trägt Finn, flankiert von Aodren, der sich die Schulter hält, Katallia stützt Seeva, und Lirra und ich folgen als Letzte.

Leif, der sich von hinten an Jamis herangeschlichen hat, hebt den Bogen eines toten Schützen auf, legt einen Pfeil ein und lauert auf den richtigen Moment.

Unweit von Phelia geht Omar hinter einer der umgestürzten Kiefern in Deckung.

»Was kann ich tun?«, frage ich. »Seeva, kann ich dir helfen, wieder zu Kräften zu kommen?«

Die Frau lässt es zu, dass ich ihr helfe. Ich umklammere ihre Hand und unterdrücke einen Aufschrei, als ich spüre, wie heiß ihre Haut ist. Dann lausche ich auf ihre Energie und flöße ihr etwas von meiner ein. Um uns Zeit zu verschaffen, schicken Katallia und Lirra einen Windstoß nach dem anderen in Phelias Richtung. Als sie verschnaufen müssen, sammelt Torima die Feuchtigkeit in der Luft und lässt scharfe Hagelkörner auf Phelia niederprasseln.

Phelia schreit in den Wind und den Hagel hinein, schafft es aber irgendwie, die Arme der Mädchen nicht loszulassen. Schwarze Adern pulsieren auf ihrer schneeweißen Haut, bis sie wie ein Nest voller Schlangen wimmeln. Die Mädchen, die sie umringen, fallen nacheinander auf die Knie, bis schließlich alle bewusstlos um Phelia auf der Erde liegen.

Wieder ein bedrohliches Knarzen. Ich lasse Seevas Hand los, um mich zum Wald umzudrehen. Ein Baum fällt, aber er ist zu weit weg, um uns gefährlich zu werden.

Seeva rappelt sich flammend vor Zorn hoch. All ihre Energie schießt in ihre Hände, als sie Feuer daraus hervorschnippt. Sie schleudert ihre Feuerbälle in die Luft, und so selbstverständlich, als hätten diese Frauen schon hundertmal animistische Kampftechniken geprobt, schickt Katallia eine Sturmbö aus, die das Feuer auf Phelia zurauschen lässt.

Leif sieht seine Gelegenheit gekommen und schießt einen Pfeil auf Phelia ab.

Phelias Umhang bauscht sich, und kurz bevor Seevas Feuerbälle und Leifs Pfeil ihr Ziel treffen, erhebt sich Wind aus Phelias magischem Kreis, schmettert das Feuer zu uns zurück und lenkt den Pfeil direkt auf Omar. Es geschieht blitzschnell. Die Spitze trifft Omar mitten in die Brust.

Während Lirra die Feuerbälle in zwei umgestürzte Bäume sausen lässt, sind wir anderen vor Schreck zu Stein erstarrt.

Nur Leif rührt sich. Verblüfft lässt er den Bogenarm sinken. »Omar?«

*Oh Gnade.*

Der Hauptmann schnappt gurgelnd nach Luft, kippt nach vorn und kracht auf die gefrorene Erde. Ich fühle mich in einem nicht enden wollenden Albtraum gefangen, als ich meinen Blick von Phelia losreiße und Leif zu Omar hechten sehe. Schiere Verzweiflung packt mich, während mein lieber Freund auf die Knie fällt und ein

Klagegeheul ausstößt. »Das wollte ich nicht!«, ruft er. Sein Leid zerreißt mir das Herz.

»Töte sie alle«, brüllt Jamis Phelia zu.

Phelias Adern schwellen an.

Die Welt ächzt und bebt unter meinen Füßen. Ich stürze mich mit gezogenen Waffen auf Phelia.

Die Wachen treten mir in den Weg. Bevor ich meinen Dolch werfen kann, saust ein Messer an meiner Schulter vorbei und trifft einen der Männer ins Brustbein. Er bricht tot zusammen.

Ich zucke zur Seite.

»Die Wachen übernehme ich.« Zu meinem Erstaunen taucht Lirra neben mir auf. Ihr Rücken ist gekrümmt und sie kann nur noch mühsam atmen. Sie hat fast all ihre Energie verbraucht, um den Wind zu lenken. »Schnapp sie … dir.« Sie hält das Schwert vor sich, obwohl ihre fahrigen Bewegungen mich zweifeln lassen, dass sie zu einem Zweikampf in der Lage ist.

Sie scheint mein Zaudern zu spüren, denn sie reißt das Schwert hoch und richtet es auf mein Gesicht. »Halte sie auf … Ich schaff das schon. Schnapp dir Phelia.«

Augenblicklich wirble ich herum und greife Phelia an. Ich mache mich darauf gefasst, dass sie mich mit einem Sturm oder einem Erdbeben abwehrt, doch sie lässt mich ganz nah an sich heran. Ich schwinge mein Schwert; ich will es mit einem Hieb hinter mich bringen. Übermenschlich schnell lässt sie die Mädchen los, weicht meiner Waffe aus und packt mich an den Armen. Ehe ich begreife, wie mir geschieht, bin ich in ihrem eisernen Griff gefangen und kann mich nicht mehr rühren. Das Schwert ist mir entglitten.

Ich will verzweifelt um mich schlagen, doch Phelia ist stärker als ich.

Als mir Rauch in die Nase steigt, recke ich den Hals und sehe, dass sich ein gewaltiges Feuer durch die umgestürzten Bäume frisst, ein Flammenring, der sämtliche Menschen einschließt, die mir etwas bedeuten. Sie werden verbrennen oder ersticken.

Mir wird bewusst, wie zerbrechlich sie sind. Wie leicht Phelia ihrem Leben ein Ende machen kann. Es ist schwach und töricht von mir, zu glauben, dass ich Phelia besiegen könnte. Hoffnungslosigkeit überwältigt mich.

Ich schließe die Augen. Der Kampf, das Leid, die Gewalt, die den jungen Mädchen und meinen Freunden angetan wird … all das will ich nicht mehr ertragen. In Phelias unmenschlich starken Armen bin ich wie in einem Schraubstock gefangen. Jedes Mal, wenn ich mich loszureißen versuche, packt sie mich noch fester. Ich kann nichts tun, um irgendwem zu helfen, nicht einmal mir selbst.

Ich lasse entmutigt den Kopf hängen. Werden sie uns alle töten?

Da strafft sich fast unmerklich das Band, über das ich bis vor Kurzem noch so unglücklich war. Es ist ein Stupser in meiner Brust, ein Zeichen von Aodren, ein Weckruf. Ich habe mich so an die Verbindung zu Aodren gewöhnt, dass ich nicht mehr darauf geachtet habe. Doch als ich sie jetzt spüre, in meinem dunkelsten Moment, sehe ich plötzlich wieder klar.

Ich muss der Seelenleserin nur nah genug sein, um ihre Energie zu brechen. Das hat Enat mir erzählt. Als Aodren unter Phelias Bann stand, hätte ich sie nur im Schloss aufzuspüren und zu berühren brauchen, um in ihre und seine Energie einzutauchen und sie voneinander zu lösen.

Doch weil Phelia damals nicht mehr in Aodrens Nähe war, musste ich den Plan im letzten Moment ändern.

Ich gebe meinen Widerstand auf und verdrehe meine Hände so,

dass ich Phelias Handgelenke zu fassen bekomme und die Runen überdecke. Meine unsichtbare Berührung streift den brausenden Sturm ihrer Lebensenergie. Doch anders als im Wald ist ihre wild flackernde Energie jetzt mit anderen flirrenden, summenden Kräften verwoben. Wären es Farben, wäre Phelias Energie schwarz und die der Mädchen ein Gewirr aus gelben, grünen, blauen und orangefarbenen Fäden. Ich stelle mir vor, wie meine eigene Energie die Gestalt einer Hand annimmt, einen bunten Faden nach dem anderen heraustrennt und ihn in den Wind wirft. Doch Phelia kämpft dagegen an. Ihr Schwarz leistet erbitterten Widerstand, es schlägt mit Tentakeln um sich, die sich um die fliehenden Farben schlingen.

Ich konzentriere mich auf die Schwärze und ziehe sie durch die Handflächen aus Phelia heraus. Pure Kraft schießt mir in den Arm, heiß und süß wie Sommersirup. Ich *lebe.* Energie singt in meinen Adern. Meine Arme beben vor Stärke.

Auf einmal bin ich nicht mehr die Gefangene, sondern die Angreiferin. Ich umklammere Phelias Handgelenke noch fester und zwinge sie so leicht in die Knie, als setzte ich ein Kleinkind auf dem Boden ab. Ihre Augen, zwei kreisrunde Monde, voll und alt, wandern von meinem Gesicht zu der Hand, die sie umfasst hält und ihr Energie entzieht, als würde man einen Wasserschlauch leeren.

Aber mit der Energie strömen auch trübe Gedanken und Gefühle in mich ein. Zunächst sind sie nur ein verängstigtes Flüstern. Der Schrei eines Kindes in der Finsternis. Dann werden sie deutlicher, bringen albtraumhaft klare Bilder und dunkle Begierden.

Phelias Kreischen gellt mir in den Ohren.

Die Dunkelheit ist göttlich. Süß. Ich will sie, ich trinke sie in vollen Zügen. Mein Ziel ist nicht mehr, Phelia niederzuringen, sondern ihr alles zu nehmen, was sie hat. Alles.

*Nein*, ruft eine Stimme in meinem Hinterkopf. *Du bist nicht wie deine Mutter. Du kannst das beenden.* Ich widerstehe dem Drang, an dem Faden schwarzer Macht zu ziehen, auch wenn mein Körper nach mehr lechzt.

Schmerz explodiert in meinem Rücken und brennt, brennt, brennt durch meinen Bauch. Es kommt so jäh und unerwartet, dass ich Phelia unwillkürlich loslasse. Ich schaue auf meine Hände hinunter, die sich auf meinen Bauch pressen wollen und plötzlich innehalten. Knapp vor der Spitze der rot verfärbten Klinge, die über dem Bauchnabel aus meinem Leib ragt. *Eine Klinge.*

Ein gepeinigter Schrei zerreißt die Nacht. Er kommt nicht von mir. Ich habe keine Luft mehr, um überhaupt noch ein Stöhnen von mir zu geben. Phelias Blick begegnet mir ein letztes Mal. Entsetzen, Kummer und Traurigkeit.

Ich will sprechen, bringe aber nur ein Röcheln zustande. Ein metallischer Geschmack überzieht meine Zunge.

Und dann falle ich,
und falle
und falle.

# Siebenundvierzig

## COHEN

Ein Schrei holt mich aus meiner Erstarrung.

Am Waldrand kämpft Lirra gegen eine Wache, ein zweiter Mann liegt tot am Boden. Ein Dutzend Schritte von ihr entfernt sehe ich Tessa, mit dem Rücken zu mir. War sie nicht gerade noch bei uns? Ich blinzele, um durch den Rauch zu erkennen, was da vor sich geht. Tessa steht vor Phelia, die im Schnee kniet, ihr Umhang eine schwarze Lache auf weißem Grund. Hinter ihnen kauern sich vier junge Mädchen zusammen.

Und Jamis?

Der Verräter kommt hinter seinem Pferd hervor und rennt mit erhobenem Schwert auf die Mädchen zu. Mordlust sprüht aus seinen Augen.

Panisch renne ich los.

»Tessa«, stoße ich hervor, als ich an Aodren vorbei durch den Schnee pflüge, direkt auf Jamis zu, der –

Der Tessa das Schwert in den Rücken stößt. Ohne jede Vorwarnung. Er hat sie einfach erstochen. Ein gepeinigter Schrei entringt sich meiner Kehle. *Nein!*

Jamis läuft zu den Pferden zurück. Ihn werde ich mir später vornehmen. Ich renne, nein, ich fliege zu Tessa. Ein Zittern durchläuft ihren Körper. Ich werfe mein Schwert weg und fange sie auf, bevor sie zu Boden geht.

»Nein«, höre ich König Aodren heiser rufen.

Ich drücke Tessa an mich und ringe keuchend nach Luft. *Goldstern. Bitte, bitte bleib am Leben.* Hätte ich doch nur Tessas Gabe. Ich würde ihr all meine Energie geben. Alles, was ich habe.

In der Nähe klirren Schwerter. Stahl trifft auf Stahl. Der König brüllt etwas.

Ich hebe den Kopf und sehe Aodren und Jamis kämpfen. Der König ist von solchem Zorn beseelt, dass er Jamis mit wenigen Hieben überwältigt. Sein Schwert bohrt sich dem Verräter in die Brust. Jamis würgt. Seine Augen treten aus den Höhlen. Aber mich lässt das alles seltsam kalt.

Ich bette Tessa behutsam auf meinen Schoß und schirme ihr Gesicht vor dem Rauch ab. Ihre Augenlider flattern. Mein Herz weitet sich.

»Ich – ich liebe dich«, flüstere ich und küsse sie auf die Stirn. »Ich war ein Narr. Bitte, Goldstern. Bitte bleib bei mir.«

Jemand berührt mich an der Schulter. »Lass uns sie nehmen.«

Die Animistinnen der Gilde und Lirra scharen sich um uns. Rasende Wut flammt in mir auf und betäubt meinen Schmerz, als ich den Frauen Tessas leibliche Hülle auf die Arme lege. Ich packe meine Waffe und stürze mich auf Phelia, die zu den verängstigten Mädchen kriecht. Rachelüstern reiße ich das Schwert in die Höhe. Ich werde es ihr in die Brust rammen, wo ihr Herz wäre, wenn sie eins hätte.

»Du. Bist. Schuld.« Meine Worte sind Fäuste, die auf sie niedersausen.

Die geschwächte Frau bricht im Schnee zusammen und hält sich schützend die schwarz geäderten Arme vors Gesicht.

»Halt ein.« König Aodrens Befehl lässt mich mitten im Schlag verharren. Die Klinge zittert eine Handbreit über Phelias Brustbein.

»Sie hat den Tod verdient«, presse ich hervor. Ich sehe Tessa bleich und leblos davongleiten. Bei dem Anblick verfällt alles in mir zu Staub. Wer bin ich ohne sie?

»Ja«, sagt Aodren. »Aber nicht, wenn noch etwas getan werden kann, um Tessa zu retten.«

In Phelias Augen, die nicht mehr blau, sondern schwarz sind, flackert kurz etwas auf, das wie Traurigkeit aussieht, bevor sie sich wieder verhärten und mich böse anfunkeln. »Für Tessa kann nichts mehr getan werden.«

Ihr kaltes, hasserfülltes Fauchen besiegelt meinen Entschluss.

Ich stoße Phelia mein Schwert zwischen die Rippen und setze ihrem Leben ein Ende.

# Achtundvierzig

## AODREN

Wir haben keine andere Wahl, als in Katallias verwüstetes, rußgeschwärztes Haus zurückzukehren. Nachdem die Frauen sachte das Schwert aus Tessas Leib gezogen haben, tragen sie sie in das einzige Schlafzimmer, das von dem Feuer einigermaßen verschont geblieben ist. Sie breiten rasch ein neues Laken über das Bett und legen Tessa darauf, ein gespenstisch bleiches Abbild des lebhaften Mädchens, das ich lieben gelernt habe.

Ich bleibe an der Tür stehen. Ich würde so gern helfen und fühle mich doch so vollkommen nutzlos.

Dann holen die Animistinnen die vier Mädchen, die gefesselt waren, und bringen sie und Finn ins Haus. Sie bereiten ihnen ein notdürftiges Lager auf dem Flur vor Tessas Zimmer und geben ihnen Beannach-Wasser zu trinken. Obwohl die Mädchen entkräftet wirken, werden sie sich wieder vollständig erholen können, erklären die Frauen. Cohen, der zwischen Tessas und Finns Krankenlager hin- und hereilt, drückt den Animistinnen seine Dankbarkeit aus, wirkt aber nicht weniger niedergeschmettert als vorhin, als wir das Haus betreten haben.

Wenn er Tessa ansieht, fällt sein Gesicht in sich zusammen.

Um Omar werde ich erst später trauern können. Sein Tod kommt mir noch ganz unwirklich vor, so viel Sterben habe ich heute mit angesehen.

Wenn ich Cohen an Tessas Bett beobachte, fühle ich mich wie ein Eindringling. Aber ich bringe es nicht über mich, hinauszugehen. Ich will nicht noch einen Menschen in meinem Leben verlieren.

Cohen berührt sie am Hals und an den Handgelenken. »Sie ist tot«, sagt er immer wieder und rauft sich die Haare.

Wenn ich nicht mit ihr verbunden wäre, würde ich das wohl auch glauben. Ihre Muskeln sind schlaff, ihre Haut hat die Farbe eines grauen Wintertages. Doch unter dem leblosen Äußeren vibriert unser Band. Es ist zwar nur mehr ein hauchdünner Faden, aber ich kann es immer noch spüren. »Es ist noch Leben in ihr.«

»Ihr habt Omar von den Toten zurückgeholt.« Cohens Stimme ist gepresst vor Kummer, als er Seeva und Katallia ansieht. »Könnt ihr dasselbe auch für Tessa tun?«

»Wir können es versuchen«, sagt Katallia. »Aber uns fehlt das vierte Glied. Um den Körper auf den Weg der Heilung zu bringen, müssen alle vier Elemente sich vereinen.«

»Orli kann das tun«, sagt Lirra von der Tür. Sie wischt sich eine Träne ab. »Sie ist eine Erde-Animistin.«

»Sie hat eine solche Heilung noch nie mitgemacht«, wehrt Katallia ab.

»Bitte versucht es.« Cohen reißt seinen Blick von Tessa los und sieht verzweifelt in die Runde.

Katallia nickt widerstrebend, und Lirra verschwindet, um mit Orli zu sprechen. Kurz darauf kommt sie mit dem Mädchen im Schlepptau zurück.

Die Frauen versammeln sich um das Bett. Jede legt Tessa eine Hand auf, und nachdem sie kurz eingewiesen worden ist, folgt Orli ihrem Beispiel. Sie schließen die Augen und senken die Köpfe. Seeva hebt ihr Gesicht zur Decke und intoniert: »Oh Götter der alten Zeit, schenkt uns die Energie für dieses Mädchen, auf dass sie wieder in unserer Welt umhergehen möge.«

Hoffnung steigt in mir auf, als die Frauen ihren Gesang beginnen. Orli stockt zunächst noch, findet aber bald hinein.

Meine Zuversicht zerplatzt jäh, als die Animistinnen die Augen aufreißen und die Köpfe schütteln. »Sie hat zu viel Lebenskraft verloren.« Seeva streicht über Tessas Stirn. »Nur eine Seelenleserin wäre imstande, sie zu heilen.«

Cohen schmiegt seine Stirn in Tessas Hand, und seine Schultern beben in stummen Schluchzern.

»Es tut mir leid. Ihr Leiden wird bald ein Ende haben.« Seeva senkt das Haupt.

Ich trete näher, um mich ebenfalls von Tessa zu verabschieden. Um Cohen nicht zu stören, gehe ich auf die andere Seite des Betts, auch wenn er mich vermutlich gar nicht bemerkt. Sicher hasst er mich. Das könnte ich sogar verstehen. Ich sollte jetzt nicht an ihrer Seite sein. Ich fahre mit dem Finger über ihren Arm, um ihr Lebwohl zu sagen. Als ich ihr Handgelenk berühre, zuckt unser inneres Band. Das Gefühl kommt völlig überraschend. Ich spüre unserer Verbindung nach und taste zu der Schnittwunde an ihrem Bauch. Mir dreht sich der Magen um, als ich das blutgetränkte Kleid anfasse. Kurz bevor ich die Hand zurückziehe, rührt sich ihre Energie unter meinen Fingern.

»Das ist es«, wispert jemand. Das dunkelhaarige Mädchen steht neben mir. Sie macht große Augen.

»Was hast du gesagt?« Seeva tritt herbei und späht über Orlis Schulter.

»Ich glaube, sie sind miteinander verbunden.« Orli zeigt auf mich.

Seeva sieht mich staunend an. »Sie hat Euch ihre Lebenskraft gegeben?«

Ich nicke. »Vor etwas mehr als sechs Wochen hat sie mir das Leben gerettet.«

Seevas Hand schließt sich um meine. »Wenn ihre Energie mit Eurer verbunden ist, könnt Ihr eine Rune benutzen, um ihre Energie zu ihrer Wunde zu leiten.«

Ich schüttele verständnislos den Kopf.

»Wenn sie Euch geheilt hat, ist ihre Energie in Euch und strebt zurück zu ihr. Nur eine Rune kann sie wieder freisetzen. Ihr habt das doch sicher schon gespürt?«

Schockiert nicke ich. Zum ersten Mal begreife ich, warum ich innerlich zu Tessa hingezogen wurde.

Cohen hebt den Kopf, und Ehrfurcht tritt in sein vergrämtes Gesicht.

»Gebt mir Euer Handgelenk.« Seeva hält mir die flache Hand hin.

Ich reiche ihr meinen Arm. Sie tunkt einen Finger in Tessas Blut und zeichnet ein kreisförmiges Muster auf meine Haut. Ich muss gegen den Impuls ankämpfen, meine Hand wegzuziehen. Es ist widernatürlich, mit Blut bemalt zu werden.

»Jetzt nutzt Eure Verbindung, um Tessas Energie dorthin zu leiten, wo sie sie am meisten braucht.« Die Animistin hält meine Hände über Tessas Wunde. Unter meinen Handflächen kribbelt es, als würden sich Tausende winziger Ameisen an die Arbeit machen. Jedes Mal, wenn die Rune auf noch mehr Blut trifft, brennt sie wie

Feuer. Ich bleibe ganz still und tue, was Seeva mich tun heißt, während die anderen drei Animistinnen Tessa umringen.

Torima umfasst Tessas Handgelenk, Seeva hält wieder ihren Kopf, und Orli und Katallia legen ihr an verschiedenen Stellen die Hände auf. Sie singen Beschwörungen in einer mir fremden Sprache, unaufhörlich, bis allen vieren der Schweiß auf der Stirn steht, ihre Hände zittern und ihr Atem nur noch keuchend geht. Mein Körper wird zusehends schwächer. Ich sacke auf einen Stuhl und lege den Kopf neben Tessa auf das Bett. Schlaf übermannt mich, obwohl meine Gedanken mich anflehen, wach zu bleiben. Sie zu heilen.

Ich dämmere weg, aber nach einer Weile hebt Seeva meinen Arm von Tessas Bauch.

Nacheinander berühren die Frauen ihre Brust, neigen das Haupt und sagen: »Mögest du eins mit der Seele sein.«

Ich sehe sie hinausgehen, und Panik kriecht in meine tauben Glieder. Tessas Augen sind immer noch geschlossen.

# Neunundvierzig

## COHEN

Aodrens verwirrter Blick springt von mir zu Tessa und dann zur Tür, durch die die Animistinnen hinausgegangen sind. Ihre Erklärung, dass Tessa genug Energie von ihm empfangen habe und sie sich jetzt beide ausruhen müssten, hat er offenbar nicht gehört. Sein Kopf sinkt wieder aufs Bett, und sein Arm, der mit Tessas Blut bemalt ist, fällt schlaff herunter.

Es verlangt mir zwar einiges ab, nicht eifersüchtig auf den Mann zu sein, aber zugleich bin ich ihm unendlich dankbar.

Er wälzt den Kopf hin und her und murmelt Tessas Namen. Zweimal versuche ich ihm zu sagen, dass Tessa lebt, doch er ist noch zu benommen. Ich schlage Lirra vor, ihm ein Bett zu suchen, in dem er schlafen kann. Sie wird ihm die gute Neuigkeit dann schon mitteilen. Seeva meinte, er würde wahrscheinlich gut die Hälfte seiner Energie verlieren. Was wiederum wohl bedeutet, dass er einige Tage durchschlafen wird.

Als Lirra zu Aodren ans Bett tritt, spannen sich seine Arme an, als müsste er dagegen ankämpfen, ohnmächtig zu werden. Sie führt ihn behutsam zur Tür und gerät kurz ins Straucheln, als sein Kopf auf ihre Schulter kippt. Nachdem sie den Raum verlassen haben, sind Tessa und ich allein.

Als wir das letzte Mal unter uns waren, habe ich unsere Beziehung beendet. Was für ein Esel ich doch war.

Ich weiß nicht, ob sie mir je verzeihen wird. Aber ich bin fest entschlossen, der Erste zu sein, den sie sieht, wenn sie erwacht.

Gegen Abend lässt das Hämmern und Kratzen der Reparaturarbeiten im Haus allmählich nach. Die Gilde-Frauen haben Leif etwas zu tun gegeben, damit er nicht in Trübsal verfällt. Der Tod des Hauptmanns hat uns alle mitgenommen, aber ich gebe Leif nicht die Schuld daran. Niemand würde auf die Idee kommen, ihn dafür verantwortlich zu machen. Doch Leif zerfleischt sich in Selbstvorwürfen. Ich hoffe für ihn, dass er sich eines Tages verzeihen kann.

Ich lasse die Schlafzimmertür geschlossen und wache an Tessas Seite. Tausendmal habe ich die Götter schon angefleht, sie mir zurückzugeben.

Seit die Animistinnen hinausgegangen sind, hat sie sich kein bisschen bewegt. Wie damals, als sie ihr Leben riskiert hat, um meines zu retten und später das des Königs, liegt sie reglos da, und fast alle Farbe ist aus ihr gewichen. Nur dass sie diesmal von ihrem eigenen Blut bedeckt ist.

Als mir der Kopf auf die Brust sinkt und die Lider zufallen, erlaube ich mir, auf dem Stuhl am Bett ein wenig zu schlafen. Obwohl ich nie ein Kirchgänger war, spreche ich ein Gebet, dass ich am Morgen nicht noch ein Grab ausheben muss.

In der Nacht werde ich ein Dutzend Mal wach. Alle Muskeln in meinem geschundenen Körper schmerzen und meine Knochen knacken.

Am nächsten Tag ist Tessas Zustand unverändert.

Ebenso am Tag darauf.

Hin und wieder kommen die Gilde-Frauen herein, um die Wunden zu verbinden, ihr Gesicht, Arme und Beine zu waschen und Zaubermittel auf ihre Lippen zu träufeln. Sie bringen mir Wasser und Suppe. Am dritten Tag erscheint König Aodren in der Tür. Ich weiß nicht, wie viel der Mann für Tessa empfindet, aber ich habe gesehen, wie oft sein Blick am Tag vor dem Angriff zu ihr gewandert ist. Als wären seine Augen Brieftauben und sie ihr Bestimmungsort.

Seine fahle Haut nimmt im Laternenschein einen grünlich gelben Ton an. Er bewegt sich, als seien seine Knochen aus Glas. Man sieht ihm an, wie viel es ihn gekostet hat, Tessa ihre Lebensenergie zurückzugeben. Man könnte meinen, er hätte das Sumpffieber.

»Ihr seht nicht gut aus«, sage ich zu ihm.

»Das wollte ich gerade von dir sagen.«

Ich fahre mit der Hand über meinen struppigen Bart und durch die Haare, die wahrscheinlich drei Waschgänge gebrauchen könnten, und bringe ein halbes Lächeln zustande. »Mir ging es schon mal besser.«

Der König lehnt sich an die Wand und sieht durch das Fenster in den grauen Morgen hinaus. »Ich bin gekommen, weil ich dich bitten wollte, mit mir nach Brentyn zu reiten.«

Meine Wirbelsäule knackt, als ich mich jäh aufrichte.

»Ich habe eine Antwort von Lord Freil erhalten. Er hat an die hundert Mann zu den Waffen gerufen, die jetzt marschbereit sind.«

Ich betrachte Tessa und frage mich, ob sie mir je wieder ihr Lächeln, eine spöttische Miene oder einen zornigen Blick schenken wird. Ich reibe mir die Augen und wende mich dem König zu. »Ihr braucht einen Befehlshaber.«

»Ja. Du und Leif, ihr müsst dieses Heer mit mir anführen. Wir werden gemeinsam nach Brentyn ziehen. Ich glaube nicht, dass wir auf großen Widerstand stoßen werden. Jetzt, wo Jamis und Phelia tot sind, werden die meisten Aufständischen sich wohl auf eine Abmachung einlassen. Wenn sie die Waffen ablegen und ihre Niederlage akzeptieren, dürfen sie ungehindert ins Exil gehen.«

»Und wenn sie doch Widerstand leisten?«, frage ich, obwohl mir das unwahrscheinlich vorkommt, nachdem dem Ungeheuer der Kopf abgeschlagen worden ist.

»Die Söhne zweier Lords aus dem Norden des Landes, die im Ballsaal ermordet worden sind, haben mir ihre Treue geschworen. Sollten wir noch weitere Soldaten brauchen, können wir uns mit hundertfünfzig Mann aus den nördlichen Lehnsgebieten verstärken.«

Als ich zögere, sagt der König: »Der Gilde zufolge könnte es Wochen, wenn nicht länger dauern, bis Tessa in der Lage ist, zu reisen.«

Obwohl mich der Gedanke, sie zurückzulassen, beinahe rasend macht, muss die Eintracht in Malam wiederhergestellt werden, damit Tessa überhaupt ein Zuhause hat, in das sie zurückkehren kann. Und vielleicht wird sie dann auch frei sein, ihr Leben zu leben, ohne ihre wahre Natur verstecken zu müssen.

»Wann brechen wir auf?«

Sein Blick wandert zu der schlafenden Tessa und wieder zu mir. Er runzelt bedauernd die Stirn. »Sofort.«

Ich taste nach Tessas Hand und schließe die Finger darum, als brächte ich einen kostbaren Schatz in Sicherheit. Dann nicke ich. Wenn ich einen Beitrag dazu leisten kann, diese dunkle Zeit in der Geschichte unserer Länder zu beenden, so muss ich diese Rolle annehmen. »Mein Herz, mein Blut, mein Leben für Malam.«

Aodren geht hinaus, damit ich noch kurz allein bei Tessa verweilen kann. Alles in mir schreit danach, mich seiner Aufforderung zu verweigern. Ich will an ihrer Seite bleiben, bis sie aufwacht. Aber ich habe mich in die Einsicht gefügt, dass ich dazu neige, Entscheidungen zu treffen, die sie erdrücken. Das werde ich in Zukunft nicht mehr tun. Dass ich an ihrem Bett ausharre, wird sie vielleicht nicht als Versuch auffassen, über sie zu bestimmen; vielleicht aber doch. Ich vertraue darauf, dass das, was der König für Tessa getan hat, sie heilen wird. Und sobald sie genesen ist, soll sie den Freiraum haben, für sich selbst zu entscheiden, was sie im Leben will.

Ich hauche einen Kuss auf ihre Stirn und ihre bleichen Lippen. »Komm zurück zu mir, Goldstern«, flüstere ich dabei.

Einen Moment warte ich noch und bete um ein Wunder, irgendein Anzeichen dafür, dass sie es schaffen wird und dies nicht unser endgültiges Lebewohl war. Doch nichts geschieht. Kummer durchbohrt mir das Herz, als ich mich abwende und hinausgehe.

Bevor wir losreiten, besuche ich noch Finn an seinem Krankenbett. Sein mit Blutergüssen übersätes Gesicht und sein geschwächter Körper versetzen meinem gebeutelten Herzen einen weiteren Schlag. Ich knuffe ihn sanft an die Schulter und sage ihm, dass ich ihn liebe. Nachdem ich mich von Lirra, der Gilde und den jungen Animistinnen verabschiedet habe, brechen wir zu dem Feldlager vor Brentyn auf. Dort trifft sich König Aodren mit dem Befehlshaber von Lord Freils Truppen. Zwei Tage lang bereiten wir unseren Schlachtplan vor. Dann marschieren wir los.

Vier Tage braucht unser Heer, um den Aufstand endgültig niederzuschlagen. Die meisten von Jamis' Männern ergeben sich, sobald sie vom Tod ihres Anführers erfahren. Diejenigen, die noch Widerstand leisten, werden nach kurzen Scharmützeln festgenommen.

Trotz ihrer Verbrechen ist König Aodren bereit, Gnade walten zu lassen. Die Rebellen werden aus Malam verbannt. Sie dürfen ihr Leben in der akarischen Wüste oder in den eisigen Einöden von Kolontia im Norden fristen, aber nie wieder nach Malam zurückkehren.

Meiner Ansicht nach ist diese Strafe milder, als die meisten Aufständischen es verdient hätten. In den wenigen Tagen, in denen Jamis Brentyn besetzt gehalten hat, ist es zu Gräueltaten gekommen, denen Hunderte zum Opfer fielen. Die königliche Residenzstadt, einst das stolze Herz Malams, ist nicht mehr dieselbe. Blut befleckt die Straßen.

In der darauffolgenden Woche sind wir vollauf damit beschäftigt, uns um die vielen trauernden Familien zu kümmern.

Sobald die Stadt von den Rebellen befreit ist, waschen wir das Blut von den Straßen und dem Marmorboden im Ballsaal des Schlosses. Gräber werden ausgehoben und zugeschaufelt, Pflastersteine sauber geschrubbt.

Das Bitterste nach unserer Rückkehr in die Burg ist jedoch der Moment, in dem wir die jungen Mädchen aus dem Innersten Verlies holen. Die meisten sind scheu wie Mäuse und verkriechen sich vor unseren Laternen im hintersten Winkel ihrer Zellen. Nur mit gutem Zureden und viel Geduld gelingt es uns, sie aus dem Kerker zu locken. Der König befiehlt, die hochherrschaftlichen Gemächer als Krankenzimmer für die unterkühlten und halb verhungerten Mädchen herzurichten. Leif hilft mir, Decken, Kleidung und warme Mahlzeiten zu organisieren. Die Aufgabe macht mich demütig, und Leif tut sie unendlich wohl. Mit jedem Mädchen, dem er helfen kann, kehren seine Lebensgeister ein bisschen mehr zurück.

Die Arbeit nimmt kein Ende. Ich bin so beschäftigt, dass ich vollkommen verblüfft bin, als drei Wochen nach unserem Aufbruch aus Tahr Finn und Lirra im Schloss eintreffen.

»Sie werden uns dabei helfen, die entführten Mädchen zu ihren Familien zurückzubringen«, erklärt König Aodren bei einer Besprechung in seinem Kabinett. Er steht neben seinem grotesk großen Schreibtisch. Seinem Vater konnten die Möbel gar nicht protzig genug sein. »Du kennst Shaerdan besser als jeder andere in meiner Garde. Ich verlange nicht von dir, dass du jedem Mädchen persönlichen Geleitschutz gibst, aber du sollst ihre Rückkehr organisieren.«

Ich verschränke die Arme, um meine geballten Fäuste zu verstecken, während ich nachrechne, wie lang ich fort sein werde.

»Teil die Mädchen nach ihrer Sippenzugehörigkeit in Gruppen auf. Dann weise jeder Gruppe einige Begleiter zu. Ich will, dass sie wohlbehalten in ihren Heimatdörfern abgeliefert werden.«

Danach kommt er auf Entschädigungszahlungen zu sprechen. Ich schlucke meinen Frust hinunter und denke nach. Wenn ich die Mädchen zurückbringe, bin ich einige Wochen lang unterwegs. Aber wenn ich das Kommando habe, kann ich entscheiden, in welches Gebiet wir zuerst reisen. Die Animistinnen, die in den Südosten von Shaerdan zurückkehren, wären die ideale Gruppe für mich.

»Noch Fragen?« Der König setzt sich auf den Stuhl hinter dem Schreibtisch.

Ich schüttele den Kopf und spüre, dass sich in mir ein Lächeln ausbreitet. »Keine weiteren Fragen.«

Bevor wir Brentyn verlassen, nimmt Finn mich und Lirra zu Hagan mit, bei dem Gillian immer noch wohnt. Ursprünglich hatte er sie dort zurückgelassen, weil sie zu schwach war, um zu fliehen. Als aufständische Wachen Hagans Haus durchsuchen wollten, versteckte er sie unter Kisten und Decken auf dem Dachboden und lenkte die Männer ab, indem er auf Tessas Pferd davonritt. Weit kam er leider nicht – eine Meile von Hagans Haus entfernt holten seine Häscher ihn ein.

Die Tür geht auf und eine in Tränen aufgelöste Gillian begrüßt uns. »Finn! Cohen! Lirra!« Sie versucht, uns alle gleichzeitig zu umarmen, was zu einem verlegenen Gedränge führt.

Ich befreie mich aus der Umklammerung und streiche mein Hemd glatt.

»Das muss aber nicht noch mal sein.« Lirra tritt ein Stück zurück.

Gillian winkt leichthin ab. »Kommt rein.«

Sie verlangt, dass wir ihr alles haarklein erzählen. Als ich schildere, was sich in den letzten Wochen ereignet hat, drückt sie die Hand aufs Herz und krallt sie in ihr Kleid, bis ich zu Ende gesprochen habe. Ihre Augen schimmern feucht.

»Ich will Tessa besuchen. Ich muss doch wissen, wie es ihr geht.« Gillian starrt blinzelnd aus dem Fenster.

Lirra geht zu ihr und legt ihr vorsichtig die Hand auf die Schulter. »Sie ist jetzt in besten Händen. Lass ihr noch Zeit, sich zu erholen.«

Zeit. Zeit ist Folter, wenn man von dem Menschen getrennt ist, den man liebt.

Von der Gilde der Animistinnen habe ich nicht viel gehört, seit der König und ich hierher zurückgekehrt sind. Nur hin und wieder kamen einige kurze Nachrichten. *Die Wunde verheilt. Heute geht es etwas besser. Sie hat wieder Farbe.*

An Gillians verkniffenem Gesicht erkenne ich, dass sie ebenso wenig bei Hagan ausharren will, wie ich noch länger von Tessa fortbleiben möchte. Aber als Lirra noch einmal betont, dass Tessa Ruhe braucht, fügt sie sich in das Unvermeidliche. Mit feierlichem Nicken verspricht sie, Leif zu besuchen und in Tessas Haus nach dem Rechten zu sehen, bis Tessa Besuch empfangen kann.

Kurz darauf brechen Finn, Lirra und ich in die südöstliche Region von Shaerdan auf. Mit mehreren Mitgliedern der Königsgarde eskortieren wir zwei Kutschen voller junger Animistinnen. Durch Schlamm und Schneereste rumpeln die Wagen über die Straße, die sich auf Brentyn zuschlängelt. Überall spitzen die Vorboten des Frühlings hervor – die Bäume treiben neue Blätter aus, und die ersten Keimlinge sprießen aus der Wintererde.

Die Mädchen drängen sich verhuscht in der Kutsche zusammen. Doch als wir die Burg hinter uns lassen, werden vorsichtige Blicke gewechselt, verkrampfte Gesichter lockern sich, und in erloschenen Augen glimmt neue Hoffnung auf.

In der Stadt herrscht munteres Treiben auf dem Marktplatz, wo der neueste Klatsch und Tratsch ausgetauscht wird. Die Leute versammeln sich vor den Aushängen, die überall in der Residenzstadt angeschlagen worden sind. Es ist ein königlicher Erlass – das Säuberungsedikt ist widerrufen.

Lirra bedeutet dem Kutscher, anzuhalten, damit wir das Schriftstück alle lesen können.

*Ein Königreich, das von Angst regiert wird, ist dem Untergang geweiht. Animistinnen sind ein unverrückbarer Bestandteil des Gefüges unserer Nation und der Geschichte unseres Landes. Ihre Vertreibung und Auslöschung wird für immer unsere größte und schwerste Sünde sein. Hiermit widerrufe ich mit aller Entschiedenheit das Säuberungsedikt …*

»Wird auch Zeit«, brummelt Lirra.

Sie steigt aus der Kutsche, und ich folge ihr, um näher an den Anschlag heranzutreten und den Rest des Erlasses zu lesen.

Den Animistinnen werden sämtliche Rechte und Privilegien zurückgegeben, die allen Bürgern Malams zukommen. König Aodren verlangt, dass diejenigen, die von den Säuberungen betroffen waren, respektvoll und gleichberechtigt behandelt werden, dass sie ihr rechtmäßiges Eigentum zurückerhalten und für die Verluste von Angehörigen entschädigt werden sollen. Ich weiß nicht, wie solches Leid jemals wiedergutgemacht werden kann, aber der Erlass setzt ein starkes Zeichen. Auf König Aodrens Entschuldigung folgt eine Anordnung, dass jeder, der einer Animistin nachweislich Schaden zufügt, an den Pranger zu stellen ist.

»Na, da nehmt euch mal schön in Acht.« Lirra tippt sich ans Kinn.

»Was meinst du?« Finn taucht neben ihr auf, mit Siron am Zügel.

»*So* schnell werden sich die Dinge auch nicht ändern.« Sie schnippt mit den Fingern. »Es wird bestimmt Proteste geben.«

Das ist wahr. Manche werden sich dagegen wehren. Veränderungen sind oft mit einem langen Leidensweg verbunden. Aber dieses Land schreit geradezu nach Wandel. Einige werden sich dem Erlass widersetzen, aber die meisten begrüßen ihn, da bin ich sicher.

»Wir sollten mal weiter, wenn wir das miterleben wollen.« Finn zeigt auf eine Ankündigung ganz unten auf dem Schild.

Der König beruft eine Versammlung der Lords ein. In drei Wochen sollen alle Edelleute bei Hofe erscheinen. Dann wird Aodren ihnen seinen neuen Kronrat vorstellen und die Umsetzung der neuen Gesetze in Malam mit ihnen besprechen.

»Ja.« Ich überlasse Finn meinen Platz in der Kutsche und schwinge mich auf Siron. »Fahren wir.«

Die Luft ist noch beißend kalt, aber ich sehe, dass der Frühling sich Bahn bricht. Ringsumher gibt sich alles ein neues Gewand.

Ich hätte mir nie träumen lassen, dass der Tag, an dem die Animistinnen ihre Rechte und ihre Freiheit zurückerlangen, so bald kommen würde. Voller Hoffnung für Tessa und die Zukunft treibe ich Siron in einen Galopp, um die Mädchen nach Hause zu bringen.

# Fünfzig

## COHEN

Jede shaerdanische Stadt nimmt uns anders auf. Manche heißen uns mit offenen Armen willkommen und laden uns ein, über Nacht zu bleiben, um bei Branntwein und Fleisch mit ihnen zu feiern. Andere Orte schicken uns fort, sobald wir ihre verschollenen Töchter abgeliefert haben.

Am schwersten sind die Besuche bei den Familien jener Mädchen, die bei Jamis' Aufstand ihr Leben gelassen haben. Es ist hart, sie in Tränen ausbrechen und vor Kummer auf die Knie fallen zu sehen. Einen geliebten Menschen zu verlieren, zeichnet uns fürs Leben und höhlt einen Raum in unserem Herzen aus, der immer leer bleiben wird.

Eine Woche nachdem wir Brentyn verlassen haben, verabschiede ich mich von meinen Reisegefährten. Lirra, Finn und die Wachen werden die übrigen Mädchen sicher nach Hause geleiten. Aber es gibt eine Animistin, von der ich nicht länger getrennt sein kann.

Lampenschein erhellt die Fenster der Holzfällerhütten in Tahr und wirft warmes Licht auf die Kiesstraße, die durch den Ort führt. Siron verlässt das Dorf jedoch bald und hält auf Katallias Haus am

Rand des Tals zu. Es liegt zwischen dunklen Feldern, aber eine einzelne Laterne vor den bewaldeten Berghängen leuchtet uns den Weg durch die Nacht.

Im Stall ist es so dunkel, dass ich Siron direkt vor Katallias Haustür anbinde. Als ich mich abwende, schnuppert er an meiner Hand. Vielleicht spürt er, wie bang mir zumute ist. In den Wochen, die ich fernab von Tessa verbracht habe, ist mir klar geworden, wie viele Fehler ich begangen habe. Statt ihr zu vertrauen und zur Seite zu stehen, habe ich sie oft genug wie ein unmündiges Kind behandelt.

An der Tür ziehe ich die Mütze ab. Fahre mir mit den Fingern durchs Haar. Wische den Staub von Mantel und Hose. Dann klopfe ich.

Das Kaminfeuer, das hinter Katallia lodert, verleiht ihren roten Locken den Glanz von geschmolzenem Metall. Sie öffnet die Tür noch weiter. Ihre Brauen wandern überrascht in die Höhe. »Cohen, ich habe nicht damit gerechnet, dass du heute Abend auch noch kommst. Obwohl ich mir gedacht habe, dass du über kurz oder lang vor meiner Tür stehst.«

»Ich wollte Tessas Genesungsprozess nicht stören«, gebe ich zu. Vielleicht hätte ich früher kommen sollen. »Und König Aodren hatte viele Aufgaben für mich.«

»Ach ja?« Sie tippt sich ans Kinn. »Na, dann bleib mal nicht da stehen, da draußen in der Kälte.« Katallia tritt beiseite und winkt mich an sich vorbei.

Das Wohnzimmer ist gesäubert und frisch gestrichen worden, und die Möbel sehen aus wie neu. Nichts deutet mehr auf den Angriff vor ein paar Wochen hin. Ich drücke ihr mein Staunen darüber aus.

»Tja, es hat aber auch Wochen gedauert, bis wir das Haus wieder auf Vordermann gebracht haben. Kaum auszudenken, was ihr in Brentyn alles zu tun hattet.«

Ich nicke höflich. »Ist Tessa wach?«

Katallia wirft einen Blick Richtung Flur, bevor sie mich mit schräg gelegtem Kopf mustert. »Ja. Aber ich bin nicht sicher, ob das gerade ein guter Zeitpunkt ist.«

Richtig, es ist schon spät. Andererseits meinte sie doch, dass Tessa nicht schläft. »Ich bin den ganzen Tag geritten, um es bis hierher zu schaffen.«

Sie verschränkt die Arme und trommelt mit den Fingern auf die Ärmel. Ihr Herumgedruckse könnte einen in den Wahnsinn treiben. »Cohen, ich …«

»Bitte«, beharre ich. »Ich schaue nur kurz zu ihr rein. Ich habe so lange gewartet. Viel zu lange. Es macht mich verrückt, sie unter diesem Dach zu wissen und nicht schon bei ihr zu sein.«

Ihr Seufzen klingt wie ein Einverständnis. Ich lasse mich nicht länger aufhalten, springe mit einem Satz in den Flur und laufe zu Tessas Zimmer. Ich klopfe einmal an. Als sie nichts sagt, schiebe ich die Tür einen Spalt weit auf. »Tessa? Ich bins – oh, zum Teufel.«

Keine Ahnung, was ich erwartet habe, aber ganz bestimmt nicht König Aodren, der auf einem Stuhl an ihrem Bett sitzt. Tessas blaue Augen huschen zu mir. Sie liegt unter einer Wolldecke, nur ihr Gesicht und die Arme sind zu sehen. Trotzdem erkenne ich auf den ersten Blick, dass es ihr um Längen besser geht. Die tödliche Blässe ist weg. Ihre Wangen sind rosig wie Sommerpfirsiche.

Eine erdrückende Stille tritt ein. Ich schaue zwischen Aodren und ihr hin und her und stelle fest, dass er ihr die Hand hält. Ich kann nicht behaupten, dass mir das keinen Stich versetzt.

»Vielleicht hätte ich auf deine Antwort warten sollen«, sage ich.

»Ich wollte nicht stören.« Senf und Pfeffer, so fehl am Platze habe ich mich noch nie gefühlt.

»Nein«, sagt Tessa in dem Moment, in dem der König sich erhebt. Sein Stuhl schabt über den Dielenboden.

»Verzeih. Ich wusste nicht, dass du einen Besuch ins Auge gefasst hattest.« Aodrens Förmlichkeit macht die Situation noch unangenehmer. »Ich war auf dem Rückweg von einem Treffen mit der Gilde. Da ich ohnehin in der Nähe vorbeikam, dachte ich, ich erkundige mich kurz nach Tessas Wohlbefinden.«

»Ich war …« Ich halte inne. Nein, ich war nicht in der Gegend. Habe den mir erteilten Auftrag nicht zu Ende gebracht. Ich habe keine gute Ausrede. »Ich wollte wissen, wie es dir geht.« Ich schaue Tessa an.

Sie schenkt mir ein Lächeln.

Aodren wirft ihr einen langen Blick zu, bevor er sich wieder mir zuwendet. »Es ist schön, dich zu sehen, Cohen. Ich lasse euch beide eine Weile allein.«

Er verlässt den Raum, und ich setze mich auf den Stuhl. Ich lasse mir nicht anmerken, wie sehr ich gegen die Eifersucht ankämpfen muss. »Wie geht es dir, Tess?«

»Ich bin ›auf dem Weg der Besserung‹, wie Katallia es ausdrücken würde. Obwohl ich immer noch das Gefühl habe, dass der kleinste Lufthauch mich umpusten könnte.«

»So schlimm wie am Anfang?«

Sie schüttelt den Kopf. Es war schon schlimmer.

Ich beuge mich vor, da ich den Abstand zwischen uns kaum noch ertrage. »Es tut mir leid, dass ich nicht früher gekommen bin. Katallia sagte, sie würde mir Bescheid geben, wenn du bereit für Besuche bist. Auf den Brief warte ich immer noch.«

»Und du bist trotzdem hier?« Tessa lächelt, aber es ist ein erschöpftes Lächeln, das die Augen nicht erreicht. Wie um ihre Müdigkeit zu betonen, gähnt sie ausgiebig. Ich bekomme ein schlechtes Gewissen, dass ich sie von ihrer Bettruhe abhalte.

»Müde?«

Sie zuckt mit den Schultern. »Ein bisschen.«

Ich wette, wenn ich ihre Gabe hätte, wäre mir jetzt innerlich eiskalt.

»Warum hast du den weiten Weg auf dich genommen, Cohen?«

Ich stütze die Ellbogen auf die Knie und starre die Dielen an. Es gibt Dutzende Dinge, die ich gern sagen würde, aber jetzt zweifle ich an mir selbst. Ich wollte zurückkommen, um die Distanz zwischen uns aufzulösen.

Doch ich frage mich, ob sie das auch will. Bei unserem letzten Gespräch habe ich ihr nahegelegt, auf Abstand zu mir zu gehen, um zu entscheiden, was ihr Herz sich wünscht. Tatsache ist, dass unsere Beziehung, worin auch immer sie bestanden haben mag, in dem Moment beendet war, als ich Tessa freigab. Ich kann es ihr nicht zum Vorwurf machen, wenn sie mit dem Gedanken spielt, ihr Leben ohne mich zu leben. Genauso wenig kann ich sie zwingen, zu mir zurückzukehren.

Ich wollte ihr Freiraum geben, aber das gelingt mir nicht besonders gut. Dabei habe ich ihr doch versprochen, nicht mehr über sie zu bestimmen und sie selbst entscheiden zu lassen.

Ich halte den Atem an und wappne mich dafür, was ich tun muss, um mein Versprechen zu halten. »Ich bin hier, weil du mir am Herzen liegst. Ich wollte nur wissen, ob es dir gut geht, mehr nicht. Ich bleibe auch nicht lang.«

Sie runzelt die Stirn.

»Und ich wollte dir sagen, dass ich für dich da bin, wenn du mich brauchst«, füge ich hinzu. Ich räuspere mich und zwinge mich, ihrem Blick standzuhalten. Es gibt noch etwas, was mir auf der Seele lastet. Wie ich Tessa nach dem Zusammentreffen im Zelt behandelt habe, war falsch, wenn man bedenkt, dass ich Lirra geküsst habe.

»Als ich mit Lirra durch Shaerdan geritten bin, mussten wir uns als frisch vermähltes Brautpaar ausgeben. Zum Beweis hat ein Wirt einen Kuss von uns verlangt.« Tessa zuckt zusammen, und mir wird flau im Magen. »Es war nur zum Schein. Ich hätte es dir schon längst erzählen sollen. Es … es tut mir leid.«

»Und du warst so wütend wegen Aodren …«

Ich lasse den Kopf hängen. »Ich bin ein Mistkerl.«

»Danke, dass du ehrlich zu mir warst.«

Ihre Antwort trifft mich tief, denn sie erinnert mich daran, wie viel ich ihr in der Vergangenheit verheimlicht habe. Wenn sie sich für eine Zukunft mit mir entscheidet, werde ich nie wieder etwas vor ihr verbergen. Ich flüstere noch eine Entschuldigung, und als ihr die Augen zufallen, sage ich: »Ich werde dir den Freiraum geben, den du brauchst, um deine Wahl zu treffen. Ich will nur, dass du glücklich bist.«

Bei allen Göttern und Dämonen, es bricht mir das Herz, das zu sagen. Meine eifersüchtige innere Stimme will wissen, was der König hier verloren hat, aber ich schaffe es irgendwie, mir die Frage zu verkneifen.

Ich warte auf ihre Antwort, doch es kommt nichts als ein leises »Danke, Cohen«.

Zwei Tage später stoße ich wieder zu Finn und Lirra und führe den Auftrag des Königs zu Ende, bevor ich nach Brentyn zurückkehre.

Von dort reite ich auf direktem Weg zu Tessas Haus. Ich weiß, dass sie ungern woanders wohnt, und da sie bei meinem Besuch schon rege und wach war, stehen die Chancen gut, dass sie heimgekommen ist.

Doch die Fensterläden sind geschlossen. Kein Rauch steigt aus dem Schornstein. Der Stall scheint lange nicht in Benutzung gewesen zu sein.

Die Einsamkeit, die mir in den Knochen sitzt, kriecht noch tiefer. Ich reibe über meinen Bart und taste über die Narbe, die eine Erinnerung an Tessa, die ich immer bei mir trage. Dann mache ich mich an die Arbeit. Ich weiß nicht, ob sie überhaupt hierher zurückkehren wird, aber ihr Grundstück soll nicht verfallen und ihr Hab und Gut sollte geschützt werden.

Wann immer ich mir in den nächsten Tagen eine Auszeit von meinen Aufgaben im Schloss nehmen kann, reite ich zu Tessas Land und kümmere mich um Haus und Garten. An einem kalten, sonnigen Morgen treffe ich dort ein anderes Reittier an.

»Hallo«, rufe ich und greife nach meinem Dolch.

Gillian stößt die Haustür auf. Ihre Blutergüsse sind abgeheilt, und sie strahlt mich freudig an. »Ich habe mich schon gefragt, wer den Stall ausgemistet hat.«

Ich umarme sie, lache über eine Bemerkung zu ihrem dicken Maulesel und folge ihr nach drinnen.

»Ach, hier versteckst du dich also, wenn du schwänzt?«

Ich fahre zusammen, als ich Leifs Stimme höre. Er sitzt auf Tessas Lieblingsplatz – dem Holzsessel, den ihr Vater gezimmert hat. Ein Feuer prasselt im Kamin. In Gedanken ermahne ich mich, in Zukunft besser aufzupassen. Vor lauter Grübelei habe ich nicht gemerkt, dass Rauch aus dem Schornstein kam.

Ich zucke mit den Schultern. »Dachte mir eben, jemand sollte mal nach Tessas Haus sehen.«

»Das verstehe ich. Dieser Ort erinnert mich auch an bessere Zeiten.« Leif klingt bedrückt. Die Rückeroberung von Brentyn hat ihm vorübergehend neuen Schwung gegeben, aber er ist noch nicht der fröhliche Kerl, der er früher war. Ich frage mich, ob er je wieder der Alte sein wird.

»Was macht ihr beiden denn hier?«

Gillian errötet. »Ich wollte die Zimmer auslüften, falls Tessa bald nach Hause kommt. Leif war so nett, mir zu helfen.«

Sie wechseln ein verstohlenes Lächeln. So weich habe ich Leifs Gesicht seit Omars Tod nicht mehr gesehen. Ich freue mich für ihn. Aodren hat darauf bestanden, dass er Omar als Hauptmann der Königsgarde nachfolgt – das ist sicher nicht leicht. Wir haben nicht viel über Omar gesprochen, aber ich habe Leif mehrmals meine Meinung gesagt: Was auf dem Feld in Tahr passiert ist, war nicht seine Schuld.

»Ich habe gesehen, dass das Dach geflickt werden muss.« Die Sonne ist stärker geworden und hat den Schnee so weit weggeschmolzen, dass das Stroh darunter zum Vorschein kommt. »Ich mache mich mal an die Arbeit.«

Etwa eine Stunde später brechen Gillian und Leif auf, aber ich schufte weiter, bis es dunkel wird. Beschäftigung ist die beste Ablenkung von den vielen »hätte ich doch« und »wäre ich doch«, um die meine Gedanken kreisen.

An einem anderen Tag repariere ich eine Pferdebox im Stall.

Danach streiche ich die Haustür neu.

Der Frühling hält Einkehr, und Tessas Haus bleibt still und leer.

# Einundfünfzig

## TESSA

Als ich den Ballsaal betrete, fühlen sich meine Beine so schwach an wie Säulen aus Staub. Die Erinnerungen an das Fest zur Winterweihe überwältigen mich. Wären Seeva, Torima und Katallia nicht bei mir, würde ich wohl kehrtmachen und direkt heimreiten. Ich bin seit Monaten nicht mehr in meinem Haus gewesen.

In der Zwischenzeit ist mein Körper genesen und ich habe noch mehr über animistische Magie gelernt. Bis ans Ende meines Lebens könnte ich jeden Tag etwas Neues dazulernen und hätte immer noch nicht alles Gute entdeckt, was ich mit meiner Gabe tun könnte. Obwohl ich hin und wieder die Dunkelheit durch meine Adern kriechen spüre, habe ich mir geschworen, meine Seelenleserkräfte nur für gute Zwecke einzusetzen. Ich bin nicht Phelia und werde nie wie sie sein. Ich werde stärker sein, gütiger, besser.

Der Herold ruft uns aus. »Lady Tessa Flannery, Miss Torima Lolear von der Gilde der Animistinnen, Miss Katallia Barrett von der Gilde der Animistinnen und Miss Seeva Soliel von der Gilde der Animistinnen.«

Alle Augenpaare im Raum richten sich auf uns. Unter den Edelleuten kehrt eine erwartungsvolle Stille ein – viele neue Gesichter, dazwischen einige wenige bekannte.

Seeva gibt mir einen sanften Stups. »Na los«, flüstert sie, ohne die Lippen zu bewegen. »Nur Mut.«

Als offizielles Mitglied der Gilde bin ich heute als Adelige an den Hof gekommen, um den Malamern die Animistinnen vorzustellen. Am anderen Ende des Saals sitzt Aodren auf dem hässlichen Klotz von einem Thron, den seit Vater dort hat errichten lassen – genau wie damals beim Hofball. Um seine Mundwinkel zuckt es, als wir die Treppe in den Saal hinuntergehen.

Das magische Band, das mich an Aodren gefesselt hat, ist nicht mehr. Durch die Rune war es ihm möglich, mir meine Energie zurückzugeben, die in ihm weitergelebt hatte. Nichts verrät ihm, dass ich in der Nähe bin. Jetzt ist es unsere Freundschaft, die uns verbindet. Doch ich muss mich beherrschen, Aodren weiter anzusehen, da ich den unbändigen Drang verspüre, nach Cohen Ausschau zu halten. Ich dachte, er würde an der Tafel vor dem Thron sitzen, zusammen mit den anderen Vertrauten des Königs. Aber dort ist er nicht.

Umso schwerer fällt es mir, immer weiter durch den Saal zu schreiten. Doch ich bleibe nicht stehen. Als wir die drei Stufen zu Aodrens Thron erreichen, sinken wir in einen Knicks. Unsere Kleider breiten sich um uns aus; meins ist von hellstem Blau.

Katallia hat es nähen lassen, um mir Cohens Kleid zu ersetzen. Es hat dieselbe Farbe und denselben Schnitt. Ich hatte gehofft, wenn Cohen mich darin sieht, würde er ... Eigentlich weiß ich nicht, was ich mir erhofft habe. Seit unserem letzten Treffen hatte ich einen Monat Zeit, über uns nachzudenken. Mich an das Band zwischen uns zu erinnern und zu überlegen, ob es unsere Beziehung beeinflusst hat oder nicht. Über einen Monat hat es gedauert, bis meine Verletzungen verheilt waren. In diesen Wochen, in denen wir getrennt waren, ist meine Gewissheit noch stärker geworden. Ungeachtet aller magischen Verbindungen, die ich hatte oder nun nicht mehr habe – ich liebe ihn. Ich liebe seinen Ehrgeiz, immer das Richtige zu tun. Ich liebe seine Tollkühnheit. Ich liebe sogar seine beschützende Art.

Das wollte ich ihm von Angesicht zu Angesicht sagen. Deshalb habe ich damit noch gewartet.

Ich hatte auch gehofft, er würde miterleben, wie ich mich zu meinem wahren Ich bekenne. In der Zeit, in der ich allein war, habe ich zu akzeptieren gelernt, dass meine animistische Gabe ein unverzichtbarer Teil meines Selbst ist. Und das will ich nie wieder verstecken.

Meine Lippen zittern, aber ich lächle tapfer weiter. Heute diene ich einem hehren Ziel. Einem Ziel, das sich unwirklich und zugleich vollkommen richtig anfühlt. »Eure Königliche Hoheit, darf ich vorstellen – meine Zunftgenossinnen, die Mitglieder der Gilde der Animistinnen.«

Hier und da wird getuschelt. In dem Laternenschein, der die Säulen ringsum in ein goldenes Lichtspiel taucht, sitzen eine Handvoll Lords und Ladys steif auf ihren Stühlen und flüstern hinter vorgehaltener Hand.

Ich werfe ihnen einen Blick zu und beschließe im gleichen Moment, ihren kühlen Empfang nicht zu beachten. Viele Menschen erfahren erst jetzt, dass ich eine Seelenleserin bin. Nicht jeder wird dafür offen sein, Animistinnen in Malam zu akzeptieren. Das alles wird seine Zeit brauchen. Aber dank des Erlasses müssen wir uns nicht mehr verstecken und in Angst leben. Dennoch keimt hin und wieder Furcht in mir auf, die ich dann schnell verdränge. Ich habe genauso wie alle anderen das Recht, hier zu leben. Schließlich bin ich Saul Flannerys Tochter.

Aodren gibt uns das Zeichen, uns zu erheben. Dann steht auch er auf und verbeugt sich vor uns. »Eure Anwesenheit im Schloss ist stets willkommen. Die Dienste, die Ihr unserem Land erweist, ehren uns.«

Im Saal wird verhaltener Applaus laut. Ich bin fassungslos, dass überhaupt jemand Zustimmung bekundet. Mindestens die Hälfte der Gäste zeigt keinerlei Regung, aber die andere Hälfte, die uns Beifall spendet, ist nicht zu überhören. Nachdem ich so lange als Ausgestoßene gelebt habe, ist die Unterstützung aus den Reihen der Edelleute schier überwältigend.

Aodren, der mir meine Verwirrung ansieht, deutet noch einmal auf mich, und der Beifall im Saal schwillt an. Mein Herz weitet sich. Tränen des Staunens und des Glücks treten mir in die Augen. Ich blinzele sie weg, um mich nicht zum Narren zu machen.

Aodren geht die Stufen hinunter und reicht Seeva die Hand. Sie ergreift sie und folgt ihm die Treppe hinauf zu der Tafel, wo er ihr einen Platz unter den anderen Edelleuten zuweist. »Darf ich vorstellen: Miss Seeva Soliel, Botschafterin der shaerdanischen Animistinnen und von nun an Mitglied meines Kronrats.«

Alle Aufmerksamkeit richtet sich auf Seeva, und ich atme erleichtert durch – einen Atemzug, den ich, so kommt es mir vor, ein Leben lang zurückgehalten habe.

Als wir zu unseren Plätzen geleitet werden, fällt mein Blick auf einen Mann in Galauniform, der hinter den Säulen im Gang vor dem Ballsaal steht. Ehrenbänder zieren seinen Mantel in den Farben der Königsgarde. Beim Anblick seines sandfarbenen Haars und der goldenen Haut überläuft es mich siedend heiß.

*Cohen.*

Er steht an ebender Stelle, an der wir uns beim Hofball voneinander verabschiedet haben.

Obwohl uns kein magisches Band mehr verknüpft, sehne ich mich mit jeder Faser meines Körpers danach, zu ihm zu gehen. Ihn zu berühren, seinen Duft einzuatmen, die Arme um ihn zu werfen. Ihm zu sagen, dass ich ganz genau weiß, wen ich will.

Doch Aodren beginnt eine Rede, und da ich nun eine Dame von Rang bin, muss ich etwas Anstand wahren.

Bis die Gäste gespeist haben, ist es später Nachmittag. Kaum ist die Versammlung zu Ende, springe ich auf und renne quer durch den Saal zu dem Ausgang, an dem ich Cohen zuletzt gesehen habe.

Aber als ich dort ankomme, ist er schon fort.

Ich nehme die Straße durch den Endlosen Wald, die zu meinem Haus führt.

Der Tag bei Hofe hat mich ausgelaugt – ein Tag, an dem ich mich mit mehr Menschen unterhalten habe als in meinem ganzen bisherigen Leben. Jetzt will ich mich nur noch an einem warmen Kaminfeuer in Papas Sessel kuscheln und der Stille des Waldes ringsum lauschen.

Ich habe Gillian eine Nachricht geschickt, dass ich zurück bin, sie wird mich also sicher bald besuchen. Ich habe auch überlegt, ob ich Cohen einen Brief schicken soll, aber ich wusste nicht, wo er wohnt. Wahrscheinlich in den Quartieren der Königsgarde. Doch als ich Leif fragte, wo Cohen untergebracht sei, zuckte er nur mit den Schultern.

Auf dem Nachhauseweg lugt die Sonne hinter den Wolken hervor. Meine Freude über den halbherzigen Empfang der Edelleute verklingt allmählich, und die Sehnsucht nach Cohen wird schmerzlicher als je zuvor. Ich hatte so gehofft, unter vier Augen mit ihm sprechen zu können. Trotz des strahlenden Nachmittags kriecht die Traurigkeit mir unter die Haut.

Als mein Haus in Sicht kommt, sehe ich Rauch aus dem Schornstein aufsteigen. Gillian muss wohl vor mir eingetroffen sein.

Froh, sie gleich zu sehen, bemühe ich mich um ein Lächeln. Ich reite Schneefeuer in den Hof und sitze ab. Nachdem ich sie in den Stall gebracht habe, hänge ich Sattel und Zaumzeug an die Halter und nehme mir ein paar Minuten Zeit zum Striegeln. Ihre Tränke ist schon aufgefüllt. Noch eine Überraschung von Gillian vielleicht?

Ich laufe aus dem Stall, um ihr zu danken, als mir auffällt, dass Papas Haus noch nie so ordentlich ausgesehen hat. Die Tür ist frisch gestrichen, das Dach ist neu gedeckt, die Bäume sind gestutzt. Woher hatte Gillian die Zeit und die Energie – oder die Kenntnisse –, das alles zu tun?

Ich höre das gleichmäßige Schlagen einer Axt hinter dem Haus und folge dem Geräusch.

Beim Anblick Cohens – ohne Mantel, im schweißgetränkten Hemd, die Oberarmmuskeln bei jedem Schlag angespannt – verschlägt es mir den Atem.

Seine Schwünge sind fließend und präzise. Als wäre Holzhacken keine Pflichtübung, sondern ein Tanz. Ich könnte ihm tagelang dabei zuschauen, jede seiner Bewegungen mit Blicken verschlingen. Die Vertrautheit, die mir so gefehlt hat, erfüllt mich.

Ich sage nichts, und so spaltet Cohen noch ein halbes Dutzend Scheite, bevor er aufsieht und mich bemerkt. Er rammt die Axt in den Klotz und lässt sie dort stecken. Mit dem Unterarm wischt er sich den Schweiß von der Stirn und betrachtet mich.

Bei den Sternen, ich will, dass er mit mir spricht, meinen Namen sagt, irgendetwas. Unser letztes Zusammentreffen war so unglücklich verlaufen. Ich hatte Aodren gerade gesagt, dass ich ihn nie so lieben könne, wie ich Cohen liebe. Dieser Mann, der hier vor mir steht, ist mein bester Freund, mein Halt, meine größte Stütze. Zwar ist er manchmal stur wie ein Esel, aber das bin ich auch.

»Hallo«, sage ich gleichzeitig mit ihm. Zum Glück kommt es mir klar und deutlich über die Lippen, obwohl mein Holzprügel von einem Herzen von innen gegen meine Rippen hämmert.

»Ich habe nicht damit gerechnet, dass du so früh nach Hause kommst.« Er holt ein Tuch aus der Tasche und wischt sich das Gesicht ab. Mit eingezogenen Lippen sieht er zum Haus hinüber, bevor sein Blick wieder zu mir wandert. »Ich – Es tut mir leid, dass du mich hier angetroffen hast. Ich war … Ich meine …« Er seufzt.

So durcheinander habe ich Cohen noch nie erlebt. Es ist zum Anbeißen süß.

Endlich bekommt er den Satz heraus. »Ich habe gesehen, dass du zurück bist, und wollte hier alles für dich vorbereiten.«

Das Hämmern in meiner Brust hört auf. Mein Herz fühlt sich an, als müsste es gleich zerspringen.

»Cohen.« Ich trete vor. »Das hättest du doch alles nicht zu tun brauchen. Aber ich freue mich sehr darüber. Hab vielen Dank.«

Er lässt den Kopf hängen und murmelt etwas wie: »Mehr kann ich ja nicht tun.« Dann hebt er das Kinn. »Du hast das heute ganz großartig gemacht. Du … du warst wunderschön. Du warst selbstsicher. Du hast alle Aufmerksamkeit auf dich gezogen. Ich war so verdammt stolz auf dich. Und ich weiß, wenn Saul dabei gewesen wäre, hätte er ›Gut gemacht‹ gesagt.«

Bei seinem Lob wird mir ganz warm.

»Danke. Willst du mit reinkommen?« Ich ziehe mein Kleid in der Taille glatt. »Du siehst aus, als könntest du eine Verschnaufpause gebrauchen.«

Er grinst und folgt mir zur Tür, macht aber an der Schwelle halt. »Weißt du, Tess, ich sollte das lieber bleiben lassen.«

Mein Name aus seinem Mund jagt mir einen Schauer über den Rücken. Wie habe ich es vermisst, ihn meinen Namen sagen zu hören. »Ach, musst du ins Schloss zurück?« Ich spiele mit der Türklinke, damit er nicht merkt, wie niedergeschmettert ich bin.

Er tritt von einem Fuß auf den anderen und scharrt über das Moos auf den Steinen vor meiner Haustür. Jetzt sehe ich, dass der Weg zum Eingang von Schnee freigeschaufelt ist. »Nein, ich glaube, ich brauche nur mehr Zeit, um mich wieder an deine Gesellschaft zu gewöhnen.«

»Warum denn das?«

Er reibt sich den Nacken. Atmet schwer ein und aus. »Die Sache ist die. Ich liebe dich. Ich liebe dich so sehr, dass es wehtut, bei dir, aber nicht dein zu sein. Ich weiß, ich habe gesagt, du sollst dir Zeit nehmen und überlegen, was du willst. Ich könnte mich ohrfeigen, dass ich das überhaupt vorgeschlagen habe. Andererseits …« Er senkt den Kopf, und die Worte sprudeln nur so aus ihm heraus. »Ich kann es verstehen, wenn du dich für ihn entscheidest. Er ist ein besserer Kerl als ich. Er ist kein eifersüchtiger Esel. Er hat sich nicht völlig danebenbenommen, weil er dich vor Dingen schützen wollte, mit denen du selbst wunderbar zurechtkommst. Er hat dir nicht unrecht getan, so wie ich.«

Cohen schaut zum Himmel auf. Die Sonne bescheint sein kantiges Gesicht. In den letzten Wochen hat er Gewicht verloren. »Ich kann dir ein Freund sein. Das kann ich. Ich brauche nur Zeit.«

Ich spüre die Kälte in seinen Worten. Lügner.

Ich denke an die Fehler, die er gerade aufgezählt hat, und lächle in mich hinein. Ich habe Cohen so lange verklärt, dass mir gar nicht bewusst war, dass er Fehler hat. Gleichzeitig habe ich mir eingeredet, dass ich keine gute Wahl für ihn sei, weil ich mich immer nur auf meine eigenen Schwächen konzentriert habe.

Keiner von uns ist vollkommen. Wir machen ständig etwas falsch. Aber wir ändern uns. Wir wachsen. Wir lernen, besser füreinander zu sein. Er ist nicht mehr der Cohen, der Geheimnisse vor mir hatte und bei dem Versuch, mich zu schützen, übers Ziel hinausgeschossen ist. Ich bin nicht mehr die Tessa, die niemandem vertraut und Ausflüge in die Stadt vermeidet, weil sie Angst vor Lästermäulern hat.

Ich war fest überzeugt, dass mir ein glückliches Leben im Kreis von Freunden und Familie einfach nicht bestimmt ist. Dass Cohen nicht der Richtige für mich sei, weil er jede andere haben könnte.

Aber das war ein Irrtum. Ich habe nicht genug an mich geglaubt. Ich hatte kein Selbstwertgefühl.

Zu lernen, sich selbst zu lieben, das eigene Licht nicht unter den Scheffel zu stellen, ist eine Reise. Ein Weg, den ich mit Cohen beschreiten will.

Ich trete zu ihm und biege seine Finger auseinander, um sie mit meinen zu verschränken. »Die Sache ist die, Cohen – ich liebe dich auch. Ich will, dass du jetzt mit mir reinkommst, und du sollst niemals mehr gehen. Aodren bedeutet mir viel. Als ein Freund. Er ist nicht der Mann, den ich will. Der Mann, den ich liebe, ist zuweilen eifersüchtig und gelegentlich etwas überbehütend. Aber daran arbeiten wir. Und ich muss dir widersprechen, dass Aodren der bessere Kerl ist.«

Ich streichele ihm über die Brust.

Seine Augen blitzen auf, dann wird sein Gesicht ganz weich. Er zieht mich an sich. Gleichzeitig streckt er einen Arm nach hinten aus und stößt die Tür auf. Wir stolpern über die Schwelle, unsere Stiefel donnern auf den Dielenboden.

Ein Lachen, dann spüre ich sein Herz dicht an meinem schlagen. Er schnuppert an meinem Hals und saugt meinen Duft ein. »Ach ja?« Seine raue Stimme ruft ein Prickeln in mir hervor.

Dieser Mann. Wie er mich davonschweben lässt.

»Ja.« Ich lächle. »Der Beste für mich bist du.«

Seine Lippen suchen meinen Mund, verharren dort, necken mich. »Dann gehe ich davon aus, dass wir demnächst heiraten werden.«

Ist das ein Antrag? Ich verdrehe die Augen und gluckse gleichzeitig in mich hinein.

»Von mir aus ja.« Ich streiche über seinen Bart und berühre die Narbe darunter.

Gegen Cohens Strahlen verblasst selbst die Sonne. Ich sehe es nur einen Wimpernschlag lang, dann berühren sich unsere Lippen, und sein Kuss wird meine ganze Welt.

# Danksagung

Zuallererst danke ich meinen wunderbaren Leserinnen und Lesern, dass sie meinen Traum unterstützt und sich auf diese Reise haben mitnehmen lassen. Dafür bin ich auf immer dankbar.

Ohne die Beratung und Hilfe meines großartigen Agenten, Josh Adams, hätte ich dieses Buch wohl niemals zu Ende gebracht. Danke, dass du immer die Ruhe selbst bist, während ich mich vor lauter wirren Gedanken im Kreis drehe. Oder aber der begeisterte Cheerleader, während ich mich wie der Esel I-Aah aus Pu der Bär aufführe. Ich hätte keinen besseren Agenten finden können.

Meiner Lektorin, Sarah Landis: Danke, dass du mit mir durch den Endlosen Wald gewandert bist. Du hast meine verrückten Ideen genommen und geholfen, sie zu etwas ganz Besonderem zu formen. Du hast mich mit großen Fachverstand durch den Wald geführt. Es war eine Ehre, mit dir und dem tollen Team von Houghton Mifflin Harcourt zu arbeiten.

Mein besonderer Dank gilt der hartnäckigen Erin DeWitt und der herzlichen Lauren Cepero – danke, dass ihr meine Unmengen an E-Mails betreut und euch so gut um meine Romanfiguren gekümmert habt.

Alexandra Primiani, meiner unermüdlichen PR-Agentin, danke ich dafür, sich mit so viel Liebe für die »Königreich der Wälder«-

Bücher eingesetzt zu haben. Deine Begeisterung bedeutet mir alles.

Caitlyn McFarland, du Königin des Plots – du hast mich vor Fallstricken bewahrt, als ich die Handlung für diesen Roman abgesteckt habe. Es war ein wahnsinniger Monat. Aber du hast nie das Handtuch geworfen. Danke, dass du mich angetrieben, karamellisierte Äpfel mit mir gegessen und mir geholfen hast, den roten Faden zu finden.

Rahul Kanakia, deine Weisheit und Scharfsicht haben mich unterhalten, mir tiefere Einsichten gegeben und mich als Schriftstellerin geprägt. Du bist mein liebster Telefonkontakt und mein Komplize bei der Lektüre von Liebesgeschichten.

Madalyn und C.J. Nuccitelli, ohne euch wäre ich verloren gewesen. Eure Jagdkenntnisse haben Tessa Leben eingehaucht. Ich werde wohl nie einen Bock schießen, aber ich werde lächelnd so tun, als wäre der ausgestopfte an eurer Wand das Coolste, was ich je gesehen habe. Ich liebe euch beide.

Jessie Humphries, deine Schlagfertigkeit und deine freche Art haben mich auf dieser Reise durch die Verlagswelt immer wieder zum Lachen gebracht. Ich hoffe, wir werden noch viel zusammen erleben. Beste Freundinnen für immer. Mich wirst du nicht los.

Herzlichen Dank an Kate Coursey, die meine Bücher gelesen und neben mir an ihren eigenen geschrieben hat. An Peggy Eddleman, dass sie diese Reise mit mir begonnen und bis jetzt durchgehalten hat. Wie ich am Anfang gesagt habe: Wenn du dabei bist, bin ich auch dabei. Lass uns diese Reise gemeinsam zu Ende bringen. An Elana Johnson, Kathryn Purdie, Emily King, Taffy Lovell, Nicole Giles, Charlie Holmberg, Veeda Bybee, Lindsay Leavitt Brown, Sarah Larson, Julie Olsen und Brekke Felt – ihr seid unschätzbar wertvoll für mich. Danke, dass ihr euch mit mir zur Schreibnacht getroffen habt, wo wir uns dann eigentlich nur mit Süßigkeiten vollgestopft haben. Eure Freundschaft ist ein Geschenk. Ich liebe euch alle.

Meinen wunderbaren Schwestern unter den Debütautorinnen, Laura Shovan, Erin Schneider, Nicole Castroman, Evelyn Skye, Shannon Parker, Rosalyn Eves, Traci Chee, Tara Sim, Jessica Cluess, Randi Pink und Tricia Levenseller – danke, dass ihr mir bis zum Ende des Debütjahres zur Seite gestanden habt, dass ihr eure Geschichten mit mir geteilt habt, danke für jede E-Mail, jede SMS, jedes beglückende Geschenk. Einer der größten Segen des Bücherschreibens sind so großartige Freundinnen wie ihr.

Laurie McLean und der gesamten Agentur Fuse Literary danke ich für ihre Freundschaft, Beratung und Unterstützung.

Ihr tollen BloggerInnen, BuchhändlerInnen, YouTuber und Buchenthusiasten, ihr habt meinem Buch und so vielen anderen eine Stimme gegeben. Ich drücke euch ganz fest. Macht weiter so.

CJ Redwine, ich danke dir dafür, dass du so geduldig auf meine E-Mails eingegangen bist und mir einige der besten Schreibtipps gegeben hast, die ich je bekommen habe. Deine Ratschläge haben mir geholfen, dieses Buch zu Ende zu schreiben. Ich bin dir zutiefst verbunden.

Meinen lieben Freunden – Tammy Merryweather, Shanelle und Erik Bayles, Alecia Bales, Emily Hammerstad, Ruby und Garth Fielding, Skipper und Evan Coates sowie Tad und Tami Rabin –, danke, dass ihr mich und meine Kinder ins Herz geschlossen habt. Ich weiß es zu schätzen, dass ihr trotz meiner Neigung zum Einsiedlertum unsere Freundschaft nicht aufgegeben habt.

Und zu guter Letzt danke ich von Herzen und in Liebe meiner

Mutter, meinem Vater, meinen Geschwistern, meinem Mann und meinen Kindern. Danke, dass ihr an mich glaubt, dass ihr zu den Autogrammstunden kommt und allen euren Freunden von meinen Büchern erzählt. Danke, dass ihr mich lange aufbleiben und umso länger ausschlafen lasst, wenn ich im Schreibrausch bin. Wenn ich eure Postings in den sozialen Netzwerken lese oder euch über mich sprechen höre, klinge ich so viel cooler, als ich es eigentlich bin. Danke dafür und dass ihr ein ums andere Mal beweist, dass Familie das Allerwichtigste ist.

**bittersweet-Newsletter**
**Bittersüße Lesetipps kostenlos per E-Mail!**
**www.bittersweet.de**

**Unsere Bücher gibt es überall im Buchhandel und auf carlsen.de.**

MIX
Papier aus verantwortungsvollen Quellen
FSC® C014496
FSC www.fsc.org


First published in the United States by Houghton Mifflin Harcourt, New York
Originaltitel: EVER THE BRAVE – A Clash of Kingdoms Novel
Umschlaggestaltung: formlabor
Umschlagbilder: Arcangel Images © Mark Owen;
shutterstock © Unholy Vault Designs
Aus dem Englischen von Nadine Püschel
Lektorat: Brigitte Kälble
Herstellung: Gunta Lauck
Lithografie: Margit Dittes, Hamburg
Satz: Pinkuin Satz und Datentechnik, Berlin
Druck und Bindung: GGP Media GmbH, Pößneck
ISBN: 978-3-551-58353-6
Printed in Germany